MARISSA MEYER

SCARLET

CRÓNICAS LUNARES II

Traducción de
Laura Martín de Dios
Andrea Montero Cusset

Montena

Título original: *Scarlet. Book Two in the Lunar Chronicles*
Publicado originalmente en Estados Unidos por Feiwel and Friends, un
sello de Macmillan Children's Publishing Group
Publicado por acuerdo con Jill Grinberg Literary Managemente LLC. y
Sandra Bruna Agencia Literaria, S. L.

Primera edición: febrero de 2013

Printed in the United States of America
Impreso en los Estados Unidos De America

ISBN: 978-84-8441-892-4
Depósito legal: B-32.727-2012

Compuesto en Fotocomposición 2000, S. A.

A mamá y a papá,
mis mejores animadores

LIBRO PRIMERO

No sabía que el lobo
era un animal taimado
y por eso no lo temía.

Capítulo uno

Scarlet descendía hacia el callejón que daba a la parte trasera de la Taberna Rieux cuando su portavisor sonó en el asiento del pasajero seguido de una voz automatizada: «Com de la Unidad de Personas Desaparecidas de la Comisaría General de Toulouse para mademoiselle Scarlet Benoit».

El corazón le dio un vuelco; viró con brusquedad, justo a tiempo de evitar que uno de los costados de la nave rozara la pared de piedra, y empujó el mando de los frenos hasta que el vehículo se detuvo por completo. Scarlet apagó el motor y se abalanzó sobre el portavisor, que había tirado en el asiento. La pálida luz azulada que proyectaba se reflejaba en los controles de la cabina de mando.

Habían averiguado algo.

La policía de Toulouse tenía que haber dado con algo.

—¡Aceptar! —gritó, prácticamente estrujando el visor entre los dedos.

Esperaba un enlace de vídeo del inspector asignado al caso de su abuela, pero lo único que recibió fue una cadena de texto plano.

28 DE AG. DE 126 T.E.

RE: CASO # AIG00155819, ARCHIVADO EL 11 DE AG. DE 126 T.E.

MEDIANTE ESTA COMUNICACIÓN SE HACE SABER A SCARLET BENOIT, DE RIEUX, FRANCIA, FE, QUE A LAS 15.42 DEL 28 DE AG. DE 126, EL CASO DE MICHELLE BENOIT, DE RIEUX, FRANCIA, FE, EN PARADERO DESCONOCIDO, HA SIDO DESESTIMADO POR FALTA DE INDICIOS SUFICIENTES DE CRIMINALIDAD. CONJETURA: LA PERSONA DESAPARECIÓ POR VOLUNTAD PROPIA Y/O SE SUICIDÓ.

CASO CERRADO.

GRACIAS POR UTILIZAR NUESTROS SERVICIOS DE INVESTIGACIÓN.

A continuación apareció un pequeño vídeo de la policía en el que se recordaba a los conductores de naves de reparto que pilotaran con precaución y llevaran los arneses abrochados mientras el motor estuviera encendido.

Scarlet se quedó mirando la pequeña pantalla con la sensación de que el suelo desaparecía bajo la nave, hasta que las palabras se volvieron borrosas. La carcasa de plástico del visor crujió entre sus dedos.

—Imbéciles —masculló entre dientes.

Las palabras CASO CERRADO resonaron en su cabeza, riéndose de ella.

De pronto, lanzó un grito cargado de frustración y estampó el pequeño aparato contra el panel de control de la nave, con la intención de reducirlo a pedacitos de plástico, metal y cable; sin embargo, después de tres mamporrazos, solo había conseguido que la pantalla parpadeara ligeramente.

—¡Serán imbéciles!

Arrojó el visor a los pies del asiento del copiloto, y se hundió en el suyo mientras se enredaba los dedos en los rizos.

Justo en ese momento, el arnés se le clavó en el pecho y le cortó la respiración. Scarlet se lo desabrochó al tiempo que abría la puerta de una patada y salió trastabillando a las sombras del callejón. El olor a fritanga y whisky procedente de la taberna estuvo a punto de asfixiarla cuando trató de coger aire a bocanadas y de racionalizar lo que acababa de ocurrir para calmar su rabia.

Iría a la comisaría. Y era demasiado tarde, así que lo dejaría para el día siguiente. A primera hora de la mañana. Para entonces ya se habría tranquilizado y sería capaz de pensar con lógica y explicarles por qué sus suposiciones eran equivocadas. Haría que reabrieran el caso.

Scarlet pasó la muñeca por el escáner que había junto a la puerta trasera de la nave y la levantó con más fuerza de lo que el sistema hidráulico requería.

Le diría al inspector que debía seguir buscando. Le obligaría a escucharla. Le haría comprender que su abuela no había desaparecido por voluntad propia y que, desde luego, no se había suicidado.

La parte trasera de la nave iba hasta arriba de cajones de plástico llenos de hortalizas, aunque Scarlet apenas los veía. Se encontraba a kilómetros de allí, en Toulouse, planeando mentalmente la conversación. Recurriría a sus dotes de persuasión, apelaría a toda su capacidad de argumentación.

Algo le había sucedido a su abuela. Algo no iba bien, y, si la policía dejaba de investigar, estaba dispuesta a llevar el caso a los tribunales y a no parar hasta que el último de esos inspectores cabeza de chorlito fuera inhabilitado y no pudiera volver a trabajar y…

Tomó un lustroso tomate rojo con cada mano, dio media vuelta y los estampó contra la pared de piedra. Los tomates se despachurraron y el jugo y las semillas rociaron las montañas de basura a la espera de ser introducida en el compactador.

Le sentó bien. Scarlet cogió otro, visualizando la expresión dudosa del inspector cuando ella le había explicado que no era nada propio de su abuela desaparecer así, sin más. Visualizó los tomates reventando contra su engreída...

En el preciso instante en que el cuarto tomate se estrellaba contra la pared, una puerta se abrió con brusquedad. Scarlet se quedó helada, con la mano dirigida hacia el quinto, mientras el dueño de la taberna se apoyaba contra el marco de la puerta que acababa de abrir. Gilles, con el enjuto rostro reluciente de sudor, se quedó mirando los churretones anaranjados con que Scarlet había decorado una de las paredes de su edificio.

—Espero que esos no sean mis tomates.

La joven apartó la mano del cajón y se la limpió en los vaqueros, llenos de manchas, sintiendo el calor que desprendía su rostro y el latido irregular de su corazón.

Gilles se secó el sudor de la calva, en la que apenas asomaba un pelo, y le lanzó una mirada asesina, que solía ser su expresión habitual.

—¿Y bien?

—No eran tuyos —musitó Scarlet. Y no mentía; técnicamente no le pertenecían hasta que se los pagara.

Gilles rezongó por lo bajo.

—Entonces solo te descontaré tres univs por tener que limpiar esa porquería. En fin, si ya has terminado de practicar tu puntería, sería todo un detalle que empezaras a entrar esas cajas. Llevo dos días sirviendo lechuga mustia.

El hombre regresó al restaurante y dejó la puerta abierta. El rumor de los platos y las risas inundó el callejón, extraño en su normalidad.

El mundo de Scarlet se desmoronaba a su alrededor, y nadie parecía darse cuenta. Su abuela había desaparecido, y no parecía importarle a nadie.

Se volvió hacia la puerta trasera de la nave y agarró los extremos de la caja de tomates, esperando que el corazón dejara de aporrearle el esternón. Las palabras de la com seguían asediándola, aunque poco a poco empezaba a pensar con claridad y dejó que aquel primer arrebato de ira se pudriera junto a los tomates despachurrados.

En cuanto fue capaz de respirar sin que sus pulmones se convulsionaran, colocó la caja sobre las patatas rojas y las sacó de la nave.

Los pinches no le hicieron el menor caso cuando pasó esquivando las salpicaduras de las sartenes, abriéndose paso hacia las cámaras frigoríficas. Finalmente, empujó las cajas en los estantes con rotulador, tachados y rescritos una decena de veces a lo largo de los años.

—Bonjour, Starlet!

Scarlet se dio la vuelta, apartándose el pelo de la nuca sudorosa.

Émilie le sonreía desde la puerta, con la mirada iluminada por un secreto, aunque se puso seria en cuanto vio la expresión de su amiga.

—¿Qué…?

—No me apetece hablar de ello.

Scarlet pasó junto a la camarera y volvió a atravesar la cocina, pero Émilie rezongó audiblemente y salió corriendo tras ella.

—Pues no hables. Me alegro de que estés aquí —dijo, y la cogió del codo cuando salían al callejón—, porque ha vuelto.

A pesar de los rizos dorados y angelicales que enmarcaban el rostro de Émilie, su amplia sonrisa sugería unos pensamientos bastante menos inocentes.

Scarlet se zafó de la mano que la retenía y sacó una caja de chirivías y rábanos, que le pasó a la camarera. No podía importarle menos saber de quién le hablaba y por qué era tan emocionante que hubiera vuelto.

—Ah, muy bien —dijo, al tiempo que cargaba una cesta de cebollas acartonadas.

—No te acuerdas, ¿verdad? Vamos, Scar, el luchador del que te hablé el otro día… ¿O se lo conté a Sophia?

—¿El luchador? —Scarlet entrecerró los ojos, empezando a sentir el dolor de cabeza que le martilleaba las sienes—. ¿En serio, Ém?

—No seas así. ¡Es un encanto! Esta semana se ha pasado por aquí casi a diario y siempre se sienta en mi sección, lo que querrá decir algo, ¿no crees? —Al ver que Scarlet se quedaba callada, la camarera dejó la caja en el suelo y sacó un paquete de chicles del bolsillo del delantal—. Nunca dice nada, no como Roland y su panda. Creo que es tímido… y que está muy solo.

Se metió uno en la boca y le ofreció otro a Scarlet.

—¿Un luchador que parece tímido? —Scarlet rechazó el chicle con un gesto—. ¿Te estás oyendo?

—En cuanto lo veas, lo entenderás. Tiene unos ojos que…

Émilie se abanicó la frente con los dedos, fingiendo sofoco.

—¡Émilie! —Gilles apareció en la puerta—. Deja de darle a la lengua y entra de una vez. La mesa cuatro te reclama.

El hombre lanzó una mirada asesina a Scarlet a modo de muda advertencia, como queriendo decir que le descontaría más univs de la factura si no dejaba de distraer a sus empleados, y luego volvió dentro sin esperar una respuesta. Émilie le sacó la lengua a sus espaldas.

Scarlet se apoyó la cesta de cebollas contra la cadera, cerró la puerta trasera de la nave y rozó a la camarera al pasar.

—¿La mesa cuatro es él?

—No, él está en la nueve —se lamentó Émilie, levantando la caja de tubérculos. Atravesaban de nuevo la húmeda y calurosa cocina cuando la joven ahogó un grito—. ¡Ay, qué tonta soy! Llevo toda la semana queriendo enviarte una com para preguntarte por tu *grandmère*. ¿Ya sabes algo?

Scarlet apretó los dientes. Las palabras del mensaje volvieron a zumbar como abejorros en su cabeza. «Caso cerrado.»

—Nada nuevo —contestó, y dejó que el bullicio creado por los gritos que intercambiaban los cocineros ahogara la conversación.

Émilie la siguió hasta el almacén y dejó caer la caja que llevaba. Scarlet empezó a organizar las cestas antes de que la camarera tuviera ocasión de darle ánimos, aunque Émilie tampoco insistió más de lo necesario y se limitó a un: «Intenta no preocuparte, Scar. Volverá», antes de regresar al comedor.

A Scarlet empezaba a dolerle la mandíbula de tanto rechinar los dientes. Todo el mundo hablaba de la desaparición de su abuela como si se tratara de un gato extraviado que encontraría el camino de vuelta a casa cuando tuviera hambre. «No te preocupes. Volverá.»

Sin embargo, llevaba más de dos semanas desaparecida. Se había esfumado sin enviar una com, sin despedirse, sin previo aviso. Incluso se había perdido el decimoctavo cumpleaños de Scarlet, a pesar de que la semana anterior había comprado los ingredientes para hacer un bizcocho de limón, el postre favorito de su nieta.

Ninguno de los jornaleros la había visto irse. Ninguno de los androides que trabajaban en la granja había registrado nada sospechoso. Se había dejado el portavisor, pero Scarlet no había encontrado ninguna pista en las coms almacenadas, ni en la agenda, ni en el historial de la red. Sin embargo, era muy raro que se lo hubiera olvidado. Nadie iba a ninguna parte sin su visor.

Aun así, aquello no era lo peor. Ni el portavisor abandonado, ni el bizcocho por hacer.

Scarlet también había encontrado el chip de identidad de su abuela.

Su chip de identidad. Envuelto en un trozo de gasa manchado de sangre en la encimera de la cocina, como un paquetito.

El inspector había dicho que aquello era lo que hacía la gente cuando huía y no quería que se la encontrara, se extraían los chips de identidad. Lo había dicho como si hubiera resuelto el misterio, aunque Scarlet imaginaba que, probablemente, la mayoría de los secuestradores también conocían aquella artimaña.

Capítulo dos

S carlet vio a Gilles detrás de la mesa caliente, bañando un sándwich de jamón con un cucharón de bechamel. La joven rodeó la
mesa y alzó la voz para llamar su atención. Gilles la miró con cara de
fastidio.

—Ya estoy —anunció Scarlet, devolviéndole el ceño—. Tienes
que firmarme el albarán.

Gilles descargó una paletada de patatas fritas junto al sándwich
y empujó el plato hacia ella sobre la superficie de acero inoxidable.

—Lleva esto enseguida al primer reservado y lo tendrás listo
cuando vuelvas.

Scarlet torció el gesto.

—No trabajo para ti, Gilles.

—Ya puedes dar gracias de que no te envíe al callejón con un
cepillo —contestó él, dándole la espalda con aquella camisa blanca
que el sudor había acabado amarilleando con los años.

Scarlet contrajo los dedos al imaginarse lanzándole el sándwich
al cogote para ver cómo se despachurraba en comparación con los
tomates, pero el semblante severo de su abuela no tardó en inte-
rrumpir sus fantasías. No quería ni pensar lo decepcionada que se

sentiría si al volver a casa descubriera que Scarlet había perdido a uno de sus clientes más fieles por su mal genio.

Cogió el plato echando chispas y entró decididamente en el comedor, donde estuvo a punto de acabar derribada por un camarero en cuanto la puerta se cerró detrás de ella. La Taberna Rieux no era un sitio acogedor: los suelos estaban pegajosos, el mobiliario era una amalgama de mesas y sillas baratas, y el olor a fritanga impregnaba el aire. Sin embargo, en una ciudad donde beber y cotillear eran los pasatiempos preferidos de la población, siempre estaba atestada de gente, sobre todo los domingos, cuando los jornaleros del lugar olvidaban el campo veinticuatro horas.

Mientras Scarlet esperaba a que el camino se despejara un poco para poder avanzar entre la clientela, las telerredes instaladas detrás de la barra llamaron su atención. Las tres emitían nuevos avances de la noticia que había acaparado los titulares desde la noche anterior. Todo el mundo hablaba sobre el baile anual de la Comunidad Oriental al que la reina lunar había asistido en calidad de invitada de honor y en el que se había colado una joven ciborg que había derribado varias arañas de luces a tiros y había intentado asesinar a la reina… o puede que al recién coronado emperador. Circulaban teorías para todos los gustos. La imagen congelada que aparecía en las pantallas mostraba un primer plano de la chica, con la cara sucia de barro y una coleta medio deshecha de la que escapaban varios mechones mojados. Para empezar, nadie se explicaba cómo había sido admitida en el baile real.

—Tendrían que haber acabado con su sufrimiento cuando cayó por esas escaleras —comentó Roland, un cliente habitual, con pinta de llevar apoltronado en la barra desde el mediodía. Apuntó hacia la pantalla con un dedo y fingió disparar—. Yo le habría metido una bala en la cabeza y adiós muy buenas.

Al oír el murmullo de aprobación que suscitó el comentario a su alrededor, Scarlet puso los ojos en blanco y se abrió paso a empujones hasta el primer reservado.

Supo que se trataba del luchador que hacía suspirar a Émilie de inmediato, en parte gracias a la colección de cicatrices y magulladuras que lucía su piel aceitunada, pero sobre todo porque no era uno de los habituales de la taberna. Tenía un aspecto más desastrado de lo que había imaginado, después de ver el éxtasis de Émilie al describírselo. Llevaba el pelo alborotado, las greñas le apuntaban en todas las direcciones, y un moretón reciente le hinchaba un ojo. Bajo la mesa, parecía que tuviera un tic nervioso en las piernas, como un juguete al que le hubieran dado cuerda.

Tenía tres platos delante, en los que apenas quedaban restos de aceite, huevo duro y trozos intactos de tomate y lechuga.

Scarlet no advirtió que lo había estado observando fijamente hasta que el chico se volvió hacia ella y sus miradas se encontraron. Tenía los ojos de un color verde extraño, parecido al de las primeras uvas antes de recogerlas. Scarlet sujetó el plato con fuerza y de pronto comprendió el sofoco de Émilie. «Tiene unos ojos…»

Finalmente, acabó de abrirse paso entre la gente y depositó el sándwich en la mesa.

—¿Había pedido *le croque monsieur*?

—Sí, gracias.

Le sorprendió su voz, aunque no por lo ronca o profunda, como había esperado, sino más bien porque era apagada y vacilante. Tal vez Émilie tenía razón. Tal vez era tímido de verdad.

—¿Está seguro de que no prefiere que le traigamos el cerdo entero? —preguntó, apilando los platos vacíos—. Les ahorraría a los camareros la molestia de tener que andar yendo y viniendo de la cocina.

El chico abrió los ojos y, por un instante, Scarlet hubiera jurado que iba a preguntar si era posible, aunque enseguida volvió a concentrarse en el sándwich.

—Aquí sirven buena comida.

Scarlet reprimió una carcajada. «Buena comida» y «Taberna Rieux» eran dos términos que, por lo general, no relacionaría.

—Las peleas deben de abrir el apetito.

No contestó. Sus dedos empezaron a juguetear con la pajita que tenía en la bebida, y Scarlet vio que la mesa comenzaba a temblar a causa del tic nervioso de las piernas.

—Bueno, que aproveche —dijo al fin, recogiendo los platos para irse. Sin embargo, se detuvo un momento y los inclinó ligeramente hacia él—. ¿Está seguro de que no quiere los tomates? Es lo mejor del plato y procede de mi huerto. De hecho, la lechuga también, aunque no estaba tan mustia cuando la cogí. No importa, olvide la lechuga, pero ¿y el tomate?

La expresión del luchador pareció relajarse ligeramente.

—No los he probado nunca.

Scarlet enarcó una ceja.

—¿Nunca?

Tras un momento de vacilación, el chico soltó el vaso, rescató las dos rodajas de tomate y se las metió en la boca.

Se quedó inmóvil a medio bocado y pareció considerarlo un momento, con la mirada errática, antes de tragárselo.

—No es lo que esperaba —dijo, alzando la vista de nuevo hacia ella—, pero no están tan mal. ¿Podría traerme un poco más?

Scarlet recolocó los platos como pudo para evitar que el cuchillo de la mantequilla resbalara y cayera al suelo.

—Mire, en realidad no trabajo…

—¡Ahora viene lo bueno! —anunció alguien cerca de la barra, haciendo que un murmullo animado recorriera la taberna.

Scarlet se volvió hacia las telerredes. En las pantallas se veía un exuberante jardín de azucenas y cañas de bambú, perlado de gotitas de lluvia que le daban un aspecto deslumbrante tras el reciente aguacero. La cálida luz que se filtraba a través de los ventanales donde se celebraba el baile se derramaba por una majestuosa escalera. La cámara de seguridad estaba sobre la puerta, dirigida hacia las largas sombras que se proyectaban sobre el camino. Una imagen que transmitía belleza. Serenidad.

—¡Diez univs a que hay una chica a punto de perder un pie en esa escalera! —gritó alguien, coreado por las risotadas que arrancó en la barra—. ¿Alguien quiere apostar conmigo? Venga, en serio, ¿qué probabilidades hay de que ocurra algo así?

Un segundo después, la joven ciborg apareció en pantalla. Salió en tromba por la puerta y bajó la escalera como un rayo, alterando la paz que reinaba en el jardín con su vestido plateado, que se hinchaba como una vela. Scarlet contuvo la respiración. Sabía qué ocurriría a continuación, y aun así siempre torcía el gesto cuando la joven tropezaba y se caía. La ciborg rodó aparatosamente por los escalones y aterrizó al pie de estos, donde quedó postrada en una mala postura sobre el camino de grava. A pesar de que la imagen no tenía sonido, Scarlet siempre se imaginaba a la joven jadeando mientras se volvía hacia la puerta, con expresión horrorizada. Unas sombras ocuparon la escalera, y una serie de figuras irreconocibles aparecieron en lo alto.

Después de haber oído la historia una decena de veces, Scarlet buscó el pie que le faltaba en los escalones. La luz del salón de baile se reflejaba en el metal. El pie biónico de la chica.

—Dicen que la reina es la de la izquierda —comentó Émilie.

Scarlet dio un respingo. No la había oído acercarse.

El príncipe —no, el emperador ahora— bajó los escalones poco a poco y se detuvo a recoger el pie. La joven alargó la mano hacia el bajo del vestido y tiró de este para taparse las pantorrillas, pero no consiguió ocultar los cables tentaculares que colgaban del muñón metálico.

Scarlet estaba al tanto de lo que se rumoreaba. No solo habían confirmado que la joven era una lunar —una fugitiva ilegal y un peligro para la sociedad terrestre—, sino que, además, había logrado manipular el pensamiento del emperador Kai. Unos decían que solo quería poder; otros, que iba detrás del dinero. Incluso había quien aseguraba que pretendía iniciar la guerra con que llevaban amenazando tanto tiempo. Sin embargo, tanto daba cuál hubiera sido la verdadera intención de la joven, Scarlet era incapaz de no compadecerse de ella. Después de todo, solo era una adolescente, incluso más joven que ella misma, y daba verdadera lástima verla tirada al pie de la escalera.

—¿Qué hay de eso de acabar con su agonía? —insistió uno de los tipos de la barra.

Roland apuntó a la pantalla con el dedo.

—Tú lo has dicho. En mi vida he visto algo tan repugnante.

Alguien sentado cerca del otro extremo se inclinó hacia delante para poder ver a Roland sin que se lo taparan los demás clientes.

—No sé qué decirte. Creo que es bastante mona, fingiéndose tan inocente y desvalida. En vez de mandarla de vuelta a la luna enviármela a mí.

El comentario fue recibido con sonoras carcajadas. Roland estampó la mano sobre la barra e hizo traquetear un plato de mostaza.

—¡Seguro que esa pierna de metal la convertiría en una compañera de cama muy agradable!

—Cerdo —musitó Scarlet, aunque las risotadas ahogaron su voz.

—¡No me importaría que me dejaran calentarla! —añadió otro, provocando la hilaridad de las mesas cercanas.

La rabia que había tenido que tragarse empezó a ascender poco a poco por la garganta de Scarlet, que medio estrelló, medio dejó caer la pila de platos sobre la mesa del reservado. Sin detenerse ante la expresión sobresaltada de quienes la rodeaban, se abrió camino a empujones hasta que rodeó la barra.

El desconcertado barman se quedó mirando cómo Scarlet apartaba varias botellas y se encaramaba a la barra, tan larga como la pared. La joven levantó los brazos, abrió un panel que había bajo un estante lleno de copas de coñac y desenchufó el cable de la conexión de red. Las tres pantallas se apagaron, y el jardín de palacio y la chica ciborg se desvanecieron.

Un rugido de protesta se alzó a su alrededor.

Scarlet se volvió con brusquedad para hacerles frente y derribó sin querer una botella de vino que había sobre la barra. El cristal se hizo añicos contra el suelo, pero Scarlet ni siquiera lo oyó mientras agitaba el cable ante la clientela furibunda.

—¡Deberíais mostrar un poco de respeto! ¡Esa chica va a ser ejecutada!

—¡Esa chica es una lunar! —gritó una mujer—. ¡Debe ser ejecutada!

Una opinión refrendada por los gestos de asentimiento que vio a su alrededor. Alguien incluso se atrevió a lanzarle una corteza de pan, que le dio en el hombro. La joven se puso en jarras.

—No tiene más que dieciséis años.

Aquello solo consiguió provocar una avalancha de protestas. Hombres y mujeres por igual se pusieron en pie, indignados, clamando contra los lunares, sus malas artes y contra la chica que «intentó asesinar a un dirigente de la Unión».

—¡Eh, eh, que se calme todo el mundo! ¡Dejad tranquila a Scarlet! —gritó Roland, con una seguridad reforzada por el whisky que delataba su aliento. El hombre levantó las manos ante la gente que parecía querer abalanzarse sobre ella—. Todos sabemos que en su familia no están muy cuerdos. ¡Primero se escapa la vieja chiflada, y ahora a Scarlet le da por defender los derechos de los lunares!

Las risas y los abucheos inundaron los oídos de Scarlet, aunque se confundieron con el sonido de la sangre que corría por sus venas. Sin saber cómo había bajado, de pronto se encontró lanzando su puño por encima de la barra contra la oreja de Roland, derribando a su paso botellas y vasos, que se hacían añicos al estamparse contra el suelo.

El hombre lanzó un aullido de dolor y se volvió hacia ella.

—¿Qué...?

—¡Mi abuela no está loca! —Lo asió por el cuello de la camisa—. ¿Es eso lo que le dijiste al inspector cuando te preguntó? ¿Le dijiste que estaba loca?

—¡Pues claro que le dije que estaba loca! —le gritó él a su vez, envolviéndola con su aliento en una nube de alcohol—. Y me juego lo que quieras a que no he sido el único. Solo hay que ver cómo se pasa todo el día encerrada en ese caserón, hablando con los animales y los androides como si fueran humanos y ahuyentando a la gente con un rifle...

—¡Eso solo ocurrió una vez, y era un vendedor de escoltas!

—No me extraña lo más mínimo que la abuela Benoit estrellara su último cohete. Ya hacía tiempo que se veía venir.

Scarlet le dio un fuerte empujón con ambas manos. Roland trastabilló y tropezó con Émilie, que había estado intentando interponerse entre ambos. Émilie gritó y cayó hacia atrás sobre una mesa al tratar de evitar que Roland la aplastara.

El hombre recuperó el equilibrio, con un gesto indeciso a caballo entre una sonrisa y un gruñido.

—Vete con cuidado, Scar, o acabarás como la vieja...

En ese momento se oyó el chirrido de las patas de una mesa, y un segundo después el luchador rodeaba el cuello de Roland con una mano y lo levantaba del suelo.

Todo el mundo guardó silencio. El luchador, inmutable, sostuvo a Roland en alto como si fuera un muñeco, sin prestar atención a los jadeos ahogados de este.

Scarlet lo miró boquiabierta; el canto de la barra se le clavaba en la barriga.

—Creo que le debes una disculpa —dijo el luchador con su tono tranquilo y monotono.

Roland empezaba a asfixiarse mientras agitaba los pies en busca del suelo.

—¡Eh, suéltelo! —lo increpó un hombre, levantándose del taburete de un salto—. ¡Va a matarlo!

Trató de hacerle bajar la muñeca, pero fue como colgarse de una barra de hierro. Sonrojado, el hombre lo soltó y se apartó ligeramente para propinarle un puñetazo, pero en cuanto lanzó el brazo hacia delante, el luchador levantó la mano libre y lo detuvo.

Scarlet retrocedió, tambaleante, y entrevió un tatuaje compuesto por letras y números sin sentido que llevaba en el antebrazo: OLOM962.

El luchador todavía parecía enfadado, aunque en ese momento también se adivinaba cierto regocijo en su expresión, como si acabara de recordar las reglas de un juego. Dejó a Roland en el suelo con toda calma y lo soltó al mismo tiempo que el puño del otro hombre.

Roland intentó recuperar el equilibrio apoyándose en un taburete.

—¿Y a ti qué te pasa? —dijo, con voz ahogada, mientras se frotaba el cuello—. ¿Es que eres uno de esos locos de la ciudad o qué?

—Le estabas faltando al respeto.

—¿Que le estaba faltando al respeto? —protestó Roland—. ¡Acabas de intentar matarme!

Gilles dio un empujón a las puertas batientes de la cocina e irrumpió en el comedor.

—¿Qué está pasando aquí?

—Este tipo busca pelea —dijo alguien.

—¡Y Scarlet se ha cargado las pantallas!

—¡No me las he cargado, imbécil! —gritó Scarlet, aunque no sabía quién lo había dicho.

Gilles miró las pantallas apagadas, a Roland, que todavía se frotaba el cuello, y las botellas y los vasos hechos añicos que tapizaban el suelo mojado, y se volvió hacia el luchador con el ceño fruncido.

—Tú —dijo, señalándolo—, fuera de mi local.

A Scarlet se le encogió el estómago.

—Él no ha…

—No empieces, Scarlet. ¿Tienes planeado destruir algo más? ¿Estás buscando que cancele mi cuenta?

—Puede que me lleve la entrega —contestó, indignada. Todavía le ardía la cara—. A ver si a tus clientes les gusta comer verdura mustia a partir de ahora.

Gilles rodeó la barra del bar y le arrancó el cable de la mano.

—¿De verdad crees que tienes la única granja de Francia? Para serte sincero, Scarlet, solo te hago el pedido a ti porque, de lo contrario, tu abuela no me dejaría ni a sol ni a sombra.

Scarlet tuvo que morderse la lengua para no recordarle que su abuela ya no estaba allí y que, por tanto, ya podía hacerle el pedido a otra persona si era eso lo que quería.

Gilles se volvió hacia el luchador.

—¡He dicho que fuera!

Sin inmutarse, el luchador le tendió la mano a Émilie, que seguía medio ovillada contra una mesa. Tenía las mejillas encendidas y la falda empapada de cerveza, pero los ojos le hicieron chiribitas al dejar que la ayudara a ponerse en pie.

—Gracias —dijo en un susurro que se perdió en el incómodo silencio.

Finalmente, el luchador decidió volverse hacia Gilles, que seguía mirándolo con el ceño fruncido.

—Me voy, pero todavía tengo que pagar. —Vaciló—. Cóbreme también los vasos rotos.

Scarlet parpadeó.

—¿Qué?

—¡No quiero tu dinero! —gritó Gilles, como si lo hubiera ofendido, cosa que sorprendió aún más a Scarlet, pues solo le había oído quejarse acerca del dinero y de cómo le chupaban la sangre los proveedores—. Quiero que te vayas de mi local.

El luchador miró furtivamente a Scarlet, quien por un momento sintió que había una conexión entre ellos.

Allí estaban, un par de marginados. Parias. Chiflados.

Con el pulso acelerado, se apresuró a desterrar aquel pensamiento. Ese hombre era de los que traían problemas. Peleaba para ganarse la vida… o tal vez incluso por placer. No sabía qué era peor.

El luchador se dio la vuelta, agachó la cabeza en un gesto semejante a una disculpa y se dirigió a la salida arrastrando los pies. Cuando pasó por su lado, Scarlet no pudo evitar pensar que, a pesar de todas las señales de ferocidad, no parecía más amenazador que un perro al que acabaran de regañar.

Capítulo tres

Scarlet sacó la caja de las patatas del estante inferior y la dejó caer al suelo con un golpe sordo antes de cargar encima la de los tomates. A continuación, puso las cebollas y los nabos a un lado. Tendría que hacer dos viajes hasta la nave, y eso era lo que más la enfurecía. Así no había manera de hacer una salida digna.

Cogió las asas de la caja de más abajo y las levantó.

—¿Se puede saber qué estás haciendo? —preguntó Gilles desde la puerta, con un trapo de cocina sobre el hombro.

—Me las llevo.

Gilles se apoyó en la pared y lanzó un largo suspiro.

—Scar… Lo de ahí fuera, no lo he dicho en serio.

—Lo dudo mucho.

—Mira, me gusta tu abuela y me gustas tú. Sí, ella me cobra más de la cuenta, tú eres peor que un dolor de muelas, y puede que a veces parezcáis un poco locas… —Alzó ambas manos en actitud defensiva al ver que Scarlet empezaba a sulfurarse—. Eh, eres tú quien se ha subido a la barra y ha empezado a lanzar discursos, así que no lo niegues.

Scarlet arrugó la nariz.

—Pero, la verdad, tu *grand-mère* dirige una buena granja, y tú sigues cultivando los mejores tomates de Francia año tras año. No quiero cancelar mi cuenta.

Scarlet ladeó la caja de modo que las lustrosas esferas rojas rodaron y chocaron unas contra otras.

—Vuelve a dejarlas en su sitio, Scar. Ya he firmado el albarán.

Gilles se marchó antes de que Scarlet volviera a perder los estribos.

La joven se apartó un rizo de la cara de un bufido, dejó las cajas en el suelo y devolvió la de las patatas de una patada a su sitio, bajo los estantes. Desde allí oyó que los cocineros comentaban entre risas lo que había ocurrido en el comedor. La historia ya había adquirido dimensiones legendarias gracias a los aderezos de los camareros. Según los cocineros, el luchador le había roto una botella en la cabeza a Roland, que había caído inconsciente sobre una silla y la había hecho trizas, y también se habría ensañado con Gilles si Émilie no lo hubiera calmado con una de sus preciosas sonrisas.

Scarlet se limpió las manos en los vaqueros y volvió a entrar en la cocina, sin intención de corregir sus versiones. La tensión se respiraba en el ambiente cuando se encaminó hasta el escáner que había junto a la puerta trasera. No se veía a Gilles por ninguna parte, y las risitas de Émilie se oían en el comedor. Scarlet esperaba que todas aquellas miradas furtivas fueran cosa de su imaginación y se preguntó cuánto tardarían los rumores en extenderse por la ciudad. «¡Scarlet Benoit defendía a la ciborg! ¡A la lunar! Está claro que ha estrellado su último cohete, igual que su... igual que...»

Pasó la muñeca bajo el desfasado escáner. Por costumbre, revisó el albarán que apareció en la pantalla, para asegurarse de que Gilles no le había pagado de menos, como siempre intentaba hacer, y comprobó que, efectivamente, había deducido tres univs por los tomates despachurrados. 678U DEPOSITADOS EN LA CUENTA DEL PROVEEDOR: GRANJAS Y HUERTOS BENOIT.

Salió por la puerta trasera sin despedirse de nadie.

A pesar de que era una tarde soleada y seguía haciendo calor, en las sombras del callejón hacía frío en comparación con el bochorno de la cocina infernal de Gilles. Scarlet lo agradeció mientras reorganizaba las cajas en la parte trasera de la nave. Iba con retraso, con lo cual sería de noche cuando llegara a casa. Tendría que madrugar más de lo habitual para acercarse hasta la comisaría de Toulouse; de lo contario desperdiciaría un día más, y no haría nada para encontrar a su abuela.

Dos semanas. Hacía dos semanas enteras que su abuela estaba ahí fuera, sola. Indefensa. Olvidada. Tal vez… Tal vez incluso muerta. Puede que la hubieran secuestrado, asesinado y abandonado en una cuneta oscura y húmeda, en alguna parte, pero ¿por qué? «¿Por qué, por qué, por qué, por qué?»

Lágrimas de frustración empañaron sus ojos, aunque las contuvo con un pestañeo. Cerró la puerta, rodeó el vehículo hasta la parte delantera y se quedó helada.

El luchador estaba allí, con la espalda apoyada en la pared del edificio. Observándola.

De la sorpresa, se le escapó una lágrima ardiente, que se limpió antes de que alcanzara la barbilla. Le devolvió la mirada, calculando si su postura era amenazadora o no. El luchador se encontraba a pocos pasos del morro de la nave y parecía más indeciso que hostil, aunque, pensándolo bien, tampoco le había parecido hostil cuando había estado a punto de estrangular a Roland.

—Solo quería asegurarme de que estabas bien —dijo. El bullicio de la taberna casi engullía sus palabras.

Scarlet apoyó la mano en la parte trasera de la nave, con los dedos extendidos, molesta por sentir los nervios a flor de piel, como si estos no acabaran de decidir si debía tenerle miedo o sentirse halagada.

—Estoy bastante mejor que Roland —contestó—. Ya se le empezaban a notar los hematomas del cuello cuando me he ido.

El luchador miró de reojo la puerta de la cocina.

—Se merecía algo peor.

Scarlet habría sonreído, pero, después de pasarse toda la tarde teniendo que reprimir su ira y su frustración, no le quedaban fuerzas.

—Habría preferido que no te inmiscuyeras. Lo tenía todo bajo control.

—Sí, era evidente. —La miró entrecerrando los ojos, como si intentara resolver un enigma—. Pero temía que acabaras apuntándolo con esa pistola y dudo que eso hubiera hablado demasiado en tu favor. Me refiero a lo de que no estás loca.

Scarlet sintió que se le erizaba el vello de la nuca y se llevó la mano a la espalda de manera instintiva, donde guardaba una pequeña pistola, caliente al contacto con la piel. Su abuela se la había regalado por su undécimo cumpleaños, acompañándola de una advertencia un tanto paranoica: «Nunca se sabe cuándo querrá un extraño llevarte a donde no quieres ir». Le había enseñado a usarla, y Scarlet no había vuelto a salir de casa sin ella desde entonces, por absurdo o innecesario que pareciera.

Siete años después, estaba completamente segura de que nadie se había percatado de la pistola que llevaba oculta bajo la sudadera roja con capucha que solía vestir. Hasta ese momento.

—¿Cómo lo has sabido?

El luchador se encogió de hombros, o era su intención, aunque estaba demasiado tenso y el movimiento resultó un poco brusco.

—He visto la culata cuando te has subido al mostrador.

Scarlet se levantó la parte trasera de la sudadera lo justo para sacar la pistola de la cinturilla. Intentó respirar hondo para calmarse, pero el aire estaba impregnado del olor a cebolla y a basura del callejón.

—Gracias por preocuparte, pero estoy bien. Tengo que irme… Llevo retraso con las entregas… y con todo.

Dio un paso hacia la puerta del piloto.

—¿Tienes más tomates?

Scarlet se detuvo.

El luchador retrocedió ligeramente hacia las sombras, como si se sintiera avergonzado.

—Me he quedado con un poco de hambre —musitó.

Scarlet creyó percibir el olor de la pulpa del tomate en la pared de detrás.

—Tengo dinero —se apresuró a añadir.

La chica negó con la cabeza.

—No, no es necesario. Hay de sobra. —Retrocedió despacio, sin apartar los ojos de él, y volvió a abrir la parte trasera para coger un tomate y un manojo de zanahorias retorcidas—. Ten, esto también se come crudo y está bueno —dijo, lanzándoselas.

Él las atrapó sin esfuerzo; el tomate desapareció en un puño de tamaño considerable, y con la otra mano apresó las zanahorias por los tallos frondosos y ligeros. Las estudió con atención.

—¿Qué es esto?

A Scarlet se le escapó la risa, sorprendida.

—Zanahorias. ¿Lo dices en serio?

Una vez más, el luchador pareció darse cuenta de que había dicho algo raro y, avergonzado, se encorvó en un intento inútil de hacerse más pequeño.

—Gracias.

—Tu madre nunca te obligaba a comer verdura, ¿verdad?

Sus miradas coincidieron, y la incomodidad fue inmediata. Algo se hizo añicos en la taberna, y Scarlet dio un respingo. A continuación se oyeron unas sonoras carcajadas.

—No importa. Están buenas, te gustarán.

Cerró la puerta trasera y volvió a rodear la nave hasta la del piloto, donde pasó su chip de identidad por el escáner. La puerta se abrió y creó una muralla entre ellos. El parpadeo de los faros realzó el ojo morado del luchador, haciendo que pareciera más oscuro que antes. El chico se encogió y retrocedió, como un delincuente bajo un foco.

—Me preguntaba si necesitarías un jornalero —dijo atropelladamente, como si tuviera prisa.

Scarlet se detuvo, comprendiendo de pronto por qué había estado esperándola, por qué seguía por allí después de tanto rato. Examinó la ancha espalda y los brazos fornidos.

—¿Buscas trabajo?

Él esbozó una sonrisa, lo que le dio un aire peligrosamente pícaro.

—Las peleas dan bastante dinero, pero hay empleos mejores. Había pensado que a lo mejor podrías pagarme con comida.

Scarlet se echó a reír.

—Después de ver ahí dentro el apetito que te gastas, creo que con un trato así perdería hasta la camisa. —Se sonrojó al instante; seguro que ahora empezaría a imaginársela sin la camisa. Sin embargo, para su sorpresa, el chico ni se inmutó, por lo que ella se apresuró a llenar el silencio antes de que él cayera en la cuenta de lo que había dicho—. Da igual, ¿cómo te llamas?

Una vez más volvió a encogerse de hombros, como si le incomodaran las preguntas.

—Cuando peleo me llaman Lobo.

—¿Lobo? Qué… miedo.

Él asintió, muy serio.

Scarlet reprimió una sonrisa.

—Será mejor que no incluyas lo de luchador en el currículo.

Él se rascó el brazo, a la altura del extraño tatuaje, que apenas se distinguía entre las sombras, y Scarlet pensó que tal vez lo había avergonzado. Puede que Lobo fuera un apodo cariñoso.

—Bueno, a mí me llaman Scarlet. Sí, como el pelo, escarlata, ya lo sé.

La expresión del joven se suavizó.

—¿Qué pelo?

Scarlet puso el brazo sobre la puerta y apoyó la barbilla en él.

—Muy bueno.

Por un instante, casi pareció relajado, y Scarlet descubrió que aquel extraño, aquel tipo tan peculiar estaba empezando a gustarle. El luchador de voz suave.

Aunque algo en su interior no tardó en enviarle una señal de advertencia: estaba perdiendo el tiempo. Su abuela se encontraba en alguna parte. Sola. Aterrorizada. Tirada en una cuneta.

Scarlet cerró los dedos con fuerza sobre el marco de la puerta.

—Lo siento de veras, pero la plantilla está completa. No necesito más jornaleros.

El brillo que animaba la mirada de Lobo se apagó y al instante volvió a parecer incómodo. Confuso.

—Lo entiendo. Gracias por la comida.

Le dio una patada al canuto de un petardo vacío que había en el suelo, un resto de las celebraciones por la paz de la noche anterior.

—Deberías ir a Toulouse, o incluso a París. Hay más trabajo en la ciudad, y la gente de por aquí no es demasiado amable con los forasteros, como puede que hayas notado.

Él ladeó la cabeza, y sus ojos de color esmeralda refulgieron bajo la luz de los faros de la nave con un brillo casi divertido.

—Gracias por el consejo.

Scarlet se volvió y se acomodó en el asiento del piloto.

Lobo se acercó a la pared mientras ella encendía el motor.

—Si cambias de opinión acerca del trabajo, estoy casi todas las noches en la casa abandonada de los Morel. Puede que la gente no se me dé bien, pero sabría manejarme en una granja. —Esbozó una sonrisita burlona—. Los animales me adoran.

—Sí, no lo dudo —contestó Scarlet, sonriendo a su vez con fingida sinceridad. Cerró la puerta antes de musitar—: ¿A qué animal de granja no le encantan los lobos?

Capítulo cuatro

La condena de Carswell Thorne no podría haber empezado con peor pie, entre la catastrófica sublevación del jabón y demás. Sin embargo, después de haber pasado una temporada en aislamiento, se había convertido en la personificación de un caballero educado y, tras seis meses de comportamiento intachable, había conseguido persuadir a la única mujer del turno de guardia para que le prestara un portavisor.

Estaba seguro de que la jugada no le habría salido bien si la guardiana no hubiera estado convencida de que era un idiota incapaz de hacer otra cosa que no fuera contar los días y buscar imágenes subidas de tono de mujeres a las que había conocido e imaginado.

Y estaba en lo cierto, claro. La tecnología era un misterio para Thorne, quien no habría podido hacer nada útil con la tableta aunque hubiera dispuesto de un manual de instrucciones paso a paso sobre «Cómo escapar de la cárcel utilizando un portavisor». No había conseguido acceder a sus coms, ni conectarse a los portales de noticias, ni había sabido encontrar información sobre la prisión de Nueva Pekín y la ciudad circundante.

No obstante, apreciaba en toda su valía las imágenes sugerentes, aunque altamente filtradas.

Estaba repasando su carpeta en el día número 228 de su cautiverio, preguntándose si la señora Santiago seguiría casada con aquel hombre que olía a cebolla, cuando un chirrido espantoso interrumpió la paz de la celda.

Thorne levantó la vista hacia el techo liso, blanco y brillante, entrecerrando los ojos.

El ruido cesó y a continuación le pareció oír que arrastraban algo. Un par de golpes sordos. Y otra vez esa especie de molinillo eléctrico.

Thorne dobló las piernas sobre el camastro y esperó, atento al ruido, cada vez más audible y cercano, que se interrumpía un instante y continuaba. Le costó un tiempo identificar aquel nuevo sonido, pero tras prestar atención y meditar sobre el asunto, decidió que se trataba de un taladro.

Tal vez había un preso haciendo reformas.

El ruido cesó de nuevo, aunque el eco reverberó en las paredes del habitáculo. Thorne miró a su alrededor. Su celda era un cubo perfecto de seis caras lisas, blancas y lustrosas, que únicamente contenía su camastro, completamente blanco, un urinario que se deslizaba fuera de la pared apretando un botón, y a él con su uniforme blanco.

Si alguien estaba haciendo reformas, esperaba que su celda fuera la siguiente.

El ruido se reanudó, esta vez más chirriante, y a continuación un tornillo largo asomó por el techo y cayó en medio de la celda con gran estrépito. Otros tres siguieron al primero.

Thorne alargó el cuello cuando uno de los tornillos rodó debajo del camastro.

Segundos después, una baldosa cuadrada se desprendió del techo con un sonoro golpetazo, seguida por dos piernas y un grito de sorpresa. Las piernas llevaban un mono de algodón blanco igual que el suyo, pero, a diferencia de su sencillo calzado blanco, los pies en que terminaban aquellas piernas iban descalzos.

Uno estaba revestido de piel.

El otro de una plancha metálica y reluciente.

Con un gruñido, la chica se soltó y cayó de cuclillas en medio de la celda.

Thorne apoyó los codos en las rodillas y se inclinó hacia delante, intentando verla mejor sin moverse de donde estaba, con la espalda contra la pared. Era menuda, morena y tenía el pelo liso y castaño. Al igual que el pie izquierdo, la mano del mismo lado también era metálica.

En cuanto recuperó el equilibrio, la chica se levantó y se sacudió el mono.

—Disculpa —dijo Thorne.

La joven se volvió hacia él, con los ojos desorbitados.

—Parece que te has equivocado de celda. ¿Necesitas indicaciones para volver a la tuya?

La joven pestañeó.

Thorne sonrió.

La chica frunció el ceño.

Enfadada estaba más guapa. Thorne apoyó la barbilla en las manos y la estudió con detenimiento. Nunca había conocido a una ciborg, y mucho menos había tonteado con una, pero para todo había una primera vez.

—Se supone que estas celdas debían de estar vacías —dijo la joven.

—Circunstancias especiales.

Se lo quedó mirando largo rato, con desconfianza.

—¿Asesinato?

La sonrisa del hombre se ensanchó.

—Gracias, pero no. Inicié un motín en el patio. —Se arregló el cuello antes de proseguir—. Protestábamos por el jabón.

La chica parecía más confusa que antes, y Thorne se percató de que continuaba en actitud defensiva.

—El jabón —insistió, preguntándose si lo habría oído—. Es demasiado seco.

La chica no dijo nada.

—Tengo la piel sensible.

Al ver que abría la boca, Thorne pensó que se compadecería de él, pero lo único que oyó fue un «ya» indiferente.

Ella se enderezó, apartó de una patada la baldosa que había caído del techo y dio una vuelta sobre sí misma, estudiando la celda. Frunció los labios, contrariada.

—Idiota… —musitó entre dientes, acercándose y colocando una mano sobre la pared que había a la izquierda de Thorne—. Por una habitación.

De pronto, se puso a parpadear como si tuviera polvo en las pestañas, lanzó un gruñido y se dio varios golpes en la sien con la mano abierta.

—Estás fugándote.

—Ahora mismo, no —contestó, apretó los dientes y sacudió la cabeza con brusquedad—, pero sí, ese es el plan. —Se le iluminó la cara en cuanto vio el visor que descansaba en el regazo de Thorne—. ¿Qué modelo es?

—No tengo ni la más remota idea. —Lo levantó para enseñárselo—. Estoy juntando en una carpeta a todas las mujeres a las que he amado.

La joven se apartó de la pared, le arrancó el portavisor de las manos y le dio la vuelta. De pronto se abrió la punta de uno de sus dedos biónicos y apareció un pequeño destornillador. Apenas tardó un minuto en separar la parte trasera del visor.

—¿Qué haces?

—Quitarle el cable de vídeo.

—¿Para qué?

—El mío está frito.

Arrancó uno amarillo, lanzó el visor al regazo de Thorne y se sentó en el suelo, con las piernas cruzadas. Thorne observó, fascinado, mientras ella se apartaba el pelo hacia un lado y abría un panel en la base de su cráneo. Un segundo después, en sus dedos aparecía un cable similar al que acababa de robarle, pero con un extremo chamuscado. La chica contrajo el rostro, completamente concentrada, mientras instalaba el nuevo. A continuación, la joven cerró el panel con un suspiro de satisfacción y lanzó el cable viejo junto a Thorne.

—Gracias.

Él hizo una mueca de asco y se apartó ligeramente.

—¿Llevas un portavisor en la cabeza?

—Algo parecido. —La chica se levantó y volvió a pasar una mano por la pared—. Ah, ahora mucho mejor. Veamos, ¿cómo podría...?

La pregunta se fue apagando, y apretó el botón del rincón. Un panel blanco y brillante se deslizó hacia arriba y un urinario salió de la pared con suavidad. La joven metió los dedos en el hueco que había dejado del retrete y empezó a tantear.

Thorne se apartó poco a poco del cable abandonado sobre su camastro y, apelando a su sentido de la caballerosidad, intentó borrar de su mente la imagen de la chica abriéndose la tapita del cráneo para poder entablar conversación con ella mientras trabajaba. Le preguntó por qué estaba allí y alabó la calidad de sus extremidades metálicas, pero ella no le hizo el menor caso, cosa que lo llevó a preguntarse por un instante si había estado separado de la población femenina tanto tiempo que había acabado perdiendo su encanto.

Aunque no lo creía demasiado probable.

Al cabo de unos minutos, la chica pareció encontrar lo que buscaba, y Thorne volvió a oír el taladro de antes.

—Cuando te encerraron, ¿no tuvieron en cuenta que la seguridad de esta prisión podía tener algunos agujeros? —preguntó Thorne.

—En aquel momento no los tenía. Podría decirse que esta mano es una nueva adquisición.

La chica se detuvo un instante y se quedó mirando el hueco fijamente, como si intentara ver a través de la pared.

Tal vez tuviera rayos X. Él sí que sabría cómo sacarles partido.

—Déjame adivinar —dijo Thorne—. ¿Allanamiento de morada?

La chica arrugó la nariz tras un largo silencio durante el cual había estado examinando el mecanismo de retracción.

—Dos cargos por traición, si tanto te interesa saberlo. Resistencia a la autoridad y uso ilícito de la bioelectricidad. Ah, e inmigración ilegal, aunque, para ser sinceros, creo que ahí se pasaron.

Thorne la miró de soslayo a sus espaldas, percibiendo un pequeño tic en el ojo.

—¿Cuántos años tienes?

—Dieciséis.

El destornillador del dedo volvió a girar, y Thorne esperó a que
el ruido cesara.

—¿Cómo te llamas?

—Cinder —dijo ella, antes de que los chirridos se reanudaran.

—Soy el capitán Carswell Thorne —se presentó él, aprovechan-
do una nueva pausa—. Aunque la gente suele llamarme…

Más chirridos.

—Thorne. O capitán. O capitán Thorne.

Sin responder, la joven volvió a introducir la mano en el hueco.
Daba la impresión de que pretendía abrir un boquete, aunque algo
debió de impedírselo, porque un segundo después se sentó y resopló
llena de frustración.

—Por lo que puedo ver, todo parece indicar que necesitas un
cómplice —dijo Thorne, alisándose el mono—. Y, por suerte para ti,
resulta que soy un cerebro criminal.

Cinder lo fulminó con la mirada.

—Vete por ahí.

—Una petición difícil de satisfacer en esta situación.

La joven lanzó un suspiro y limpió las virutas de plástico blanco
del destornillador.

—¿Qué vas a hacer cuando salgas de aquí? —insistió.

Cinder se volvió hacia la pared. Los chirridos continuaron oyén-
dose un rato antes de que se detuviera para estirar el cuello y aliviar
la tortícolis.

—Lo más fácil para salir de la ciudad es dirigirse al norte.

—Ay, mi pequeña e inocente presidiaria. ¿No crees que eso es precisamente lo que esperarán que hagas?

Cinder clavó el destornillador en el hueco.

—Por favor, ¿te importaría dejar de distraerme?

—Solo digo que podríamos ayudarnos mutuamente.

—Déjame en paz.

—Tengo una nave.

La joven lo miró un breve instante, a modo de advertencia.

—Una nave espacial.

—Una nave espacial —repitió ella, con voz cansina.

—Podríamos estar a medio camino de las estrellas en menos de dos minutos, y se encuentra en las afueras de la ciudad. Es fácil llegar hasta ella. ¿Qué me dices?

—Te digo que, si no te callas y me dejas trabajar, no estaremos a medio camino de ninguna parte.

—Mensaje captado —dijo Thorne, levantando las manos en un gesto de rendición—. Solo quiero que le des vueltas en esa preciosa cabecita.

Cinder se puso tensa, pero siguió trabajando.

—Ahora que lo pienso…, antes había un puesto de *dim sum* excelente a solo una manzana de aquí. Tenían minirraviolis chinos de cerdo que estaban para chuparse los dedos. Jugosos y suculentos.

Juntó los dedos, salivando con el recuerdo.

Cinder contrajo el rostro y empezó a masajearse la nuca.

—Si tenemos tiempo, tal vez podríamos parar allí un momento y pedir algo para el viaje. No estaría mal darme un gusto después de tener que aguantar a diario la porquería insípida a la que en este sitio llaman comida.

Se relamió, pero, cuando volvió a centrarse en la chica, el dolor había agarrotado las facciones de esta, y tenía la frente perlada de sudor.

—¿Te encuentras bien? —preguntó, acercándose—. ¿Quieres que te dé unas friegas en la espalda?

Cinder trató de ahuyentarlo dando manotazos al aire.

—Por favor —dijo, alargando las manos para impedir que diera un paso más, e intentó coger aire con un estremecimiento.

Thorne la miraba cuando la imagen de la joven retembló, como la calima que se desprendía de las vías de levitación magnética. Cinder tropezó al intentar apartarse. A Thorne se le aceleró el pulso y la especie de hormigueo que se inició en su cerebro recorrió velozmente sus terminaciones nerviosas.

La chica era… hermosa.

No, divina.

No, perfecta.

El corazón le latía con fuerza, de pronto solo pensaba en adorarla, en venerarla. En rendirse a ella. En someterse a ella.

—Por favor —repitió Cinder, con un tinte de desesperación en la voz mientras se ocultaba detrás de su mano metálica y se desplomaba contra la pared—. Calla de una vez. Déjame… en paz.

—De acuerdo. —Todo era confuso: ciborg, prisionera, diosa—. Por supuesto. Lo que desees.

Con los ojos llorosos, retrocedió y se dejó caer en el camastro, mirando al infinito.

Capítulo cinco

Las ideas bullían en la cabeza de Scarlet mientras sacaba las cajas vacías de la parte posterior de la nave y las introducías por las puertas del hangar. Había encontrado su visor en el suelo de la nave y, ahora que lo llevaba en el bolsillo, el mensaje recibido desde las oficinas de la policía quemaba contra su pierna mientras iba de aquí para allá de manera mecánica, acabando el trabajo de todas las noches.

Aunque, tal vez, con quien más enfadada estaba era consigo misma por haberse dejado distraer, aunque solo fuera un minuto, por una cara bonita con aire peligroso, poco después de haberse enterado que habían cerrado el caso de su abuela. La curiosidad que el luchador despertaba en ella conseguía que tuviera la sensación de estar dándole la espalda a lo que verdaderamente importaba.

Además, también estaban Roland, Gilles y aquellos perros rastreros de Rieux. Todos creían que su abuela estaba loca y así se lo habían dicho a la policía. No que era la granjera más trabajadora de la provincia. No que hacía los mejores *éclairs* a este lado del Garona. No que había servido a su país como piloto de naves militares durante veintiocho años y que seguía llevando una medalla al mérito civil en su delantal de cuadros preferido.

No. Le habían dicho a la policía que estaba loca.

Y ahora la policía había dejado de buscarla.

Aunque no sería por mucho tiempo. Su abuela estaba en alguna parte, y Scarlet pensaba encontrarla aunque tuviera que desenterrar trapos sucios y chantajear hasta al último inspector de Europa.

El sol se ponía a marchas forzadas y alargaba la sombra de Scarlet sobre el camino de entrada. Donde terminaba la grava, los susurrantes campos de maíz y frondosas remolachas azucareras se extendían en todas direcciones hasta que se unían con el primer ramillete de estrellas. Una casa de piedra interrumpía el paisaje al oeste, con dos ventanas que proyectaban una luz anaranjada. Sus únicos vecinos en varios kilómetros a la redonda.

La granja había sido el paraíso personal de Scarlet durante gran parte de su vida. Con los años, había llegado a amarla más de lo que jamás hubiera creído que una persona fuera capaz de amar la tierra y el cielo, y sabía que a su abuela le ocurría lo mismo. A pesar de que no le gustaba pensar en ello, era consciente de que algún día la heredaría, y a veces fantaseaba con la idea de envejecer allí. Feliz y satisfecha, siempre con tierra bajo las uñas y una casa vieja que necesitaba reparaciones constantes.

Feliz y satisfecha, como su abuela.

No se habría ido sin decir nada. Scarlet lo sabía.

Arrastró las cajas hasta el granero, las apiló en un rincón para que los androides pudieran volver a llenarlas por la mañana y cogió el cubo del pienso para las gallinas. Scarlet caminaba mientras lo esparcía, arrojando por el camino grandes puñados de lo que había sobrado en la cocina mientras las gallinas correteaban sin cesar entre sus tobillos.

Al doblar la esquina del hangar, se detuvo en seco.

Había una luz encendida en la casa, en el segundo piso.

En el dormitorio de su abuela.

El cubo le resbaló de los dedos. Las gallinas lanzaron un cacareo irritado y se alejaron a toda prisa antes de volver a apiñarse alrededor del pienso que se había derramado.

Scarlet las esquivó y echó a correr sobre la grava, que resbalaba bajo sus pies. Abrió la puerta de un tirón creyendo que el corazón, el pecho estaban a punto de estallarle después de aquella carrera que había incendiado sus pulmones. Subió los escalones de dos en dos mientras la vieja madera protestaba bajo sus pies.

La puerta del dormitorio de su abuela estaba abierta, y cuando llegó junto a esta se quedó helada en la entrada, sin aliento, agarrada al marco.

Era como si hubiera pasado un huracán por la habitación. Habían sacado todos los cajones de la cómoda y los habían vaciado en el suelo, que ahora estaba repleto de ropa y artículos de tocador. La colcha estaba hecha un guiñapo al pie de la cama, habían desplazado el colchón y habían arrancado los marcos digitales que había junto a la ventana, los cuales habían dejado unos recuadros más oscuros allí donde la luz del sol no había conseguido desteñir el yeso pintado.

Vio a un hombre arrodillado junto a la cama, revolviendo una caja en la que su abuela guardaba los viejos uniformes militares. El hombre se puso en pie de un salto al ver a Scarlet y estuvo a punto de golpearse la cabeza contra la baja viga de roble que cruzaba el techo.

Scarlet creyó que se desmayaba. Le costó reconocerlo, habían pasado muchos años desde la última vez que lo había visto, aunque por lo que había envejecido podría haberse tratado de siglos. Una barba poblaba en ese momento una mandíbula que ella solo conocía perfectamente afeitada, y llevaba el pelo enmarañado y apelmazado por un lado y de punta por el otro. Estaba pálido y demacrado, como si no hubiera comido en semanas.

—¿Papá?

El hombre estrechó contra su pecho una chaqueta de vuelo de color azul.

—¿Qué haces aquí? —Scarlet volvió a mirar el caos que la rodeaba, con el pulso acelerado—. ¿Qué estás haciendo?

—Tiene que haber algo —dijo él, con la voz ronca por el desuso—. Lo ha escondido. —Miró la chaqueta detenidamente y la arrojó a la cama antes de volver a arrodillarse para rebuscar en la caja—. Tengo que encontrarlo.

—¿Qué tienes que encontrar? ¿De qué estás hablando?

—Se ha ido —musitó—. No va a volver. No lo sabrá nunca y yo… Tengo que encontrarlo. Tengo que saber por qué.

El olor a coñac llegó hasta ella, y el corazón se le endureció al instante. No sabía cómo se había enterado de la desaparición de su abuela, su propia madre, pero que asumiera con tanta facilidad, con tanta rapidez, que no quedaba ninguna esperanza, que pensara que tenía derecho a algo de su abuela después de haberlas abandonado, después de tantos años sin una sola com, y que apareciera así, de pronto, borracho, y empezara a revolver las cosas de su abuela…

De no haber estado también enfadada con la policía, Scarlet no habría dudado ni un segundo en llamarla.

—¡Fuera de aquí! ¡Fuera de nuestra casa!

Sin dejarse amedrentar por sus gritos, su padre empezó a devolver el revoltijo de ropa a la caja.

Scarlet rodeó la cama con el rostro encendido, lo asió del brazo y tiró de él para que se pusiera en pie.

—¡Que te estés quieto!

El hombre siseó entre dientes y cayó hacia atrás sobre las viejas tablas de madera. Se alejó de ella como lo haría un perro rabioso, llevándose la mano al lugar por donde lo había agarrado, con la mirada de un demente.

Scarlet retrocedió, sorprendida, antes de cerrar los puños y ponerse en jarras.

—¿Qué te pasa en el brazo?

El hombre no contestó y continuó protegiéndoselo contra el pecho.

Scarlet apretó los dientes, se dirigió hacia él con paso decidido y lo asió por la muñeca. Su padre chilló e intentó zafarse, pero ella no tenía intención de soltarlo y le subió la manga hasta el codo de un tirón. Scarlet lo soltó con un grito ahogado, aunque él dejó el brazo colgando en el aire, como si se hubiera olvidado de apartarlo.

Tenía toda la piel cubierta de quemaduras. Círculos perfectos dispuestos en una hilera perfecta. Hileras y más hileras le cubrían el antebrazo desde la muñeca hasta el codo. Algunas brillaban debido al tejido cicatrizado, otras estaban calcinadas y ampolladas, y en la muñeca se veía una costra donde en su día le habían implantado el chip de identidad.

Scarlet sintió que se le revolvía el estómago.

Con la espalda contra la pared, su padre enterró el rostro en el colchón, lejos de Scarlet, lejos de las quemaduras.

—¿Quién te ha hecho eso?

El hombre dejó caer el brazo y se hizo un ovillo, pero no contestó.

Scarlet se separó de la pared y corrió al baño del pasillo, de donde regresó un instante después con un tubo de ungüento y una venda enrollada. Su padre no se había movido.

—Ellos me obligaron —susurró el hombre, algo más calmado.

Scarlet le apartó el brazo de la barriga con sumo cuidado y, a pesar de que le temblaban las manos, empezó a vendárselo con suma delicadeza.

—¿Quién te obligó a hacer qué?

—No pude escapar —prosiguió el hombre, como si no la hubiera oído—. Me hicieron muchas preguntas, y yo no sabía. No sabía qué querían. Intenté contestar, pero no sabía…

Scarlet levantó la vista cuando su padre ladeó la cabeza hacia ella y se quedó mirando fijamente las mantas desordenadas. Tenía los ojos anegados en lágrimas. Su padre… llorando. Aquello le resultó incluso más impactante que las quemaduras, y la opresión que sintió en el pecho la obligó a detenerse a mitad del antebrazo. En ese momento comprendió que no conocía a aquella piltrafa de hombre. Lo que tenía delante no era más que el envoltorio de su padre, su carismático, egoísta y ruin padre.

La rabia y el odio que la habían embargado hacía apenas unos minutos se había transformado en una profunda y sincera lástima.

¿Qué podía haberle ocurrido?

—Me dieron el atizador —insistió el hombre, con los ojos muy abiertos y la mirada perdida.

—¿Te lo… dieron? ¿Por qué…?

—Y me llevaron ante ella. Entonces comprendí que era ella quien tenía las respuestas. Ella tenía la información. Querían algo de ella. Pero se limitó a mirar… a mirar cómo me lo hacían y lloraba… y le hicieron las mismas preguntas, pero, aun así, se negó a contestar. —De pronto se interrumpió, con el rostro encendido por un arranque de ira repentina—. Les dejó que me hicieran esto.

Scarlet terminó de vendarle el brazo, haciendo grandes esfuerzos para tragar saliva, y se apoyó contra el colchón al notar que empezaban a temblarle las piernas.

—*Grand-mère?* ¿La has visto?

Al instante, su padre se volvió hacia ella, otra vez como un demente.

—Me retuvieron una semana y luego me soltaron, sin más. Ya habían averiguado que yo no significaba nada para ella. Que no iba a claudicar por mí.

Sin previo aviso, adelantó el cuerpo y se acercó a Scarlet avanzando de rodillas. La asió por los brazos y, aunque ella intentó zafarse, su padre la tenía cogida con tanta fuerza que le clavaba las uñas.

—¿De qué se trata, Scar? ¿Qué es eso tan importante? ¿Qué es eso más importante que su propio hijo?

—Papá, tienes que calmarte. Dime dónde está. —Las preguntas se agolpaban en su mente—. ¿Dónde está? ¿Quién la tiene? ¿Por qué?

Su padre la escudriñó con atención, presa del pánico, tembloroso. Despacio, sacudió la cabeza y bajó la mirada al suelo.

—Esconde algo —masculló—. Quiero saber qué es. ¿Qué es lo que esconde, Scar? ¿Dónde está?

Se volvió para rebuscar en un cajón de viejas camisas de algodón que tenía todo el aspecto de haber sido registrado ya. Sudaba copiosamente, y tenía el pelo empapado alrededor de las orejas.

Scarlet se agarró al bastidor de la cama para levantarse y sentarse en el colchón.

—Papá, por favor. —Intentó que sus palabras sonaran tranquilizadoras, aunque el corazón le latía con tanta fuerza que le dolía el pecho—. ¿Dónde está la abuela?

—No lo sé. —Clavó las uñas en el espacio que quedaba entre el zócalo y la pared—. Yo estaba en un bar, en París. Debieron de echarme algo en la bebida, porque lo siguiente que recuerdo es que desperté en una habitación a oscuras. Olía a humedad, a moho. —Olisqueó el aire—. También me drogaron cuando me soltaron. Estaba en aquella habitación y, de pronto, aparecí aquí. Me he despertado en el maizal.

Scarlet se estremeció y se pasó las manos por el pelo hasta que se le trabaron en los rizos. Lo habían llevado hasta allí, al mismo lugar donde habían secuestrado a su abuela. ¿Por qué? ¿Esa gente sabía que Scarlet era el único familiar que aquel hombre tenía? ¿Acaso creían que era la persona idónea para cuidar de él?

Aquello no tenía sentido. Era evidente que no les importaba el bienestar de su padre, así que ¿qué ocurría? ¿Dejarlo allí era un mensaje para ella? ¿Una amenaza?

—Intenta recordar lo que puedas —dijo, con la voz ligeramente teñida de desesperación—. Sobre la habitación o sobre cualquier cosa que dijeran. ¿Llegaste a verlos? ¿Podrías describírselos a la policía? Lo que sea.

—Estaba drogado —insistió él, aunque frunció el entrecejo, como si intentara concentrarse. Hizo el ademán de ir a tocarse las quemaduras, pero luego dejó caer la mano sobre el regazo—. No podía verlos.

Scarlet tuvo que reprimir las ganas de zarandearlo y gritarle que se esforzara un poco más.

—¿Te vendaron los ojos?

—No. —Entornó la mirada—. No me atrevía a abrirlos.

La chica empezó a sentir el escozor de las lágrimas de frustración y echó la cabeza hacia atrás, tratando de calmarse. Sus peores temores, el horrible pálpito, eran ciertos.

Habían secuestrado a su abuela. Y no solo la habían secuestrado, sino que sus captores eran gente despiadada y cruel. ¿Estarían haciéndole daño, como se lo habían hecho a su hijo? ¿Qué serían capaces de hacerle? ¿Qué querían?

¿Un rescate?

Pero ¿por qué todavía no le habían pedido nada? Además, ¿por qué se habían llevado a su padre además de a su abuela y luego lo habían soltado? Nada de todo aquello tenía sentido.

El terror enturbió sus pensamientos al imaginar las posibilidades: tortura, quemaduras, habitaciones oscuras…

—¿Qué querías decir con eso de que ellos te obligaron? ¿A qué te obligaron?

—A quemarme —susurró su padre—. Me dieron el atizador.

—Pero ¿cómo…?

—Muchas preguntas. No lo sé. No conocí a mi padre. Ella no habla de él. No sé qué hace aquí, en esta casa tan antigua. Ni qué ocurrió en la luna. No sé qué esconde… esconde algo.

Levantó las mantas que había sobre la cama, sin fuerzas, y miró desganado bajo las sábanas.

—Lo que dices no tiene sentido —dijo Scarlet, con voz entrecortada—. Tienes que esforzarte más, tienes que recordar algo.

Un largo, interminable silencio. Fuera, las gallinas volvían a cloquear mientras sus patas escamosas arañaban la grava.

—Un tatuaje.

Scarlet frunció el ceño.

—¿Qué?

El hombre se llevó un dedo a una de las quemaduras de la cara interior del brazo, justo por debajo del codo.

—El que me dio el atizador tenía un tatuaje. Aquí. Letras y números.

Scarlet empezó a ver lucecitas y se cogió a la colcha arrugada, creyendo por un momento que iba a desmayarse.

Letras y números.

—¿Estás seguro?

—O… Ele… —Sacudió la cabeza—. No lo recuerdo. Había más.

A Scarlet se le secó la boca sintiendo que el odio sustituía al mareo. Conocía ese tatuaje.

Había fingido que era amable con ella. Había fingido que solo necesitaba un trabajo decente.

Cuando —¿qué?, ¿horas?— antes había estado torturando a su padre mientras retenía a su abuela.

Y ella había estado a punto de confiar en él. El tomate, las zanahorias… creía estar ayudándolo. Por todas las estrellas del firmamento, incluso había tonteado con él cuando él sabía lo que ocurría desde el principio. También recordó esos instantes en que algo parecía divertirlo, el brillo en su mirada, y sintió que se le revolvía el estómago. Había estado riéndose de ella.

Le zumbaban los oídos. Miró a su padre, que estaba dándoles la vuelta a los bolsillos de unos pantalones que su abuela seguramente no llevaba desde hacía veinte años.

La sangre se le subió a la cabeza al ponerse en pie, pero hizo caso omiso y se dirigió con decisión a un extremo de la habitación para recoger el portavisor de su abuela, que su padre había tirado al suelo.

—Ten —dijo, lanzando el visor a la cama—. Voy a la granja de los Morel. Si de aquí a tres horas no he vuelto, llama a la policía.

Confuso, su padre alargó la mano y cogió el aparato.

—Creía que los Morel habían muerto.

—¿Estás escuchándome? Quiero que cierres las puertas con llave y que no salgas. Tres horas y luego llamas a la policía. ¿De acuerdo?

Una vez más, el hombre sucumbió a esa expresión infantil y asustada.

—No salgas ahí fuera, Scar. ¿No lo entiendes? Me utilizaron de cebo con ella, y tú serás la siguiente. También irán a por ti.

Scarlet apretó los dientes y se subió la cremallera de la sudadera hasta la barbilla.

—Eso si no los encuentro yo antes.

Capítulo seis

```
CARSWELL THORNE
ID #0082688359
NACIDO 22 MAYO DE 106 T.E., REPÚBLICA AMERICANA
SS 437 APARICIONES EN LOS MEDIOS, CRONO INVERSA
PUBLICADO EL 12 DE EN. DE 126 T.E.: EL EX CADETE DE LAS FUER-
    ZAS AÉREAS, CARSWELL THORNE, HA SIDO DECLARADO CULPABLE Y
    CONDENADO A SEIS AÑOS DE CÁRCEL TRAS UN BREVE JUICIO DE DOS
    SEMANAS...
```

E l texto verde avanzó poco a poco ante la visión de Cinder, documentando los delitos de un tal Carswell Thorne, que había llevado una vida muy productiva infringiendo la ley a pesar de haber cumplido los veinte hacía apenas unos meses: un cargo por deserción, dos cargos por robo internacional, un cargo por intento de robo, seis cargos por posesión de bienes robados y uno más por robo de propiedad gubernamental.

La última sentencia ni siquiera hacía justicia al delito cometido. Había robado una nave espacial del ejército de la República Americana.

De ahí la nave espacial de la que estaba tan orgulloso.

Aunque en ese momento cumplía una pena de seis años en la Comunidad Oriental por el intento de sustracción de un collar de jade de la Segunda Era, también se lo buscaba en Australia y, por descontado, en su propia tierra, América, por lo que acabaría siendo procesado y cumpliendo condena en ambos países por los delitos que había cometido.

Cinder se dejó caer contra un cuadro de interruptores, arrepintiéndose de haberlo comprobado. Ya era bastante malo escapar de la cárcel, pero ¿ayudar a fugarse a un delincuente —un delincuente de verdad—, y hacerlo en una nave espacial robada?

Tragó saliva y volvió a mirar por el agujero que había abierto entre la sala de calderas y la celda del preso. Carswell Thorne seguía sentado en su camastro, con los codos apoyados en las rodillas, jugando con los pulgares.

Cinder se limpió la mano empapada de sudor en el mono blanco. Aquello no tenía nada que ver con Carswell Thorne, aquello tenía que ver con la reina Levana, el emperador Kai y la «princesa Selene», la niña inocente a la que Levana había intentado asesinar hacía trece años y que había sido rescatada y trasladada a escondidas a la Tierra. La que seguía siendo la persona más buscada del mundo. Y que resultaba ser la propia Cinder.

Hacía menos de veinticuatro horas que se había enterado de aquello último. El doctor Erland, que lo sabía desde hacía semanas, había decidido informarla acerca de las pruebas de ADN que le había realizado y que demostraban su sangre real justo después de que la reina Levana la hubiera reconocido en el baile anual y hubiera amenazado con atacar la Tierra si no enviaban a Cinder a la cárcel por ser una emigrante lunar ilegal.

De modo que el doctor Erland había conseguido colarse en su celda y le había dado un pie nuevo (el suyo se había quedado en los escalones de palacio), una mano biónica que incorporaba lo último en tecnología, equipada con artilugios increíbles con los que todavía tenía que familiarizarse, y la noticia más impactante de su vida. A continuación, le había pedido que se fugara y que se reuniera con él en África, como si fuera tan fácil como instalar un procesador nuevo en un Jard 3.9.

Al menos la orden, tan sencilla como imposible, le había servido para mantener la mente ocupada en algo y dejar de darle vueltas a su identidad recién descubierta. Cosa que era de agradecer, ya que, cada vez que lo pensaba, su cuerpo tendía a sufrir un ataque que la dejaba fuera de combate, y no era el mejor momento para andarse con titubeos. Independientemente de lo que hiciera cuando saliera, había algo indudable: quedarse allí y esperar a que la reclamara la reina Levana significaba una muerte segura.

Volvió a echar un vistazo a su compañero de celda. Si hubiera tenido claro un primer destino no muy alejado y allí la esperara una nave espacial que funcionara, tal vez la fuga incluso podría tener un final feliz.

Carswell seguía dándoles vueltas a los pulgares, obedeciendo la orden que ella le había dado de dejarla en paz. Las palabras habían ardido en sus labios al pronunciarlas, le bullía la sangre bajo la piel en llamas. La sensación de sobrecalentamiento era un efecto secundario de su don lunar, un poder que el doctor Erland había conseguido liberar después de que un dispositivo que llevaba implantado en la columna vertebral le hubiera impedido utilizarlo durante muchos años. A pesar de que seguía pareciéndole cosa de magia, en realidad se trataba de un rasgo genético característico de los lunares, que les permitía controlar y manipular la bioelectricidad de otros seres vivos. Podían hacer que la gente viera cosas que no eran reales o experimentar emociones falsas. Podían lavarles el cerebro y obligarles a hacer cosas que de otro modo nunca harían. Sin discusión. Sin resistencia.

Cinder todavía estaba aprendiendo a utilizar ese «don» y no acababa de entender del todo cómo había conseguido controlar a Carswell Thorne, igual que tampoco estaba segura de cómo se las había arreglado para persuadir a uno de los guardias para que la trasladara a una celda más conveniente. Lo único que sabía era que había sentido deseos de estrangular a aquel compañero de celda al ver que no callaba y que el don lunar había nacido en la base del cuello, espoleado por el estrés y los nervios. Había perdido el control de la situación un solo segundo y, en ese suspiro, Thorne había hecho exactamente lo que ella deseaba que hiciera.

Había cerrado la boca y la había dejado en paz.

Los remordimientos habían aparecido al instante. Desconocía los efectos que tenía en la otra persona, teniendo en cuenta que se trataba de una manipulación mental. Y, lo más importante, no quería ser uno de esos lunares que se aprovechaba de sus poderes solo porque tenía la posibilidad de hacerlo. En realidad, no quería ser lunar.

Resopló y se apartó un mechón de la cara de un bufido antes de asomarse al agujero que había quedado al arrancar el urinario de la pared.

Thorne levantó la vista cuando vio que la joven se detenía delante de él, con los brazos en jarras. Seguía aturdido y, aunque Cinder odiaba admitirlo, era bastante atractivo. Siempre que a una le gustaran los tipos de mandíbula cuadrada, ojos azules y hoyuelos picarones. Aunque le hacían falta un corte de pelo y un buen afeitado.

Cinder tomó aire.

—Te he obligado a hacer lo que quería que hicieras, y eso no está bien. He abusado de ti y te pido disculpas.

Thorne parpadeó y miró la mano metálica y el destornillador que asomaba por la punta de un dedo.

—¿Eres la misma chica que estaba antes aquí? —preguntó, con una voz sorprendentemente clara, a pesar del fuerte acento americano.

No sabía por qué, pero Cinder había imaginado que arrastraría las palabras después de la manipulación mental.

—Pues claro.

—Ah. —Frunció el ceño—. Antes parecías bastante más guapa.

Irritada por el comentario, Cinder sopesó si retirar sus disculpas, aunque al final cruzó los brazos sobre el pecho.

—Cadete Thorne, ¿no?

—Capitán Thorne.

—Tu expediente dice que eras cadete cuando desertaste.

Thorne frunció el ceño, confuso, instantes antes de que se le iluminara la cara y la señalara con un dedo.

—¿Portavisor en la cabeza?

Cinder se mordió la mejilla por dentro.

—Bueno, en sentido estricto, sí —admitió Thorne—, pero ahora soy capitán. Me gusta cómo suena. A las chicas les impresiona más.

Cinder, nada impresionada, señaló la sala de calderas, que quedaba al otro lado de la pared.

—He decidido que puedes venir conmigo si logramos llegar hasta tu nave. Pero… intenta estar calladito.

Thorne se había levantado del camastro antes de que Cinder hubiera terminado de hablar.

—Ha sido mi encanto irresistible lo que te ha convencido, ¿verdad?

La joven suspiró y se coló por el agujero, procurando evitar las cañerías arrancadas.

—Entonces, esa nave de la que hablas, es la robada, ¿verdad? ¿Al ejército americano?

—Prefiero no usar la palabra «robada». No tienen pruebas de que no fuera a devolvérsela.

—Me tomas el pelo, ¿no?

Se encogió de hombros.

—Tú tampoco las tienes.

Cinder se volvió y lo miró de reojo.

—¿Se la ibas a devolver o no?

—Puede.

Una luz anaranjada parpadeó en el límite de su campo de visión: su programación ciborg detectaba cuando alguien mentía.

—Lo que imaginaba —musitó—. ¿Pueden rastrear la nave?

—Claro que no. Extraje el equipo de rastreo hace siglos.

—Bien. Lo que me recuerda… —Levantó la mano, escondió el destornillador y, tras un par de intentos, apareció el estilete—. Hay que extraerte el chip de identidad.

Thorne retrocedió medio paso.

—No me digas que eres aprensivo.

—Claro que no —aseguró, soltando una risita incómoda y empezando a arremangarse—. Es solo que… ¿esa cosa está esterilizada?

Cinder lo fulminó con la mirada.

—Quiero decir que… Bueno, estoy convencido de que eres muy limpia y todo eso, pero es solo que… —Su voz se fue apagando, vaciló y acabó tendiéndole la mano—. No importa. Procura no tocar nada vital.

Cinder se inclinó sobre el brazo y colocó la hoja sobre la muñeca con tanto cuidado y delicadeza como pudo. Carswell ya tenía una pequeña cicatriz en el mismo sitio, seguramente de haberse sacado un chip de identidad anterior, la primera vez que había huido de la justicia.

Thorne contrajo los dedos en el momento de la incisión, pero por lo demás permaneció completamente quieto. Cinder extrajo el chip ensangrentado y lo arrojó al amasijo de cables que había en el suelo, antes de cortar un trozo de tela de la manga del uniforme y dársela para que se vendase el pequeño corte.

—¿Solo me lo parece a mí o este es un momento muy especial en nuestra relación?

Cinder resopló en tono de burla antes de dar media vuelta y señalar una rejilla que había cerca del techo. Estaba rodeada de manojos de cables que escapaban del cuadro de interruptores de control de potencia y desaparecían por decenas de agujeros a lo largo de la pared.

—¿Podrías ayudarme a subir ahí?

—¿Qué es eso? —preguntó Thorne, que ya había empezado a entrelazar las manos.

—Un conducto de ventilación.

Cinder apoyó un pie en las palmas machihembradas del chico e hizo caso omiso de sus gruñidos cuando la izó. No le sorprendía, consciente de que, debido a la pierna metálica, pesaba bastante más de lo que parecía.

Gracias a la ayuda adicional, consiguió retirar la rejilla en cuestión de segundos. La dejó sin hacer ruido sobre las tuberías que corrían por encima de su cabeza y, dándose impulso, desapareció por la abertura sin vacilar.

Cargó los planos de la estructura interior de la cárcel para determinar la dirección que debían seguir mientras esperaba a que Thorne subiera detrás de ella. Cinder cambió el destornillador por la linterna incorporada y empezó a avanzar a gatas.

Arrastrar la pierna metálica, que arañaba el aluminio cada pocos centímetros, era un trabajo arduo y pesado. Incluso se detuvo en un par de ocasiones, creyendo haber oído unos pasos por debajo de ellos. ¿Darían la alarma cuando descubrieran que habían escapado? En realidad, le sorprendía que no hubiera saltado ya. Treinta y dos minutos. Había salido de su celda hacía treinta y dos minutos.

El sudor le resbalaba por la nariz, y el ritmo de sus pulsaciones hacía que el tiempo se alargara cada vez más, como si su reloj interno se hubiera encallado. La compañía de Thorne empezaba a plantearle muchas dudas. Si ya iba a ser complicado ella sola…, ¿cómo iba a conseguir sacarlo a él también de allí?

De pronto la asaltó una idea, clara e inesperada.

También lavarle el cerebro.

Podía convencerlo para que le dijera dónde estaba la nave y cómo llegar hasta ella y luego le haría decidir que, al final, no deseaba acompañarla. Lo haría volver a su celda. No le quedaría más remedio que escucharla.

—¿Va todo bien?

Cinder dejó escapar el aire que había retenido en sus pulmones.

No. No se aprovecharía de él; ni de él ni de nadie. Hasta la fecha, se las había arreglado bien sin el don lunar y se las arreglaría igual de bien en esos momentos.

—Disculpa —musitó—, solo estaba comprobando los planos. Casi hemos llegado.

—¿Los planos?

Cinder no contestó. Minutos después, dobló un recodo y vio un cuadrado de luz que se proyectaba en el conducto del techo a través de una rejilla. Esperanzada, y lanzando un suspiro de alivio, se acercó y asomó la cabeza poco a poco para echar un vistazo.

Vio un suelo de cemento con un pequeño charco de agua estancada debajo de ella y, a menos de seis pasos del charco, otra rejilla, esta más grande y redonda.

Una alcantarilla. Justo donde los planos decían que estaría.

La altura era considerable, pero si conseguían llegar al suelo sin romperse una pierna, casi podía decirse que iba a resultar fácil.

—¿Dónde estamos? —preguntó Thorne en un susurro.

—En un área de descarga subterránea, por donde entran los alimentos y los suministros.

Con toda la elegancia que le permitían las reducidas dimensiones del conducto, salvó la rejilla y se dio la vuelta para que Thorne y ella pudieran mirar.

—Tenemos que llegar hasta ahí, hasta esa alcantarilla.

Thorne frunció el entrecejo y señaló algo con el dedo.

—¿Eso de ahí no es la rampa de salida?

Cinder asintió con la cabeza, sin mirar.

—Y, entonces, ¿por qué no intentamos llegar hasta allí?

Lo escudriñó con atención; la rejilla proyectaba sombras extrañas sobre su rostro.

—¿Y vamos paseando tranquilamente hasta tu nave? ¿Con estos uniformes de presidiarios que dañan la vista de lo blancos que son?

Thorne volvió a fruncir el entrecejo, pero unas voces ahogaron su respuesta. Retrocedieron.

—Yo no la vi bailando con él, pero mi hermana sí —dijo una mujer. Las palabras venían acompañadas de pasos, a lo que siguió el estruendo que producía una puerta de persiana al levantarse y deslizarse por unos raíles metálicos—. Llevaba el vestido empapado y arrugado como una bolsa de basura.

—Pero ¿por qué iba el emperador a bailar con una ciborg? —replicó el hombre—. Y que luego ella se fuera y atacara a la reina lunar de esa manera… Venga ya. Tu hermana se lo inventa. Me apuesto lo que quieras a que la chica no era más que una chiflada que se había colocado en el baile. Seguramente solo quería denunciar las injusticias que se cometen con los ciborgs.

La conversación se vio bruscamente interrumpida por el ruido ensordecedor de una nave de reparto.

Cinder se arriesgó a atisbar por la rejilla y vio que un vehículo entraba marcha atrás en la zona de descarga, en dirección al muelle que se encontraba debajo de ellos, y se detenía justo entre Cinder, Thorne y la alcantarilla.

—Buenas, Ryu-jūn —dijo el hombre, cuando el piloto descendió de la nave.

El silbido del sistema hidráulico de una plataforma ahogó el intercambio de saludos.

Cinder aprovechó el ruido y utilizó el destornillador para retirar la rejilla. A continuación, le hizo un gesto con la cabeza a Thorne y este la levantó con sumo cuidado.

El sudor corría por el cuello de Cinder, y el corazón le latía con tanta fuerza que pensó que acabaría contusionándose el interior de la caja torácica. La chica asomó la cabeza por la abertura y echó un vistazo al muelle en busca de alguna otra señal de vida cuando vio, a menos de un brazo de distancia, una cámara rotatoria atornillada al techo de cemento.

Se apartó de inmediato, con el zumbido de la sangre en los oídos. Por suerte, la cámara estaba enfocada en dirección contraria, pero aun así era imposible salir de allí sin que los descubrieran. Además, también tenían que ocuparse de los tres empleados que estaban descargando la nave, y cada minuto que pasaba los acercaba más al momento en que un guardia encontraría las celdas vacías.

Cinder cerró los ojos y visualizó mentalmente dónde estaba la cámara antes de sacar el brazo, con sumo cuidado. La mano avanzaba a ciegas, pegada al techo —la cámara estaba más lejos de lo que le había parecido a primera vista—, hasta que los dedos encontraron algo. Cinder atrapó la lente y apretó. El plástico opuso la misma resistencia que una ciruela en su puño de titanio y produjo un crujido tranquilizador, aunque ensordecedoramente alto para su gusto.

Prestó atención y le alivió comprobar que el movimiento y la charla no se habían interrumpido por debajo de ellos.

Había llegado el momento. No tendrían más de un minuto antes de que alguien se diera cuenta de que una de las cámaras había dejado de funcionar.

Levantó la cabeza, le hizo un gesto a Thorne y se deslizó por la abertura.

Cayó sobre el techo de la nave de reparto con un sonoro golpetazo metálico que hizo estremecer el vehículo. Thorne la siguió y aterrizó con un gruñido apagado.

Las voces enmudecieron.

Cinder se dio la vuelta en el momento en que los tres empleados salían del muelle con el ceño fruncido, desconcertados, y se quedaban helados al ver aquellas dos figuras en lo alto de la nave. Cinder vio que reparaban en los uniformes blancos. En la mano biónica.

Uno de los hombres hizo ademán de coger el portavisor que llevaba en el cinturón.

Apretando los dientes, Cinder alargó el brazo en su dirección y se concentró en que no pudiera alcanzar el visor y dar la alarma. En la mano petrificada a apenas unos centímetros del cinturón.

El hombre detuvo el brazo obedeciendo la voluntad de Cinder y lo dejó suspendido en el aire, inmóvil.

La miraba con ojos desorbitados por el miedo.

—Quietos —dijo Cinder con voz ronca. Los remordimientos le atenazaban la garganta. Sabía que estaba tan aterrada como las tres personas que tenía delante y, aun así, el pánico que se reflejaba en sus rostros era inconfundible.

La sensación de quemazón regresó, se inició en lo alto de la nuca y se propagó por la columna vertebral, los hombros y las caderas, estallando cuando topaba con las prótesis. No fue dolorosa ni repentina, como lo había sido cuando el doctor Erland liberó su don lunar por primera vez. Al contrario, casi resultaba reconfortante... placentero.

Podía sentir a las tres personas que había en la plataforma; la bioelectricidad se desprendía de ellas en impulsos ondulados que electrizaban el aire, lista para someterse a su control.

«Daos la vuelta.»

Al unísono, los tres empleados se volvieron con movimientos rígidos y torpes.

«Cerrad los ojos. Tapaos los oídos.» Vaciló antes de añadir: «Tararead.»

Al instante, el zumbido de tres personas tarareando con la boca cerrada inundó lo que hasta entonces había sido un silencioso muelle de descarga. Esperaba que aquello bastara para impedirles oír que abrían la alcantarilla del suelo y rezó para que asumieran que Thorne y ella habían huido por la puerta de la zona de descarga o que habían subido a escondidas a otra nave de reparto.

Thorne contemplaba la escena boquiabierto cuando Cinder se volvió hacia él.

—¿Qué les pasa?

—Obedecen —contestó ella con gran pesar, odiándose por lo que había hecho. Odiando el tarareo que inundaba sus oídos. Odiando aquel don tan antinatural, poderoso e injusto.

Sin embargo, ni siquiera se le pasó por la cabeza liberarlos de su control.

—Vamos —dijo, al tiempo que saltaba y se deslizaba para descender de la nave.

Se arrastró bajo el vehículo y vio que la alcantarilla quedaba justo entre las ruedas de aterrizaje. Aunque le temblaban las manos, consiguió girar un cuarto la tapa y la levantó.

Un charco poco profundo de agua estancada lanzó un destello apagado en la oscuridad.

No había demasiada distancia hasta el suelo, pero al sumergir los pies descalzos en el agua aceitosa se le revolvió el estómago. Thorne la siguió un segundo después y volvió a colocar la tapa en su sitio.

En la pared se abría un pestilente túnel circular de cemento que apenas le llegaba a la cintura y que olía a desperdicios y moho. Arrugando la nariz, Cinder se agachó y empezó a avanzar a gatas.

Capítulo siete

E l grupo de iconos que aparecía en el portavisor del emperador Kai crecía por momentos, y no solo porque hubiera toneladas de documentos que el nuevo monarca debía leer y firmar, sino porque no estaba poniendo demasiado interés en leer o firmar ninguno de ellos. Con los dedos enterrados en el pelo y observando sin entender la pantalla que se había alzado de la mesa, contemplaba con angustia creciente cómo se multiplicaban los iconos.

Debería haber estado durmiendo, pero, tras incontables horas con la mirada perdida en las sombras del techo, al final se había dado por vencido y había decidido sentarse ante la mesa de despacho para hacer algo productivo. Necesitaba distraerse. Con lo que fuera.

Tanto daba mientras consiguiera apartar de su mente los pensamientos a los que no paraba de dar vueltas.

Sin embargo, de nada le valían sus buenas intenciones.

Inspiró profundamente y echó un vistazo a la habitación vacía. Se suponía que era el despacho de su padre, aunque a él le parecía demasiado extravagante para trabajar. Tres farolillos recargados y adornados con borlas colgaban de un techo rojo y dorado, decorado con elegantes dragones pintados a mano. En la pared de la izquierda había una chimenea holográfica y, en el otro extremo de la habitación, varios muebles tallados en ciprés creaban una zona de descanso alrededor de una pequeña barra. Junto a la puerta podían verse varios marcos de fotos donde se proyectaban vídeos mudos en los que aparecía su madre, unas veces acompañada por el propio Kai en distintos momentos de su vida y, otras, los tres juntos.

Nada había cambiado desde la muerte de su padre, salvo el dueño de la habitación.

Y tal vez el olor. Kai recordaba la fragancia de la loción para después del afeitado de su padre, pero ahora lo único que se percibía era el fuerte tufo a productos químicos y lejía, residuos del equipo de limpieza que había estado desinfectando la habitación después de que su padre hubiera contraído la letumosis, la peste que ya se había cobrado cientos de miles de vidas en toda la Tierra solo en la última década.

Kai desvió su atención de las fotos al pequeño pie metálico que descansaba en la esquina del escritorio, con las articulaciones manchadas de grasa, y que parecía atraerlo como un imán. Igual que en una ruleta, sus pensamientos volvieron a dar un giro completo.

Linh Cinder.

Con un nudo en el estómago, dejó el lápiz táctil que había estado empuñando y alargó la mano hacia el pie, pero sus dedos se detuvieron antes de tocarlo.

Le pertenecía a ella, a la joven y guapa mecánica del mercado. A la chica con quien le resultaba tan fácil hablar. Una persona tan auténtica que no fingía ser algo que no era.

O eso era lo que él había creído.

Sus dedos se cerraron en un puño y se echó hacia atrás, deseando tener a alguien con quien poder hablar.

Sin embargo, su padre ya no estaba. Y el doctor Erland tampoco, puesto que había presentado su dimisión y se había marchado sin despedirse.

Estaba Konn Torin, el consejero de su padre y ahora también el suyo. Pero Torin, con su diplomacia y lógica irrenunciables, no lo entendería. Ni siquiera él mismo estaba seguro de saber lo que sentía cuando pensaba en Cinder. Linh Cinder, que le había mentido en todo.

Una ciborg.

Kai era incapaz de apartar de su mente el recuerdo de la joven tirada en el suelo al pie de la escalera que daba al jardín, con un pie separado de la pierna y una mano metálica al rojo vivo que había fundido los restos de un guante de seda… unos guantes que él le había regalado.

Tendría que haberle repugnado. Y cada vez que lo recordaba, intentaba sentirse repugnado por los cables, de los que saltaban chispas, o por los nudillos cubiertos de grasa, o por saber que los receptores neuronales que enviaban y recibían mensajes a su cerebro eran artificiales. Era antinatural. Lo más probable era que se tratara de una obra de caridad, y se preguntó si su familia habría costeado la operación o si la habría financiado el gobierno. Se preguntó quién se había compadecido de ella hasta el punto de decidirse a darle una segunda oportunidad en la vida después de los estragos que debió de haber sufrido su cuerpo. Se preguntó qué habría causado aquellos estragos o si ya había nacido así.

Se hacía las mismas preguntas una y otra vez, y sabía que lo normal hubiera sido que la falta de respuestas lo inquietara.

Sin embargo, no era así. Que fuera una ciborg no era lo que le había revuelto el estómago.

En realidad, su repugnancia había comenzado en el momento en que su imagen había parpadeado como si fuera una telerred estropeada. En un abrir y cerrar de ojos, Cinder había dejado de ser la ciborg desvalida y empapada por la lluvia, y se había convertido en la joven más hermosa que hubiera visto jamás. Era deslumbradora e increíblemente bella, con una piel tersa, morena, unos ojos vivaces y una expresión tan cautivadora que estuvieron a punto de fallarle las piernas.

El atractivo de su hechizo lunar había sido incluso más poderoso que el de la reina Levana, y su belleza era hiriente.

Kai sabía que solo había sido eso: el hechizo de Cinder, perdiendo y ganando intensidad mientras él la contemplaba desde allí arriba, intentando comprender lo que veía.

Lo que no sabía era cuántas veces lo había hechizado antes. Cuántas veces lo había engañado. Cuántas veces se había burlado de él y lo había hecho pasar por un tonto.

¿O era posible que la chica del mercado, sucia y despeinada, fuera la verdadera Cinder? La joven que había arriesgado su vida para ir al baile y advertir a Kai, a pesar del pie biónico que arrastraba...

—¿Qué más da? —dijo en voz alta, mirando el pie desconectado.

Quienquiera que fuera Cinder Linh, había dejado de ser su problema. La reina Levana no tardaría en regresar a Luna y se la llevaría consigo como prisionera. Era el trato al que habían llegado.

En el baile, se había visto obligado a elegir y había rechazado la propuesta de la alianza matrimonial de Levana de manera definitiva. No estaba dispuesto a permitir que su pueblo tuviera que someterse al yugo de una emperatriz cruel, y Cinder había sido su última baza.

La paz a cambio de la ciborg. La libertad de su pueblo a cambio de la joven lunar que había osado desafiar a su reina.

Resultaba imposible saber cuánto tiempo duraría el acuerdo. Levana se había negado a firmar el tratado de paz que ratificaría la alianza entre Luna y la Unión Terrestre. El deseo de la reina de convertirse en emperatriz o conquistadora no se vería saciado con el sacrificio de una joven insignificante.

Además, la próxima vez, Kai dudaba de que tuviera algo más que ofrecerle.

Se estrujó el pelo con la mano y devolvió su atención a la enmienda que tenía en la pantalla. Leyó la primera frase tres veces, esperando que las palabras se le quedaran grabadas en la cabeza. Tenía que concentrarse en otra cosa, lo que fuera, con tal de olvidar esas preguntas interminables que estaban volviéndolo loco.

Una voz anodina interrumpió sus pensamientos, y dio un respingo.

—El consejero real Konn Torin y el presidente de Seguridad Nacional, Huy Deshal, solicitan permiso para entrar.

Kai consultó la hora: las 06.22.

—Permiso concedido.

La puerta del despacho se abrió con un susurro. Ambos vestían con propiedad, aunque Kai jamás los había visto tan desaliñados. Era evidente que acababan de levantarse, aunque, por las ojeras que Torin lucía, sospechaba que tampoco había conseguido descansar mucho más que él.

Kai se puso en pie para saludarlos, pulsando la esquina de la pantalla para que volviera a ocultarse en la mesa.

—Veo que los dos habéis madrugado.

—Su Majestad Imperial —dijo el presidente Huy, con una profunda reverencia—. Celebro encontraros levantado. Lamento informaros de que se ha registrado un fallo de seguridad que exige vuestra atención inmediata.

Kai se quedó helado, imaginando ataques terroristas, manifestantes fuera de control... La reina Levana declarando la guerra.

—¿Qué? ¿Qué ha ocurrido?

—Se ha producido una fuga en la cárcel de Nueva Pekín —contestó Huy—. Hace aproximadamente cuarenta y ocho minutos.

Kai sintió cómo se le contraían los músculos de los hombros y se volvió hacia Torin.

—¿Una fuga?

—Dos presos han escapado.

Kai apoyó las puntas de los dedos en la mesa.

—¿No disponemos de algún tipo de protocolo para este tipo de casos?

—Por regla general, así es. Sin embargo, se trata de un caso excepcional.

—¿Y cómo es eso?

Las arrugas se acentuaron alrededor de los labios de Huy.

—Uno de los fugados es Linh Cinder, Majestad. La fugitiva lunar.

El mundo se le vino encima. La mirada de Kai se vio atraída hacia el pie biónico, pero la apartó de inmediato.

—¿Cómo ha ocurrido?

—Tenemos un equipo analizando las grabaciones de seguridad para poder determinar exactamente el método empleado. Creemos que habría podido hechizar a un guardia y persuadirlo para que la trasladara a un ala distinta de la prisión. Desde allí, habría conseguido acceder al sistema de ventilación. —Súbitamente incómodo, Huy alzó dos bolsas transparentes. Una contenía una mano biónica y la otra un chip pequeño y manchado de sangre reseca—. Esto es lo que hemos encontrado en su celda.

Kai abrió la boca para decir algo, pero no encontró las palabras, mudo de asombro ante lo que veían sus ojos. El miembro amputado lo intrigaba y desconcertaba a partes iguales.

—¿Eso es su mano? ¿Por qué iba a hacer algo así?

—Todavía no disponemos de toda la información. Sabemos, sin embargo, que consiguió abrirse camino hasta la zona de carga de la prisión. Estamos trabajando para asegurar todas las posibles vías de escape.

Kai se acercó a las ventanas que cubrían la pared del suelo al techo y que daban a los jardines occidentales de palacio. La hierba susurrante resplandecía con el rocío de la mañana.

—Majestad —dijo Torin, interviniendo por primera vez—, si me permitís la sugerencia, deberíais destinar refuerzos militares a la localización y recuperación de los fugitivos.

Kai se masajeó la frente.

—¿Militares?

Torin habló con suma calma.

—Os conviene hacer todo lo que esté en vuestra mano para recuperarla.

A Kai le costó tragar saliva. Sabía que Torin tenía razón. Cualquier vacilación sería considerada una señal de debilidad y era posible que incluso diera a entender que estaba involucrado en la fuga. A la reina Levana no le haría ninguna gracia.

—¿Quién es el otro fugitivo? —preguntó, intentando ganar tiempo mientras trataba de hacerse una idea del verdadero alcance de la gravedad de la situación. Cinder… una lunar, una ciborg, una fugitiva a la que no había hecho otra cosa que condenar a muerte.

«Fugada.»

—Carswell Thorne —dijo Huy—, un ex cadete de las fuerzas aéreas de la República Americana. Desertó de su puesto hace catorce meses tras robar una nave de carga militar. En estos momentos no se lo considera peligroso.

Kai regresó junto a la mesa y vio que el expediente de los fugados había sido transferido a la pantalla. Frunció el ceño algo más, si cabía. Tal vez no se lo considerara peligroso, pero sí era joven e indiscutiblemente atractivo. En la foto, el interno aparecía guiñando un ojo a la cámara con cierta frivolidad. Kai le cogió ojeriza de inmediato.

—Majestad, debéis tomar una decisión —insistió Torin—. ¿Dais vuestro permiso para enviar refuerzos militares con el fin de capturar a los fugitivos?

Kai se puso tenso.

—Sí, por supuesto, si crees que la situación lo exige.

Huy dio un taconazo y se dirigió a la puerta.

Kai estuvo tentado de hacerle dar media vuelta mientras miles de preguntas se agolpaban en su cabeza. Quería que el mundo aminorara el paso y le diera tiempo para procesar todo aquello, pero los dos hombres se habían ido antes de que un «esperad» vacilante abandonara sus labios.

La puerta se cerró y volvió a encontrarse solo. Le echó un breve vistazo al pie abandonado de Cinder antes de desplomarse sobre la mesa y apoyar la frente contra la fría pantalla de la telerred.

Sin poder remediarlo, se imaginó a su padre allí sentado, tomando las riendas de la situación, y supo que él ya estaría enviando coms en su lugar y haciendo todo lo posible para encontrar a la chica y detenerla, porque aquello era lo mejor para la Comunidad.

Sin embargo, Kai no era su padre. No era tan desinteresado.

Sabía que estaba mal, pero no pudo evitar desear que, donde fuera que Cinder hubiera ido, no la encontraran jamás.

Capítulo ocho

Efectivamente, todos los Morel habían muerto. La granja llevaba siete años vacía desde que, uno tras otro, en cuestión de un solo mes habían trasladado a los padres y a sus seis hijos a las cuarentenas de Toulouse. Atrás había quedado una colección de edificios que se venían abajo —la casa, el granero, un gallinero—, junto con varias hectáreas de campos de cultivo abandonadas a su suerte. Un establo de techo acampanado, que en su tiempo había albergado tractores y balas de heno, continuaba intacto y se alzaba solitario en medio de un campo de trigo descuidado.

Una funda de almohada vieja y polvorienta, teñida de negro, seguía ondeando en el porche delantero de la casa a modo de advertencia para que los vecinos se mantuvieran alejados del hogar infectado. Durante años, había cumplido su cometido, hasta que los matones que organizaban las peleas habían dado con ella y habían decidido agenciársela.

Las peleas ya habían empezado cuando Scarlet llegó. La chica envió una com apresurada a la comisaría de Toulouse desde su nave, calculando que, con lo inútiles que eran, pasarían al menos veinte o treinta minutos antes de que respondieran. El tiempo justo para obtener la información que necesitaba antes de que Lobo y el resto de aquellos marginados fueran detenidos.

Inspiró profundamente el aire helado de la noche varias veces, lo cual no consiguió calmar su pulso acelerado, y se dirigió con paso decidido hacia el establo abandonado.

Una multitud crispada gritaba hacia un cuadrilátero construido sin demasiado esmero donde un hombre golpeaba la cara de su oponente, descargando el puño una y otra vez con una tenacidad espeluznante. La sangre empezó a manar de la nariz del rival. El público rugió, animando al luchador que parecía llevar las de ganar.

Scarlet rodeó a los asistentes, manteniéndose cerca de las paredes inclinadas. Todas las superficies que quedaban al alcance estaban cubiertas de grafiti de colores vivos, y un manto de paja, tan pisoteada que casi había quedado reducida a polvo, alfombraba el suelo. Varias ristras de bombillas baratas pendían de cables de un color naranja chillón, aunque muchas parpadeaban y amenazaban con fundirse. El caldeado ambiente estaba impregnado del olor a sudor, a humanidad y a un aroma de campo que desentonaba.

Scarlet no esperaba encontrarse con tanta gente. Calculaba que habría más de doscientas personas, y no conocía a nadie. Aquella gente no era de la pequeña ciudad de Rieux, de modo que supuso que muchos procederían de Toulouse. Vio varios piercings, tatuajes y modificaciones quirúrgicas. Pasó junto a una chica con el pelo teñido como una cebra y junto a un hombre con una correa de la que tiraba una escoltandroide curvilínea. Incluso había varios ciborgs entre el público, una rareza acentuada por el hecho de que ninguno de ellos se molestaba en ocultar su condición. Había de todo, desde brillantes brazos metálicos a relucientes ojos negros que sobresalían de las cuencas. Scarlet tuvo que mirar dos veces al pasar junto a un hombre con una pequeña telerred implantada en el bíceps flexionado que iba riéndose del estirado presentador de noticias que aparecía en la pantallita.

De pronto, el público lanzó un rugido, gutural y satisfecho. Un hombre, que llevaba tatuada la espalda con una columna vertebral y una caja torácica, había quedado en pie en el cuadrilátero. Desde donde estaba, Scarlet no veía a su oponente, el cual quedaba oculto tras la densa multitud de espectadores.

La chica se metió las manos en los bolsillos de la sudadera y continuó buscando entre aquellos rostros desconocidos de gustos tan estrafalarios. Iba llamando la atención con sus sencillos vaqueros de rodillas desgastadas y la andrajosa sudadera roja que su abuela le había regalado hacía años. Por lo general, su atuendo le servía de camuflaje en una ciudad donde poca gente daba importancia a lo que uno llevaba puesto, pero en ese momento parecía disfrazada de camaleón en una habitación llena de dragones de Komodo. Fuese a donde fuese, la gente se volvía con curiosidad, aunque, con una terquedad inquebrantable, ella les devolvía la mirada y continuaba buscando.

Alcanzó el otro extremo del edificio, donde seguían apilados los cajones de plástico y metal, sin haber visto a Lobo. Retrocedió hasta un rincón para poder observar mejor lo que ocurría a su alrededor y se puso la capucha, que le tapaba la cara. La pistola se le clavaba en la cadera.

—Has venido.

Scarlet dio un respingo. Lobo había aparecido repentinamente a su lado, surgido del grafiti como por arte de magia. Los parpadeos polvorientos de las bombillas se reflejaban en sus ojos verdes.

—Disculpa —dijo, y retrocedió un paso arrastrando los pies—. No pretendía asustarte.

Scarlet no contestó. Entre las sombras, solo conseguía distinguir el contorno de ese tatuaje al que tan poca importancia había dado pocas horas antes y que en esos momentos ardía en su memoria.

«El que me dio el atizador tenía un tatuaje...»

Sintió que se le encendía el rostro; la rabia que había enterrado en aras de una calma mucho más provechosa afloraba a la superficie. Acortó la distancia que los separaba y lo golpeó en el pecho con el puño cerrado, sin importarle que el tipo le sacara una cabeza. El odio la hizo sentir capaz de aplastarle el cráneo entre las manos.

—¿Dónde está?

Lobo no se inmutó y continuó con los brazos colgando a ambos lados.

—¿Quién?

—¡Mi abuela! ¿Qué habéis hecho con ella?

Pestañeó, confuso e intrigado, como si la chica estuviera hablándole en un idioma que le costaba traducir.

—¿Tu abuela?

A Scarlet le rechinaron los dientes, y volvió a hundir el puño en su pecho, esta vez con más fuerza. Lobo torció el gesto, aunque parecía que más por la sorpresa que por el dolor.

—Sé que fuiste tú. Sé que te la llevaste y que la retienes en algún sitio. ¡Sé que fuiste tú quien torturó a mi padre! No sé qué intentas demostrar, pero quiero que vuelva y lo quiero ya.

Lobo lanzó una mirada furtiva por encima de la cabeza de la chica.

—Lo siento... Me esperan en el cuadrilátero.

Con el pulso palpitándole en las sienes, Scarlet lo asió por la muñeca y sacó la pistola con un solo movimiento. A continuación, le apoyó el cañón contra el tatuaje.

—Mi padre vio el tatuaje, a pesar de que intentasteis mantenerlo drogado, y me cuesta creer que exista otro idéntico a este y que tú aparecieras en mi vida por casualidad el mismo día que los secuestradores de mi padre lo soltaran después de haberlo torturado toda una semana.

Por su mirada, por fin dio la impresión de saber de qué le hablaba, pero a su expresión le siguió un profundo ceño que acentuó la pálida cicatriz que tenía junto a la boca.

—Alguien secuestró a tu padre… y a tu abuela —dijo, despacio—. Alguien con un tatuaje como el mío. ¿Y hoy han soltado a tu padre?

—¿Crees que soy imbécil? —chilló Scarlet—. ¿De verdad quieres hacerme creer que no tienes nada que ver?

Lobo volvió a echar un vistazo al cuadrilátero, y ella le apretó la muñeca, aunque él no dio muestras de tener la intención de echarse a andar.

—Hace semanas que voy a diario a la Taberna Rieux, pregunta a los camareros, y me paso aquí todas las noches. Habla con quien quieras.

Scarlet frunció el entrecejo.

—Perdona si la gente de por aquí no acaba de parecerme demasiado digna de confianza.

—No lo es, pero me conoce —contestó él—. Mira, ya lo verás.

Lobo intentó zafarse de ella dando medio giro, pero Scarlet se volvió con él y la capucha le cayó hacia atrás. Le clavó las uñas.

—No vas a irte hasta que…

Se interrumpió, vuelta hacia toda la gente que había junto al cuadrilátero.

Todo el mundo los miraba, algunos incluso repasaban a Scarlet de arriba abajo con evidente satisfacción.

El hombre que se apoyaba en las cuerdas del cuadrilátero, sonriendo con socarronería, enarcó las cejas al ver que había llamado la atención de Lobo y Scarlet.

—Parece que esta noche el lobo ha encontrado un tierno bocado —comentó. Los altavoces colgados en alguna parte amplificaron su voz.

Detrás de él esperaba otro hombre, que miraba a Scarlet con lascivia. Le sacaba una cabeza y doblaba en anchura al tipo que había hablado, y estaba completamente calvo. Dos hileras de dientes de oso implantados en su cuero cabelludo como si se tratara de una mandíbula abierta reemplazaban el pelo.

—¡Creo que me la llevaré a casa después de haberle destrozado la cara bonita a su perro!

El público rió la fanfarronada, acompañándola de silbidos y chiflidos. Alguien próximo a ellos le preguntó a Lobo si tenía miedo de poner su suerte a prueba.

Imperturbable, Lobo se volvió hacia Scarlet.

—Está invicto —dijo, a modo de explicación—, pero yo también.

Molesta porque pudiera pensar que le importaba en lo más mínimo, Scarlet inspiró hondo.

—He llamado a la policía y llegará de un momento a otro. Si me dices dónde está mi abuela, podrás irte, incluso podrás avisar a tus amigos si quieres. No te dispararé ni le diré nada de ti a la policía. Solo… solo dime dónde está. Por favor.

Lobo la miró, tranquilo a pesar de la creciente agitación del público, que había empezado a corear algo, aunque la sangre que se agolpaba en los oídos de Scarlet amortiguaba las palabras. Por un segundo, pensó que Lobo se desmoronaría. Iba a decírselo, y ella cumpliría su promesa hasta que encontrara a su abuela y la alejara de esos monstruos que se la habían llevado.

Luego, iría a por él. En cuanto su abuela estuviera a salvo en casa, daría con él, con él y con quien lo hubiera ayudado, y les haría pagar muy caro lo que habían hecho.

Tal vez Lobo advertía el rencor que le ensombrecía el rostro porque le tomó la mano y le soltó los dedos con delicadeza. Llevada por el instinto, Scarlet le hundió el cañón en las costillas, aunque sabía que no iba a disparar. No sin respuestas.

Lobo no parecía inquieto. Tal vez él también lo sabía.

—Creo que tu padre vio un tatuaje como el mío. —Inclinó la cabeza hacia ella—. Pero no era yo.

Se alejó de ella. Scarlet bajó el arma y dejó el brazo colgando a un lado mientras veía cómo la muchedumbre, que no había parado de gritar, se apartaba de su camino. Los espectadores parecían intimidados, aunque también entretenidos. La mayoría sonreía y se daban empujones unos a otros. Vio a varias personas moviéndose entre el público, escaneando muñecas mientras recogían las apuestas.

Tal vez nadie hubiera conseguido derrotarlo hasta entonces, pero estaba claro que casi todo el mundo confiaba en la victoria de su rival.

Scarlet cerró la mano con fuerza hasta que el dibujo impreso en la culata metálica le dejó una marca en la palma.

«Un tatuaje como el mío...»

¿Qué había querido decir?

Solo había intentado confundirla, decidió, viendo a Lobo saltar ágilmente las cuerdas del cuadrilátero, igual que un acróbata de circo. Demasiadas coincidencias.

¿Qué más daba? Le había dado una oportunidad, pero la policía no tardaría en llegar y lo detendría. Ella obtendría las respuestas que quería, de un modo u otro.

Superada por la frustración, devolvió la pistola a la cinturilla del pantalón. El latido de las sienes empezaba a debilitarse, y por fin consiguió distinguir lo que coreaba la gente.

«Hunter. Hunter. Hunter.»

Mareada por el calor y la descarga de adrenalina, se volvió hacia la enorme puerta del edificio, cubierta de malas hierbas y tallos de trigo iluminados por la luna. En ese momento reparó en una mujer que llevaba el pelo muy corto y que parecía querer asesinarla, como una novia celosa. Scarlet le sostuvo la mirada antes de devolver su atención al cuadrilátero. Sin moverse del sitio, se puso la capucha y relegó su rostro a las sombras.

De pronto, todo el mundo se abalanzó hacia delante, y Scarlet se vio arrastrada por la marea, que la acercó al ring.

Hunter se había arrancado la camiseta y exhibía musculatura al tiempo que arengaba a la concurrencia. La hilera de dientes incrustados en la cabeza lanzaba destellos mientras corría de un lado al otro del cuadrilátero.

Lobo era alto, pero parecía un crío al lado de Hunter. Sin embargo, ahí estaba, impasible en su rincón, irradiando arrogancia con un pie sobre las cuerdas, como si estuviera holgazaneando.

Hunter caminaba de un lado al otro como un animal enjaulado sin prestarle atención. Gruñía. Maldecía. Llevaba al público al éxtasis.

«El que me dio el atizador...»

A Scarlet se le hizo un nudo en el estómago. Necesitaba a Lobo. Necesitaba respuestas. Aun así, en ese momento no le hubiera importado ver cómo lo hacían trizas sobre el cuadrilátero.

Lobo la miró de reojo, como si hubiera percibido su arranque de ira, y le cambió el semblante. La fanfarronería y la mofa desaparecieron.

Scarlet esperaba que su cara lo dijera todo para que a Lobo no le quedaran dudas de a quién apoyaba.

Un holograma se encendió con un parpadeo sobre la cabeza del locutor. Las palabras empezaron a rotar lentamente, sin dejar de titilar.

HUNTER [34] VS. LOBO [11]

—Esta noche, nuestro campeón imbatido, ¡Hunter! —gritó el locutor. La gente rugió a su alrededor—, se enfrenta al recién llegado, también invicto, ¡Lobo!

Mezcla de abucheos y vítores. Resultaba evidente que no todo el mundo había apostado en su contra.

Scarlet apenas prestaba atención a lo que decían, concentrada en el holograma. Lobo [11]. Once victorias, supuso. Once peleas.

¿Once noches?

Su abuela llevaba diecisiete días desaparecida, pero su padre... ¿no había dicho que solo lo habían retenido una semana? Frunció el ceño, desconcertada por los cálculos.

—¡Esta noche hay lobo para cenar! —bramó Hunter.

Cientos de manos golpearon la plataforma como si hubiera estallado un trueno.

La concentración que delataba el rostro de Lobo se transformó en algo anhelante pero paciente.

El holograma emitió unos intensos destellos rojos y desapareció al tiempo que sonaba un bocinazo ensordecedor.

El mediador bajó de la plataforma y se inició la pelea.

Hunter lanzó el primer puñetazo. Scarlet ahogó un grito, casi no había podido seguir el movimiento, pero Lobo se agachó sin problemas y esquivó la sombra de Hunter.

Su oponente era extraordinariamente ágil para su tamaño, pero Lobo lo superaba en velocidad. El chico consiguió desviar una tanda de golpes, hasta que el puño de Hunter logró acertar y se oyó un crujido sobrecogedor. Scarlet retrocedió.

La gente estalló en gritos y empujones a su alrededor. El frenesí era palpable, la multitud pedía sangre.

Como si sus movimientos estuvieran coreografiados, Lobo dirigió una patada contundente al pecho de Hunter, y el suelo se estremeció con un golpe sordo y rotundo cuando este cayó de espaldas, aunque no tardó en levantarse de un salto. Lobo retrocedió poco a poco, a la espera. Un hilillo de sangre le caía de la boca, pero no parecía preocuparlo. Le brillaban los ojos.

Hunter atacó con renovado vigor. Lobo recibió un puñetazo en el estómago y se dobló sobre sí mismo con un gruñido antes de encajar un golpe que lo envió dando tumbos a las cuerdas del cuadrilátero hasta que clavó una rodilla en el suelo y se puso en pie antes de que a Hunter le hubiera dado tiempo a acercarse.

Sacudió la cabeza de un modo muy extraño, como si fuera un perro, y a continuación se agachó y plantó las poderosas manos en el suelo, a ambos lados, mirando fijamente a Hunter con una sonrisa siniestra.

Scarlet estrujó la cremallera de la sudadera entre sus dedos, preguntándose si aquel gesto era el que le había valido el apodo.

Cuando Hunter atravesó el cuadrilátero, abalanzándose sobre él como una locomotora, Lobo se apartó rápidamente y le propinó una patada en la espalda. Hunter cayó de rodillas. El público lo abucheó. Una patada circular, esta vez en la oreja, acabó derribándolo de costado.

Hunter hizo ademán de levantarse, pero Lobo lo golpeó en las costillas y volvió a caer al suelo. La gente estaba como loca, gritaba y lo acusaba de comportamiento antirreglamentario.

Lobo retrocedió para dar tiempo a que Hunter se pusiera en pie ayudándose de las cuerdas y recuperara su posición de ataque. Había un nuevo brillo en la mirada de Lobo, como si estuviera disfrutando, y al ver que se relamía la sangre que le caía de la boca, Scarlet hizo una mueca de asco.

Hunter volvió a la carga como un toro enfurecido. Lobo detuvo un puñetazo con el antebrazo y encajó otro en el costado, pero entonces lanzó el codo y alcanzó a Hunter en la mandíbula. En ese momento, Scarlet supo que había recibido el golpe anterior a propósito. Hunter trastabilló hacia atrás. Una patada en el pecho estuvo a punto de volver a derribarlo. Lobo le acertó en la nariz con el puño, y un chorro de sangre corrió por la barbilla de su adversario, que se dobló sobre sí mismo, con un gruñido, tras recibir un rodillazo en el costado.

Scarlet se estremecía con cada golpe, tenía el estómago revuelto. No lograba comprender cómo podía haber gente que soportara aquello y aún menos que disfrutara con ello.

Hunter cayó de rodillas, y Lobo apareció de pronto a su espalda, con el rostro crispado y las manos a ambos lados de la cabeza de Hunter.

«... me dio el atizador...»

Y ese hombre —ese monstruo— tenía a su abuela.

Scarlet se llevó las manos a la boca tratando de ahogar un grito, mientras sus oídos esperaban el crujido que certificaría que a Hunter le habían roto el cuello.

Lobo se quedó inmóvil y acto seguido se volvió hacia ella con un parpadeo. De pronto, la mirada asesina y despiadada se volvió confusa. Como si le sorprendiera verla allí. Sus pupilas se dilataron.

Scarlet ardía de indignación, repugnada. Deseaba apartar los ojos, salir corriendo, pero estaba clavada en el suelo.

En ese momento, Lobo retrocedió de un salto y dejó que Hunter se derrumbara sobre el cuadrilátero como un saco de patatas.

La bocina volvió a sonar. El público gritaba, una mezcla de vítores y abucheos, entusiasmo y rabia. Completamente entregado al ver al gran Hunter vencido. A nadie le importaba la crueldad gratuita o el hecho de haber estado a punto de presenciar un asesinato.

Cuando el mediador volvió a subir al cuadrilátero para anunciar a Lobo como el ganador, este desvió la mirada, le dio un empujón al hombre para que lo dejara pasar y salvó las cuerdas de un brinco. La gente se apartó a un lado, y Scarlet se vio arrastrada hacia el fondo. A duras penas consiguió mantener el equilibrio, a punto de ser arrollada por la gente que retrocedía arrastrando los pies.

Lobo bajó del cuadrilátero de un salto, impulsándose con las manos y los pies. A continuación, echó a correr hacia las puertas del recinto a toda velocidad y desapareció entre las hierbas plateadas.

Unos destellos rojizos y azulados se proyectaron en la distancia.

La gente volvió a cerrar filas, comentando lo que había sucedido entre confusa e intrigada. Por lo que se rumoreaba, todo el mundo estaba de acuerdo en que Lobo era un nuevo héroe, un tipo con el que había que tener mucho cuidado.

Poco después alguien más se percató de las luces, y el pánico hizo presa entre los asistentes a la pelea, que empezaron a lanzar amenazas a la policía antes de abalanzarse hacia la puerta y dispersarse por los campos de la granja abandonada.

Scarlet temblaba mientras se ponía la capucha y se unía a la desbandada general. No todo el mundo había echado a correr, alguien detrás de ella intentaba llamar al orden. Se oyeron un disparo y una risa demente. A unos pasos, la chica con el pelo teñido de cebra se había subido a una caja de transporte y apuntaba a los cobardes que pretendían huir de la policía, sin parar de reír.

Scarlet por fin logró salir y respirar un poco de aire limpio al tiempo que la reverberación de los gritos del almacén enmudecía. De pronto oyó las sirenas, mezcladas con el canto de los grillos. Ya en el camino de tierra, Scarlet giró en redondo, esquivando a la gente que intentaba abrirse paso a empujones.

No vio a Lobo por ninguna parte.

En ese momento creyó recordar que había doblado a la derecha, y ella había aparcado su nave a la izquierda. Tenía el pulso tan acelerado que le costaba respirar.

No podía marcharse. No había obtenido lo que había ido a buscar.

Intentó convencerse de que no había ningún problema: lo encontraría. Cuando pudiera concentrarse. Después de hablar con los inspectores y convencerlos para que siguieran a Lobo, lo encarcelaran y averiguaran adónde se había llevado a su abuela.

Se metió las manos en los bolsillos y se apresuró a rodear el edificio, en dirección a su nave.

De pronto, un aullido sobrecogedor la dejó helada. El rumor nocturno enmudeció, incluso las ratas de ciudad rezagadas se detuvieron a escuchar.

No era la primera vez que Scarlet oía un lobo salvaje merodeando por los campos que rodeaban las granjas, en busca de una presa fácil.

Sin embargo, nunca un aullido le había producido un escalofrío como aquel.

Capítulo nueve

—¡Por favor, qué asco, quítamela, quítamela!

Cinder se volvió en redondo, apoyándose en las curvas y resbaladizas paredes de cemento, y dirigió el haz de luz hacia atrás. Thorne estaba retorciéndose como un poseso en el angosto túnel, dándose palmadas en la espalda mientras lanzaba una serie de maldiciones y grititos muy poco varoniles.

Enfocó la linternita hacia el techo y vio una marabunta de cucarachas correteando en todas direcciones. Se estremeció, pero se dio la vuelta y continuó avanzando.

—No es más que una cucaracha —dijo, a su espalda—. No va a matarte.

—¡Se me ha metido en el uniforme!

—¿Quieres bajar la voz? Hay una boca de alcantarilla justo ahí arriba.

—Por favor, dime que vamos a salir por ahí.

Cinder resopló con sorna, más preocupada por el mapa del sistema de alcantarillado que tenía en la cabeza que por los remilgos de su compañero. A pesar de que la idea de llevar una cucaracha por dentro del uniforme le daba repelús, pensó que era preferible a caminar por las aguas residuales que le llegaban al tobillo con un pie descalzo, y ella no se quejaba.

Al pasar por debajo de la boca de alcantarilla, Cinder se percató de que el rumor constante del agua se hacía más audible.

—Casi hemos llegado a la unión del conducto principal —dijo, impaciente por alcanzarlo.

En aquel túnel tan estrecho hacía más calor que en Marte y las piernas le ardían de caminar agachada tanto rato. Sin embargo, en ese momento un olor hediondo llegó hasta ella y se le revolvió el estómago. Era tan fuerte que estuvo a punto de tener arcadas.

No tardarían en avanzar por algo más que el agua de lluvia que se filtraba hasta allí.

—Oh, genial —rezongó Thorne—, dime que eso no es lo que creo que es.

Cinder arrugó la nariz y se concentró en respirar de manera superficial aquel aire asfixiante.

A medida que avanzaban por las aguas estancadas, el hedor se hacía más insoportable, hasta que por fin llegaron al colector general.

Cinder inspeccionó el túnel que corría por debajo de ellos con la linterna que llevaba incorporada en la mano, dirigiendo el haz hacia las viscosas paredes de cemento. El conducto principal era lo bastante amplio para que pudieran caminar erguidos. La luz se reflejó en un estrecho pasillo de rejilla metálica que corría a lo largo de la pared opuesta, lo bastante firme para aguantar a los empleados de mantenimiento y cubierto de excrementos de rata. Entre ellos y el pasillo fluía un río revuelto de aguas residuales de al menos dos metros de ancho.

Combatió una nueva arcada cuando el olor acre y hediondo de la alcantarilla le embotó la nariz, la garganta y los pulmones.

—¿Preparado? —preguntó, al tiempo que se adelantaba.

—Espera… ¿qué vas a hacer?

—¿A ti qué te parece?

Thorne se quedó atónito y bajó la vista hacia las aguas residuales, que apenas distinguía en la oscuridad.

—¿No llevas ninguna herramienta en esa mano llena de sorpresas con la que podamos cruzar?

Cinder lo fulminó con la mirada, ligeramente mareada a causa de las inspiraciones cortas y agitadas que su cuerpo hacía de manera instintiva.

—Ay, vaya, ¿cómo he podido olvidar mi garfio de escalada?

Se dio la vuelta con brusquedad, respiró de nuevo aquel aire hediondo y descendió hasta el riachuelo. Despachurró algo entre los dedos de los pies. La corriente batía contra sus piernas a medida que avanzaba; el agua le llegaba a los muslos. Encogiéndose de asco por dentro, Cinder atravesó el canal todo lo rápido que pudo, reprimiendo una arcada refleja. El peso del pie metálico la mantenía pegada al suelo e impedía que la corriente la tirara, por lo que no tardó en llegar al otro lado y subirse a la rejilla. Pegó la espalda contra la pared del túnel y se volvió hacia el supuesto capitán.

Thorne le miraba las piernas con un asco nada disimulado.

Cinder bajó la vista. El mono, de un blanco nuclear, estaba teñido de un color marrón verdoso y se le adhería a los muslos.

—¡Mira, puedes venir aquí o puedes volver y cumplir el resto de tu condena, como prefieras —le gritó, dirigiendo la linterna hacia él—, pero tienes que decidirte ya!

Tras una salva de maldiciones y escupitajos, Thorne empezó a vadear poco a poco las aguas residuales, con los brazos en alto. Continuó haciendo muecas de asco mientras avanzaba hasta que llegó junto a Cinder y se subió a la rejilla.

—Me está bien empleado por quejarme del jabón —masculló entre dientes, pegándose a la pared.

Cinder empezaba a clavarse la rejilla en el pie descalzo, de modo que traspasó todo su peso a la pierna biónica.

—De acuerdo, cadete. ¿Por dónde?

—Capitán.

Abrió los ojos y escudriñó el túnel en ambas direcciones, pero los conductos desaparecían en la oscuridad más allá de la escasa luz que se colaba por la boca de alcantarilla más próxima. Cinder reguló la intensidad del brillo de la linterna y la dirigió hacia la superficie espumosa del agua y las húmedas paredes de cemento.

—Está cerca del viejo parque Beihai —dijo Thorne, rascándose la barba—. ¿Por dónde se va?

Cinder asintió con la cabeza y se volvió hacia el sur.

Su reloj interno le informó de que no llevaban caminando más que veinte minutos, pero a ella le parecieron horas. La rejilla se le clavaba en el pie a cada paso. Los pantalones mojados se le pegaban a las pantorrillas, y había momentos en que el sudor que le corría por la espalda le hacía creer que se trataba de una araña que se le había colado dentro del uniforme y entonces se sentía culpable por haber sido tan dura antes con Thorne. A pesar de que no habían visto ninguna rata, las oía corretear por la infinita red de túneles que se extendía bajo la ciudad, ahuyentadas por la luz de la linterna.

Thorne iba hablando solo, tratando de engrasar su memoria oxidada. La nave estaba cerca del parque Beihai, de eso no había duda.

En el polígono industrial. A menos de seis manzanas al sur de las vías de levitación magnética… bueno, tal vez a ocho manzanas.

—Estamos más o menos a una manzana del parque —anunció Cinder, deteniéndose junto a una escalera de mano metálica. En lo alto se veía un punto de luz—. Esto lleva a Yunxin Oeste.

—Yunxin me suena. Creo.

Cinder se armó de paciencia y empezó a subir.

Las barras metálicas de la escalera de mano se le clavaban en el pie, pero el aire se volvía dichosamente respirable a medida que ascendía. El zumbido de las vías de levitación magnética sustituyó el rumor del río subterráneo. Al alcanzar la tapa de registro, Cinder se detuvo un momento y prestó atención por si oía a alguien cerca de allí antes de darle un empujón y apartarla a un lado.

Un levitador pasó volando por encima de ellos.

Cinder se agachó, con el corazón desbocado. Cuando por fin se atrevió a asomar la cabeza, apenas un centímetro, vio unas luces silenciosas en lo alto del vehículo blanco. Era un levitador de emergencias. Recuerdos de androides armados con pistolas eléctricas de bloqueo de interfaz neuronal hicieron que se estremeciera de pies a cabeza antes de que el vehículo doblara una esquina y ella pudiera comprobar que llevaba una cruz roja en uno de los laterales. Era un levitador médico, no de la policía. La joven estuvo a punto de desplomarse del alivio.

Se encontraban en la antigua zona de almacenaje de la ciudad, cerca de las cuarentenas, así que era de esperar que se toparan con algún levitador médico.

Echó un vistazo en ambas direcciones a la calle desierta. Aunque todavía era temprano, ya empezaba a hacer calor, y caprichosos espejismos se elevaban de la calzada tras olvidar la torrencial tormenta de verano de dos noches atrás.

—Despejado.

Cinder se impulsó para salir a la carretera e inspiró profundamente el aire húmedo de la ciudad. Thorne la siguió. El uniforme blanco lanzaba destellos cegadores al sol, salvo las perneras, que seguían de un verde sucio y olían a alcantarilla.

—¿Por dónde?

Thorne se hizo visera con el antebrazo y escudriñó los edificios de cemento mientras daba una vuelta completa. Se volvió hacia el norte. Se rascó el cogote.

El optimismo de Cinder flaqueó.

—Dime que al menos te suena.

—Sí, claro, por supuesto —le aseguró, restándole importancia con un ademán de la mano—. Es que hace mucho tiempo que no venía por aquí.

—Pues esfuérzate un poco más y rapidito, porque yo diría que no pasamos precisamente desapercibidos.

Thorne echó a andar tras asentir con la cabeza.

—Por ahí.

Al cabo de cinco pasos, se detuvo, lo reconsideró y dio media vuelta.

—No, no, por aquí.

—Estamos muertos.

—No, ahora me acuerdo. Es por aquí.

—¿No tienes una dirección?

—Un capitán siempre sabe dónde está su nave. Es como un vínculo psíquico.

—Pues lástima que no haya ningún capitán por aquí.

Thorne obvió el comentario y echó a andar con absoluta seguridad. Cinder iba tres pasos por detrás de él, dando respingos cada vez que oía algo: la basura que cruzaba la calle empujada por el viento, un levitador que atravesaba una intersección a dos calles de allí... La luz del sol se reflejaba en las ventanas polvorientas de los almacenes.

Tres manzanas desiertas después, Thorne aminoró el paso y empezó a estudiar con atención la fachada de todos los edificios que iban dejando atrás, frotándose la barbilla.

Desesperada, Cinder decidió estrujarse los sesos en busca de un plan B.

—¡Allí!

Thorne atravesó la calle a la carrera, en dirección a un almacén idéntico a todos los que habían pasado, con puertas de persiana gigantescas y años de grafiti coloridos. Dobló la esquina del edificio e intentó abrir la puerta principal.

—Cerrada.

Cinder lanzó una maldición al ver el escáner de identidad junto al marco.

—Obviamente. —Se arrodilló y arrancó el panel frontal de plástico del escáner—. Puede que consiga desactivarlo. ¿Crees que tendrán alarma?

—Eso espero. No llevo pagando el alquiler todo este tiempo para que mi nena descanse en un almacén desprotegido.

Cinder acababa de descargarse el manual de programación correspondiente al número de serie del escáner cuando la puerta se abrió y un hombre orondo, de perilla negra y afilada, salió a la luz del sol. Cinder se quedó helada.

—¡Carswell! —exclamó el hombre—. ¡Acabo de ver las noticias! Supuse que te pasarías por aquí.

—Alak, ¿cómo estás? —Una amplia sonrisa se dibujó en el rostro de Thorne—. ¿De verdad hablan de mí en las noticias? ¿Qué tal salgo?

Alak no contestó, desvió rápidamente su atención hacia Cinder, y su cordialidad desapareció, enterrada bajo cierta incomodidad. Cinder tragó saliva, cerró el panel del escáner y se puso en pie. Su conexión de red ya había enlazado con la actualización de noticias, que había pausado durante la fuga, y, efectivamente, bajo su fotografía, la que le habían tomado cuando había ingresado en prisión, se desplazaba un texto de advertencia: Presa fugada. Va armada y se la considera peligrosa. Si la ven, comuniquen con este enlace de inmediato.

—A ti también te he visto en las noticias. —Alak miró el pie metálico de reojo.

—Alak, he venido a recoger mi nave. Tenemos algo de prisa.

Al hombre se le formaron unos plieguecitos en las comisuras de los labios y empezó a sacudir la cabeza, como si lo lamentara.

—No puedo ayudarte, Carswell. Los federales ya me tienen muy vigilado. Guardar una nave robada es una cosa, siempre puedo alegar que no lo sabía, pero ayudar a un fugitivo… y a… uno de ellos… —Arrugó la nariz en dirección a Cinder, aunque también retrocedió un paso, como si temiera sus represalias—. No puedo arriesgarme a meterme en el tipo de problemas en que me metería si te siguieran hasta aquí y descubrieran que te he ayudado. Lo mejor sería que estuvieras fuera de la circulación una temporadita, no les diré que te he visto, pero no puedes llevarte la nave. Ahora no. Al menos hasta que las aguas se calmen. Lo entiendes, ¿verdad?

Sin dar crédito a lo que oía, Thorne estalló de indignación.

—Pero… ¡es mi nave! ¡Soy un buen cliente! No puedes negármela.

—Cada uno tiene que cuidar de sí mismo. Ya sabes cómo funciona esto. —Alak volvió a mirar a Cinder de reojo mientras su miedo se transformaba poco a poco en asco—. Volved por donde habéis venido, y no llamaré a la policía. Si vienen por aquí, les diré que no te he visto desde que el año pasado me dejaste la nave. Pero si seguís merodeando por este lugar, puedes estar seguro de que los llamaré yo mismo.

No había acabado de hablar cuando Cinder oyó un levitador al final de la calle. El corazón le dio un vuelco al ver el vehículo blanco de emergencias —este sin la cruz roja en el lateral—, pero la nave desapareció por otra calle. Cinder se volvió hacia Alak de inmediato.

—No tenemos ningún otro sitio a donde ir. ¡Necesitamos esa nave!

El hombre se alejó de ella un poco más. Su cuerpo se recortaba en la entrada.

—Escúchame bien, jovencita —dijo con tono resuelto, a pesar de que cada dos por tres se le iban los ojos hacia la mano metálica—. Solo os ayudo porque Carswell ha sido un buen cliente, y yo no delato a mis clientes, pero no te lo tomes como un favor. No me lo pensaría dos veces antes de entregarte para que te pudrieras en la cárcel. Es lo menos que se merecen los de tu especie. Y ahora, salid de mi almacén si no queréis que cambie de opinión.

La desesperación se apoderó de Cinder, que cerró los puños en el instante en que sintió una sobrecarga eléctrica que la cegó un instante. Un dolor mortificante se inició en la base de su cuello y le inundó el cráneo, aunque por fortuna fue breve. Cuando abrió los ojos, veía lucecitas.

Jadeando, consiguió dominar la energía abrasadora justo a tiempo de ver a Alak poner los ojos en blanco. El hombre se desplomó en los brazos de Thorne.

Cinder retrocedió tambaleante hasta la pared, mareada.

—Por todos los astros… ¿está muerto?

Thorne gruñó a causa del peso.

—¡No, pero creo que está teniendo un ataque al corazón!

—No es un ataque al corazón —musitó Cinder—. No… no le pasará nada.

Lo dijo tanto para convencer a Thorne como a sí misma, confiando en que aquellas descargas accidentales de su don lunar no fueran peligrosas y que no estuviera convirtiéndose en ese peligro para la sociedad que todo el mundo parecía creer que era.

—Buf, pesa una tonelada.

Cinder cogió a Alak por los pies y juntos lo arrastraron al interior del edificio. Había dos telerredes en la oficina que encontraron a la izquierda. Una de ellas pertenecía a la cámara de seguridad y emitía imágenes del exterior del almacén en las que se veía cómo se cerraba la puerta detrás de dos fugitivos vestidos de blanco y un hombre inconsciente. En la otra aparecía un presentador de noticias, aunque el sonido estaba apagado.

—Puede que el tipo sea un capullo egoísta, pero tiene buen gusto para las joyas.

Thorne levantó la mano de Alak por el pulgar mientras toqueteaba una pulsera de plata que el hombre llevaba en la muñeca: un cronovisor en miniatura.

—¿Quieres concentrarte?

Cinder tiró de Thorne para que se pusiera en pie. Luego se dio la vuelta y escudriñó el gigantesco almacén. Ocupaba toda la manzana y estaba abarrotado de decenas de naves, grandes y pequeñas, nuevas y viejas. Naves de carga, cápsulas espaciales, lanzaderas privadas, naves de carreras, transbordadores, cruceros.

—¿Cuál es?

—Eh, mira, alguien más ha escapado de la cárcel.

Cinder echó un vistazo a la pantalla, en la que se veía al presidente de Seguridad Nacional hablando ante una multitud de periodistas. En la parte inferior, se desplazaba el siguiente texto: LUNAR ESCAPA DE LA CÁRCEL DE NUEVA PEKÍN. CONSIDERADA EXTREMADAMENTE PELIGROSA.

—¡Esto es genial! —exclamó Thorne, a punto de derribarla de la palmada que le arreó en la espalda—. Gracias a esa lunar, ahora seguro que nos dejarán en paz.

Cinder apartó la vista de la pantalla al tiempo que la sonrisa de Thorne se desvanecía.

—Un momento. ¿Eres lunar?

—¿Y tú eres un cerebro criminal? —Cinder giró en redondo y echó a andar con paso decidido por el almacén—. ¿Dónde está esa nave?

—Espera un momento, pequeña traidora. Fugarse de la cárcel es una cosa, pero ayudar a una lunar chiflada me viene un poco grande.

Cinder se volvió hacia él.

—Primero, no estoy chiflada. Y segundo, si no fuera por mí, todavía estarías sentado en esa celda comiéndote el portavisor con los ojos, así que me lo debes. Además, ya te han identificado como mi cómplice y, por cierto, en esa foto pareces idiota.

Thorne se volvió hacia la pantalla que le indicaba. La fotografía que le habían tomado al ingresar en prisión aparecía junto a la de ella.

—Pues yo creo que no estoy nada mal…

—Thorne. Capitán. Por favor…

El joven parpadeó y borró la sonrisilla satisfecha con un breve gesto de cabeza.

—De acuerdo. Salgamos de aquí.

Cinder lanzó un suspiro de alivio y siguió a Thorne a través del laberinto de naves.

—Espero que no sea de las que está justo en medio.

—No importa —aseguró él, señalando hacia arriba—. El techo se abre.

Cinder miró la junta donde se unían las cubiertas del tejado.

—Muy práctico.

—Y aquí la tenemos.

La joven se volvió hacia donde señalaba Thorne. La nave era más grande de lo que había esperado, mucho más grande. Una Rampion 214, una nave de carga de clase 11.3. Cinder activó el escáner de retina y, tras descargar los planos, se quedó estupefacta al comprobar todo lo que podía hacer. La sala de máquinas y una plataforma de acoplamiento con dos cápsulas espaciales ocupaban la panza, mientras que en la planta principal se encontraban el muelle de carga, la cabina de mando, la cocina, seis dependencias para la tripulación y un baño compartido.

La rodeó hasta llegar a la puerta levadiza principal, y vio que alguien había pintado deprisa y corriendo una mujer desnuda sobre el distintivo de la República Americana, tumbada y en una pose relajada.

—Bonito detalle.

—Gracias. Lo hice yo.

A pesar de que temía que el dibujo los hiciera más fácilmente identificables, no le quedó más remedio que admitir que estaba ligeramente impresionada.

—Es más grande de lo que esperaba.

—En su día, llegó a llevar a doce tripulantes —dijo Thorne, acariciando el fuselaje.

—Entonces debe de ser lo bastante amplia para que no os molestarais.

Cinder se paseó bajo la puerta trasera, esperando a que Thorne la abriera, pero cuando echó la vista atrás, lo encontró con la sien apoyada contra la parte inferior de la nave en actitud cariñosa mientras le susurraba lo mucho que la había echado de menos.

Cinder estaba a punto de poner los ojos en blanco cuando una voz desconocida resonó en el almacén.

—¡Por aquí!

Se volvió y descubrió a alguien agachado junto al cuerpo de Alak, enmarcado en un cuadrado de luz. Llevaba el uniforme inconfundible del ejército de la Comunidad Oriental.

Cinder lanzó una maldición.

—Hora de irse. Ya.

Thorne se agachó y se dirigió a la puerta trasera.

—Rampion, contraseña: El capitán es el rey. Abrir puerta trasera.

Esperaron, pero no ocurrió nada.

Cinder enarcó las cejas, aterrada.

—El capitán es el rey. ¡El capitán es el rey! Rampion, despierta. Soy Thorne, el capitán Carswell Thorne. Pero ¿qué...?

Cinder le pidió que bajara la voz. Más allá de la nave, cuatro hombres se abrían paso a través del almacén abarrotado. Los haces de las linternas se reflejaban en los distintos sistemas de aterrizaje.

—Puede que se haya quedado sin energía —dijo Cinder.

—¿Cómo, si no se ha movido de aquí?

—¿Te dejaste las luces encendidas?

Thorne se aclaró la garganta y se puso en cuclillas junto a la nave. Las pisadas se oían cada vez más cerca.

—O puede que sea el sistema de control automático —dijo Cinder, pensativa, estrujándose los sesos. Nunca se las había tenido que ver con nada más grande que una cápsula, pero tampoco serían tan diferentes, ¿no?—. ¿Tienes la clave de anulación?

Thorne la miró, incrédulo.

—Sí, espera, que la llevo aquí, en el bolsillo del uniforme de presidiario, y ya nos ponemos en marcha.

Cinder lo fulminó con la mirada, pero no dijo nada, pues vio a un agente a dos pasillos de allí.

—Quédate aquí —le susurró—. Sigue intentando entrar y despegar lo antes posible.

—¿Adónde vas?

Cinder no contestó, se deslizó con sigilo por uno de los costados de la nave, con el plano todavía cargado en el visor retinal. Encontró la puerta de acceso trasera y la forzó, intentando hacer el menor ruido posible, antes de colarse en el compartimento del tren de aterrizaje, retorciéndose para pasar entre los cables que embutían el habitáculo. Atrajo la puerta hacia sí y la cerró. Esta hizo un pequeño clic al encajar en su sitio, y Cinder de pronto se encontró encerrada a oscuras. No resultó tan sencillo abrir la segunda puerta interior, pero entre la linterna y el destornillador, no tardó en asomar por la cámara aislante y salir a la sala de máquinas.

El haz de la linterna zigzagueó sobre el gigantesco motor. Localizó la placa base del ordenador en las líneas azules superpuestas en su campo de visión y llegó hasta ella como pudo. Sacó el conector universal de la mano y lo acopló en un terminal del ordenador central.

La luz de la linterna se atenuó cuando Cinder empezó a desviar la potencia al tiempo que un mensaje en letras verdes aparecía ante su visión.

INICIANDO DIAGNÓSTICO DE SISTEMA, MODELO 135v8.2
5%... 12%... 16%...

Capítulo diez

Thorne dio un respingo al oír un ruido metálico por encima de su cabeza.

—¿Habéis oído eso? —preguntó una voz masculina.

El chico se agachó entre las patas del tren de aterrizaje de la nave y se pegó a un travesaño metálico.

—El capitán es el rey —susurró—. El capitán es el rey, el capitán es el...

Un zumbido apagado sonó en lo alto. Las luces de navegación se encendieron con un tímido parpadeo cerca del morro de la nave.

—El capitán... ¿eh?

El mecanismo del tren de aterrizaje se puso en funcionamiento con un traqueteo antes de que pudiera acabar. La puerta trasera se abrió, y la rampa empezó a descender hacia el suelo. Con el corazón desbocado, Thorne salió de debajo de la nave, justo a tiempo de evitar acabar espachurrado.

—¡Por allí!

El haz de luz de una linterna alumbró a Thorne cuando este subió a la rampa de un salto.

—¡Rampion, cierra la puerta!

La nave no respondió.

Se oyó un disparo. La bala silbó cerca de la luz del techo de la nave. Thorne se agachó detrás de una de las cajas de almacenaje de plástico que abarrotaban el muelle de carga.

—¡Rampion, cierra la puerta!

—¡Estoy en ello!

Se quedó helado, mirando los conductos y las tuberías que recorrían el techo.

—¿Rampion?

El golpetazo metálico de la rampa contra el suelo de cemento rompió el silencio, seguido de las pisadas contundentes de unos pies calzados con botas y, de nuevo, el crujido de la rampa al comenzar a cerrarse. Una ráfaga de balas quedó alojada en las jaulas de plástico y produjo un silbido al alcanzar las paredes metálicas. Thorne se cubrió la cabeza y esperó a que la rampa estuviera lo bastante elevada para interponerse entre las balas y él antes de apartarse de la caja dándose impulso y correr hacia la cabina de mando.

La nave vibró cuando la rampa se cerró de golpe y una lluvia de balas impactó contra el fuselaje.

Thorne se abrió paso con dificultad hacia las luces de emergencia que enmarcaban la cabina, apartando a empujones las cajas cerradas. Se golpeó fuertemente una rodilla contra algo y lanzó una sarta de maldiciones mientras se dejaba caer en el asiento del piloto. Las ventanas estaban sucias y, en medio de la oscuridad que reinaba en el almacén, lo único que alcanzaba a ver a través de ellas era el débil resplandor que proyectaba la oficina de Alak y los haces de luz de las linternas, que recorrían la Rampion de arriba abajo en busca de otra entrada.

—Rampion, ¡preparados para despegar!

Solo los controles y pantallas esenciales se iluminaron en el cuadro de mandos.

La misma voz femenina y aséptica de antes se oyó por los altavoces de la nave.

—Thorne, no puedo configurar el despegue automático. Tendrás que hacerlo manualmente.

El joven miró atónito los controles.

—¿Por qué me responde mi nave?

—¡Soy yo, imbécil!

Ladeó la cabeza y acercó el oído al altavoz.

—¿Cinder?

—Escucha, el sistema de control automático tiene un virus. La célula de energía también está fuera de juego. Creo que puedo arreglarlo, pero tendrás que despegar sin ayuda del ordenador.

Una nueva ráfaga de balas disparada contra la puerta de la nave interrumpió sus palabras, demasiado cortantes con aquel tono mecánico.

Se hizo un breve silencio antes de que volviera a oírse la voz, en la que, a pesar de la monocromía, Thorne creyó detectar el tono estridente de Cinder.

—Porque sabes pilotar una nave, ¿verdad?

—Esto… —Thorne repasó el instrumental que tenía delante de él—. ¿Sí?

Enderezó la espalda y alargó la mano hacia uno de los controladores del techo. Segundos después, un resquicio de luz partió el almacén en dos al tiempo que las cubiertas del tejado se separaban.

Algo golpeó uno de los costados de la nave.

—Sí, sí, ya os oigo.

Thorne apretó rápidamente el botón de encendido.

Las luces del cuadro de mandos se atenuaron cuando el motor cobró vida con un rugido.

—Allá vamos.

Un nuevo golpe resonó al otro lado la puerta. Thorne accionó varios interruptores, activó el modo levitación y la nave se separó del suelo unos centímetros. Se elevó con suavidad —los imanes que recorrían el subsuelo de la ciudad la empujaban como una semilla de diente de león—, y Thorne dejó escapar un hondo suspiro.

Hasta que la nave empezó a escorarse.

—¡Quieta, quieta, quieta, no hagas eso!

El pulso se le aceleró mientras intentaba enderezar la nave.

—La célula de energía está a punto de agotarse. Tienes que encender los propulsores auxiliares.

—Encender los propul... ¿qué? Bah, da igual, ya los encontraré.

El motor volvió a llamear. Con el súbito aumento de la potencia, la nave dio un bandazo hacia el lado contrario, y Thorne oyó un crujido al embestir la nave contigua. La Rampion empezó a vibrar y a descender hacia el suelo en el momento en que una nueva lluvia de balas impactó contra el costado de estribor. Una gota de sudor resbaló por la espalda de Thorne.

—¿Qué estás haciendo ahí arriba?

—¡Deja de distraerme! —gritó, al tiempo que asía los mandos y enderezaba la nave. Aunque la compensó en exceso, y esta se inclinó demasiado hacia la derecha.

—*Vamos a morir.*

—¡No es tan fácil como parece! —Thorne lo intentó de nuevo—. ¡Normalmente es un estabilizador automático el que se encarga de esto!

Para su sorpresa, nadie replicó con un comentario sarcástico.

Segundos después, se iluminó otro panel. CONDUCTORES MAGNÉTICOS ESTABILIZÁNDOSE. POTENCIA: 37/63... 38/62... 42/58...

La nave recuperó el equilibrio poco a poco y una vez más vibraba suspendida en el aire.

—¡Perfecto! ¡Eso es!

Thorne cerró los dedos con tanta fuerza en torno a los mandos para levantar el morro hacia el tejado abierto que tenía los nudillos blancos. El ronroneo del motor se convirtió en un rugido cuando la nave se elevó. El chico oyó la última ráfaga de balas rebotar contra el fuselaje hasta que enmudecieron bruscamente cuando la Rampion abandonó el almacén y la intensa luz de la mañana inundó la cabina de mando.

—Vamos, cariño —murmuró Thorne con los ojos cerrados al tiempo que la nave, sin oponer resistencia, sin temblores, abandonaba el campo magnético protector de la ciudad que quedaba a sus pies, utilizaba toda la potencia de los propulsores y atravesaba los jirones de nubes que se demoraban en el cielo matutino.

Los impresionantes rascacielos del centro de Nueva Pekín fueron empequeñeciéndose hasta que al cabo de poco solo quedaban el cielo, el espacio infinito y él.

Los dedos de Thorne permanecieron aferrados a los mandos como si de unos grilletes se tratara hasta que la nave abandonó la atmósfera terrestre. Exultante, reguló la potencia de los propulsores antes de apartar las manos de los controles cuando la nave finalmente entró en órbita.

Se hundió en el asiento, tembloroso. Tardó varios minutos en atreverse a hablar, esperando a que el latido de su corazón recuperara un ritmo más acompasado.

—Buen trabajo, pequeña ciborg —la felicitó—. Si tenías pensado solicitar un puesto fijo en mi tripulación, estás contratada.

Los altavoces continuaron mudos.

—Y no me refiero a cualquier puesto. El de primer oficial está disponible. Bueno, claro, podría decirse que casi todos los puestos están disponibles. Mecánica… cocinera… una piloto no me vendría mal, así no tendría que volver a pasar por esto. —Esperó—. ¿Cinder? ¿Estás ahí?

Seguía sin obtener respuesta, de manera que se levantó y salió dando tumbos de la cabina de mando, cruzó el muelle de carga y se dirigió al pasillo que llevaba a las dependencias de la tripulación. Las piernas le temblaban cuando llegó a la compuerta que conducía al nivel inferior de la nave. Bajó la escalera de mano afianzando bien los pies para descender hasta la diminuta antesala que separaba la sala de máquinas de la plataforma de acoplamiento de las cápsulas. La pantalla que había junto a la sala de máquinas no advertía de que se hubiese producido algún problema de descompresión; aunque tampoco decía nada acerca de que hubiera una chica viva allí dentro.

Thorne pulsó el icono de apertura, accionó el cerrojo manual y abrió la puerta de un empujón.

El motor hacía un ruido ensordecedor, emitía mucho calor y olía a goma quemada.

—¿Hola? —llamó en la oscuridad—. ¿Pequeña ciborg? ¿Estás aquí?

Si respondió, la vibración del motor ahogó sus palabras. Thorne tragó saliva.

—Hummm... ¿Luces?

La luz roja de emergencia se iluminó sobre la puerta y proyectó unas sombras lúgubres sobre el enorme motor giratorio y los manojos de tubos y cables que asomaban por debajo de este.

Thorne entrecerró los ojos, le pareció haber visto algo blanco.

Sin perder tiempo, se puso a gatas y se arrastró hasta ella.

—¿Pequeña ciborg?

No se movía.

A medida que se acercaba, vio que estaba tumbada de espaldas y que el pelo le tapaba la cara. La mano robótica estaba conectada a un puerto del panel de control del ordenador.

—Eh, tú —dijo, inclinándose sobre ella.

Le abrió los párpados, pero Cinder tenía la mirada perdida. Thorne agachó la cabeza y apoyó con cuidado la oreja contra el pecho de la chica, pero si algo latía allí dentro, el estruendo del motor le impedía oírlo.

—Vamos —gruñó, le tomó la mano y extrajo el conector del puerto. El panel que tenía más cerca se apagó.

—Sistema de control automático desconectado —anunció una alegre voz robótica por encima de su cabeza, lo que sobresaltó a Thorne—. Iniciando las funciones predeterminadas del sistema.

—Buena idea —musitó Thorne, cogiéndola por los tobillos. La arrastró poco a poco hasta el pasillo y la incorporó para apoyarla contra la pared.

No sabía de qué estaban hechos aquellos miembros biónicos, pero pesaban bastante más que si fueran de carne y hueso.

Volvió a colocar una oreja sobre su pecho y esta vez consiguió distinguir un débil latido.

—Despierta —dijo, zarandeándola con suavidad.

La cabeza de Cinder cayó hacia delante.

Thorne se sentó en cuclillas y frunció los labios. La chica estaba muy pálida e iba muy sucia después del paseo por las alcantarillas, pero bajo las brillantes luces del pasillo comprobó que todavía respiraba, aunque débilmente.

—Bueno, ¿qué? ¿Tienes un botón de encendido o algo así?

La mano metálica, de uno de cuyos nudillos todavía colgaba el conector, llamó su atención. Se la tomó y la examinó detenidamente desde todos los ángulos. Recordaba que también tenía una linterna, un destornillador y un cuchillo en tres de los dedos, pero todavía no estaba demasiado seguro de lo que ocultaría el índice. En cualquier caso, si se trataba de un botón de encendido, no tenía ni idea de cómo acceder a él.

Aunque aquel cable…

—¡Claro!

Thorne se puso en pie de un salto y estuvo a punto de caer hacia atrás, contra la pared. A continuación, golpeó la pantalla que abría la puerta de la plataforma de acoplamiento. Unas luces fluorescentes se encendieron al entrar.

Asió a Cinder por las muñecas, la arrastró hasta la plataforma de acoplamiento y la dejó entre las dos pequeñas naves que descansaban, igual que un par de setas, entre una maraña de cables y herramientas.

Jadeando, tiró del cable del cargador de la cápsula que había en la pared y... se detuvo en seco. Miró el cable de la chica, luego el de la nave, luego el de la chica... Volvió a maldecir en voz alta y los arrojó al suelo. Dos machos. Incluso él sabía que no había forma de conectarlos.

Empezó a golpearse la sien con los nudillos, apremiándose a pensar en algo. «Piensa, piensa, piensa.»

Y de pronto se le ocurrió. Miró a la chica de reojo. Parecía más pálida que antes, pero tal vez fuera cosa de la luz.

—No... —dijo, mientras una nueva idea anidaba en su cerebro—. Venga ya... No creerás que... Eso es asqueroso.

Dejando a un lado sus prejuicios, tiró de la chica hacia él, con suavidad, para que cayera sobre un brazo y, una vez en aquella postura, fue tanteando entre el pelo enmarañado con la mano libre hasta que encontró el cierre, justo encima de la nuca.

Apartó la vista mientras lo abría y solo después de quitar la tapa se atrevió a mirar de reojo en el interior.

Un revoltijo de cables, chips y clavijas que Thorne no tenía ni la más remota idea de para qué servían atestaba un pequeño compartimento en la parte posterior del cráneo. Aliviado, suspiró al comprobar que el panel de control ocultaba por completo cualquier tejido cerebral y en la parte inferior vio lo que parecía un pequeño puerto del mismo tamaño que los conectores.

—Ay —musitó Thorne, alargando la mano de nuevo hasta el cable de la cápsula mientras rezaba para que no estuviera a punto de cometer un grave error.

Conectó el cable de carga al panel de control. Encajaba a la perfección.

Contuvo la respiración.

No ocurrió nada.

Thorne se recostó y sostuvo a Cinder por los hombros. Le retiró el pelo de la cara y esperó.

Doce latidos después, algo en el interior del cráneo emitió un zumbido, que poco a poco fue haciéndose más nítido, hasta que enmudeció por completo.

Thorne tragó saliva.

Uno de los hombros de Cinder sufrió una sacudida y escapó de entre los dedos de Thorne. El chico la tumbó en el suelo, con la cabeza ladeada. Cinder agitó una pierna y estuvo a punto de alcanzar en la ingle al americano, que se apartó de ella de inmediato y pegó la espalda contra las orugas de aterrizaje de la cápsula.

La joven hizo una breve y repentina inspiración, contuvo el aire un par de segundos y finalmente lo soltó con un gruñido.

—¿Cinder? ¿Estás viva?

Una serie de leves espasmos recorrieron los miembros robóticos y, acto seguido, la chica arrugó el rostro como si hubiera mordido un limón. Incapaz de detener el tic nervioso de los párpados, entrecerró los ojos y se volvió hacia él.

—¿Cinder?

La chica se incorporó poco a poco, hasta quedar sentada. Movió la mandíbula y la lengua unos segundos, sin emitir ningún sonido, y cuando finalmente consiguió hablar, le costaba pronunciar con claridad.

—Los ajustes predeterminados del control automático... casi consumen toda mi energía.

—Creo que sin el casi.

Cinder frunció el ceño y pareció momentáneamente confusa, antes de alargar la mano hacia el cable que seguía conectado a su cerebro. Se lo arrancó y cerró el panel de golpe.

—¿Has abierto mi panel de control? —dijo, pronunciando con un poco más de claridad gracias a la indignación que acompañaba sus palabras.

Thorne le devolvió el ceño.

—Te aseguro que hubiera preferido no hacerlo.

Cinder clavó sus ojos en él con expresión malhumorada: no del todo enfadada, pero tampoco agradecida. Se sostuvieron la mirada largo rato, mientras el motor zumbaba al otro lado del pasillo y una de las luces de un rincón decidió apagarse, parpadeando a intervalos irregulares.

—Bueno, supongo que a eso se le llama pensar rápido —admitió Cinder al fin, a regañadientes.

Una sonrisa de alivio iluminó el rostro de Thorne.

—Acabamos de compartir otro de esos momentos, ¿verdad?

—Si por momento te refieres a que no desee estrangularte por primera vez desde que nos conocemos, entonces creo que sí. —Cinder se desplomó en el suelo—. Aunque puede que solo sea que estoy demasiado agotada para querer estrangular a nadie.

—Me conformo con eso —contestó Thorne, y se estiró a su lado para disfrutar de la fría dureza del suelo del muelle, las insoportablemente deslumbrantes luces del techo, el hedor que todavía desprendían sus ropas y la incomparable sensación de libertad.

LIBRO SEGUNDO

Caperucita era un bocado tierno,
y el lobo sabía que tendría
mejor gusto que la anciana.

Capítulo once

El huevo chisporroteó al deslizarse sobre la mantequilla derretida, que salpicaba suavemente la intensa yema en medio de la clara. Scarlet quitó un plumón del siguiente huevo antes de cascarlo con una mano mientras con la otra pasaba la espumadera por la sartén. Las claras desparramadas se volvieron opacas, se hincharon y adquirieron una película crujiente cerca de los bordes de la sartén.

Por lo demás, la casa estaba en silencio. Nada más volver de la pelea, había ido a comprobar cómo se encontraba su padre y lo había encontrado tirado en la cama de su abuela, medio inconsciente, con una botella de whisky que había robado de la cocina, abierta sobre la cómoda.

Scarlet había vaciado lo que quedaba en el jardín, junto con todas las botellas de alcohol que había encontrado, y luego se había pasado cuatro horas dando vueltas en la cama. No podía dejar de pensar en todo lo que había sucedido la noche anterior: las quemaduras del brazo de su padre, el terror que se reflejaba en su rostro, la desesperación por hallar lo que fuera que su abuela hubiera escondido.

Y Lobo, con su tatuaje, sus miradas intensas y su tono casi convincente: «No era yo.»

Apoyó la espumadera en el borde de la sartén, sacó un plato del armario y cortó una rebanada de pan duro de la barra que había en la encimera. El horizonte empezaba a iluminarse poco a poco, y el cielo despejado prometía otro día soleado, aunque el viento no había dejado de aullar en toda la noche, agitando los trigales y silbando al colarse por las chimeneas. Un gallo cacareó en el patio.

Se sirvió los huevos en el plato y, suspirando, se sentó a la mesa y empezó a engullirlos antes de que los nervios le quitaran el hambre mientras alargaba la mano libre hacia el portavisor que había dejado en la mesa y se conectaba a la red.

—Búsqueda —masculló, con la boca medio llena—. «Tatuaje o, ele, o, eme.»

No ha sido posible reconocer la orden.

Rezongando, introdujo los términos de búsqueda manualmente y dio cuenta de lo poco que le quedaba en el plato mientras aparecía un listado de enlaces: Tatuajes extremos. Diseño de tatuajes. Modelos de tatuajes virtuales. La ciencia detrás de la eliminación de tatuajes. Lo último en tecnología, ¡tatuajes prácticamente indoloros!

Probó con: Tatuaje OLOM962.

No obtuvo ningún resultado.

Cogió la rebanada de pan y arrancó un trozo con los dientes.

Números tatuaje antebrazo

Una serie de imágenes inundó la pantalla; brazos enclenques y fornidos, claros y oscuros, cubiertos de dibujos chillones o con símbolos diminutos en las muñecas. Treces y números romanos, fechas de nacimiento y coordenadas geográficas. El primer año de paz, «1 T. E.», se encontraba entre los más populares.

Empezaba a dolerle la mandíbula, así que dejó el resto del pan en el plato y se frotó los ojos con las palmas de las manos. «¿Tatuajes de luchadores? ¿Tatuajes de secuestradores? ¿Tatuajes de la mafia?»

¿Quién era esa gente?

Se levantó y preparó una cafetera.

—Lobo... —dijo en un susurro, mientras el agua empezaba a filtrarse.

Lo pronunció despacio, dejando que se demorara en sus labios. Para unos, una bestia salvaje, un depredador, un incordio. Para otros, un animal tímido, a menudo incomprendido por los humanos.

Seguía teniendo el estómago revuelto, incapaz de borrar aquella imagen de su mente: Lobo a punto de asesinar a su oponente delante de todos esos espectadores antes de darse a la fuga a campo traviesa, como poseído. Cuando, minutos después, oyó el aullido, en ese momento creyó que procedía de algún lobo que estaría merodeando por las granjas —no podía decirse que escasearan, sobre todo después de la ley de protección de especies promulgada hacía varios siglos—, pero ahora ya no estaba tan convencida.

«Cuando peleo me llaman Lobo.»

Dejó la sartén y el plato vacío en el fregadero, y abrió el grifo del agua fría mientras contemplaba a través de la ventana el balanceo de las sombras que proyectaban los campos. La granja no tardaría en cobrar vida gracias a androides, jornaleros y abejas modificadas genéticamente para producir más miel.

Se sirvió una taza de café antes de que terminara de hacerse, le añadió un chorrito de leche fresca y regresó a la mesa.

LOBOS

La imagen de un lobo gris enseñando los colmillos y con las orejas agachadas llenó la pantalla. Unos copos de nieve se le pegaban al grueso pelaje.

Scarlet deslizó el dedo por la pantalla para pasar a la siguiente. Las que aparecían a continuación eran más bucólicas: lobos jugando con otros lobos, lobeznos durmiendo apiñados unos encima de otros, lobos majestuosos de pelaje blanco grisáceo avanzando sigilosamente por bosques otoñales... Se decidió por un enlace a una de las sociedades de conservación de especies y leyó el texto por encima. Se detuvo cuando llegó a la sección relativa a los aullidos.

LOS LOBOS AÚLLAN PARA LLAMAR LA ATENCIÓN DE SU MANADA O ENVIAR ADVERTENCIAS TERRITORIALES. LOS LOBOS SOLITARIOS QUE HAN ACABADO SEPARADOS DE SU MANADA AÚLLAN PARA ENCONTRAR A SUS COMPAÑEROS. A MENUDO, EL MACHO ALFA ES EL AULLADOR MÁS AGRESIVO. ES FÁCIL IDENTIFICAR DICHA AGRESIVIDAD EN SUS AULLIDOS, MÁS GRAVES Y SECOS, ANTE LA PROXIMIDAD DE UN EXTRAÑO.

Un escalofrío recorrió el cuerpo de Scarlet de tal manera que acabó salpicando la mesa con el café. Maldiciendo, se levantó en busca de un trapo para limpiarlo, molesta por haberse dejado impresionar por el inofensivo artículo. ¿De verdad creía que el luchador chiflado había intentado comunicarse con su «manada»?

Arrojó el trapo al fregadero y cogió el portavisor para acabar de leer la reseña antes de pinchar en un nuevo enlace sobre la jerarquía dentro de la manada.

LOS LOBOS VIAJAN EN MANADAS, GRUPOS QUE OSCILAN ENTRE LOS SEIS Y LOS QUINCE INDIVIDUOS, CON UNA JERARQUÍA ESTABLECIDA. EN LO ALTO DE LA ESTRUCTURA SOCIAL SE ENCUENTRAN EL MACHO Y LA HEMBRA ALFA, LA PAREJA DOMINANTE. A PESAR DE QUE SUELEN SER LOS ÚNICOS LOBOS DE LA MANADA QUE PROCREAN Y ENGENDRAN UNA CAMADA, EL RESTO COLABORA EN LA ALIMENTACIÓN Y LA CRIANZA DE LOS CACHORROS.

LOS MACHOS ALCANZAN EL ESTATUS DE ALFA MEDIANTE PELEAS RITUALES EN LAS QUE UN LOBO RETA A OTRO PARA PROVOCAR UN ENFRENTAMIENTO QUE DETERMINARÁ LA SUPERIORIDAD DEL VENCEDOR. EL MACHO DOMINANTE SE GANA EL RESPETO DE LOS DEMÁS TRAS VARIAS VICTORIAS CONSECUTIVAS QUE, EN ÚLTIMA INSTANCIA, DETERMINARÁN EL LIDERAZGO DE LA MANADA.

EN EL SIGUIENTE ESCALAFÓN JERÁRQUICO SE ENCUENTRAN LOS LOBOS BETA, QUE SUELEN CAZAR Y PROPORCIONAR PROTECCIÓN A LOS CACHORROS.

EL LOBO OMEGA ES EL DE MENOR RANGO. LOS OMEGAS, A MENUDO UTILIZADOS COMO CABEZA DE TURCO, EN OCASIONES SON OBJETO DEL MALTRATO DE LOS DEMÁS, LO QUE PUEDE CONDUCIR A QUE EL OMEGA QUEDE RELEGADO A LOS LÍMITES TERRITORIALES DE LA MANADA Y, DE VEZ EN CUANDO, A QUE LA ABANDONE POR COMPLETO.

Unos cloqueos excitados sobresaltaron a Scarlet, que dejó el portavisor en la encimera y miró por la ventana. El estómago le dio un vuelco.

La sombra alargada de un hombre se proyectaba sobre el patio, por el que correteaban las gallinas, alejándose a toda prisa en dirección al gallinero.

Como si la sintiera, Lobo volvió la cabeza en su dirección y vio a Scarlet en la ventana.

La chica se dio la vuelta y echó a correr hacia al vestíbulo para hacerse con la escopeta que su abuela guardaba en el hueco de la escalera, intentando frenar el pánico que empezaba a invadirla.

Lobo no se había movido de su sitio cuando Scarlet abrió la puerta de golpe. Las gallinas ya se habían familiarizado con el extraño y picoteaban el suelo alrededor de sus pies, en busca de granos.

Scarlet se acomodó la escopeta y le quitó el seguro.

Si a Lobo le sorprendió, no lo demostró.

—¿Qué quieres? —le gritó, asustando a las gallinas, que se apartaron de él.

La luz que se proyectaba desde el interior de la casa se derramó sobre la grava y envolvió a Scarlet, cuya sombra se alargó hasta casi tocar los pies de Lobo.

La mirada perturbada de este había desaparecido, y las magulladuras del rostro apenas eran visibles. Parecía tranquilo y muy poco intimidado por la escopeta, aunque no se movió de donde estaba.

Al cabo de un largo silencio, alzó las manos a ambos lados de la cabeza, abiertas.

—Lo siento. He vuelto a asustarte.

Como si deseara enmendarlo, retrocedió. Dos, tres pasos.

—Tienes un don —contestó Scarlet, impasible—. No bajes las manos.

Lobo encogió los dedos para indicar que lo había entendido.

La chica se separó de la puerta y avanzó lentamente, aunque se detuvo en cuanto notó que los guijarros de grava se le clavaban en los pies desnudos. Tenía los nervios a flor de piel, pues temía que Lobo hiciera un movimiento inesperado en cualquier momento, aunque seguía tan inmóvil como la casa de piedra que se alzaba a sus propia espalda.

—Ya he llamado a la policía —mintió, pensando en el portavisor que había dejado en la encimera de la cocina.

La luz se reflejó momentáneamente en los ojos de Lobo, y Scarlet de pronto recordó que su padre dormía en la planta de arriba. ¿Era demasiado esperar que las voces lo sacaran de su modorra?

—¿Cómo has llegado hasta aquí?

—Andando. Bueno, en realidad, corriendo —contestó él, con las manos todavía en alto. El viento le agitaba el cabello desordenado—. ¿Quieres que me vaya?

La pregunta la cogió desprevenida.

—Quiero que me digas qué estás haciendo aquí. Si crees que te tengo miedo…

—No es mi intención asustarte.

Scarlet le dirigió una mirada cargada de odio y echó un vistazo al cañón de la escopeta para asegurarse de que todavía lo tenía a tiro.

—Quería hablar de lo que dijiste en la pelea. De lo del tatuaje… y lo que le ocurrió a tu abuela. Y a tu padre.

Scarlet apretó los dientes.

—¿Cómo has averiguado dónde vivo?

Lobo frunció el ceño, como si le desconcertara la pregunta.

—Tu nave lleva el nombre de la granja en los laterales, así que lo he buscado. No he venido a hacerte daño. Solo creí que necesitabas ayuda.

—¿Ayuda? —Se le encendieron las mejillas—. ¿Del psicópata que torturó a mi padre y secuestró a mi abuela?

—No fui yo —insistió, manteniendo la calma—. Hay más tatuajes como el mío. Fue otro.

—¿De verdad? ¿Es que pertenecéis a una secta o algo parecido?

El cuerpo emplumado de una de las gallinas se arrimó a la pierna de Scarlet, y esta dio un respingo que estuvo a punto de hacerle desviar el cañón de su objetivo.

—Algo parecido —contestó él, encogiéndose de hombros. La grava crujió bajo uno de sus pies.

—¡No te acerques! —gritó Scarlet. Las gallinas cloquearon y se alejaron tranquilamente—. Dispararé, ya lo sabes.

—Lo sé. —De pronto se señaló la sien, como si se apiadara de ella—. Harías bien en apuntar a la cabeza. Por lo general, el disparo es letal. O, si te tiembla el pulso, al pecho, que es un blanco más fácil.

—Tu cabeza parece bastante grande desde aquí.

Lobo se echó a reír, un gesto que lo transformó por completo. Relajó la postura, y su expresión se suavizó.

Un gruñido teñido de indignación resonó en la garganta de Scarlet. Aquel hombre no tenía derecho a reír, no cuando su abuela seguía ahí fuera, en alguna parte.

Lobo bajó los brazos y los cruzó sobre el pecho, y antes de que a Scarlet le diera tiempo a ordenarle que volviera a subirlos, empezó a hablar.

—Anoche esperaba impresionarte, pero parece que me ha salido el tiro por la culata.

—No suelo dejarme impresionar por hombres con problemas de autocontrol que secuestran a mi abuela, me siguen y...

—Yo no he secuestrado a tu abuela —la interrumpió con seque-dad, utilizando un tono áspero por primera vez, y desvió la mirada hacia las gallinas que paseaban tranquilamente cerca de la puerta—. Pero si es cierto que lo ha hecho alguien con un tatuaje como el mío, tal vez podría ayudarte a averiguar de quién se trata.

—¿Por qué debería creerte?

Lobo se tomó la pregunta en serio y estuvo meditando la res-puesta largo rato.

—No sé qué más puedo decir aparte de lo que te conté anoche. Llevo casi dos semanas en Rieux, me conocen en la taberna y me conocen en las peleas. Si tu padre me viera, no sabría quién soy. Ni tu abuela tampoco. —Cambió de postura, como si estar quieto tanto rato empezara a ponerlo nervioso—. Quiero ayudarte.

Scarlet frunció el entrecejo y lo miró con recelo, sin dejar de apuntarlo. Si mentía, entonces se trataba de uno de los hombres que se habían llevado a su abuela. Era cruel. Era malvado. Se merecía una bala entre los ojos.

Pero era lo único que tenía.

—Me dirás todo lo que sabes. Todo. —Apartó el dedo del gatillo y bajó el cañón, que acabó dirigiendo a los muslos de Lobo. Un blanco no letal—. Y tendrás las manos donde yo pueda verlas en todo momento. Que te deje entrar en esta casa no significa que me fíe de ti.

—Por supuesto. —Asintió, completamente conforme—. Yo tam-poco me fiaría de mí.

Capítulo doce

S carlet movió la escopeta para indicarle a Lobo que entrara y lo miró con el ceño fruncido cuando este echó a andar hacia la casa. Por un momento dio la impresión de que se detenía a mirar las paredes de estuco y la escalera de madera oscura antes de entrar, como si se preparara para lo que le esperaba dentro, antes de pasar junto a ella y enfilar el pasillo. Tuvo que agachar la cabeza para no darse con el marco de la puerta.

Scarlet cerró la puerta empujándola con el pie, sin apartar los ojos de Lobo, que esperaba quieto y encorvado, intentando hacerse todo lo pequeño que podía. Le llamó la atención el bucle de imágenes de los marcos digitales que había colgados en la pared, instantáneas en las que aparecía Scarlet de niña, comiendo guisantes crudos del huerto; dorados campos otoñales y la abuela con cuarenta años menos, vestida con su primer uniforme militar.

—Por ahí.

Lobo se dirigió hacia donde le indicaba, la cocina. Antes de seguirlo, Scarlet miró la foto justo en el momento en que su abuela se desvanecía.

La chica vio el portavisor sobre la encimera, que todavía mostraba la imagen de un macho alfa con su compañera, y se lo metió en el bolsillo.

Sin darle la espalda al luchador, apoyó la escopeta en una rinconera y cogió la sudadera roja del respaldo de una de las sillas. Se sintió menos vulnerable al deslizar los brazos en las mangas. Y menos aún cuando sacó un cuchillo de trinchar del taco.

Los ojos de Lobo se vieron inmediatamente atraídos hacia la hoja, antes de desviar la mirada y repasar el resto de la cocina. En ese momento se fijó en el cesto de alambre que había junto al fregadero y el hambre le dilató las pupilas.

Seis lustrosos tomates rojos descansaban en el cestillo.

Scarlet frunció el entrecejo cuando Lobo apartó la vista.

—Debes de estar hambriento —masculló—, después de tanto correr.

—Estoy bien.

—Siéntate —dijo, indicándole la mesa con el cuchillo.

Lobo vaciló un instante antes de retirar la silla, aunque no volvió a acercarla a la mesa cuando se sentó, como si quisiera disponer de espacio suficiente para salir corriendo en el caso de que fuera necesario.

—Las manos donde yo las vea.

Lobo parecía a punto de echarse a reír cuando se inclinó hacia delante y las dejó, bien abiertas, en el canto de la mesa.

—No quiero ni imaginar lo que debes de pensar de mí después de anoche.

A Scarlet se le escapó un resoplido burlón.

—¿De verdad no te lo imaginas? —Cogió la tabla de cortar y la estampó delante de Lobo—. ¿Quieres que te dé una pista?

Lobo bajó la vista y pasó un dedo por un arañazo antiguo que había en la madera.

—Hacía mucho tiempo que no perdía el control de esa manera. No sé qué me ocurrió.

—Espero que no hayas venido aquí en busca de consuelo.

Negándose a dejar el cuchillo o a darle la espalda, tuvo que hacer dos viajes más de la encimera a la mesa, primero para coger una hogaza de pan y luego dos tomates.

—No... Ya te he dicho por qué estoy aquí. Es solo que me he pasado toda la noche intentando comprender qué salió mal.

—Quizá deberías retroceder al momento en que decidiste que las peleas eran una buena opción como carrera profesional.

Un largo silencio se instaló entre ellos mientras Scarlet, todavía de pie, cortaba una rebanada de pan y se la lanzaba a Lobo, que la atrapó sin esfuerzo.

—Tienes razón —admitió él, dándole un pellizco a la corteza—, seguramente todo empezó ahí.

Le dio un bocado al pan y se lo tragó sin apenas masticarlo.

Un tanto desconcertada al ver que Lobo no intentaba justificarse ni buscar excusas, Scarlet cogió uno de los tomates y lo puso en la tabla de cortar, sintiendo la necesidad de tener las manos ocupadas. Hundió el cuchillo en la hortaliza sin miramientos, haciendo caso omiso de las semillas que rezumaron sobre la tabla, y le tendió las rodajas pinchadas en la punta, sin molestarse en alcanzarle un plato. El pálido jugo rojo se mezcló con las migas de pan que corrían por la mesa.

Lobo tenía la mirada perdida cuando aceptó las rodajas.

—Gracias.

Scarlet arrojó el rabito del tomate al fregadero y se limpió las manos en los vaqueros. Fuera, el sol remontaba el cielo rápidamente, y las gallinas empezaban a cloquear nerviosas, preguntándose por qué Scarlet no les había servido el desayuno cuando había salido.

—Aquí se respira paz —dijo Lobo.

—No voy a contratarte.

Scarlet recuperó la taza de café frío y olvidado, y se sentó frente a Lobo. El cuchillo seguía en la tabla de cortar, al alcance de la mano. La chica esperó a que Lobo acabara de chuparse los dedos, pringosos de jugo de tomate, antes de preguntar:

—Bueno, ¿qué hay de ese tatuaje?

Lobo le echó un vistazo a su antebrazo. La luz de la cocina se reflejaba en sus ojos como si se tratara de piedras preciosas, aunque esta vez Scarlet no se dejó intimidar por aquellos pequeños destellos. Lo único que le importaba en ese momento eran las respuestas que se ocultaban tras ellos.

Lobo extendió el brazo sobre la mesa para que el tatuaje quedara completamente a la vista y se estiró la piel, como si fuera la primera vez que lo veía. OLOM962.

—Oficial Leal a la Orden de la Manada —dijo—. Miembro 962. —Se soltó el brazo y encorvó la espalda al tiempo que se reclinaba en el respaldo de la silla—. El mayor error que he cometido en mi vida.

Scarlet sintió un escalofrío.

—¿Y qué es exactamente la Orden de la Manada?

—Un grupo, al que suele conocerse como los Lobos. Les gusta llamarse justicieros, rebeldes y precursores del cambio, pero… en realidad no son más que un hatajo de criminales. Si algún día puedo permitírmelo, me lo quitaré.

Una ráfaga de viento agitó las ramas del roble que crecía frente a la entrada, y las hojas golpearon la ventana.

—Entonces, ¿ya no estás con ellos?

Lobo sacudió la cabeza.

Scarlet lo miró fijamente, incapaz de adivinar sus pensamientos, incapaz de averiguar si le decía la verdad.

—Los Lobos —musitó la joven, para no olvidarlo—. ¿Y suelen hacer cosas de este tipo? ¿Llevarse a gente inocente de sus casas sin ninguna razón?

—Tienen una razón.

Scarlet tiró de los cordones de la capucha hasta que estuvo a punto de ahogarse antes de volver a estirar la tela para que recuperara la forma.

—¿Por qué? ¿Qué quieren de mi abuela?

—No lo sé.

—Eso no me vale. ¿Qué buscan, dinero? ¿Qué?

Lobo flexionó los dedos.

—Tu abuela estaba en el ejército —dijo, haciendo un gesto hacia el pasillo—. En esas fotos lleva uniforme.

—Era piloto de la FE, pero de eso hace muchos años. Antes de que yo naciera.

—Entonces puede que sepa algo. O ellos creen que así es.

—¿Sobre qué?

—¿Cuestiones militares? ¿Armas de alto secreto?

Scarlet se acercó a la mesa hasta que el canto se le clavó en la barriga.

—Creía que habías dicho que eran delincuentes comunes. ¿Qué les importa a ellos eso?

Lobo lanzó un suspiro.

—Delincuentes que se creen…

—Precursores del cambio. —Scarlet se mordió el labio—. De acuerdo. ¿Y qué? ¿Intentan derrocar el gobierno o algo por el estilo? ¿Iniciar una guerra?

Lobo miró por la ventana al ver que las luces de una pequeña nave de pasajeros bordeaban los campos. Los primeros trabajadores llegaban para empezar la jornada.

—No lo sé.

—No, sí lo sabes. ¡Eres uno de ellos!

Lobo esbozó una sonrisa amarga.

—Solo era un miembro insignificante, apenas pasaba de recadero. No compartían conmigo el motivo de las decisiones que tomaban.

Scarlet cruzó los brazos.

—Entonces, haz una suposición, tú que los conoces.

—Sé que han robado muchas armas y que quieren que la gente les tenga miedo. —Sacudió la cabeza—. Quizá su objetivo sea hacerse con armas militares.

—Mi abuela no tiene nada que ver con eso. Y aunque alguna vez hubiera podido estar metida en esas cosas, cuando era piloto, te aseguro que ahora no.

Lobo abrió las manos con las palmas hacia arriba.

—Lo siento. No sé de qué otra cosa podría tratarse. Salvo que a ti se te ocurra algo en lo que pudiera estar involucrada.

—No, llevo devanándome los sesos desde que desapareció, pero no se me ocurre nada. Solo era… mi abuela. —Señaló los campos—. Es dueña de una granja. Dice lo que piensa y no le gusta que le digan lo que debe pensar, pero no tiene enemigos, al menos que yo sepa.

De acuerdo, la gente del pueblo cree que es un poco excéntrica, pero a todo el mundo le cae bien. Además, solo es una anciana. —Rodeó la taza de café con las manos y suspiró—. Al menos sabrás cómo encontrarlos, ¿no?

—¿Encontrarlos? No… Sería un suicidio.

Scarlet se puso tensa.

—No eres tú quien lo decide.

Lobo se rascó la nuca.

—¿Cuánto hace que se la llevaron?

—Dieciocho días. —La desesperación se abrió paso a través de su garganta—. La tienen retenida desde hace dieciocho días.

Lobo mantuvo los ojos clavados en la mesa, con cara de preocupación.

—Es demasiado peligroso.

La silla se estampó contra el suelo cuando Scarlet se levantó de sopetón.

—Te he pedido información, no permiso. No me importa lo peligrosos que sean, de hecho, ¡razón de más para encontrarlos cuanto antes! ¿Sabes lo que podrían estar haciéndole ahora mismo a mi abuela mientras tú me haces perder el tiempo? ¿Sabes lo que le hicieron a mi padre?

Un portazo resonó en la casa. Scarlet dio un respingo y estuvo a punto de caerse al tropezar con la silla derribada y volverse hacia la entrada, aunque el vestíbulo estaba vacío. El corazón le dio un vuelco.

—¿Papá? —Echó a correr por el pasillo y abrió la puerta de golpe—. ¡Papá!

Sin embargo, ya no había nadie en el camino.

Capítulo trece

S carlet salió disparada a pesar de que la grava se le clavaba en las plantas de los pies. El viento le revolvió los rizos y le arrojó el pelo sobre la cara.

—¿Adónde ha ido? —preguntó, remetiéndoselo en la capucha.

El sol ya había salido por completo y salpicaba de oro los campos que cubrían el camino de entrada de sombras balanceantes.

—¿A dar de comer a las gallinas? —sugirió Lobo, al tiempo que señalaba en aquella dirección cuando un gallo rodeó uno de los lados de la casa picoteando el suelo, en dirección al huerto.

Haciendo caso omiso de los afilados guijarros que sentía bajo los pies, Scarlet dio la vuelta a la casa a la carrera. El viento estremecía las hojas del roble. El hangar, el establo y el gallinero continuaban en silencio en medio de aquel agitado amanecer. Ni rastro de su padre.

—Debe de haber estado buscando algo o... —Se le paró el corazón—. ¡Mi nave!

Echó a correr una vez más, sin reparar en los guijarros de aristas afiladas y las hierbas espinosas. Estuvo a punto de estamparse contra la puerta del hangar, pero se detuvo a tiempo de agarrar el tirador y abrirla de golpe, justo en el momento en que algo producía un gran estrépito que sacudía el edificio.

—¡Papá!

Pero no estaba en la nave, listo para despegar, como ella había temido, sino subido a los armarios que cubrían toda la pared del fondo, rebuscando en los que había sobre su cabeza y arrojando su contenido al suelo. Latas de pintura, alargadores, brocas de taladro.

Había volcado una caja de herramientas vertical, y el suelo de cemento estaba lleno de tornillos y tuercas. También había dos armarios metálicos abiertos de par en par, en los que su abuela guardaba varios uniformes militares de piloto, monos y un sombrero de paja olvidado en un rincón.

—¿Qué estás haciendo?

Scarlet se acercó con paso decidido, hasta que tuvo que agacharse para esquivar la llave inglesa que volaba en su dirección y que pasó junto a su cabeza. Se quedó inmóvil, a la espera del estruendo que produciría al estrellarse contra lo que fuera, pero al no oír nada, miró atrás y vio a Lobo con la llave en la mano, a menos de cuarenta centímetros del rostro, y con cara de sorpresa. Scarlet se volvió de inmediato.

—Papá, ¿qué…?

—¡Aquí hay algo! —dijo, abriendo otro armario sin miramientos.

Cogió una lata, le dio la vuelta y se quedó fascinado cuando cientos de clavos oxidados cayeron al suelo.

—¡Papá, para! ¡Aquí no hay nada! —Fue abriéndose camino entre la marea de tachuelas, poniendo más atención en las puntas oxidadas de la que había prestado a los guijarros afilados del camino—. ¡Para de una vez!

—Aquí hay algo, Scar.

El hombre se colocó un barrilete de metal bajo un brazo, saltó de la encimera, se puso en cuclillas y empezó tirar del tapón. Aunque también iba descalzo, el revoltijo de clavos y tornillos no parecía preocuparlo en lo más mínimo.

—Tu abuela esconde algo que ellos quieren. Tiene que estar aquí. En alguna parte…, pero ¿dónde…?

El olor acre a aceite de motor impregnó el aire cuando su padre volcó el barrilete y el líquido viscoso y amarillento empezó a borbotar y a derramarse sobre el revoltijo que había formado.

—¡Papá, suéltalo! —Scarlet recogió un martillo del suelo y lo sostuvo en alto—. ¡Te lo tiraré, te lo juro!

Por fin la miró, aunque con la misma enajenación de la noche anterior. Ese no era su padre. Ese hombre no era vanidoso, ni encantador, ni autocomplaciente, todo lo que había admirado en él de niña y despreciado de adolescente. Aquello era una piltrafa de hombre.

El chorro de aceite se convirtió en un suave goteo.

—Papá, deja el barril en el suelo. Ya.

De pronto, el hombre desvió su atención hacia la pequeña nave de reparto aparcada a apenas un metro de él, con labios temblorosos.

—Le encantaba volar —musitó—. Adoraba sus naves.

—Papá. ¡Papá…!

Se levantó y lanzó el barril contra la luna trasera de la nave. Una pequeña fractura cubrió el cristal de un entramado de finas líneas que se asemejaba al dibujo de una telaraña.

—¡Mi nave no!

Scarlet soltó el martillo y corrió hacia él, tropezando con herramientas y estorbos.

El cristal se hizo añicos al segundo golpe y su padre se dio impulso para atravesar la ventanilla perfilada de pequeños cristales cortantes.

—¡Quieto! —Scarlet lo atrapó por la cintura y lo sacó de la nave—. ¡No la toques!

Su padre intentó librarse de Scarlet, y ambos cayeron al suelo cuando la alcanzó en un costado con un rodillazo. Una lata se le clavaba en el muslo, pero Scarlet solo podía pensar en sujetar a su padre con todas sus fuerzas, intentando inmovilizarle los brazos agitados a los lados. Su padre tenía las manos ensangrentadas de haberse agarrado al marco de la ventanilla rodeada de cristales rotos y un corte en un costado que ya estaba volviéndose carmesí.

—Suéltame, Scar. Voy a encontrarlo. Voy a…

Lanzó un grito al sentirse arrancado del lado de su hija. Scarlet se aferró a él por instinto, dispuesta a no dejarlo ir, hasta que comprendió que Lobo tiraba de su padre para que se pusiera en pie. La chica lo soltó, jadeando, y se frotó la cadera, dolorida, con una mano.

—¡Suéltame! —gritó su padre, adelantando la cabeza y dando una dentellada al aire.

Sin inmutarse ante sus forcejeos, Lobo le juntó las muñecas con una mano y le tendió la otra a Scarlet.

En cuanto la joven alargó la suya, su padre reanudó los gritos.

—¡Es uno de ellos! ¡Uno de ellos!

Lobo tiró de Scarlet para ayudarla a ponerse en pie y, tras soltarla, contuvo con ambos brazos a su padre que no dejaba de retorcerse. A Scarlet no le hubiera sorprendido que le saliera espuma por la boca.

—¡El tatuaje, Scar! ¡Son ellos! ¡Son ellos!

La chica se apartó el pelo de la cara.

—Lo sé, papá. ¡Cálmate! Puedo explicártelo…

—¡No me lleves allí otra vez! ¡Sigo buscando! ¡Necesito más tiempo! Por favor, ya no más. Ya no más…

Se deshizo en sollozos.

Lobo frunció el entrecejo, mirando con atención la nuca del hombre cabizbajo, hasta que localizó una fina cadena que este llevaba alrededor del cuello y se la arrancó de un tirón.

El hombre se estremeció y cayó al suelo como un saco de patatas cuando Lobo lo soltó.

Scarlet miró boquiabierta la cadena que colgaba del puño de Lobo y el pequeño y extraño dije que pendía de ella. No recordaba que su padre llevara aquel tipo de adornos, salvo el anillo de monogamia que se había quitado pocos días después de que su mujer, la madre de Scarlet, hubiera descubierto que la alianza no había cumplido su cometido y lo hubiera abandonado.

—Es un transmisor —dijo Lobo, sosteniendo el dije en alto, que lanzó un destello plateado cuando la luz se reflejó en él. Apenas era mayor que la uña del meñique del pie de Scarlet—. Han estado siguiéndolo y diría que también escuchándolo.

El padre de Scarlet se abrazó las rodillas y empezó a balancearse.

—¿Crees que están escuchándonos ahora mismo? —preguntó Scarlet.

—Lo más probable.

La rabia estalló en el pecho de la chica, que se adelantó de pronto y asió el puño de Lobo con ambas manos.

—¡Aquí no hay nada! —le gritó al dije—. ¡No escondemos nada y tenéis a la mujer equivocada! Será mejor que me devolváis a mi abuela, y os juro por la casa en la que nací que si le habéis tocado un solo pelo, una sola arruga o una sola peca, os buscaré hasta dar con el último de vosotros y os retorceré el pescuezo como gallinas que sois, ¿me habéis entendido? ¡DEVOLVÉDMELA!

Con la voz ronca, la muchacha enderezó la espalda y soltó la mano de Lobo.

—¿Ya has acabado?

Scarlet asintió, temblando de rabia.

Lobo tiró el transmisor al suelo, cogió el martillo y lo aplastó con un golpe limpio. Scarlet dio un respingo cuando el cemento crujió bajo el metal.

—¿Crees que sabían que vendría aquí? —dijo Lobo, poniéndose en pie.

—Lo dejaron en el campo de maíz.

La voz del hombre los interrumpió, seca y vacía.

—Me ordenaron que lo encontrara.

—¿Que encontraras qué? —preguntó Scarlet.

—No lo sé. No me lo dijeron. Solo… que ella esconde algo. Algo valioso y oculto que ellos quieren.

—Espera… ¿lo sabías? —dijo Scarlet—. ¿Durante todo este tiempo sabías que llevabas un micro y no se te ha ocurrido decírmelo? Papá, ¿y si hubiera dicho o hecho algo que les hiciera sospechar de mí? ¿Y si la siguiente a por quién van soy yo?

—No tuve elección —protestó él—, era el único modo de conseguir que me soltaran. Dijeron que solo me dejarían libre si descubría lo que tu abuela escondía. Si encontraba cualquier pista que les sirviera… Tenía que salir de allí, Scarlet, no sabes lo que era aquello…

—¡Lo que sé es que todavía tienen a la abuela! Y sé que eres lo bastante cobarde para salvar el pellejo sin importarte lo que le pase a ella o lo que podría pasarme a mí.

Scarlet contuvo la respiración, esperando a que lo negara, a que le diera alguna excusa inverosímil como siempre hacía, pero no dijo absolutamente nada, se quedó callado.

La rabia encendió sus mejillas.

—Eres una vergüenza para ella… y para todo por lo que ha luchado. ¡Ella arriesgaría su vida para protegernos a cualquiera de los dos! Arriesgaría su vida por un extraño si tuviera que hacerlo. Pero tú solo te preocupas de ti mismo. No puedo creer que seas su hijo. No puedo creer que seas mi padre.

El hombre le dirigió una mirada atormentada.

—Te equivocas, Scarlet. Ella vio cómo me torturaban. A mí. Y aun así decidió seguir guardándose sus secretos. —Y a continuación añadió, en actitud ligeramente desafiante—: Hay algo que tu abuela nunca nos contó, Scarlet, y que nos ha puesto en peligro a ambos. Ella es la egoísta.

—¡No sabes nada de ella!

—¡No, quien no sabe nada eres tú! ¡Llevas idolatrándola desde que tenías cuatro años, y eso te impide ver la verdad! Nos ha traicionado a ambos, Scarlet.

Con la sangre golpeándole las sienes, Scarlet señaló la puerta a su padre.

—Fuera. Vete de mi granja y no vuelvas. Espero no tener que volver a verte nunca más.

El hombre empalideció y se le marcaron las ojeras. Despacio, se levantó del suelo.

—¿Tú también me abandonas? Mi propia hija y mi propia madre, ¿me dan la espalda?

—Tú nos abandonaste primero.

Scarlet vio que había alcanzado su misma altura en los cinco años que hacía que no lo veía y, en esos momentos, lo miraba directamente a los ojos; ella, consumida por la rabia; él, con el ceño fruncido, como si quisiera disculparse y no consiguiera encontrar el modo de hacerlo.

—Adiós, Luc.

El hombre la miró boquiabierto.

—Vendrán a por mí, Scarlet. Y pesará sobre tu conciencia.

—¿Cómo te atreves? Tú eres el que llevaba el transmisor, tú eres el que estaba dispuesto a traicionarme.

Su padre le sostuvo la mirada durante largo rato, como si estuviera esperando a que cambiara de opinión, a que volviera a abrirle las puertas de su casa y de su vida. Sin embargo, lo único que Scarlet oía era el crujido del transmisor bajo el martillo. Recordó las quemaduras del brazo de su padre y en ese momento supo que la habría entregado para que la torturaran si con ello hubiera podido salvar el pellejo.

Finalmente, el hombre bajó la vista y, sin mirarla, sin mirar a Lobo, se abrió paso entre todo lo que había tirado por el suelo y salió del hangar arrastrando los pies.

Scarlet apretó los puños contra los costados. Tendría que esperar. Su padre entraría en casa para recoger los zapatos. Lo imaginó revolviendo la cocina en busca de comida antes de irse… o intentando encontrar alguna botella de alcohol olvidada. No quería arriesgarse a que sus caminos volvieran a cruzarse antes de que se fuera para siempre.

Cobarde. Traidor.

—Te echaré una mano.

Scarlet cruzó los brazos, protegiendo la rabia que sentía de la cálida voz de Lobo. Echó un vistazo a su alrededor, pensando en las semanas que tardaría en poner orden en aquel caos.

—No necesito tu ayuda.

—Me refería a que te echaré una mano con lo de tu abuela.

Lobo se encogió, como si le sorprendiera haberse ofrecido.

Scarlet tardó un buen rato en redirigir el rumbo de sus pensamientos hacia lo que implicaba el ofrecimiento de Lobo y apartarlos de la reprimenda interna que seguía descargando sobre el traidor de su padre. Lo miró confusa y contuvo el aliento, imaginando sus palabras encerradas en una burbuja que podía estallar en cualquier momento.

—¿En serio?

Lobo hizo un ademán brusco con la cabeza que podría considerarse como un sí.

—El cuartel general de los Lobos está en París y es muy probable que la tengan allí.

«París.» Aquella palabra de repente lo significaba todo. Una pista. Una promesa.

Miró la nave y la luna destrozada. Un odio renovado prendió en su interior, aunque no tardó en consumirse; no había tiempo. En ese momento, no. No cuando veía el primer rayo de esperanza en dos semanas interminables.

—París —murmuró—. Podemos tomar el tren en Toulouse. Está... ¿a cuánto? ¿Ocho horas? —No le gustaba la idea de tener que prescindir de su nave, pero aun en aquel tren tortuga llegarían antes que si esperaban a que le reparasen la luna—. Alguien tendrá que encargarse de la granja mientras esté fuera. Tal vez Èmilie, después de su turno. Le enviaré una com, luego solo tengo que coger algo de ropa y...

—Scarlet, espera. No debemos precipitarnos. Hay que planearlo todo con calma.

—¿Precipitarnos? ¿Que no debemos precipitarnos? ¡Hace más de dos semanas que la tienen retenida! ¡Yo a esto no lo llamo precipitarse!

La mirada de Lobo se ensombreció, y Scarlet se detuvo, reparando por primera vez en su desasosiego.

—Mira, tenemos ocho horas de tren para pensar en algo —insistió Scarlet, tragando saliva—, pero no puedo quedarme aquí ni un segundo más.

—¿Y si tu padre tiene razón? —Lobo continuaba tenso—. ¿Y si tu abuela escondía algo aquí? ¿Y si vienen a buscarlo?

Scarlet sacudió la cabeza con brusquedad.

—Pueden buscar todo lo que quieran, que no van a encontrar nada. Mi padre se equivoca. *Grand-mère* y yo no tenemos secretos.

Capítulo catorce

—Majestad.

Kai se apartó de la ventana a la que había estado asomado media mañana, escuchando la voz monótona de los presentadores de noticias y los oficiales del ejército que informaban sobre la fuga de la presa más buscada de la Comunidad Oriental. El presidente Huy estaba en la puerta, acompañado por Torin. Ambos parecían sumamente afligidos.

Tragó saliva.

—¿Y bien?

Huy dio un paso al frente.

—Han escapado.

A Kai le dio un vuelco el corazón. Se acercó a la mesa de su padre con paso vacilante y se aferró al respaldo de la silla.

—He dado la orden de desplegar las fuerzas de reserva de inmediato. Estoy seguro de que habremos encontrado y detenido a los fugitivos antes de que se ponga el sol.

—Con todo respeto, presidente, no da la impresión de estar tan seguro como dice.

A pesar de que Huy sacó pecho, su rostro se ruborizó.

—Lo estoy, Majestad, daremos con ellos. Es solo que… que el hecho de que se trate de una nave robada complica las cosas. Han inutilizado el sistema de localización.

Torin lanzó un suspiro, irritado.

—La chica ha demostrado ser más lista de lo que hubiera imaginado.

Kai se pasó la mano por el pelo, tratando de disimular un inesperado arrebato de orgullo.

—Y también está el asunto de que es lunar —añadió Huy.

—Quienquiera que la detenga habrá de ir con mucho cuidado —dijo Kai—. Deben advertirlos de que intentará manipularlos y volverlos contra ellos mismos.

—Tenéis razón, pero no era a eso a lo que me refería. No es la primera vez que nos encontramos con problemas para seguir naves lunares. Por lo visto, saben cómo desactivar nuestros sistemas de radar, y lamento decir que ignoramos cómo lo hacen.

—¿Desactivar nuestros sistemas de radar? —Kai miró a Torin—. ¿Tú lo sabías?

—Había oído rumores —admitió Torin—. Vuestro padre y yo preferimos creer que solo eran eso, historias infundadas.

—No todos mis contemporáneos coinciden conmigo en este asunto —dijo Huy—, pero estoy convencido de que son los propios lunares los que desactivan nuestro equipo. Ahora, que sea mediante sus poderes mentales o alguna otra capacidad desconocida, eso ya no sabría decirlo. En cualquier caso, Linh Cinder no llegará muy lejos. Hemos destinado todos nuestros recursos a encontrarla.

Dominando su agitación interna, Kai los miró con semblante inexpresivo.

—Manténganme informado.

—Por supuesto, Majestad. Hay otra cosa que creí que os gustaría ver. Hemos acabado de visionar todo lo que recogieron las cámaras de seguridad de la cárcel.

Huy señaló la telerred encajada en la mesa de Kai.

El joven rodeó la silla, tiró de sus mangas y tomó asiento. Una com del consejo de seguridad nacional giraba en una esquina.

—Aceptar com.

Imágenes de la cárcel, con sus paredes blancas y brillantes, inundaron la pantalla de luz, en la que aparecía un largo pasillo flanqueado por puertas lisas y lectores de identidad. De pronto se vio a un guardia, que señalaba una de las puertas. Lo seguía un anciano de baja estatura que llevaba una gorra gris.

Kai se apartó de golpe. Era el doctor Erland.

—Más volumen.

La conocida voz del doctor Erland se oyó a través de la pantalla.

—Soy el director del equipo de investigación de la letumosis de la casa real, y esta joven es mi sujeto de estudio más importante. Necesito extraerle muestras de sangre antes de que abandone el planeta.

Como si estuviera ofendido, rebuscó en una bolsa y sacó algo, una jeringuilla, aunque la bolsa continuaba estando abultada. No era lo único que llevaba.

—Obedezco órdenes, señor. Tendrá que obtener una autorización oficial del emperador para poder entrar.

Kai frunció el entrecejo al ver que el doctor volvía a guardar la jeringuilla, consciente de que el doctor Erland no había tramitado aquella solicitud.

—De acuerdo. Si es una cuestión de protocolo, lo entiendo —respondió el doctor Erland. Sin embargo, no se movió, se quedó allí plantado, tranquilo y paciente. Al cabo de unos segundos, Kai vio que sonreía—. Tenga, ¿lo ve? He obtenido la autorización pertinente del emperador. Ya puede abrirla.

Kai se quedó boquiabierto al ver que, sorprendentemente, el guardia se volvía hacia la puerta de la celda, le pasaba la muñeca por el escáner e introducía un código. A continuación, se encendió una luz verde y la puerta se abrió.

—Muchísimas gracias —dijo el doctor, pasando junto al guardia—. Si no es mucha molestia, le agradecería que nos concediera un poco de intimidad. No tardaré ni un minuto.

El guardia obedeció sin rechistar, cerró la puerta y regresó por donde había venido, desapareciendo de la pantalla.

Kai miró a Huy.

—¿Han interrogado a ese guardia?

—Sí, señor, y en su declaración asegura que recuerda haberle negado el acceso a la celda y que el doctor se había ido. No supo qué decir cuando vio las imágenes. Insiste en que no recuerda nada de lo que aparece en la grabación.

—¿Cómo es eso posible?

Huy ocupó las manos abotonándose la chaqueta.

—Parece ser, Majestad, que el doctor Dmitri Erland hechizó al guardia para que le permitiera entrar en la celda de la prisionera.

Kai se recostó en el respaldo de la silla, sintiendo que se le erizaba el vello de la nuca.

—¿Hechizado? ¿Cree que es lunar?

—Esa es nuestra teoría.

Kai volvió la vista hacia el techo. Cinder, lunar. El doctor Erland, lunar.

—¿Se trata de una conspiración?

Torin se aclaró la garganta, como hacía siempre que Kai mencionaba una teoría disparatada, a pesar de que al chico le parecía una pregunta completamente justificada.

—En estos momentos estamos investigando todas las posibilidades —dijo Torin—. Al menos ahora sabemos cómo ha escapado la joven.

—Disponemos de otro vídeo donde aparece la prisionera hechizando al guardia del turno siguiente para que la traslade a otra celda —añadió Huy—. En la grabación, tiene dos pies y una mano izquierda distinta de la que llevaba cuando entró en la cárcel.

Kai se levantó, apoyándose en los brazos de la silla.

—La bolsa —dijo, acercándose a la ventana.

—Sí. El doctor Erland le llevó los repuestos, debemos asumir que con la intención de ayudarla a escapar.

—Por eso se fue. —Kai sacudió la cabeza, preguntándose qué grado de intimidad unía a Cinder y al doctor Erland, qué era lo que habían hecho realmente todas las veces que ella había ido a verlo al hospital. ¿Maquinar, confabular, conspirar?—. Creía que solo estaba reparando a un med-droide —murmuró para sí mismo—. Ni siquiera me molesté en preguntar… Por todos los astros, qué idiota he sido.

—Su Majestad, los pocos recursos que no hemos asignado a la búsqueda de Linh Cinder se han destinado a la de Dmitri Erland —dijo Huy—. Será detenido por traición a la corona.

—Ruego que disculpen la interrupción —intervino Nainsi, la androide que había hecho de tutora de Kai cuando este era niño y que ahora desempeñaba el papel de ayudante personal, tal vez más importante que el anterior. La androide que había dejado de funcionar (¿de eso no hacía ni cuatro semanas?) y que lo había conducido a su primer encuentro con Linh Cinder en un momento en que la joven todavía no era más que una mecánica de renombre para él.

»Majestad, Levana, la reina lunar, ha solicitado una entrevista inmedia...

—¡No voy a permitir que me anuncie un androide!

Huy y Torin se volvieron en redondo cuando la reina Levana irrumpió en la estancia con la mirada encendida y apartó a Nainsi de un manotazo dado con el revés de la mano, que la alcanzó en su único sensor azul. Si el sistema de estabilización hidráulica no hubiera entrado en acción justo a tiempo para impedir la caída, la androide habría volcado sobre la espalda de Levana.

Tras la reina apareció su séquito habitual: Sybil Mira, Primera Taumaturga, cuyo cometido en la corte lunar parecía encontrarse a medio camino entre ser un perrito faldero y una sierva complaciente que disfrutaba cumpliendo las peticiones más crueles de Su Majestad. Kai la había visto atacar y estar a punto de dejar ciega a una sirvienta inocente a una orden de Levana, sin atisbo de vacilación.

La seguía otro taumaturgo, aunque de rango inferior a Sybil, de piel oscura, mirada penetrante y de ninguna otra utilidad, a juicio de Kai, salvo la de mantenerse detrás de su reina con aire de suficiencia.

A continuación entró la escolta personal de Sybil, el hombre rubio que había sujetado a Cinder durante el baile, cuando Levana había intentado acabar con ella por primera vez. Llevaba más de un mes como invitado en su palacio, y Kai todavía no sabía su nombre. El segundo escolta, con el cabello de un intenso color rojo llameante, era el que se había interpuesto entre una bala y Levana en el baile. El proyectil lo había alcanzado en el hombro, aunque estaba visto que no bastaba con que le hubieran disparado para excusarse de su deber de guardia real. Lo único que delataba la herida era que llevaba el uniforme algo más abultado a causa del vendaje.

—Majestad —dijo Kai, dirigiéndose a la reina con, o al menos eso creyó él, sumo respeto—, qué agradable sorpresa.

—Un comentario más con tono condescendiente y haré que os despedacen y claven vuestra lengua en las puertas de palacio.

Kai empalideció. La voz de Levana, por lo general dulce y melodiosa, era dura como el acero y, aunque no era la primera vez que la veía enfadada, su irritación jamás le había hecho abandonar la diplomacia bajo la que ocultaba sus verdaderas intenciones.

—Majestad…

—¡La habéis dejado escapar! ¡A mi prisionera!

—Os aseguro que estamos haciendo todo lo que…

—Aimery, que se calle.

Kai sintió que la lengua no le respondía. Con los ojos abiertos de par en par, se llevó una mano a los labios y comprendió que no se trataba solo de la lengua, sino también de la garganta y la mandíbula. No podía mover los músculos, cosa que tal vez fuera mejor que acabar con la lengua clavada en las puertas de palacio, pero aun así…

Se volvió de inmediato hacia el taumaturgo de impecable casaca roja, que lo saludó con una amplia y encantadora sonrisa. La rabia se apoderó de él.

—¿Estáis haciendo todo lo que podéis? —Levana apoyó las manos en la mesa de Kai. Sus miradas de odio reconcentrado se enfrentaron por encima de la pantalla, que seguía emitiendo la imagen del pasillo desierto de la prisión, congelado en el tiempo—. ¿Estáis diciéndome, joven emperador, que no la habéis ayudado a escapar? ¿Que vuestra intención no ha sido desde el principio la de humillarme en vuestro propio territorio?

Kai tuvo la sensación de que Levana quería que cayera de rodillas ante ella y le suplicara perdón, que le prometiera que removería cielo y tierra para satisfacerla, pero la rabia aniquiló el miedo que pudiera inspirarle la delicada situación en que se encontraba. Privado de la capacidad del habla, cruzó los brazos por encima del respaldo de la silla y esperó.

Vio a Torin y a Huy de reojo, completamente inmóviles salvo por sus miradas airadas. Sybil Mira, con las manos ocultas de manera inocente en las mangas de color marfil, debía de estar manteniéndolos a raya con su magia lunar.

El guardia rubio retenía físicamente a Nainsi, el único ser de la habitación al que los lunares no podían controlar con sus poderes mentales, vuelta de tal modo que su sensor —y la cámara incorporada— no pudiera registrar lo que sucedía.

Levana apretaba los dedos contra la mesa con tal fuerza que las puntas se le volvieron blancas.

—¿Esperáis que crea que no alentasteis la fuga? ¿Que no tenéis nada que ver? —Su rostro reflejaba una tensión cada vez mayor—. Ciertamente no parecéis demasiado disgustado, Majestad.

Kai se quedó estupefacto, aunque no permitió que su semblante delatara su desconcierto. Años de habladurías y supersticiones pasaron por su mente —rumores acerca de la habilidad de Levana para saber cuándo hablaban de ella, tanto si se encontraba en Luna como en la Tierra—, si bien él sospechaba de una razón mucho más verosímil que explicaría su extraño poder para conocer lo que no debería conocer.

Había estado espiándolo, y a su padre antes que a él. Lo sabía, lo único que ignoraba era cómo.

Al ver que la reina esperaba una respuesta, Kai enarcó una ceja y se señaló la boca con una floritura.

Furiosa, Levana apartó las manos de la mesa, alargó el cuello y se lo quedó mirando con desdén.

—Hablad.

Kai sintió que volvía a recuperar el control de la lengua y le dirigió una sonrisa amarga a Aimery. A continuación, procedió a hacer lo más irrespetuoso que se le ocurrió: apartó la silla de la mesa, se sentó, la inclinó hacia atrás y entrelazó las manos sobre la barriga.

La ira borbotaba tras los ojos negros como el carbón de Levana hasta tal punto que casi consiguió eclipsar su belleza, aunque apenas fuera por un instante.

—No, no alenté a la fugitiva a escapar ni la ayudé de ningún modo —dijo Kai.

—¿Y por qué habría de creeros después de ver lo encantado que parecíais con ella en el baile?

Kai frunció el ceño.

—Si os negáis a creerme, ¿por qué no me obligáis a confesar y acabamos con esto de una vez por todas?

—Oh, no dudéis que podría, Majestad. Podría poner en vuestra boca cualquier palabra que deseara oír, pero, por desgracia, no leemos la mente, y solo me interesa la verdad.

—Entonces, permitid que me ciña a ella. —Kai esperaba parecer más indulgente que irritado—. Nuestra investigación preliminar ha demostrado que utilizó tanto sus cualidades lunares como biónicas para escapar de la celda y, aunque es posible que hubiera recibido ayuda desde dentro del palacio, dicha ayuda se prestó sin mi conocimiento. Me temo que no estábamos preparados para retener a un prisionero ciborg y lunar. Por descontado, trabajaremos en reforzar la seguridad de nuestras prisiones con vistas al futuro. Mientras tanto, hacemos todo lo que está en nuestras manos para encontrar a la fugada y detenerla. Hice un trato con vos, Majestad, y estoy dispuesto a cumplirlo.

—Ya habéis incumplido vuestra parte del trato —le espetó Levana, aunque su expresión se suavizó al instante—. Joven emperador, espero que no creyerais que estabais enamorado de esa chica.

Kai apretó los dedos con tanta fuerza que estuvo a punto de gritar de dolor.

—Soy consciente de que cualquier afecto que hubiera podido imaginar que sentía por Linh Cinder no era más que una artimaña lunar.

—Es evidente. Me alegro de que os hayáis dado cuenta. —Levana entrelazó las manos con coqueta timidez delante de ella—. Me he hartado de esta farsa y regreso a Luna, de inmediato. Disponéis de tres días para encontrar a la chica y entregármela. Si fracasáis, enviaré a mi propio ejército en su busca, y harán trizas hasta la última nave, muelle y hogar de este patético planeta con tal de dar con ella.

Unas lucecitas blancas salpicaron la visión de Kai al ponerse en pie con brusquedad.

—¿Por qué no confesáis cuál es vuestra verdadera intención? Lleváis diez años esperando encontrar una razón para invadir la Tierra y por fin se os presenta la posibilidad de utilizar a esa lunar fugada, a alguien sin importancia, para realizar vuestro sueño.

Levana torció el gesto levemente.

—Es evidente que malinterpretáis mis motivos, de modo que os explicaré claramente cuál es mi verdadera intención. Llegará el día en que gobernaré la Comunidad, y de vos depende si preferís que sea mediante una guerra o una unión matrimonial pacífica y diplomática. Pero el tema que ahora nos ocupa no tiene nada que ver con la guerra y la política. Quiero a esa chica, viva o muerta. Si es necesario, arrasaré vuestro país para encontrarla.

Levana se apartó de la mesa y salió del despacho muy digna, seguida de cerca por su séquito, mudo e imperturbable.

Una vez que se hubieron ido, fue como si Huy y Torin se desinflaran ante Kai, como si hubieran estado conteniendo la respiración desde la entrada de la reina. Y tal vez fuera así; Kai ignoraba qué les habría hecho Sybil, pero resultaba evidente que no se trataba de algo agradable.

Nainsi se volvió sobre sus orugas

—Lo siento mucho, Majestad. Jamás le habría permitido entrar, pero la puerta ya estaba abierta.

Kai la interrumpió con un gesto.

—Sí, menuda coincidencia que escogiera el único momento en que la puerta no está cerrada y codificada para irrumpir aquí, ¿verdad?

El procesador de Nainsi empezó a runrunear, calculando las probabilidades.

Kai se restregó una mano por la cara.

—No importa. Todo el mundo fuera, por favor.

Nainsi desapareció por la puerta, pero Huy y Torin se quedaron.

—Majestad —dijo Huy—, con el debido respeto, necesito vuestro permiso…

—Sí, de acuerdo, lo que haga falta. Únicamente quiero estar un momento a solas, por favor.

Huy dio un taconazo.

—Por supuesto, Majestad.

Aunque Torin no era de los que daban su brazo a torcer tan fácilmente, decidió no insistir, y pronto la puerta se cerró con un susurro tras ellos.

En cuanto oyó el chasquido del pestillo, Kai se derrumbó en la silla, temblando de pies a cabeza.

Nunca le había parecido tan obvio que no estaba preparado para aquello. No era ni lo bastante fuerte ni lo bastante listo para ocupar el lugar de su padre. Si ni siquiera era capaz de impedir que Levana entrara en su despacho a su antojo, ¿cómo iba a proteger a todo un país? ¿A todo un planeta?

Hizo girar la silla y se pasó las manos por el cabello. La ciudad que se extendía a sus pies atrajo su atención, que pronto desvió hacia lo alto, hacia un deslumbrante cielo azul y despejado. Más allá, en algún lugar, estaban la luna y las estrellas y decenas de miles de naves de carga, de pasajeros, militares y de reparto disputándose el espacio tras la capa de ozono. Y Cinder iba a bordo de una de ellas.

No podía evitarlo, pero una parte de él —puede que una gran parte— deseaba que Cinder desapareciera sin más, como la cola de un cometa, solo para fastidiar a la reina, para impedir que tuviera eso que parecía anhelar con tanta desesperación. Al fin y al cabo, era su vanidad la que había provocado aquel discurso, y todo porque Cinder había hecho un comentario tonto en el baile, sugiriendo que, en realidad, Levana no era hermosa.

Kai se masajeó la sien, consciente de que debía apartar aquellos pensamientos de su mente. Había que encontrar a Cinder, y pronto, antes de que millones de personas murieran en su lugar.

Solo se trataba de política. Pros y contras, tratos y acuerdos, un toma y daca. Tenía que encontrar a Cinder, tenía que calmar a Levana y tenía que dejar de comportarse como alguien indignado al que acababan de engañar y empezar a hacerlo como un emperador.

Lo que hubiera sentido por Cinder —o hubiera creído que sentía— se había acabado.

Capítulo quince

C inder cerró el grifo de la ducha y se apoyó contra la pared de fibra de vidrio mientras la alcachofa goteaba sobre su cabeza. Le habría gustado demorarse un poco más, pero temía acabar con las reservas de agua y, a juzgar por la ducha de media hora que Thorne se había dado, era evidente que no podía contar con su contribución a la causa.

Sin embargo, estaba limpia. El olor a alcantarilla había desaparecido, y el sudor salado se había escurrido por el desagüe. Salió de la ducha común, se frotó el pelo con una toalla apergaminada y se dispuso a secarse las hendeduras y articulaciones de los miembros biónicos para que no se oxidaran. Lo hacía por costumbre, aunque las últimas incorporaciones disponían de una capa protectora. Por lo visto, el doctor Erland no había escatimado en nada.

El mono sucio de la prisión estaba hecho un ovillo, tirado en un rincón del suelo embaldosado. Había encontrado un uniforme militar olvidado en las dependencias de la tripulación: unos pantalones de color gris marengo que le iban grandes y que debía sujetarse con un cinturón y una camiseta blanca, una indumentaria que apenas se diferenciaba de los pantalones y las camisetas que solía vestir antes de haberse convertido en una fugitiva de la ley. Lo único que le faltaba eran sus característicos guantes. Se sentía desnuda sin ellos.

Metió la toalla y el uniforme de la cárcel en el conducto de la ropa sucia y salió de las duchas. En el estrecho pasillo se veía una puerta a la derecha, que daba a la cocina, y el muelle de carga atestada de cajones de plástico a la izquierda.

—Hogar, dulce hogar —musitó, escurriéndose el pelo mientras se dirigía sin prisa hacia el muelle de carga.

No había ni rastro del presunto capitán. Solo estaban encendidas las débiles luces de posición que señalizaban el camino, y la oscuridad, el silencio y la consciencia de la inmensidad del espacio que rodeaba la nave, extendiéndose hacia el infinito, le produjeron a Cinder la extraña sensación de ser un espíritu vagando por una nave a la deriva. Se abrió paso entre los cajones de almacenaje que obstaculizaban el paso y se dejó caer en el asiento del piloto cuando llegó a la cabina de mando.

Vio la Tierra a través de la ventana, las costas de la República Americana y gran parte de la Unión Africana asomaban bajo el manto de nubes que se arremolinaban sobre la superficie terrestre. Y más allá, estrellas, millones de estrellas arracimándose y creando nebulosas en innumerables galaxias. Eran hermosas y aterradoras al mismo tiempo, a miles de millones de años luz de allí y, aun así, tan brillantes y próximas que casi resultaba asfixiante.

Lo único que Cinder siempre había anhelado era la libertad. Alejarse de su madrastra y su despotismo. Alejarse de una vida de trabajo constante sin obtener nada a cambio. Alejarse de los comentarios hirientes y de las palabras ingratas de los extraños que no confiaban en una joven ciborg que era demasiado fuerte, demasiado lista y demasiado buena con las máquinas para llegar a ser normal alguna vez.

Por fin tenía su ansiada libertad…, pero no se parecía en nada a como lo había imaginado.

Cinder lanzó un suspiro, apoyó el pie izquierdo sobre la rodilla, se arremangó la pernera y abrió el compartimento de la pantorrilla. Lo habían registrado y vaciado cuando ingresó en prisión —una invasión más que añadir a la lista—, pero habían pasado por alto el contenido más valioso. Sin duda, el guardia que la había cacheado había pensado que los chips integrados en el cableado formaban parte de la programación de Cinder.

Tres chips. Los arrancó, uno tras otro, y los dejó en los brazos del asiento.

El reluciente chip blanco de comunicación directa. Era un chip lunar, hecho de un material que Cinder no había visto nunca. Levana había ordenado que lo instalaran en Nainsi, la androide de Kai, y lo había utilizado para recopilar información confidencial. La chica que había programado el chip, supuestamente la programadora personal de la reina, lo había utilizado más tarde para ponerse en contacto con Cinder y contarle que Levana había planeado casarse con Kai… y luego matarlo y usar el potencial de la Comunidad Oriental para invadir el resto de la Unión Terrestre. Aquella información era la que había obligado a Cinder a salir corriendo en dirección al baile pocos días atrás, aunque en ese momento tuviera la sensación de que hiciera una eternidad de aquello.

No se arrepentía. Sabía que volvería a hacerlo, a pesar de que su vida se había ido al garete después de haber tomado aquella decisión sin detenerse a pensárselo dos veces.

Después estaba el chip de personalidad de Iko. Era el más grande de los tres y el que en peor estado se encontraba. Uno de los lados llevaba impresa una huella dactilar grasienta, seguramente de Cinder, y tenía una pequeña grieta en una esquina; sin embargo, confiaba en que siguiera funcionando. Hacía años que Iko, una androide sirviente, propiedad de su madrastra, era una de sus mejores amigas. No obstante, en un arrebato de rabia y desesperación, Adri la había desmontado y la había vendido por partes, menos las que había considerado poco valiosas. Entre ellas, el chip de personalidad.

A Cinder se le encogió el corazón cuando sacó el tercer chip de su escondite.

El chip de identidad de Peony.

No hacía ni dos semanas que su hermanastra pequeña había muerto. La peste se había cobrado su vida porque Cinder no había logrado suministrarle el antídoto a tiempo. Porque Cinder había llegado demasiado tarde.

¿Qué opinión le merecería Cinder en esos momentos? ¿Qué pensaría de que fuera lunar? De que fuera la princesa Selene. De que hubiera bailado con Kai, de que lo hubiera besado…

—Ay, por favor, ¿eso es un chip de identidad?

Cinder dio un respingo y cerró la mano en torno al chip cuando Thorne se dejó caer en el asiento de al lado.

—No vuelvas a presentarte así, de repente.

—¿Por qué tienes un chip de identidad? —preguntó él, mirando con cierto recelo los otros dos chips que había en el brazo del asiento—. Espero por tu bien que no sea tuyo, después de que me hayas obligado a sacarme el mío.

Cinder negó con la cabeza.

—Es de mi hermana. —Tragó saliva y fue abriendo los dedos. Unas escamas de sangre seca se habían desprendido del chip.

—No me digas que también es una fugitiva. ¿No lo necesita?

Cinder contuvo la respiración, esperando que remitiera el agudo dolor que le atravesaba el pecho, y se quedó mirando fijamente a Thorne.

Él no apartó sus ojos hasta que, poco a poco, pareció caer en la cuenta.

—Ah. Lo siento.

Cinder jugueteó con el chip, haciéndolo rodar por encima de los nudillos metálicos.

—¿Cuánto hace?

—Un par de semanas. —Ocultó el chip en el puño—. Solo tenía catorce años.

—¿La peste?

Cinder asintió.

—Los androides que trabajan en las cuarentenas se dedican a recuperar los chips de los fallecidos. Creo que se los dan a presidiarios y lunares fugitivos… gente que necesita una nueva identidad. —Dejó el chip junto a los otros—. No podía permitir que se lo quedaran.

Thorne se arrellanó en la butaca. Se había aseado a conciencia: se había cortado el pelo, iba bien afeitado y olía a jabón caro. Vestía una cazadora de piel raída, con una medalla prendida en el cuello con el grado de capitán.

—Pero ¿los androides que trabajan en las cuarentenas no son propiedad del gobierno? —preguntó, contemplando la Tierra por la ventana.

—Sí, eso creo.

Cinder frunció el entrecejo. No se había detenido a pensarlo, pero al decirlo en voz alta, la asaltaron las sospechas.

Thorne fue el primero en poner palabras a sus pensamientos.

—¿Por qué iba el gobierno a programar a los androides para recuperar chips de identidad?

—Tal vez no sea para venderlos en el mercado negro —dijo Cinder, clavando el chip de Peony en el brazo del asiento—. Puede que se limiten a limpiarlos y vuelvan a utilizarlos.

Aunque lo dudaba. No eran caros de fabricar y, si la gente llegaba a descubrir que estaban borrando las identidades de sus seres queridos, las protestas no se harían esperar.

Se mordió el labio. Entonces, ¿qué otra razón habría? ¿Para qué estaría el gobierno utilizando los chips? ¿O es que alguien había conseguido reprogramar a los androides de las cuarentenas a espaldas del gobierno?

Se le encogió el estómago. Ojalá pudiera hablar con Kai…

—¿Para qué son esos otros dos?

Cinder los miró.

—Uno es un chip de comunicación directa, y el otro, un chip de personalidad que pertenecía a una androide, una amiga.

—¿Eres una especie de coleccionista de chips o algo por el estilo?

Cinder frunció el ceño.

—Solo los guardo hasta que sepa qué hacer con ellos. Cuando pueda, le buscaré un cuerpo nuevo a Iko, algo que ella… —Su voz se fue apagando y de pronto ahogó un grito—. ¡Eso es!

Volvió a guardar los otros dos chips en la pantorrilla a toda prisa, cogió el de Iko y salió disparada hacia el muelle de carga. Thorne la siguió: salió al muelle de carga, bajó por la escotilla que los llevaba al nivel inferior, entró en la sala de máquinas y se quedó junto a la puerta mientras Cinder se arrastraba bajo el sistema de conductos y aparecía junto al ordenador central.

—Necesitamos un sistema de control automático nuevo —informó Cinder mientras abría un panel y pasaba el dedo por las inscripciones—, e Iko es un sistema de control automático, ¡como todos los androides! De acuerdo, está acostumbrada a la funcionalidad de un cuerpo mucho más pequeño, pero... ¿qué diferencia puede haber?

—Déjame adivinar... ¿muchísima?

Cinder sacudió la cabeza e introdujo el chip en el ordenador central.

—No, no, funcionará. Solo necesita un adaptador.

Trabajaba mientras hablaba, arrancando cables de sus conexiones, reordenándolos y volviéndolos a conectar.

—¿Y tenemos un adaptador?

—Lo tendremos.

Cinder se volvió y echó un vistazo al panel de control que tenía detrás.

—No vamos a utilizar el módulo de aspiración de polvo, ¿verdad?

—¿El qué del polvo?

Arrancó un cable de un tirón y conectó uno de los extremos al ordenador central y el otro a la entrada del sistema de control automático, el mismo que había estado a punto de freír sus propios circuitos.

—Con esto debería bastar —anunció, poniéndose en cuclillas.

El panel se iluminó, y Cinder oyó cómo se iniciaba una comprobación de diagnósticos interna que le era muy familiar. El corazón le latía con fuerza. Y pensar que no volvería a estar sola, que podía estar a punto de recuperar al menos a una de las personas que le importaban…

El ordenador central enmudeció.

Thorne alzó la vista hacia el techo de la nave, como si esperara que se le cayera encima de un momento a otro.

—¿Iko? —dijo Cinder, hablándole al ordenador. ¿Los altavoces estaban encendidos? ¿Los ajustes de sonido eran correctos? ¿Había introducido bien los datos? Había conseguido comunicarse con Thorne sin problemas cuando estaban en el almacén, pero…

—¿Cinder?

El grito de alivio estuvo a punto de hacerla caer hacia atrás.

—¡Iko! ¡Sí, soy yo, soy Cinder!

La chica se aferró a un conducto de refrigeración que colgaba sobre su cabeza, una parte del motor, una parte de la nave.

Porque Iko estaba en todas.

—Cinder. No sé qué le ocurre a mi sensor visual. No te veo, y además me siento rara.

Con la punta de la lengua asomando entre los labios, Cinder se inclinó hacia delante para analizar la ranura en que el chip de personalidad de Iko había encontrado su nuevo hogar. Parecía encajar a la perfección, estaba protegido y daba la impresión de ser operativo. No había indicios de problemas de incompatibilidad. Sonrió de oreja a oreja.

—Lo sé, Iko. Las cosas serán un poco distintas a partir de ahora. He tenido que instalarte en el sistema de control automático de una nave espacial. Una Rampion 214, clase 11.3. ¿Tienes conexión de red? Deberías poder descargarte las especificaciones.

—¿Una Rampion? ¿Una nave espacial?

Cinder se encogió. A pesar de que solo había un altavoz en la sala de máquinas, la voz de Iko resonaba con fuerza.

—¿Qué estamos haciendo en una nave espacial?

—Es una historia muy, muy larga, pero es lo único que se me ocurrió hacer con tu...

—¡Oh, Cinder! ¡Cinder! —La voz lastimera de Iko hizo estremecer a Cinder, que sintió cómo un escalofrío le recorría la espalda—. ¿Dónde te habías metido? Adri está furiosa, y Peony... Peony.

Cinder no contestó.

—Ha muerto, Cinder. Adri recibió una com de las cuarentenas.

Cinder continuó en silencio, con la mirada perdida.

—Lo sé, Iko. Eso fue hace dos semanas. Hace dos semanas que Adri te desmontó. Este es el primer... cuerpo... que he podido encontrar.

Iko se quedó callada. Cinder miró a su alrededor, sintiendo a Iko en todas partes. El motor rotó más rápido unos instantes y luego recuperó su velocidad habitual. La temperatura apenas descendió. Una luz parpadeó en el pasillo, detrás de Thorne, que estaba tenso e incómodo en la puerta, con cara de que un espíritu se hubiera adueñado de su amada Rampion.

—Cinder —dijo Iko tras unos silenciosos minutos de exploración—. Soy enooorme. —Su voz metálica delataba un inconfundible lamento.

—Eres una nave, Iko.

—Pero soy... ¿Cómo voy a...? Sin manos, sin sensor visual, con un tren de aterrizaje tremendo... ¿Se supone que son mis pies?

—Bueno, no. Se supone que es un tren de aterrizaje.

—¡Ay, qué va a ser de mí! ¡Soy espantosa!

—Iko, es solo tempor…

—Un momento, quieta ahí, voz de señorita incorpórea. —Thorne entró en la sala de máquinas con paso decidido y cruzó los brazos sobre el pecho—. ¿Qué significa eso de espantosa?

Esta vez, la temperatura se disparó.

—¿Quién es ese? ¿Quién está hablando?

—¡Soy el capitán Carswell Thorne, dueño de esta preciosa nave, y no pienso consentir que se la insulte en mi presencia!

Cinder puso los ojos en blanco.

—¿Capitán Carswell Thorne?

—Eso mismo.

Un breve silencio.

—La búsqueda en la red solo ha dado con un tal cadete Carswell Thorne, de la República Americana, encarcelado en la prisión de Nueva Pekín el…

—Es él —contestó Cinder, pasando por alto la mirada asesina de Thorne.

Un nuevo silencio mientras la temperatura de la sala de máquinas oscilaba un poco por encima de lo que se consideraba agradable.

—Es… bastante guapo, capitán Thorne —comentó Iko, al cabo de un momento.

Cinder gruñó.

—Y usted, señora mía, es la nave más hermosa de estos cielos. No permita que jamás le digan lo contrario.

La temperatura continuó ascendiendo, hasta que Cinder bajó los brazos con un suspiro.

—Iko, ¿estás sonrojándote a propósito?

La temperatura volvió a ser agradable.

—No —aseguró Iko—, pero ¿de verdad soy guapa? ¿Incluso siendo una nave?

—La más bella de todas —afirmó Thorne.

—Llevas una mujer desnuda pintada a babor —añadió Cinder.

—La pinté yo mismo.

Una serie de luces encastradas en el techo parpadearon y emitieron un brillo apagado.

—Además, Iko, esto es solamente temporal. Buscaremos otro sistema de control automático y encontraremos un cuerpo nuevo para ti. Finalmente. Pero ahora necesito que te ocupes de la nave, que repases los informes de errores. Tal vez podrías también ejecutar los diagnósticos…

—La célula está bajo mínimos.

Cinder asintió.

—De acuerdo. Eso ya lo sabía. ¿Algo más?

El motor zumbó a su alrededor.

—Creo que podría ejecutar una comprobación del sistema…

Sonriente, Cinder salió a gatas de debajo del motor en dirección a la puerta y se topó con un complacido Thorne al ponerse en pie.

—Gracias, Iko.

Las luces volvieron a apagarse con un parpadeo cuando Iko desvió la energía.

—Pero ¿podrías explicarme por qué estamos en esta nave? ¿Y con un presidiario? No se ofenda, capitán Thorne.

Cinder torció el gesto, demasiado exhausta para ponerse a explicar en ese momento todo lo que había sucedido, aunque era consciente de que, tarde o temprano, tendría que contarles la verdad a sus compañeros.

—De acuerdo —contestó, esquivando a Thorne para salir al pasillo—. Regresemos a la cabina de mando. Será mejor que nos pongamos cómodos.

Capítulo dieciséis

Scarlet llamó a un levitador para que los llevara a Toulouse, que pagó con el último depósito que Gilles había hecho en su cuenta. Se sentó frente a Lobo todo el viaje, sin quitarle el ojo de encima, mientras la pistola se le clavaba en la espalda. Sabía que el arma no le serviría de nada en distancias tan cortas; después de todo, había visto lo rápido que podía ser Lobo. La habría inmovilizado y medio asfixiado antes de que a ella le hubiera dado tiempo a sacar el arma de la cinturilla.

Sin embargo, le resultaba imposible sentirse amenazada por el extraño que tenía delante. Lobo parecía hipnotizado por los campos interminables que pasaban ante la ventanilla y miraba boquiabierto los tractores, el ganado y los establos decrépitos y medio desmoronados que salpicaban el paisaje. Continuaba con aquel extraño tic en las piernas, aunque Scarlet dudaba de que fuera consciente de ello.

La fascinación casi infantil estaba reñida con él en todos los aspectos. El ojo cada vez menos amoratado, las cicatrices, los anchos hombros, la calma y la compostura que demostró cuando había esta-

174

do a punto de estrangular a Roland, la mirada fiera y cruel cuando había estado a punto de matar a su rival sobre el cuadrilátero.

Scarlet se mordía el interior de la mejilla, preguntándose qué parte de todo aquello era fachada y qué parte era auténtica.

—¿De dónde eres? —le preguntó.

Lobo volvió la vista hacia ella, y su curiosidad se desvaneció. Como si hubiera olvidado que Scarlet lo acompañaba.

—De aquí, de Francia.

Scarlet frunció los labios.

—Interesante. Parece que no hayas visto una vaca en tu vida.

—Ah, no, no de aquí. No de Rieux. Soy de la ciudad.

—¿De París?

Lobo asintió y el tic nervioso de las piernas adoptó un nuevo ritmo, alternando entre ambas. Incapaz de soportarlo ni un minuto más, Scarlet acercó la mano y la posó con decisión sobre una de sus rodillas, obligándolo a detenerla. Lobo dio un respingo cuando lo tocó.

—Estás volviéndome loca —dijo la joven, echándose hacia atrás. Lobo dejó quietas las piernas, al menos por el momento, pero Scarlet no consiguió olvidar el gesto sorprendido del chico—. ¿Y, cómo acabaste en Rieux?

Lobo volvió la cara de nuevo hacia la ventanilla.

—Al principio solo quería escapar. Cogí un tren magnético a Lión y empecé a seguir las peleas desde allí. Rieux es pequeño, pero reúne a bastante gente.

—Ya me he dado cuenta. —Scarlet echó la cabeza hacia atrás y la apoyó contra el asiento—. De pequeña, viví una temporada en París, antes de trasladarme con mi *grand-mère*. —Se encogió de hombros—. Nunca lo he echado de menos.

Habían dejado atrás granjas y plantaciones de olivos, viñedos y zonas residenciales, y se adentraban en el corazón de Toulouse a toda velocidad cuando oyó contestar a Lobo.

—Yo tampoco.

La excesiva iluminación de la estación subterránea del tren magnético dañaba la vista cuando descendieron por las escaleras mecánicas, como si hubieran querido compensar con los fluorescentes la falta de luz solar. Dos androides y un detector de armas esperaban al pie de la escalera, y uno lanzó un pitido en cuanto el pie de Scarlet tocó la plataforma.

—Detectado revólver personal Leo 1272 TCP 380. Por favor, extienda su chip de identidad y espere comprobación.

—Tengo permiso —replicó Scarlet, alargando la muñeca.

Un destello rojizo.

—Arma limpia. Gracias por utilizar el Tren Magnético de la Federación Europea —dijo el androide, que regresó a su puesto.

Scarlet rozó a los androides al pasar junto a ellos y, después de echar un vistazo, encontró un banco libre frente a las vías. A pesar de la media docena de cámaras esféricas y diminutas que giraban cerca del techo, las paredes estaban cubiertas por años de grafiti elaborados y vestigios de pósters de conciertos arrancados.

Lobo se sentó a su lado y, al cabo de un instante, el tic nervioso había vuelto a apoderarse de sus piernas. A pesar del espacio que Lobo había dejado entre ellos, Scarlet se descubrió siguiendo el ritmo de sus dedos inquietos, rodillas nerviosas y hombros descoyuntados. Su energía resultaba casi palpable.

Scarlet se cansaba con solo mirarlo.

Sacó el portavisor del bolsillo tratando de concentrarse en otra cosa y comprobó si había recibido alguna com, aunque solo había entrado basura y propaganda.

Tres trenes llegaron y partieron. Lisboa. Roma. Múnich Occidental.

Scarlet estaba cada vez más nerviosa y no se dio cuenta de que su pie había empezado a seguir el compás del de Lobo hasta que este le puso un dedo en la rodilla.

Se quedó helada, y Lobo lo retiró de inmediato.

—Disculpa —dijo con un hilo de voz, entrelazando las manos en el regazo.

Scarlet no estaba segura de por qué se disculpaba, de modo que no contestó, incapaz de distinguir si a Lobo se le habían sonrosado las orejas o si eran las luces parpadeantes de un anuncio cercano.

La chica vio cómo soltaba el aire con toda calma cuando, de pronto, se puso tenso y volvió rápidamente la cabeza hacia la escalera mecánica.

Con los nervios de punta al instante, Scarlet alargó el cuello para ver qué lo había inquietado de aquella manera. Un hombre vestido con traje de oficina pasaba en ese momento por los detectores instalados al pie de la escalera. Le siguió otro hombre, con unos vaqueros raídos y jersey, y a continuación venía una madre que conducía un carrito levitante con una mano mientras miraba el portavisor que llevaba en la otra.

—¿Qué ocurre? —preguntó Scarlet, aunque sus palabras quedaron ahogadas por los estruendosos altavoces, que anunciaban el tren a París, vía Montpellier.

Lobo pareció relajar los hombros y se puso en pie de un salto. Los imanes de las vías empezaron a zumbar, y él se sumó al resto de los pasajeros que se acercaban al borde del andén. La inquietud que había tensado sus facciones había desaparecido por completo.

Scarlet se cargó la mochila al hombro y miró atrás una última vez antes de reunirse con él.

El morro en forma de bala del tren pasó deslizándose por delante de ella a una velocidad vertiginosa, antes de detenerse con suma suavidad. Los vagones produjeron un fuerte ruido metálico al descender hasta la vía con un movimiento armonioso; las puertas se abrieron con un susurro. Un androide bajó de cada vagón y todos se pusieron a hablar al unísono con su típico tono monótono.

—Bienvenidos a bordo del Tren Magnético de la Federación Europea. Por favor, muestren su chip de identidad para la comprobación del billete. Bienvenidos a bordo del Tren Magnéti...

Scarlet sintió que se quitaba un gran peso de encima cuando le pasaron el escáner por la muñeca y subió al tren. Por fin, por fin, estaba en camino. Se había acabado lo de esperar. Se había acabado lo de no hacer nada.

Encontró un compartimento privado libre, provisto de un par de literas, una mesita y una telerred atornillada a la pared. El vagón conservaba el olor a humedad de las habitaciones rociadas con demasiado ambientador.

—Va a ser un viaje muy largo —dijo, dejando la mochila en la mesa—. Podemos ver la red un rato. ¿Algún programa preferido?

Ya dentro del habitáculo, Lobo paseó la mirada por el suelo, la pantalla, las paredes, tratando de encontrar un lugar en que posar los ojos. Cualquier cosa menos ella.

—La verdad es que no —contestó, atravesando el compartimento en dirección a la ventanilla.

Scarlet se sentó en el borde de la cama, desde donde veía el reflejo de la telerred en el cristal, que además resaltaba las huellas que lo cubrían.

—Yo tampoco. Quién tiene tiempo para entrar en la red, ¿verdad?

Al ver que no respondía, se echó hacia atrás, apoyando las manos en la cama, y fingió no percatarse de la súbita incomodidad.

—Imagen.

Un panel de periodistas de la prensa del corazón se sentaba alrededor de una mesa. Con la cabeza en otra parte, Scarlet apenas prestaba atención a sus comentarios vacuos y maliciosos, hasta que comprendió que estaban hablando de la chica lunar del baile de Nueva Pekín: un peinado atroz, el estado lamentable del vestido, ¿y eso de los guantes eran manchas de grasa? Qué triste.

—¡Qué horror que no tengan grandes almacenes en el espacio, porque a esa chica no le vendría mal un buen cambio de look! —comentó una de las mujeres, riéndose a carcajada limpia.

Los demás periodistas la corearon tontamente.

Scarlet sacudió la cabeza.

—Van a ejecutar a esa pobre chica y a la gente no se le ocurre otra cosa que hacer chistes sobre ella.

Lobo le echó un vistazo a la pantalla.

—Es la segunda vez que te oigo defenderla.

—Sí, bueno, de vez en cuando no está tan mal pensar por uno mismo en lugar de tragarse esa propaganda absurda con que pretenden inundarnos los medios de comunicación. —Frunció el entrecejo, cayendo en la cuenta de que había sonado exactamente igual que su abuela, y trató de contener su irritación con un suspiro—. La gente enseguida se lanza a acusar o a criticar, pero no sabe por lo que ha pasado esa chica o qué la condujo a hacer las cosas que hizo. De hecho, ¿sabemos seguro que hizo algo?

Una voz automatizada anunció que las puertas del tren estaban cerrándose, y segundos después oyó el silbido que producían al deslizarse. El tren se elevó sobre las vías y abandonó la estación, sumergiéndolos en una oscuridad que únicamente interrumpían las luces del pasillo y el resplandor azulado de la telerred. El tren bala planeaba sobre los raíles, ganando velocidad poco a poco, hasta que de pronto salió al exterior y la luz del sol inundó el compartimento.

—Hubo disparos en el baile —dijo Lobo, mientras los bustos parlantes de la pantalla seguían enfrascados en su debate—. Hay quien dice que la chica pretendía provocar una masacre y que es un milagro que nadie saliera herido.

—También hay quien dice que había ido a asesinar a la reina Levana, ¿y acaso eso no la habría convertido en una heroína? —Scarlet fue cambiando de canal de manera mecánica—. Lo único que digo es que no deberíamos juzgarla, ni a ella ni a nadie, sin tratar de entender por qué hizo lo que hizo. Tal vez deberíamos conocer toda la historia antes de sacar conclusiones precipitadas. Una idea alocada, lo sé.

Resopló, molesta al notar que se le encendían las mejillas. Los canales iban pasando. Anuncios. Anuncios. Noticias. Cotilleos sobre famosos. Un *reality show* sobre un grupo de niños que trataban de gobernar su propio país. Más anuncios.

—Además —musitó, medio para sí—, la chica solo tiene dieciséis años. Yo diría que la gente está reaccionando de manera exagerada.

Rascándose la oreja, Lobo se dejó caer en la cama, lo más alejado posible de Scarlet.

—Ha habido casos de lunares condenados por asesinato con solo siete años.

Scarlet frunció el entrecejo.

—Por lo que yo sé, esa chica no ha matado a nadie.

—Yo tampoco maté a Cazador anoche, pero eso no me hace inofensivo.

Scarlet vaciló.

—No, supongo que no.

Tras un incómodo silencio, regresó al *reality show* y fingió que le interesaba.

—Empecé a pelear con doce años.

Scarlet le devolvió su atención. Lobo miraba fijamente la pared, la nada.

—¿Por dinero?

—No. Por estatus. Llevaba pocas semanas en el grupo, pero muy pronto me quedó claro que si no luchas, si no sabes defenderte, no eres nada. Te acosan y te ridiculizan… Prácticamente te conviertes en un siervo y no puedes hacer nada para cambiarlo. El único modo de evitar convertirse en un omega es luchar. Y ganar. Por eso lo hago. Por eso soy tan bueno.

Scarlet fruncía el entrecejo con tanto ahínco que empezó a dolerle la frente, pero no podía relajarlo.

—Omega —musitó—. Como una verdadera manada de lobos.

Lobo asintió, hurgándose las uñas desafiladas.

—Vi el miedo en tus ojos… Aunque no era solo miedo, sino también asco. Y tenías motivos. Pero has dicho que te gusta saber toda la historia antes de juzgar, que hay que tratar de entender por qué la gente hace lo que hace. Esa es mi historia. Así es como aprendí a pelear. Sin compasión.

—Pero ya no estás en la manada. Ya no tienes que pelear.

—¿Y qué otra cosa iba a hacer? —repuso, riendo con amargura—. No sé hacer nada más, lo único que se me da bien. Hasta ayer, ni siquiera sabía qué era un tomate.

Scarlet reprimió una sonrisa. La frustración de Lobo casi le parecía entrañable.

—Pues ahora ya lo sabes —dijo—. Con un poco de suerte, puede que mañana descubras el brécol. Y la semana que viene podrías haber aprendido a distinguir una calabaza de un calabacín.

Lobo le lanzó una mirada asesina.

—Lo digo en serio. No eres un caballo viejo que no pueda aprender trotes nuevos. Puedes llegar a ser bueno en otra cosa que no sea pelear. Ya encontraremos algo.

Lobo se pasó una mano por el pelo, alborotándolo incluso más de lo habitual.

—Esa no es la razón por la que te lo he contado —dijo, algo más calmado, aunque igual de desanimado—. Ni siquiera importará cuando lleguemos a París, pero creí necesario que supieras que no disfruto con lo que hago. No me gusta perder el control de esa manera. Nunca me ha gustado.

Las imágenes de la pelea cruzaron la mente de Scarlet a toda velocidad. El modo en que Lobo se había apresurado a soltar a su contrincante. La manera en que se había lanzado fuera del cuadrilátero, como si intentara escapar de sí mismo.

Scarlet tragó saliva.

—¿Fuiste alguna vez el… omega?

Su rostro delató un atisbo de indignación.

—Por supuesto que no.

Scarlet enarcó una ceja, y Lobo pareció percatarse demasiado tarde de la arrogancia con que había contestado. Era evidente que el afán por escalar posiciones todavía no lo había abandonado.

—No —repitió, esta vez más tranquilo—, me aseguré de no ser nunca el omega.

Se puso en pie y se acercó a la ventanilla una vez más para contemplar las colinas de viñedos que pasaban a toda velocidad.

Scarlet frunció los labios, asaltada por algo muy parecido a los remordimientos. Resultaba fácil olvidar el riesgo que Lobo había decidido asumir cuando ella solo era capaz de pensar en recuperar a su abuela. De acuerdo, puede que Lobo se hubiera apartado de la manada, pero ahora se dirigía derecho hacia ella.

—Te agradezco que hayas aceptado ayudarme —dijo, tras un largo silencio—. No había una cola de gente dispuesta a hacerlo, precisamente.

Lobo se encogió de hombros y, viendo que no iba a responder, Scarlet suspiró y empezó a cambiar de canal de nuevo. Se detuvo en un avance informativo.

CONTINÚA LA BÚSQUEDA DE LA FUGITIVA LUNAR LINH CINDER.

Se incorporó de pronto.

—¿Fugitiva?

Lobo se volvió y leyó el texto que se deslizaba por la parte inferior de la pantalla antes de mirar a Scarlet, ceñudo.

—¿No lo sabías?

—No. ¿Cuándo?

—Hace uno o dos días.

Scarlet apoyó la barbilla en las manos, fascinada ante aquel giro inesperado de los acontecimientos.

—No tenía ni idea. ¿Cómo es posible?

Volvieron a retransmitir las imágenes del baile.

—Dicen que alguien la ayudó. Un empleado del gobierno. —Lobo dejó una mano en el alféizar—. Te hace plantearte qué harías en una situación así. Si una lunar necesitara ayuda y estuviera en tu mano ayudarla, aunque con ello pusieras tu vida y la de tu familia en peligro, ¿lo harías?

Scarlet frunció el entrecejo, ensimismada en la pantalla.

—No pondría a mi familia en peligro por nadie.

Lobo bajó la vista a la alfombra barata.

—¿Tu familia? ¿O tu abuela?

La rabia la inundó como si de pronto hubieran abierto una espita al máximo al pensar en su padre. Había ido a la granja con un transmisor. Había destrozado el hangar.

—Mi *grand-mère* es la única familia que me queda. —Se frotó las manos sudorosas en los pantalones y se puso en pie—. No me vendría nada mal un café.

Vaciló, sin estar del todo segura de qué quería que Lobo respondiera cuando preguntó:

—¿Te apetece venir al vagón restaurante?

Lobo miró hacia la puerta que había detrás de ella, como si se le presentara un dilema. Scarlet respondió a su indecisión con una sonrisa, tanto burlona como amistosa. Tal vez incluso un poco coqueta.

—Han pasado unas dos horas desde la última vez que comiste, debes de estar famélico.

Por un momento, en el rostro de Lobo pudo verse un atisbo de algo que rayaba en el pánico.

—No, gracias —se apresuró a contestar—. Me quedaré aquí.

—Ah. —Enseguida recuperó el pulso normal, después de habérsele acelerado un instante—. Vale. No tardaré.

Cuando cerraba la puerta tras sí, vio que Lobo se pasaba la mano bruscamente por el pelo y lanzaba un suspiro de alivio, como si se hubiera librado por los pelos de caer en una trampa.

Capítulo diecisiete

E l pasillo del tren era un hervidero de actividad. De camino al vagón restaurante, Scarlet pasó junto a varios androides sirvientes que repartían almuerzos envasados, una mujer con un almidonado traje de oficina que hablaba con dureza por su portavisor y un niño pequeño de andares inseguros que iba abriendo todas las puertas que encontraba a su paso con curiosidad.

Scarlet fue esquivándolos a todos a través de media docena de vagones idénticos, tratando de abrirse camino entre la miríada de pasajeros que se dirigían a sus puestos de trabajo habituales, a sus lugares comunes de descanso o de compras, tal vez incluso de vuelta a un hogar normal. Poco a poco, su ánimo había ido enfriándose: la irritación con los medios de comunicación por demonizar a una chica de dieciséis años y enterarse después de que dicha joven se había escapado de la cárcel y continuaba en busca y captura; la lástima que le había causado la infancia violenta de Lobo, seguida del rechazo inesperado cuando este prefirió no acompañarla; el terror fluctuante por su abuela y por lo que pudiera estar ocurriéndole en ese momento, mientras el tren surcaba la campiña a una velocidad que nunca sería lo bastante rápida; un miedo que solo lo mitigaba saber que, al menos, estaba de camino. Al menos, cada vez estaba más cerca.

Con la cabeza dándole mil vueltas, se alegró de encontrar el vagón restaurante medio vacío. Desde detrás de una barra circular, un barman con cara de aburrimiento veía la telerred en la que emitían un programa de entrevistas que a Scarlet nunca le había gustado. Dos mujeres bebían mimosas en una mesita, y en uno de los reservados había un joven sentado con las piernas sobre el asiento, pulsando furiosamente su portavisor. Cuatro androides esperaban junto a la pared, preparados para entregar los pedidos de los vagones privados.

Scarlet se sentó en la barra y dejó el portavisor junto a un cuenco transparente de olivas.

—¿Qué va a tomar? —preguntó el barman, sin apartar la vista de la pantalla, donde en ese momento estaban entrevistando a una estrella de cine de acción venida a menos.

—Un café, solo uno de azúcar, gracias.

Apoyó la barbilla en las manos mientras el hombre introducía el pedido en el dispensador. Scarlet deslizó el dedo por el portavisor y tecleó las palabras:

La Orden de la Manada

Un listado de grupos de música y foros inundó la página, y todos decían ser manadas de lobos y sociedades secretas.

Oficial Leal a la Orden de la Manada

Ningún resultado.

LOS LOBOS

Nada más teclearlo, supo que era un término demasiado amplio, por lo que rápidamente lo borró y lo sustituyó por: LA BANDA DE LOS LOBOS. A continuación, tras obtener 20.400 resultados, añadió PARÍS.

Un grupo de música que había salido de gira por París hacía dos veranos.

BANDA DE LOBOS CALLEJEROS. LOBOS JUSTICIEROS. SECUESTRADORES SÁDICOS QUE HACEN ALARDE DE JUSTOS ASPIRANTES A LOBOS.

Nada. Nada. Nada.

Frustrada, se remetió el pelo dentro de la capucha. Su café había aparecido delante de ella sin que se hubiera dado cuenta, así que se llevó la tacita a los labios y sopló el vapor antes de darle un sorbo.

Era evidente que, si esa Orden de la Manada llevaba en funcionamiento el tiempo suficiente para haber reclutado a 962 miembros, en alguna parte tenía que haber constancia de ellos. Crímenes, juicios, asesinatos, delitos contra la sociedad. Se devanó los sesos, tratando de encontrar otro término de búsqueda mientras se lamentaba por no haberle preguntado a Lobo un poco más acerca de sus ex compañeros.

—Esa búsqueda parece bastante específica.

Volvió la cabeza con brusquedad hacia el hombre que ocupaba un taburete a pocos metros de ella y al que no había oído tomar asiento. La miraba con los ojos entornados y una sonrisa burlona que insinuaba un hoyuelo en una mejilla. A Scarlet le resultó vagamente familiar, cosa que la sorprendió hasta que recordó que hacía poco más de una hora que lo había visto, en el andén de la estación de Toulouse.

—Estoy buscando algo muy específico —contestó.

—Ya lo veo. «Hacen alarde de justos aspirantes a lobos…», a saber lo que significa eso.

El barman frunció el entrecejo.

—¿Qué desea?

El extraño lo miró de soslayo.

—Un batido de chocolate.

Scarlet ahogó una risita mientras el barman, inmutable, cogía un vaso.

—Jamás lo hubiera dicho.

—¿No? ¿Y qué hubieras dicho?

Lo estudió con detenimiento. No debía de ser mucho mayor que ella y, aunque no podía decirse que fuera guapo, por la confianza en sí mismo que demostraba, era evidente que nunca había tenido demasiados problemas con las mujeres. Era fornido, musculoso, llevaba el cabello repeinado hacia atrás, y el vigor que acompañaba sus movimientos rayaba en la arrogancia.

—Coñac —respondió, al fin—. Es lo que siempre bebía mi padre.

—Me temo que no lo he probado nunca.

El hoyuelo se hizo más profundo cuando un vaso de tubo de espumoso batido de chocolate apareció ante él.

Scarlet apagó el portavisor y tomó su tacita. El aroma de pronto le pareció demasiado fuerte, demasiado amargo.

—La verdad es que tiene muy buena pinta.

—Sorprendentemente rico en proteínas —dijo él, bebiendo un trago.

Scarlet tomó un nuevo sorbo de su taza y descubrió que sus papilas gustativas se rebelaban. Volvió a dejarla en el platillo.

—Si fueras un caballero, me habrías invitado a uno.

—Si fueras una dama, habrías esperado a que te invitara.

Scarlet le sonrió con complicidad, aunque el hombre ya se había vuelto hacia el barman y le hacía gestos para pedirle un segundo batido de chocolate.

—Me llamo Ran, por cierto.

—Scarlet.

—¿Como el color de tu pelo?

—Vaya, no me lo habían dicho nunca.

El barman dejó la nueva bebida en la barra, les dio la espalda y subió el volumen de la pantalla.

—¿Y a dónde se dirige, *mademoiselle* Scarlet?

«A París.»

La palabra cayó a plomo entre sus pensamientos, como una losa. Scarlet desvió la atención un instante hacia la telerred instalada en la pared para consultar la hora y calcular la distancia y el tiempo que faltaba para llegar.

—A París. —Le dio un largo sorbo a su batido. No estaba hecho con leche fresca a la que estaba acostumbrada, pero el denso dulzor le supo de maravilla—. Voy a ver a mi abuela.

—¿En serio? Yo también voy a París.

Scarlet asintió distraídamente; de pronto no le apetecía seguir charlando con aquel extraño. Le dio un nuevo trago a la espesa bebida y en ese momento cayó en la cuenta de que la había obtenido a través de la manipulación, aunque lo hubiera hecho de manera inconsciente. Aquel hombre no le interesaba, no sentía la más mínima curiosidad por saber por qué se dirigía a París o si volvería a verlo después de aquello. Solo había querido demostrar que podía atraer su interés y ahora le molestaba haberlo captado con tanta facilidad.

Era justo lo que habría hecho su padre, lo cual le revolvió el estómago, que parecía querer expulsar el batido de chocolate.

—¿Viajas sola?

Inclinó la cabeza hacia él y sonrió como pidiendo disculpas.

—No. De hecho, tendría que volver con él.

Enfatizó ese «él» más de lo necesario, pero el chico no pareció inmutarse.

—Claro.

Se acabaron las bebidas al mismo tiempo, y Scarlet pasó la muñeca por el lector de la barra para pagar lo suyo antes de que al extraño le diera tiempo a protestar.

—Disculpe, ¿tienen comida para llevar? —le preguntó al barman, bajándose del taburete—. ¿Tipo sándwich o algo por el estilo?

El hombre le indicó con el pulgar las pantallas encastradas en la barra.

—Menús.

Scarlet frunció el entrecejo.

—No importa, pediré algo desde el compartimento.

El barman no dio muestras de haberla oído.

—Ha sido un placer conocerte, Ran.

El joven apoyó un codo en la barra y giró el taburete hacia ella.

—Puede que nuestros caminos vuelvan a cruzarse. En París.

A Scarlet se le erizó el vello de la nuca al verlo descansar la barbilla en la palma de la mano. Con cierta repugnancia, se fijó en que llevaba las uñas perfectamente afiladas y puntiagudas.

—Puede —contestó, con cortesía.

La señal de peligro que se había encendido en su cerebro de manera instintiva la acompañó de camino a su compartimento a lo largo de dos vagones, como si de pronto se hubiera disparado una alarma. Trató de restarle importancia. Los nervios estaban jugándole una mala pasada. No era de extrañar que estuviera paranoica después de lo que le había ocurrido a su abuela, y a su padre. De hecho, le sorprendía ser capaz de mantener una conversación a pesar del pánico que amenazaba con aflorar a la superficie.

Ese hombre solo había sido educado y se había comportado como un caballero. Puede que las uñas en forma de garra estuvieran de moda en la ciudad.

Acababa de decidir que nada de lo que Ran había dicho o hecho merecía aquella desconfianza profunda y repentina cuando lo recordó: lo había visto en el andén de Toulouse, bajando por la escalera mecánica con sus vaqueros raídos y sin equipaje, cuando Lobo se había puesto tan nervioso. Cuando parecía haber oído algo o reconocido a alguien.

¿Una coincidencia?

El altavoz crepitó. Scarlet a duras penas consiguió oír nada por culpa del bullicio que imperaba en el pasillo, hasta que el anuncio, repetido una y otra vez, lo acalló gradualmente: «… está experimentando un retraso temporal. Todos los pasajeros deben regresar a sus compartimentos privados de inmediato. Mantengan los pasillos despejados hasta nueva orden. No es un simulacro. Estamos experimentando un retraso temporal…».

Capítulo dieciocho

S carlet cerró la puerta tras sí, aliviada al ver que Lobo seguía allí, andando arriba y abajo. El chico se volvió hacia ella rápidamente.

—Acabo de oírlo —dijo Scarlet—. ¿Sabes qué ocurre?

—No. Me preguntaba si tú lo sabrías.

Scarlet cerró los dedos alrededor del portavisor que llevaba en el bolsillo.

Algún tipo de retraso. Aunque es extraño que haya que despejar los pasillos.

Lobo no contestó, pero de pronto frunció el entrecejo y le lanzó una mirada feroz, casi enojada.

—Hueles…

Al ver que no continuaba, Scarlet soltó una risotada cargada de indignación.

—¿Que yo *huelo*?

Lobo sacudió vigorosamente la cabeza, y el pelo alborotado le azotó la frente arrugada.

—No me refiero a eso. ¿Con quién has estado?

Scarlet se quedó pensativa y apoyó la espalda en la puerta. Si Ran llevaba colonia, era tan suave que no la había olido.

—¿Por qué? —preguntó con sequedad, molesta tanto por la acusación como por la inesperada punzada de culpabilidad que le había provocado—. ¿Acaso es asunto tuyo?

Lobo tensó la mandíbula.

—No, no es eso lo que... —Se interrumpió y clavó los ojos detrás de ella.

Alguien llamó a la puerta, y Scarlet se apartó de esta con un respingo y la abrió de un tirón.

Un androide entró en el compartimento con un escáner al final de su brazo cruzado de cables.

—Estamos llevando a cabo una comprobación de identidad por la seguridad de los pasajeros. Por favor, tienda la muñeca para proceder al escaneo.

Scarlet alzó la mano de manera automática. Ni se le pasó por la cabeza cuestionar la orden hasta que un haz de luz roja recorrió su piel, emitió un pitido y el androide se volvió hacia Lobo.

—¿Qué está ocurriendo? —preguntó la chica—. Ya han comprobado nuestros billetes cuando hemos embarcado.

Otro pitido.

—No abandonen el compartimento hasta nueva orden.

—Eso no contesta mi pregunta —protestó Scarlet.

Un panel se abrió en el torso del androide, por el que apareció un tercer brazo, este con una larga jeringuilla adaptada en el extremo.

—Debo realizar un análisis de sangre obligatorio. Por favor, extienda el brazo derecho.

Scarlet miró boquiabierta la brillante aguja.

—¿Están realizando análisis de sangre? Esto es absurdo. Solo vamos a París.

—Por favor, extienda el brazo derecho —repitió el androide—, o me veré obligado a informar de su negativa a acatar las normas de seguridad de los trenes de levitación magnética. Sus billetes dejarán de ser válidos y tendrán que abandonar el tren en la próxima estación.

Aquello indignó a Scarlet, que se volvió hacia Lobo, pero él solo tenía ojos para la jeringuilla. Por un segundo, Scarlet creyó que iba a hundirle el sensor de un puñetazo, hasta que vio que alargaba el brazo a regañadientes. Lobo tenía la mirada ausente cuando la aguja perforó su piel.

En cuanto el androide obtuvo la muestra de sangre y el brazo esquelético se escondió en el torso, Lobo retrocedió y dobló el suyo contra el pecho.

¿Miedo a las agujas? Scarlet lo miró de soslayo mientras le tendía el brazo al androide y este sacaba una nueva jeringuilla. Estaba segura de que aquella aguja no hacía tanto daño como las del tatuaje.

Con el ceño fruncido, observó cómo el tubito se llenaba con su propia sangre.

—¿Qué estáis buscando exactamente? —preguntó, mientras el androide terminaba y ambas jeringuillas desaparecían en el interior de su torso.

—Iniciando análisis de sangre —dijo el androide, a lo que siguió un estrépito de zumbidos y pitidos.

Lobo acababa de pegar el brazo a un costado cuando el androide anunció:

—Análisis completado. Por favor, cierren la puerta y permanezcan en este compartimento hasta nueva orden.

—Eso ya lo has dicho —protestó Scarlet, dirigiéndose a la espalda del androide, que ya había salido al pasillo. La chica presionó el diminuto pinchazo con un dedo y empujó la puerta con el pie para cerrarla de golpe—. ¿A qué ha venido eso? Estoy por enviar una com al servicio de atención al cliente del tren magnético y poner una queja.

Al darse la vuelta, vio que Lobo había regresado junto a la ventana, a pesar de que no lo había oído moverse.

—Perdemos velocidad.

Tras un breve y angustioso instante, Scarlet también lo notó.

Al otro lado de la ventanilla vio un espeso manto forestal que impedía el paso de la luz del sol del mediodía. No había carreteras ni edificios. No iban a detenerse en una estación.

Abrió la boca, pero la expresión de Lobo contuvo la pregunta antes de que pudiera formularla.

—¿Oyes eso?

Scarlet se bajó la cremallera de la sudadera para que le diera un poco el aire y prestó atención. El zumbido de los imanes. El silbido del viento al colarse por la ventanilla abierta del vagón contiguo. El traqueteo del equipaje.

Un gemido. Tan lejano que recordaba el despertar de un sueño agitado.

Se le puso la piel de gallina.

—¿Qué ocurre ahí fuera?

El altavoz de la pared crepitó.

«Pasajeros, les habla el conductor. Hemos sufrido una emergencia médica a bordo del tren, que se retrasará a la espera de las autoridades sanitarias. Rogamos a todos los pasajeros que permanezcan en sus compartimentos privados y sigan las indicaciones de los androides del personal. Gracias por su paciencia.»

Cuando el altavoz enmudeció, Scarlet y Lobo se miraban fijamente. A la chica se le hizo un nudo en la garganta.

Un análisis de sangre. Sollozos. Un retraso.

—La peste.

Lobo no dijo nada.

—Van a cerrar el tren —insistió—. Van a ponernos a todos en cuarentena.

En el pasillo se oían portazos y pasajeros que preguntaban a gritos a sus vecinos qué ocurría o que lanzaban especulaciones sin reparos, haciendo caso omiso de la petición del conductor de que permanecieran en sus compartimentos. El androide debía de encontrarse en el siguiente vagón.

Scarlet oyó las palabras «brote de letumosis» a toda prisa, pronunciadas como con temor.

—No —dijo, en tono interrogante—. No pueden retenernos aquí. ¡Mi abuela…! —El pánico le impidió continuar.

Alguien aporreó una puerta al final del pasillo. El gemido distante se hizo más audible.

—Recoge tus cosas —dijo Lobo.

Ambos se pusieron en movimiento a la vez. Scarlet arrojó el portavisor dentro de su mochila mientras Lobo se acercaba a la ventanilla y la abría de un tirón. El suelo pasaba a toda velocidad por debajo de ellos. Al otro lado de las vías se extendía un espeso bosque que se perdía entre las sombras.

Scarlet comprobó que llevaba la pistola en la cinturilla.

—¿Vamos a saltar?

—Sí, pero es posible que lo hayan previsto, así que debemos hacerlo antes de que el tren aminore demasiado. Seguramente estarán preparando a los androides de seguridad para que detengan a quien pretenda escapar.

Scarlet asintió.

—Si se trata de la letumosis, es probable que ya nos hayamos convertido en una cuarentena.

Lobo asomó la cabeza por la ventanilla y miró a ambos lados del tren.

—Este es el mejor momento.

Volvió a meter la cabeza y se echó la mochila al hombro. Scarlet miró el suelo, que pasaba volando bajo sus pies, mareada momentáneamente por el vértigo. Era imposible concentrarse en un punto, cegada por los destellos intermitentes del sol, que lograba colarse entre los árboles.

—Vaya, parece un poco peligroso.

—No nos pasará nada.

Scarlet se volvió hacia él, imaginando que se toparía con el enajenado al que había visto sobre el cuadrilátero, pero Lobo permanecía frío y sereno. Estaba concentrado en el paisaje que pasaba ante ellos como una exhalación.

—Están frenando —dijo—. La velocidad empezará a reducirse cada vez más rápido.

De nuevo transcurrieron unos instantes antes de que Scarlet también fuera capaz de percibir el cambio sutil en el movimiento, la desaceleración que anticipaba una parada brusca.

Lobo inclinó la cabeza.

—Sube a mi espalda.

—Puedo hacerlo solita.

—Scarlet…

Ella le sostuvo la mirada. La curiosidad infantil de antes había desaparecido, sustituida por una dureza que no esperaba.

—¿Qué? Será como saltar del establo a una pila de paja. Lo he hecho cientos de veces.

—¿Una pila de paja? En serio, Scarlet, no se parece en nada.

Antes de que la chica pudiera replicar, antes de que pudiera continuar cerrándose en banda, Lobo se inclinó hacia ella y la cogió en volandas.

Scarlet ahogó un grito y apenas había abierto la boca para exigirle que la dejara en el suelo cuando se encontró encaramada al alféizar en brazos de Lobo, con el cuello azotado por los rizos que el viento le alborotaba.

Lobo saltó. Scarlet lanzó un chillido y se aferró a él, sintiendo que el estómago le daba un vuelco. Un instante después, el impacto contra el suelo le sacudió la columna vertebral.

Scarlet hundió los dedos en los hombros de Lobo temblando de pies a cabeza.

Lobo, que había aterrizado en un claro, a ocho pasos de las vías, avanzó tambaleante hasta la linde del bosque y se agachó entre las sombras.

—¿Estás bien? —preguntó.

—Te lo dije —tomó aire—, como una pila de paja.

La carcajada que reverberó en el pecho de Lobo resonó también en el de Scarlet y, sin previo aviso, la dejó en pie sobre un manto de musgo mullido y húmedo. La muchacha se zafó de él como pudo, recuperó el equilibrio y, a continuación, le asestó un puñetazo en el brazo.

—No vuelvas a hacerlo.

Lobo casi parecía satisfecho de sí mismo cuando le señaló el bosque con un gesto de cabeza.

—Deberíamos adentrarnos entre los árboles, por si nos ha visto alguien.

Scarlet oyó pasar el tren como una bala, acompañado del martilleo irregular de su corazón, y se adentró en el bosque detrás de Lobo. No habían avanzado diez pasos cuando la vibración de las vías empezó a atenuarse hasta apagarse por completo.

Scarlet sacó el portavisor de la mochila que Lobo llevaba al hombro y comprobó dónde estaban.

—Genial. El pueblo más cercano se encuentra a treinta kilómetros al este de aquí. No nos queda de camino, pero a lo mejor alguien podría llevarnos hasta la siguiente estación de tren magnético.

—¿Porque parecemos de fiar?

Scarlet lo miró, fijándose en las múltiples cicatrices y en el ojo ligeramente morado.

—¿Qué propones?

—Quedarnos cerca de las vías. Tarde o temprano pasará otro tren.

—¿Y ellos sí que nos llevarán?

—Por supuesto.

Esta vez estaba segura de haber vislumbrado un brillo travieso en su mirada cuando echó a andar hacia los raíles. Sin embargo, no habían dado más de diez pasos cuando Lobo se detuvo en seco.

—¿Qué...?

Lobo se volvió hacia ella de repente, la agarró por la nuca con una mano, con fuerza, y con la otra le tapó la boca sin más miramientos.

Tensa, Scarlet intentó echarse hacia atrás para zafarse de un empujón, pero algo la detuvo. Lobo escudriñaba el bosque atentamente, con el ceño fruncido. A continuación, levantó la nariz y olisqueó el aire.

Una vez que se convenció de que Scarlet no haría ruido, apartó las manos con brusquedad, como si le quemaran. Scarlet trastabilló hacia atrás, pues no esperaba que la soltara de manera tan repentina.

Permanecieron inmóviles, en silencio. Scarlet, que se esforzaba por oír lo que había alarmado a Lobo de aquella manera, se llevó poco a poco las manos hacia atrás y sacó la pistola de la cinturilla. El chasquido que produjo al quitar el seguro resonó entre los árboles.

De pronto, oyeron un aullido en lo profundo del bosque. Una llamada solitaria que a Scarlet le produjo un escalofrío que le recorrió toda la espalda.

Lobo no pareció sorprenderse.

Un instante después, un nuevo aullido, este detrás de ellos, más lejano. Y luego, otro, al norte.

El silencio se instaló a su alrededor al tiempo que los aullidos se desvanecían lánguidamente en el aire.

—¿Amigos tuyos? —preguntó Scarlet.

Lobo recuperó su semblante tranquilo y la miró de reojo, primero a ella y luego la pistola. A Scarlet se le antojó curioso que el arma le sorprendiera cuando ni siquiera se había inmutado ante los aullidos.

—No nos molestarán —dijo al fin, dio media vuelta y echó a andar hacia las vías.

Scarlet soltó un resoplido y salió corriendo detrás de él.

—Ah, bueno, entonces no hay de qué preocuparse. Estamos atrapados en territorio de lobos salvajes, pero si tú dices que no van a molestarnos...

Volvió a ponerle el seguro al arma y estaba a punto de metérsela en la cinturilla cuando se detuvo a una indicación de Lobo.

—No nos molestarán —repitió este, con una media sonrisa—, pero no estaría de más que la llevaras en la mano, por si acaso.

Capítulo diecinueve

—¿Qué son todos estos trastos? —Cinder apretó los dientes mientras empujaba con todas sus fuerzas un cajón de plástico casi tan alto como ella.

Thorne gruñó, a su lado.

—No… son… trastos. —Se le marcaron los tendones del cuello cuando el cajón topó con la pared del muelle de carga.

Thorne descansó los brazos sobre la caja con un gruñido, y Cinder se dejó caer al suelo, apoyando la espalda en esta. Le dolían los hombros, los tenía tan rígidos como el metal de la pierna izquierda, y estaba convencida de que los brazos se le desprenderían de un momento a otro; sin embargo, cuando echó un vistazo al muelle de carga, se sintió recompensada al comprobar el trabajo que habían realizado.

Habían apartado todos los cajones y los habían colocado contra las paredes para dejar el paso libre entre la cabina de mando y las dependencias de la tripulación. Habían apilado los más pequeños y ligeros unos sobre otros y habían dejado unos cuantos delante de la telerred principal a modo de muebles improvisados.

Casi resultaba acogedor.

Lo siguiente sería abrirlos —los que valieran la pena—, pero ya se dedicarían a eso otro día.

—No, en serio —insistió Cinder, cuando recuperó el aliento—. ¿Qué es todo esto?

Thorne se dejó caer a su lado y se secó la frente con la manga.

—No lo sé —admitió, echando un vistazo a las etiquetas impresas en uno de los lados de la caja que tenía más cerca: un código.

—Provisiones, comida, creo que incluso hay armas en alguno de ellos. Lo que sí sé es que había varias esculturas de un artista de la Segunda Era muy buscado por los coleccionistas de arte, iba a hacer una fortuna con ellas, pero me detuvieron antes de poder ocuparme del asunto.

Lanzó un suspiro.

Cinder lo miró de soslayo. Le resultó difícil compadecerse de él, estaba convencida de que las esculturas eran robadas.

—Qué lástima —musitó, y apoyó la cabeza con brusquedad.

Thorne señaló algo en la pared opuesta, pasando el brazo justo por debajo de la nariz de Cinder.

—¿Qué es eso?

Cinder siguió la indicación, frunció el entrecejo y se puso en pie dejando escapar un gruñido malhumorado. La esquina de un marco metálico asomaba por detrás de una pila de cajas arrimadas contra la pared.

—Una puerta. —Cargó los planos de la nave en el visor retinal—. ¿La enfermería?

La noticia animó a Thorne.

—Ah, claro, esta nave tiene una.

Cinder se puso en jarras.

—¿Tapaste la enfermería?

Thorne se puso en pie.

—Nunca la he necesitado.

—¿Y no crees que lo mejor sería poder acceder a ella, por si acaso?

Thorne se encogió de hombros.

—Ya veremos.

Cinder puso los ojos en blanco, alargó la mano hacia la caja de lo más alto de la pila y la bajó hasta el suelo, con lo que empezó a obstaculizar el camino que con tanto esfuerzo habían conseguido abrir.

—¿Cómo sabemos que no hay nada en estas cajas que se pueda rastrear?

—¿Qué crees que soy, un principiante? Nada entra en esta nave sin que pase antes una inspección meticulosa. Si no, hace tiempo que la República la habría reclamado en lugar de dejar que se oxidara en ese almacén.

—Quizá no haya localizadores —intervino Iko, consiguiendo que Thorne y Cinder dieran un respingo. Todavía no se habían acostumbrado a la compañera invisible y omnipresente—, pero todavía pueden detectarnos por radar. Hago lo que puedo para apartarnos del camino de naves y satélites, pero no sabéis lo congestionado que está el tráfico por aquí arriba.

Thorne se desenrolló las mangas.

—Y es prácticamente imposible entrar en la atmósfera terrestre sin ser detectado. Así es como me pescaron la última vez.

—Creía que había un modo de saltárselo —comentó Cinder—. Estoy segura de que en algún momento he oído comentar que podía entrarse en la atmósfera terrestre sin ser visto. ¿Dónde?

—No tenía ni idea. Llegué a ser bastante bueno camelándome a la gente para entrar en hangares públicos, pero no creo que eso vaya a funcionar ahora que soy un preso fugado famoso.

Cinder había encontrado una goma vieja en la cocina, se la sacó del bolsillo y se recogió el pelo en una coleta. Siguió devanándose los sesos hasta que, de pronto, se acordó. El doctor Erland le había dicho que había más lunares en la Tierra de lo que la gente sospechaba y que sabían cómo entrar en el planeta sin que el gobierno se enterara.

—Los lunares saben cómo camuflar sus naves.

—¿Eh?

Salió de su ensimismamiento con un pestañeo y miró a Thorne.

—Los lunares saben cómo camuflar sus naves, cómo impedir que los radares terrestres los localicen. Así es como muchos han logrado llegar a la Tierra; los que consiguieron salir primero de Luna, claro.

—Eso es escalofriante —dijo Iko, quien había aceptado el origen lunar de Cinder igual que la condición de presidiario de Thorne: con lealtad y resignación, aunque manteniendo la opinión de que, en general, los lunares y los presos seguían siendo gente de muy poco fiar y de difícil reinserción.

Cinder todavía no había sabido encontrar la manera de explicarle que también resultaba ser la desaparecida princesa Selene.

—Sí, lo es —admitió Cinder—, pero nos vendría de perlas saber cómo lo hacen.

—¿Crees que utilizan esa —Thorne giró la muñeca delante de ella— cosa mágica lunar?

—Bioelectricidad. Lo único que se consigue llamándole magia es conferirles más poder —lo corrigió Cinder, citando al doctor Erland.

—Lo que sea.

—No lo sé. Podría tratarse de algún dispositivo tecnológico especial que instalan en sus naves.

—Crucemos los dedos para que se trate de magia y, en ese caso, quizá lo mejor sería que empezaras a practicar, ¿no crees?

Cinder se mordió el interior de la mejilla. «¿Empezar a practicar el qué?»

—Supongo que puedo intentarlo. —Devolvió su atención al cajón, abrió la tapa y se lo encontró lleno de perlas de poliestireno. Metió la mano metálica y sacó una muñeca de madera escuálida, adornada con plumas y a la que le habían pintado seis ojos—. ¿Qué es esto?

—Una muñeca onírica venezolana.

—Es horrible.

—Vale unos doce mil univs.

Impresionada, Cinder devolvió la muñeca a la caja con cuidado y la hundió entre las perlas que la protegían.

—¿Por casualidad no sabrás si tienes algo útil en alguna de estas cajas? Como, no sé, ¿una célula de energía cargada?

—Lo dudo —contestó Thorne—. ¿Cuánto aguantará la nuestra?

—Aproximadamente treinta y siete horas —informó Iko.

Thorne alzó los pulgares en dirección a Cinder.

—Tiempo de sobra para aprender un nuevo truco lunar, ¿no?

Cinder cerró la tapa del cajón y lo empujó junto a los demás, tratando de disimular el pánico que le producía tener que utilizar su nuevo don para cualquier cosa, y mucho más para algo tan grande como camuflar una nave de carga.

—Mientras tanto, investigaré un poco, a ver si encuentro el mejor lugar para aterrizar. La Comunidad queda descartada, obviamente, pero he oído que Fiji está muy bien por estas fechas.

—¡O Los Ángeles! —propuso Iko, con voz cantarina—. Tienen un enorme outlet de escoltandroides. No me importaría tener el cuerpo de una androide de compañía. Algunos de los últimos modelos vienen con cabello de fibra óptica que cambia de color.

Cinder volvió a dejarse caer en el suelo y se rascó la muñeca, un tic que comenzaba a hacerse molesto ahora que ya no llevaba guantes.

—No vamos a aterrizar con una nave americana robada en la República Americana —dijo, mirando la telerred, donde la foto que le habían hecho al ingresar en prisión aparecía en una esquina, sobreimpresa en la imagen. Estaba harta de aquella foto.

—¿Alguna sugerencia? —preguntó Thorne.

«África.»

Se oyó decirlo, pero la palabra no abandonó sus labios.

Se suponía que era adonde debía ir para encontrarse con el doctor Erland, quien le diría qué hacer a continuación. Tenía planes para ella. Planes para convertirla en una heroína, en una salvadora, en una princesa. Planes para derrocar a Levana y entronizar a Cinder como la verdadera reina.

Le empezó a temblar la mano derecha. El doctor Erland había instaurado las levas y había tratado a decenas, tal vez a cientos de ciborgs como productos desechables, todo para encontrarla. Y luego, cuando por fin dio con ella, no le reveló su verdadera identidad hasta que no le quedó más remedio, pero, eso sí, habiendo planeado previamente el resto de su vida. El doctor Erland había convertido su sed de venganza en su máxima prioridad.

Sin embargo, lo que el doctor no había tenido en cuenta era que Cinder no albergaba ningún deseo de ser reina. No quería ser princesa ni heredar nada. Durante toda su vida —al menos, la parte que ella recordaba—, lo único que había deseado era ser libre. Y ahora, por primera vez, lo era, por precaria que fuera esa libertad. No había nadie que le dijera lo que tenía que hacer. Nadie que la juzgara o la criticara.

Pero si se reunía con el doctor Erland, perdería su ansiada independencia. Él esperaría que reclamara el lugar que le correspondía como reina de Luna, y no había nada que a Cinder se le antojara más opresivo que eso.

Detuvo el temblor de la mano humana con la biónica. Estaba cansada de que todo el mundo decidiera por ella. Estaba dispuesta a descubrir quién era de verdad, no lo que los demás le exigían que fuera.

—Esto… ¿Cinder?

—Europa. —Pegó la espalda al cajón, obligándose a sentarse más recta, a fingir seguridad—. Vamos a Europa.

Un breve silencio.

—¿Alguna razón en particular?

Volvió la vista hacia él y lo meditó largo rato, antes de escoger sus palabras.

—¿Crees en eso de la heredera lunar?

Thorne apoyó la barbilla en las manos.

—Por supuesto.

—No, me refiero a si crees que sigue viva.

La miró entornando los ojos, como si pensara que estaba haciéndose la lista.

—Vale, veo que no ha quedado claro a la primera. Sí, por supuesto que creo que está viva.

Cinder se echó hacia atrás.

—¿En serio?

—Pues claro. Conozco a gente que cree que no son más que teorías conspiratorias, pero he oído que la reina Levana continuó paranoica muchos meses después del incendio, cuando tendría que haber estado encantada porque al fin sería reina, ¿de acuerdo? Es como si supiera que la princesa se había salvado.

—Sí, vale, pero… igual no son más que cuentos —repuso Cinder, sin saber por qué intentaba disuadirlo. Tal vez porque ella no los había creído hasta que había sabido la verdad.

Thorne se encogió de hombros.

—¿Qué tiene que ver eso con Europa?

Cinder cambió de postura para mirarlo de frente y cruzó las piernas.

—Allí vive una mujer, o al menos antes vivía allí, que sirvió en el ejército. Se llama Michelle Benoit, y creo que podría estar relacionada con la princesa desaparecida.

Tomó aire lentamente, esperando que no se le hubiera escapado nada que pudiera desvelar su secreto.

—¿Dónde has oído eso?

—Me lo dijo una androide. Una androide real.

—¡Ah! ¿La androide de Kai? —intervino Iko muy animada, al tiempo que cambiaba la imagen de la pantalla por una de las páginas de admiradoras de Kai.

Cinder suspiró.

—Sí, la androide de Su Majestad.

Sin saberlo por entonces, su cerebro cibernético había grabado hasta la última palabra que la androide, Nainsi, había dicho, como si hubiera sabido que Cinder necesitaría recurrir a esa información más adelante.

Según los resultados de la investigación que Nainsi había llevado a cabo, un médico lunar llamado Logan Tanner había llevado a Cinder a la Tierra cuando esta no era más que una niña, después del intento fallido de asesinato de Levana. Con el tiempo, el hombre había acabado ingresado en un psiquiátrico y se había suicidado, pero no sin antes haberla dejado al cargo de otra persona. Nainsi había deducido que esa otra persona era una ex piloto militar de la Federación Europea.

La teniente coronel Michelle Benoit.

—Una androide real —repitió Thorne, mostrando la primera señal de curiosidad—. ¿Y cómo obtuvo ella esa información?

—De eso no tengo ni idea, pero quiero encontrar a esa Michelle Benoit y comprobar si tenía razón.

Con la esperanza de que Michelle Benoit tuviera algunas respuestas de las que el doctor Erland carecía. Tal vez pudiera hablarle de ella, de esos once largos años que habían desaparecido de su memoria, de las operaciones a las que la habían sometido, de los cirujanos y del artefacto que Linh Garan había inventado y que había impedido que Cinder utilizara su don lunar hasta que el doctor Erland había conseguido desactivarlo.

Puede que incluso tuviera una opinión propia acerca de lo que Cinder debía hacer a continuación. Algo que abriera su vida a otras posibilidades.

—Me apunto.

Cinder lo miró con incredulidad.

—¿En serio?

—Pues claro. Es el mayor misterio no resuelto de la tercera era. Seguro que hay alguien por ahí que ofrece una recompensa por encontrar a la princesa, ¿no?

—Sí, la reina Levana.

Thorne se inclinó hacia ella, dándole un golpecito con el codo.

—En ese caso, ya tenemos algo en común con la princesa, ¿no crees? —Le guiñó un ojo, lo que irritó a Cinder—. Solo espero que sea guapa.

—¿Podrías intentar al menos centrarte en lo importante?

—Eso sería importante. —Thorne se puso en pie con un gruñido, todavía dolorido después de todo el trabajo ordenando el muelle de carga—. ¿Tienes hambre? Creo que hay una lata de alubias que me está llamando.

—No, estoy bien. Gracias.

Cuando se marchó, Cinder se sentó en el cajón que le quedaba más cerca y movió los hombros para desentumecerlos. La pantalla seguía emitiendo la misma noticia, sin sonido. En el texto que se desplazaba en la parte inferior se leía: «Continúa la búsqueda de la fugitiva Linh Cinder y el traidor a la corona Dmitri Erland».

Se le hizo un nudo en la garganta. ¿Traidor a la corona?

No sabía de qué se extrañaba. ¿Cuánto tiempo creía que iban a tardar en descubrir quién la había ayudado a escapar?

Cinder se encorvó, con las piernas colgando por el borde de la caja, y se quedó mirando el laberinto de tuberías y las marañas de cables que atestaban el techo de la nave. ¿Se equivocaba al ir a Europa? Sentía una atracción a la que no se veía capaz de resistirse. No solo por lo que había dicho Nainsi, sino también por los recuerdos borrosos que tenía de su infancia. Siempre había sabido que la habían adoptado en Europa, pero apenas se acordaba de nada. Solo conservaba imágenes confusas que siempre había considerado que formaban parte de sus sueños. Una granja. Un campo cubierto de nieve. Un cielo gris infinito. Y luego un largo, larguísimo viaje en tren que acabaría en Nueva Pekín, junto a su nueva familia.

Se sentía obligada a regresar. A averiguar dónde había estado durante todos esos años perdidos y quién había cuidado de ella, quién más conocía el mayor de sus secretos.

Aunque ¿y si solo estaba retrasando lo inevitable? ¿Y si no se trataba más que de una distracción para no reunirse con el doctor Erland y aceptar su destino? Al menos el doctor podría enseñarle a ser lunar. A protegerse de la reina Levana.

Ni siquiera sabía cómo utilizar su don. Bueno, no de la manera adecuada.

Frunció los labios y alzó la mano cibernética ante ella. La chapa metálica relucía casi como un espejo bajo la tenue iluminación de la nave. Estaba tan limpia, tan bien hecha, que no parecía suya. Todavía.

Cinder ladeó la cabeza y alzó la otra mano junto a la primera, intentando imaginar qué debía sentirse siendo completamente humana. Dos piernas de carne y hueso. La sangre fluyendo por unas venas azuladas que se perfilaban bajo la piel. Diez uñas, ni una más ni una menos.

Una descarga eléctrica recorrió sus terminaciones nerviosas y la mano cibernética empezó a transformarse ante sus ojos. Unas pequeñas arruguitas aparecieron en sus nudillos. Los tendones se extendieron bajo la piel. Los bordes se suavizaron. Se dulcificaron. Se hicieron carne.

Tenía delante dos manos, dos manos humanas. Pequeñas y delicadas, con dedos largos y finos, y pequeñas uñas redondeadas. Flexionó los dedos de la mano izquierda hasta cerrarla en un puño y volvió a abrirla.

Casi se le escapa una risita tonta. Estaba haciéndolo. Estaba utilizando su don.

Ya no necesitaba guantes. Podía convencer a todo el mundo de que aquello era real.

Nadie sabría jamás que era una ciborg.

La consciencia de lo que aquello significaba fue absoluta, súbita y abrumadora.

Y entonces, al instante, una lucecita anaranjada parpadeó en uno de los extremos de su campo de visión. Su cerebro la avisaba de que estaba viendo una ilusión. Aquello no era real y nunca lo sería.

Se enderezó con un grito ahogado y cerró los ojos con fuerza antes de que el escáner retinal empezara a señalar las pequeñas inexactitudes y falsedades, como lo había hecho con Levana cuando había descubierto su hechizo. Estaba molesta consigo misma, indignada por la facilidad con que se había dejado arrastrar por sus anhelos.

Así era como lo hacía Levana. Mantenía bajo control a su pueblo engañando sus ojos y sus corazones. Gobernaba valiéndose del miedo que inspiraba, pero también de la adoración. Resultaba fácil aprovecharse de alguien cuando ese alguien no tenía la posibilidad de saber que estaban aprovechándose de él.

Y no distaba mucho de lo que ella misma había hecho al hechizar a Thorne. Se había apoderado de su mente sin pretenderlo siquiera y él no había dudado en cumplir sus órdenes.

Se sentó, temblorosa, oyendo a Thorne moverse ruidosamente por la cocina mientras tarareaba algo en voz baja.

Si tenía ante ella la oportunidad de decidir quién era, quién quería ser, entonces la primera decisión era fácil de tomar.

Jamás sería como la reina Levana.

Capítulo veinte

Las pisadas sobre la maleza y los graznidos de las aves migratorias habían sustituido el zumbido de los imanes de las vías, que habían acabado enmudeciendo. Solo un atisbo de luz lograba colarse a través de la espesura, y el bosque olía a savia y a la llegada del otoño.

A pesar de que a Scarlet se le habían antojado eones, el portavisor les informó de que no había transcurrido ni una hora cuando se toparon con el tren detenido. Lo primero que llamó la atención de Scarlet fueron los sonidos que no pertenecían al bosque: el crujido de la tierra y la grava bajo las orugas de decenas de androides que peinaban el perímetro.

Lobo se alejó de las vías, atravesó la maleza y los condujo a la seguridad que les ofrecía el bosque. Scarlet guardó el portavisor para tener las dos manos libres y poder sortear los troncos caídos y mantener las ramitas y las telarañas alejadas de su pelo. Al cabo de un rato, decidió ponerse la capucha, lo que redujo su campo de visión, pero al menos se sentía un poco más protegida de las cosas que se interponían en su camino y la martirizaban a pinchazos.

Subieron por un terraplén ayudándose de las raíces de un pino que parecía a punto de desplomarse sobre las vías. Desde aquella posición elevada, Scarlet vio el reflejo tornasolado del sol que se proyectaba desde el techo metálico del tren. De vez en cuando, la sombra de un pasajero se perfilaba en las ventanillas. Scarlet no quería ni imaginar qué debía de sentirse estando allí dentro. Para entonces, todo el mundo sabría a qué se debía la «emergencia médica». ¿Cuánto tiempo tardarían en hacerles las pruebas a todos los pasajeros y determinar a quién podían dejar bajar del tren? ¿Cuánto tiempo podían retener a gente sana en cuarentena?

¿O no tenían intención de dejar salir a nadie?

Para evitar que los pasajeros escaparan, un pequeño ejército de androides patrullaba las inmediaciones del tren, barriendo las ventanillas y las puertas con el haz de luz amarillenta de sus sensores, que de vez en cuando dirigían hacia el bosque. Aunque Scarlet estaba convencida de que no podían verla desde donde se encontraba, tan por encima de las vías, retrocedió poco a poco, y lenta, muy lentamente, se echó la capucha hacia atrás. Lobo la miró justo cuando sacaba los brazos de las mangas y se alegró de que debajo llevara una camiseta negra sin mangas algo más discreta que la sudadera roja. Scarlet se anudó la sudadera a la cintura.

—¿Mejor? —musitó, aunque Lobo se limitó a volver la cabeza.

—Se habrán dado cuenta de que falta alguien —susurró.

Uno de los androides más próximos a ellos se giró de pronto en su dirección, y Scarlet se agachó, preocupada por que incluso su pelo pudiera llamar la atención.

Cuando el androide se alejó, Lobo avanzó con sigilo y sujetó una rama para que Scarlet pasara por debajo.

Se movían a paso de tortuga, agachados para evitar que los vieran. Scarlet tenía la sensación de que cada paso que daba ahuyentaba una nueva criatura, que se alejaba correteando en busca de un lugar donde ponerse a salvo —una ardilla, una pequeña golondrina—, y temía que los androides acabaran descubriéndolos por culpa de la fauna alborotada, pero todo parecía continuar en calma junto a las vías.

Se detuvieron una sola vez, cuando un haz de luz azulada bailó sobre los troncos por encima de sus cabezas. Scarlet imitó a Lobo y se tumbó en el suelo, sintiendo su pulso en los oídos, acelerado por la descarga de adrenalina.

De pronto, notó los cálidos dedos de Lobo sobre la espalda y dio un respingo. La mano permaneció apoyada con firmeza, tranquilizándola mientras Scarlet veía danzar las ráfagas de luz del androide arriba y abajo en la espesura. Scarlet se arriesgó a ladear la cabeza lo justo para alcanzar a ver a Lobo a su lado, inmóvil, con todos los músculos en tensión salvo los dedos de la otra mano, que no paraban de tamborilear y tamborilear contra un peñasco, deshaciéndose así de la ansiedad que no podía eliminar de otro modo.

Se quedó mirando los dedos, como hipnotizada, y no se dio cuenta de que la luz se había apagado tras un parpadeado hasta que notó que la presión que la mano de Lobo ejercía sobre su espalda se aliviaba.

Continuaron adelante, encorvados.

Pronto dejaron atrás el tren, y el rumor de la civilización se desvaneció en la cháchara de grillos y sapos. En cuanto Lobo pareció convencido de que no los seguían, salieron del bosque y regresaron junto a las vías.

A pesar de que la distancia entre el tren y ellos era cada vez mayor, ninguno de los dos hablaba.

El sol besaba el horizonte, casi cegador en los escasos momentos en que conseguían atisbarlo a través de los árboles, cuando Lobo se detuvo y se dio la vuelta. Scarlet se paró a pocos pasos de él y siguió la dirección de su mirada, pero no vio más que enormes arbustos espinosos y largas e infinitas sombras.

Prestó atención, esperando oír un aullido, aunque lo único que consiguió distinguir fue el parloteo de los pájaros y, por encima de su cabeza, los chillidos de una colonia de murciélagos.

—¿Más lobos? —se decidió a preguntar.

Un largo silencio, seguido de un lacónico asentimiento.

—Más lobos.

Scarlet soltó el aire que había estado reteniendo cuando Lobo echó a andar de nuevo. Llevaban horas caminando y todavía no habían visto señal de otro tren, un cruce de vías o civilización. Por un lado, estaba rodeada de belleza: aire fresco, flores silvestres, bichitos que se acercaban al borde de la maleza para observar a Scarlet y a Lobo antes de volver a escabullirse entre los helechos.

Sin embargo, por el otro lado, tenía los pies y la espalda doloridos, le rugía el estómago y encima Lobo acababa de confirmarle que las criaturas menos adorables del bosque merodeaban por los alrededores.

Sintió un escalofrío. Se desató la sudadera de la cintura, se la puso y se subió la cremallera hasta el cuello. A continuación, sacó el portavisor y se desanimó al ver que solo habían avanzado unos treinta kilómetros y que todavía les quedaban cincuenta por delante para alcanzar la estación más cercana.

—Hay un cruce cerca de aquí, a menos de un kilómetro.

—Bien, los trenes que tuvieran previsto pasar por estas vías no podrán utilizarlas en un tiempo —dijo Lobo—. Deberíamos empezar a ver trenes pasado el cruce.

—Y cuando aparezca el tren, ¿cómo piensas subir? —preguntó Scarlet.

—Del mismo modo en que hemos bajado del anterior. —La miró con una sonrisa maliciosa—. ¿Como saltar desde un establo, era?

Scarlet lo fulminó con la mirada.

—La comparación no funciona a la inversa.

Lobo le contestó con la misma sonrisa burlona de antes, y Scarlet se dio la vuelta, tratando de convencerse de que tal vez no fuera necesario que supiera cuál era el plan, siempre que hubiera uno. Un arbusto de floración tardía tembló pocos pasos por delante de ellos, y a Scarlet se le aceleró el corazón… hasta que una marta inofensiva apareció en el camino y se escabulló entre los árboles.

Scarlet suspiró, reprochándose su nula sangre fría.

—Bueno —dijo, haciendo que Lobo echara la vista atrás por un instante—, ¿quién ganaría en una pelea, tú o una manada de lobos?

Lobo frunció el entrecejo, muy serio.

—Depende —contestó al fin, sin precipitarse, como si tratara de adivinar el motivo de la pregunta—. ¿Cuántos lobos hay en la manada?

—No sé, ¿qué es lo normal? ¿Seis?

—Podría con seis —aseguró—. Uno más y la cosa iría justa.

Scarlet ahogó una risita.

—Al menos está claro que no andas bajo de autoestima.

—¿Qué quieres decir?

—Nada, nada. —Pateó una piedra—. ¿Y entre tú y… un león?

—¿Un gato? No me insultes.

Scarlet lanzó una carcajada inesperada.

—¿Y con un oso?

—¿Por qué? ¿Has visto alguno por aquí?

—Todavía no, pero quiero estar preparada por si tuviera que rescatarte.

La sonrisa que había esperado arrancarle le suavizó las facciones y sus dientes blancos lanzaron un destello cuando entreabrió los labios.

—No estoy seguro. Nunca he tenido que enfrentarme a un oso. —Señaló hacia el este con un movimiento de cabeza—. Hay un lago en esa dirección, tal vez a unos cien metros. Deberíamos llenar la cantimplora.

—Espera.

Lobo se detuvo y la miró.

Scarlet se acercó a él con una ceja enarcada.

—Vuelve a hacer eso.

Lobo retrocedió ligeramente, con un brillo nervioso en la mirada.

—¿Que haga el qué?

—Sonríe.

La orden obtuvo la respuesta contraria. Lobo retrocedió, con la mandíbula tensa, como si quisiera asegurarse de que sus labios permanecían cerrados.

Scarlet vaciló solo un instante antes de acercarle las manos a la cara. Lobo torció el gesto, pero no se movió cuando ella lo tomó por la barbilla y le separó los labios delicadamente con el pulgar. Lobo tomó aire antes de tocarse la punta de un diente con la lengua.

No eran normales. Aquellos dientes largos y afilados casi parecían colmillos.

Poco a poco, Scarlet cayó en la cuenta de que eran como los de un lobo.

Lobo apartó la cara y volvió a apretar la mandíbula, con fuerza. De pronto estaba tenso, incómodo. Scarlet vio que tragaba saliva.

—¿Implantes?

Lobo se rascó la nuca, incapaz de mirarla.

—Pues sí que la Orden de la Manada se toma en serio lo de los lobos, ¿no? —Seguía con la mano en el aire, sus dedos peligrosamente cerca de volverle la cara hacia ella, de modo que la bajó y se la metió en el bolsillo delantero. El pulso se le había acelerado de repente—. ¿Y hay alguna otra rareza que debería conocer? ¿Una cola, quizá?

Por fin se decidió a mirarla, encendido ante aquella ofensa, hasta que vio que ella sonreía.

—Es broma —dijo Scarlet, ofreciéndole una sonrisa de disculpa—. Solo son dientes. Al menos no te los implantaste en la cabeza, como el tipo ese de las peleas.

No fue inmediato, pero poco a poco la incomodidad empezó a desaparecer, y Lobo suavizó el ceño. Sus labios se curvaron de nuevo, aunque en una sonrisa forzada.

Scarlet le dio una patadita amistosa.

—De acuerdo, por el momento me conformo con eso. ¿Has dicho que habías oído un río por aquí cerca?

Aparentemente aliviado por no tener que continuar aquella conversación, Lobo se dio la vuelta.

—Un lago —puntualizó—, lo huelo.

Scarlet entrecerró los ojos intentando distinguir algo en la dirección que había señalado, pero solo alcanzó a ver árboles y más árboles.

—Sí, lo que tú digas —contestó, yendo tras Lobo, que había empezado a abrirse paso entre la maleza.

Y tenía razón, aunque era más una charca que un lago, alimentado por un riachuelo que fluía al otro lado. En la orilla, la hierba daba paso a los guijarros antes de desaparecer bajo la superficie, y las ramas de varias hayas pendían sobre el agua.

Scarlet se arremangó, se salpicó un poco de agua en la cara y bebió hasta hartarse, recogiendo el agua con las manos ahuecadas. No se había dado cuenta de lo sedienta que estaba hasta que descubrió que no podía parar de beber. Lobo parecía ocupado mojándose las manos y pasándose los dedos húmedos por el pelo para alborotárselo de nuevo, no fuera a ser que la caminata hubiera conseguido domesticar una melena indomable.

Refrescada, Scarlet se puso en cuclillas y miró a Lobo.

—No me lo puedo creer.

Lobo se volvió hacia ella.

—Tienes las manos quietas —dijo, señalando la palma que descansaba tranquilamente sobre la rodilla. Lobo la cerró en un puño de inmediato, como si a sus dedos les incomodara la atención—. Puede que el bosque te siente bien.

Lobo dio la impresión de considerarlo mientras cerraba la cantimplora y la metía en la mochila, con el ceño fruncido.

—Puede que sí —dijo al fin—. ¿Queda algo de comida?

—No. No sabía que tendríamos que sobrevivir a costa de nuestras propias reservas. —Scarlet se echó a reír—. Ahora que lo dices, yo aquí pensando que el aire puro debe de hacerte maravillas cuando lo más probable es que ahora mismo tengas una bajada de azúcar. Vamos, puede que encontremos bayas o algo por el estilo.

Iba a levantarse cuando oyó un graznido al otro lado del lago. Media docena de patos entraban en el agua en ese momento, daban palmetazos y hundían la cabeza bajo la superficie.

Scarlet se mordió el labio.

—O… ¿crees que podrías cazar uno?

Lobo se volvió hacia los patos al tiempo que una sonrisa audaz se dibujaba en su rostro. Hizo que el acto de acercarse con sigilo a las confiadas aves, como un depredador nato, pareciera fácil. Sin embargo, si Scarlet quedó impresionada, cosa bastante probable, de ningún modo fue comparable con el asombro de Lobo al ver cómo ella desplumaba el pato muerto con mano experta y lo pinchaba varias veces para que la capa externa de grasa fuera rezumando mientras se cocinaba.

Lo más complicado de todo fue encender el fuego, pero tras una búsqueda rápida en el portavisor y un buen uso de la pólvora de uno de los cartuchos de la pistola, Scarlet no tardó en quedarse embelesada ante los hilillos de humo gris que se abrían paso hacia las copas de los árboles.

Lobo tenía puesta su atención en el bosque mientras estiraba las largas piernas.

—¿Cuánto hace que vives en la granja? —preguntó, hundiendo el talón en el suelo.

Scarlet apoyó los codos en las rodillas y continuó mirando el pato con impaciencia.

—Desde que tenía siete años.

—¿Por qué te fuisteis de París?

Lo miró, pero Lobo contemplaba las tranquilas aguas del lago.

—No era feliz. Después de que mi madre se fuera, mi padre prefería pasar el tiempo en el bar a conmigo. Por eso me fui a vivir con mi *grand-mère*.

—¿Y allí dejaste de ser infeliz?

Scarlet se encogió de hombros.

—Tardé bastante en acostumbrarme a la granja. Pasé de ser una niña mimada de ciudad a tener que levantarme de madrugada y cumplir con mis obligaciones. No te creas, nunca me he callado nada, pero no era lo mismo... cuando vivía con mi padre, solía coger rabietas, rompía cosas, mentía y hacía lo que hiciera falta para llamar su atención, para que se preocupara por mí. Sin embargo, con mi *grand-mère* nunca hizo falta. Las noches calurosas, nos sentábamos a charlar en el jardín y ella me escuchaba de verdad. Siempre se tomaba muy en serio lo que le decía, como si le importara mi opinión. —Se le empañó la vista, concentrada en las brasas—. La mitad de las veces acabábamos discutiendo, porque ambas queremos tener la razón y somos demasiado tercas para admitir que nos hemos equivocado en algo, pero siempre, siempre que llegábamos a ese momento en que una de las dos estaba a punto de ponerse a gritar o estampar el pie contra el suelo y salir dando un portazo, mi abuela se echaba a reír. Y, claro, yo me contagiaba. Y la abuela decía que era igual que ella. —Tragó saliva, estrechando las rodillas entre sus brazos—. Decía que estaba destinada a llevar una vida dura, porque era igual que ella.

Scarlet se frotó los ojos con las palmas de las manos para detener las lágrimas antes de que estas rodaran por sus mejillas.

Lobo esperó a que se recompusiera antes de preguntar:

—¿Vivíais solas?

Scarlet asintió y, cuando estuvo segura de haber contenido las lágrimas, apartó las manos. Olisqueó el pato y se inclinó para darles la vuelta a las alas, cuya piel ya se había dorado.

—Sí, solo nosotras dos. Mi *grand-mère* nunca se casó. Quienquiera que fuera mi abuelo lleva mucho tiempo desaparecido del mapa. Nunca hablaba de él.

—¿Y no tienes más hermanos? ¿Hermanos adoptados? ¿Pupilos?

—¿Pupilos? —Scarlet se pasó la manga de la sudadera por la nariz y lo miró con curiosidad—. No, solo estaba yo. —Añadió una ramita al fuego—. ¿Y tú? ¿Tienes hermanos?

Lobo enterró los dedos entre los guijarros.

—Uno. Un hermano pequeño.

El crepitar de las llamas casi le impidió oírlo, pero sintió el peso de aquellas cuatro palabras. «Un hermano pequeño». La expresión de Lobo no revelaba ni afecto ni frialdad. Le daba la impresión de ser la clase de persona que mostraría una actitud protectora hacia un hermano pequeño, aunque por su expresión parecía inmune a ese instinto.

—¿Dónde está ahora? —preguntó—. ¿Todavía vive con tus padres?

Lobo se inclinó hacia delante y le dio la vuelta al muslo de pato que tenía más cerca.

—No, hace mucho que ninguno de los dos hablamos con nuestros padres.

Scarlet volvió a concentrarse en el ave que estaba asándose.

—No os entendéis con vuestros padres. Entonces creo que tenemos algo en común.

Lobo cerró los dedos alrededor del muslo de pato y no retiró el brazo hasta que le saltó una chispa.

—Quería a mis padres —dijo, con una ternura ausente cuando había mencionado a su hermano.

—Ah —musitó torpemente Scarlet—. ¿Han muerto?

Torció el gesto al pensar lo bruta que había sido, lamentando no haber sabido mantener la boca cerrada por una vez. Sin embargo,

Lobo parecía más resignado que dolido, removiendo las piedrecitas que tenía a un lado.

—No lo sé. Ser miembro de la manada conlleva acatar ciertas normas. Una de ellas consiste en cortar todos los lazos con la gente que te une a tu pasado, incluida tu familia. Especialmente tu familia.

Scarlet sacudió la cabeza, desconcertada.

—Pero, si no tenías problemas en casa, ¿por qué te uniste a ellos?

—No me dejaron otra opción. —Se rascó detrás de la oreja—. Y a mi hermano tampoco, cuando fueron a por él pocos años después de mi ingreso; aunque no pareció molestarle tanto como a mí… —Su voz fue apagándose y lanzó una piedra al agua—. Es complicado. Y, en cualquier caso, ya no importa.

Scarlet frunció el entrecejo. No alcanzaba a comprender cómo era posible que uno no tuviera otra opción que llevar ese tipo de vida, dejar el hogar y la familia, unirse a una banda violenta… Sin embargo, antes de que pudiera seguir indagando, Lobo se volvió de pronto hacia las vías del tren y se puso en pie de un salto.

Scarlet se dio la vuelta, con el corazón en la boca.

El hombre del vagón restaurante surgió de entre las sombras, silencioso como un gato. Todavía sonreía, pero no se parecía en nada al gesto burlón y conquistador que Scarlet había visto en el tren.

Tardó un instante eterno en recordar su nombre. «Ran.»

Echando la cabeza hacia atrás, Ran hizo una profunda inspiración.

—Delicioso —dijo—, creo que llego justo a tiempo para la cena.

Capítulo veintiuno

—Disculpadme si he interrumpido algo —dijo Ran, que permaneció al abrigo del bosque—. El aroma era demasiado tentador para desperdiciar la ocasión.

No había apartado los ojos de Lobo y el brillo de estos hizo que Scarlet encogiera los dedos de los pies. Se llevó la mano a la pistola y se la deslizó hasta la cadera.

—Adelante —le indicó Lobo, al cabo de un largo silencio, con un claro tono de advertencia—. Hay de sobra.

—Gracias, amigo.

El hombre rodeó la hoguera y pasó tan cerca de Scarlet que esta tuvo que apartar ligeramente el codo para no rozarle la pierna. Se le puso la carne de gallina.

Ran se estiró al otro lado, frente a ella, y se repantingó en la orilla del lago como si se encontrara en su propia playa privada. Al cabo de un momento, Lobo se colocó entre ellos. Tenso.

—Lobo, te presento a Ran —dijo Scarlet, sonrojándose ante la incómoda situación—. Lo he conocido en el tren.

En un intento de ocultar sus emociones y parecer despreocupada, Scarlet decidió ocupar sus manos en darle la vuelta al pato. Lobo se le acercó disimuladamente, levantando un muro entre Ran y ella, pese a que estaba tan cerca de las llamas que el rostro se le encendió.

—Hemos mantenido una agradable conversación en el vagón restaurante —dijo Ran— sobre… ¿de qué hablamos? ¿«Justos aspirantes a lobos»?

Scarlet lo fulminó con la mirada.

—Un tema que me fascina —respondió ella sin alterar la voz mientras sacaba las alas y los muslos del pato del fuego—. Esto ya está.

Cogió un muslo para ella y le tendió el otro a Lobo. Ran no protestó cuando recibió las dos alas huesudas, pero Scarlet hizo una mueca de asco al oír el chasquido del cartílago cuando arrancó la primera.

—*Bon appétit* —dijo Ran, separando la carne con aquellas uñas inquietantemente afiladas, y el jugo le resbalaba por los brazos.

Scarlet mordisqueaba su muslo mientras sus dos compañeros devoraban su parte como animales, sin quitarse ojo. Se inclinó hacia delante.

—Bueno, Ran, ¿cómo has bajado del tren?

Ran arrojó los huesos limpios de un ala al lago.

—Yo podría preguntaros lo mismo.

Scarlet trató de disimular los latidos erráticos de su corazón.

—Hemos saltado.

—Arriesgado —opinó Ran, con una sonrisa afectada.

Lobo se puso tenso. La relajación que había conseguido suavizar sus facciones había desaparecido y había sido sustituida por la furia solapada que Scarlet había visto en la pelea. Los dedos que no dejaban de tamborilear, el tic nervioso de la pierna.

—Todavía estamos bastante lejos de París —comentó Ran, pasando por alto la pregunta de Scarlet—. Un desgraciado giro de los acontecimientos. Para la víctima de la peste, por supuesto.

Scarlet dio la vuelta a las pechugas que continuaban al fuego.

—Es terrible. Doy gracias a que me acompañaba Lobo, porque si no seguramente seguiría en ese tren.

—Lobo —repitió Ran, pronunciándolo con sumo cuidado—. Un nombre muy poco común. ¿Te lo pusieron tus padres?

—¿Qué más da? —dijo Lobo, arrojando su hueso.

—Es solo por dar conversación.

—Prefiero el silencio —repuso Lobo, con un gruñido.

Al cabo de un momento en el que la tensión se cortaba en el ambiente, Ran fingió un grito ahogado.

—Ay, lo siento —dijo, arrancando el último trozo de carne de los huesos—. ¿He interrumpido una luna de miel? Los hay que tienen suerte.

Adoptó un aire burlón al llevárselo a la boca.

Lobo hundió los dedos en la arena.

Scarlet se inclinó hacia delante, mirando al hombre a través de la tenue neblina que formaban el humo y el calor con los ojos entrecerrados.

—¿Son imaginaciones mías o vosotros dos os conocéis?

Ninguno lo negó. Lobo estaba completamente concentrado en Ran, como si fuera a saltarle encima al más mínimo movimiento.

El recelo se abrió paso entre los pensamientos de Scarlet, que sacó la pistola.

—Súbete la manga.

—¿Disculpa? —dijo Ran, chupándose el jugo que le chorreaba por la muñeca.

Scarlet se puso en pie como pudo y lo apuntó con el arma

—Ya.

Ran vaciló un instante y luego, con una expresión indescifrable, se llevó la mano al brazo izquierdo y se subió la manga hasta el codo. OLOM1126 aparecía tatuado en la piel.

Scarlet hervía de rabia, tan encendida como las brasas de la hoguera.

—¿Por qué no me has dicho que era uno de ellos? —masculló entre dientes, sin apartar la mirada ni el cañón del tatuaje.

Por primera vez, Ran se puso tenso.

—Esperaba poder averiguar por qué está aquí y por qué se te ha acercado en el tren sin alarmarte —contestó Lobo—. Scarlet, te presento a Ran Kesley, Oficial Leal a la Orden de la Manada. No te preocupes, solo es un omega.

Ran arrugó la nariz ante lo que Scarlet reconoció como un golpe bajo.

Miró a uno y después al otro.

—Sabías que había estado con él por el olor —dijo—. Lo has sabido en cuanto he vuelto al compartimento… ¡igual que has sabido todo este tiempo que ha estado siguiéndonos! ¿Cómo…? —Se lo quedó mirando, boquiabierta. Aquel color de ojos tan poco natural. Los sentidos extrañamente desarrollados. Los dientes. Los aullidos. Que nunca hubiera probado un tomate—. ¿Quiénes sois?

Lobo torció el gesto ante la acusación velada, pero fue Ran quien respondió:

—¿Qué es exactamente lo que le has contado, hermano?

Lobo se puso en pie, lo que obligó a Ran a inclinar la cabeza hacia atrás para sostenerle la mirada.

—Sabe que ya no soy tu hermano —contestó—. Y sabe que no debe confiar en nadie que lleve esa marca.

Ran sonrió ante lo irónico de sus palabras.

—¿Nada más?

—¡Sé que tenéis a mi abuela! —gritó Scarlet, con lo que espantó una bandada de golondrinas del árbol más cercano. Cuando el rumor de los aleteos se extinguió, en el bosque se instaló un denso silencio en el que resonaban las palabras de Scarlet.

La chica cogió el arma con ambas manos para detener el temblor, aunque Ran continuó repantingado tranquilamente junto a la orilla.

—Tenéis a mi abuela —repitió, esta vez más despacio—, ¿verdad?

—Bueno. No la llevo conmigo…

Unos puntitos blancos motearon la visión de Scarlet, que necesitó de toda su fuerza de voluntad para no apretar el gatillo y borrar aquella sonrisa burlona de su rostro.

—¿Por qué nos sigues? —preguntó cuando la rabia empezó a remitir.

Scarlet vio que meditaba la respuesta. Ran apoyó una mano en la orilla de guijarros, se incorporó y se limpió la gravilla.

—Me han enviado a recuperar a mi hermano —dijo, con la misma tranquilidad que si lo hubieran enviado al supermercado a por pan y leche—. No sé si te habrá contado que él y yo pertenecemos a una manada de élite a la que se le había asignado una misión especial. La misión ha sido cancelada, y el maestro Jael quiere que volvamos. Todos.

A Scarlet se le hizo un nudo en el estómago ante la elocuente mirada de Ran, pero en la expresión de Lobo se adivinaban incluso más recelo y dudas que antes.

—No pienso volver —aseguró Lobo—. Jael ya no me controla.

Ran lanzó un resoplido.

—Lo dudo. Además, sabes tan bien como nadie que a los hermanos no les está permitido abandonar la Orden. —Se bajó la manga para tapar el tatuaje—. Aunque he de confesar que no he echado de menos tener un alfa cerca.

El viento cambió de dirección y levantó varias chispas hacia el rostro de Scarlet, que retrocedió con paso incierto y parpadeó.

—¿De verdad has pensado que venir aquí, sin Jael para protegerte, es sensato? —dijo Lobo.

—No necesito la protección de Jael.

—Eso sería una novedad.

Ran lanzó un gruñido y se abalanzó sobre él de un salto, pero Lobo se apartó para ponerse fuera de su alcance y contraatacó con un puñetazo dirigido a la mandíbula. Ran lo paró, lo agarró por el puño y aprovechó el impulso para hacerlo girar y rodearle el cuello con un brazo. Lobo echó hacia atrás el que tenía libre, cogió a Ran por el hombro y lo volteó por encima de su cabeza. Ran aterrizó con un tosco gruñido, golpeando el agua con los pies.

Se puso en pie en un abrir y cerrar de ojos.

Con el corazón desbocado y el pulso tembloroso, Scarlet apuntaba a uno y a otro. Ran se estremecía de rabia contenida, mientras que Lobo parecía esculpido en la roca, astuto y calculador.

—De verdad que creo que ha llegado el momento de que vuelvas, hermano —masculló Ran entre dientes.

Lobo sacudió la cabeza, y unos mechones empapados le cayeron sobre la frente.

—Jamás estuviste a mi altura.

—Creo que vas a llevarte una sorpresa, «alfa».

Lobo soltó un resoplido, y Scarlet supo que Lobo jamás consideraría a Ran un verdadero rival.

—¿Por eso nos has seguido? ¿Porque has pensado que por fin había llegado tu oportunidad de subir de rango, de derrotarme y echarme de la manada?

—Ya te he dicho por qué estoy aquí. Jael me ha enviado a por ti, la misión se ha cancelado. Cuando se entere de que te has rebelado...

Lobo se abalanzó sobre él y lo tumbó de espaldas, de modo que la cabeza de Ran acabó en el agua. Scarlet oyó un desagradable crujido cuando esta se golpeó contra las duras piedras del fondo. La chica lanzó un chillido y corrió hacia ellos.

—¡No, para! ¡Podría saber algo! —gritó, hundiendo las uñas en el brazo de Lobo.

Enseñando los dientes, Lobo dirigió el puño hacia atrás y lo descargó contra la cara de Ran.

—¡LOBO! ¡Para! ¡Mi abuela! Él sabe... ¡Lobo, suéltalo!

Al ver que no conseguía detenerlo, Scarlet disparó al aire a modo de advertencia. El eco resonó en el claro, pero Lobo no se inmutó. Ran dejó de agitar los brazos, que resbalaron a los lados y cayeron al agua.

—¡Vas a matarlo! —chilló Scarlet—. ¡Lobo! ¡LOBO!

Después de que estallaran las últimas burbujitas que Ran había dejado escapar, Scarlet retrocedió, soltó un suspiro y volvió a accionar el gatillo.

Lobo siseó entre dientes y cayó de costado, llevándose una mano al brazo contrario, cuya manga ya había empezado a empaparse de sangre, a pesar de que se trataba de una herida superficial, pues la bala apenas lo había rozado.

Parpadeó y miró a Scarlet.

—¿Acabas de dispararme?

—No me has dejado mucha opción.

Seguían pitándole los oídos cuando Scarlet se arrodilló junto a Ran, le tiró de los hombros con todas sus fuerzas y lo dejó en la orilla tumbado en un ángulo extraño. Ran se volvió de lado; tenía el ojo izquierdo cerrado por la hinchazón, y un hilillo de sangre diluida por el agua le goteaba de la nariz y la mandíbula. En un arranque de tos estertórea, escupió más sangre y agua por la boca, que acabaron formando un charco en la arena.

Casi sin aliento, Scarlet miró a Lobo de soslayo. No se había movido, pero la ira irrefrenable que crispaba sus facciones había dado paso a algo cercano a la admiración.

—Está bien saber que tenías intención de utilizar el arma con la que me recibiste a la puerta de tu casa —dijo.

Scarlet lo miró con el entrecejo fruncido.

—Sinceramente, Lobo, ¿en qué estás pensando? Podría contarnos algo. ¡Podría ayudarnos a encontrar a mi abuela!

Su media sonrisa se suavizó, y por un instante pareció lamentarlo. Por ella.

—No hablará.

—¿Cómo lo sabes?

—Lo sé.

—¡Eso no me vale!

—Cuidado con la pistola.

—¿Qué...?

Scarlet bajó la vista hasta la orilla justo a tiempo de ver a Ran cerrando sus dedos en torno al mango de la pistola. La joven la asió por el cañón y se la arrancó de la mano.

Una risita sofocada y exhausta manchó los labios de Ran con más escupitajos ensangrentados.

—Un día te mataré, hermano. Si Jael no lo hace antes.

—¡Deja de provocarlo! —gritó Scarlet, que se levantó trabajosamente para ponerse fuera del alcance de Ran, volvió a colocar el seguro de la pistola y se la metió en la cinturilla de los vaqueros—. En cualquier caso, yo diría que ahora mismo no estás exactamente en posición de amenazar a nadie.

Ran no dijo nada. Había cerrado los ojos, tenía los labios entreabiertos y una mancha de sangre en la mejilla, y respiraba de manera estertórea y dificultosa.

Asqueada, se volvió hacia Lobo, que se retiró la mano de la herida y miró sorprendido la palma, cubierta de sangre. Se inclinó hacia delante, apoyándose en un codo, y agitó la mano en el agua para lavársela.

Con un suspiro, Scarlet se acercó hasta la mochila y sacó un kit de primeros auxilios. Lobo no protestó cuando agrandó de un tirón el rasgón que la bala le había hecho en la manga y se dispuso a lavarle y vendarle la herida. El proyectil apenas le había rozado el bíceps.

—Siento haberte disparado —dijo Scarlet—, pero ibas a matarlo.

—Puede que todavía lo haga —contestó Lobo, sin apartar los ojos de las manos de la chica.

Scarlet sacudió la cabeza, sujetando el vendaje con un trocito de esparadrapo.

—No es tu verdadero hermano, ¿no? Así es como os llamáis en la Orden, ¿verdad?

Lobo gruñó, pero no respondió.

—¿Lobo?

—Nunca he dicho que nos lleváramos bien.

Scarlet alzó la vista hacia Lobo y vio el profundo desdén que reflejaba su rostro. Tenía la mirada encendida, clavada en el cuerpo postrado de Ran, detrás de ella.

—Bien. —La dureza del tono de Scarlet ahuyentó parte del odio de Lobo, que le devolvió su atención—. Entonces conoces sus puntos débiles y sabrás cómo sacarle la información que necesitamos.

Otra vez aquella mirada llena de lástima.

—Estamos entrenados para soportar cualquier tipo de interrogatorio. No nos ayudará.

—Pero ya nos ha dicho algo. —Recogió el kit y lo arrojó a la mochila. No acertó a la primera y cayó al suelo—. Era evidente que sabía algo cuando le he preguntado sobre mi abuela. Y eso de que la misión ha sido cancelada… ¿a qué se refería? ¿Tiene algo que ver con ella?

Lobo negó con la cabeza, pero Scarlet advirtió que se le enturbiaba la mirada.

—Nos dijo lo que quería que supiéramos. Mejor dicho, que supiera yo. O que creyera. Yo no le daría demasiada importancia.

—¿Cómo puedes estar seguro?

Otra vez aquel tic nervioso de los dedos: cerrar, abrir, cerrar, abrir.

—Conozco a Ran. Haría lo que fuera para subir de rango y esperaba conseguirlo siguiéndome y obligándome a volver, o demostrando que había peleado conmigo y había ganado. En cuanto a la misión que nos habían encomendado cuando me fui…, no creo que la hayan cancelado. Era demasiado importante para ellos.

—¿Y mi abuela?

El ceño de Lobo se relajó, como si hubiera logrado ahuyentar una preocupación.

—Tienes razón. Será mejor que nos pongamos en marcha.

Comprobó la fuerza de su brazo herido antes de usarlo para ayudarse a ponerse en pie. El fuego se había acabado consumiendo y solo quedaban unas cuantas brasas, que apagó con un par de pisotones, haciendo caso omiso de la pechuga de pato que había quedado medio carbonizada.

—No me refería a eso —dijo Scarlet, sin moverse de la orilla—. ¿No podríamos al menos intentar sonsacarle algo?

—Scarlet, escúchame. ¿Sabe algo que podría ayudarnos? Sí, seguramente, pero no nos lo dirá. Salvo que estés pensando en torturarlo hasta que confiese, claro, pero aun así, no hay nada que puedas hacerle que supere lo que le haría la manada si hablara. Ya sabemos dónde está tu abuela. Hablar con él es perder el tiempo.

—¿Y si lo llevamos con nosotros y hacemos un trato? Mi abuela a cambio de él —insistió, al ver que Lobo recogía la mochila.

Lobo se echó a reír.

—¿Un intercambio? ¿Por un omega? —Hizo un gesto hacia Ran—. No vale nada.

Aunque su furia se adivinaba bajo la superficie, Scarlet se alegró de que en sus ojos ya no se reflejara aquella enajenación transitoria.

—Volverá con ellos y les dirá que estás conmigo —dijo Scarlet.

—No importa. —Se colgó la mochila del hombro y lanzó una última mirada cargada de desdén a su hermano—. Llegaremos antes que él.

Capítulo veintidós

La noche se les echó encima antes de que se dieran cuenta. El bosque se cerraba sobre ellos, un sólido muro de sombras bajo la pálida luz de una luna menguante. Solo habían dejado atrás un cruce de vías y habían continuado hacia el norte, sin hablar. Unos raíles nuevos que se cruzaban con los suyos habían hecho renacer la esperanza en Scarlet: por fin cabía la posibilidad de toparse con otro tren. Sin embargo, las vías magnéticas permanecían en silencio. Por el momento se las apañaban con el resplandor que proyectaba el portavisor para guiarse, pero a Scarlet le preocupaba que se quedaran sin batería y sabía que tarde o temprano tendrían que parar.

Lobo había dejado de mirar atrás cada pocos minutos, y Scarlet cayó en la cuenta de que seguramente había sabido que les seguían desde el principio.

Lobo se detuvo de pronto, y a Scarlet le dio un vuelco el corazón, convencida de que su compañero había vuelto a oír lobos.

—Aquí. Esto nos servirá. —Levantó la vista hacia un tronco que había caído sobre los terraplenes de ambos lados y había creado un puente sobre las vías—. ¿Qué te parece?

Scarlet lo siguió a través de la maleza, que le llegaba a la cintura.

—Pensaba que lo de antes no lo habías dicho en serio. ¿De verdad crees que podemos saltar a un tren en marcha desde ahí?

Él asintió con la cabeza.

—¿Sin rompernos una pierna?

—Ni las piernas ni nada.

Lobo se enfrentó a la mirada dubitativa de Scarlet con un ligero aire de arrogancia. La joven se encogió de hombros.

—Lo que sea con tal de salir de este bosque.

El tronco estaba a poco más de un metro de su cabeza, pero Scarlet se encaramó a él sin dificultad, aferrándose a las raíces y a las piedras que sobresalían. De pronto oyó una especie de siseo bajo ella y se volvió para ver a Lobo con el rostro contraído en un fugaz gesto de dolor mientras trepaba detrás de ella. Scarlet contuvo la respiración, sintiéndose culpable, mientras él se limpiaba el polvo de las manos.

—Deja que le eche un vistazo —dijo, tomándolo del brazo y sosteniendo en alto el portavisor para proyectar la luz sobre la herida. La sangre todavía no había traspasado el vendaje—. Siento mucho haberte disparado.

—¿En serio?

Continuó palpando la venda y comprobó que seguía bien sujeta.

—¿Qué quieres decir?

—Sospecho que volverías a dispararme si creyeras que eso serviría para ayudar a tu abuela.

Alzó la vista hacia él, casi sorprendida de descubrir lo cerca que estaban el uno del otro.

—Lo haría —afirmó—, pero eso no significa que luego no me sintiera mal.

—Me alegro de que no siguieras mi consejo y me dispararas en la cabeza —dijo él.

La luz del portavisor se reflejó en sus dientes. Los dedos de Lobo rozaron sin querer el bolsillo de la sudadera de Scarlet, que dio un respingo. La mano desapareció al instante y Lobo entrecerró los ojos para protegerse de la brillante luz del portavisor.

—Disculpa —balbució Scarlet, dirigiendo la pantalla hacia el suelo.

Lobo la adelantó y pisó con fuerza el tronco caído para comprobar su resistencia.

—Creo que podemos fiarnos.

Scarlet creyó descubrir una extraña ironía en la elección de sus palabras.

—Lobo —dijo, comprobando cómo resonaba su voz en el vacío del bosque. Él se puso tenso, aunque no se volvió—. Cuando me dijiste que habías abandonado la manada, pensé que haría meses o incluso años de eso, pero, por lo que ha dicho Ran, me ha dado la impresión de que te acabas de ir.

Lobo se pasó una mano por el pelo al girarse hacia ella.

—¿Lobo?

—Hace tres semanas —contestó con un hilo de voz. Y añadió—: Menos de tres semanas.

Scarlet tomó aire, contuvo la respiración y lo soltó de golpe.

—Más o menos cuando desapareció mi abuela.

Lobo bajó la cabeza, incapaz de sostenerle la mirada.

Scarlet se estremeció.

—Me dijiste que eras un don nadie, poco más que un recadero, pero Ran ha dicho que eras un alfa. ¿No es un rango bastante alto?

Vio que el pecho de Lobo se hinchaba en una lenta y tensa inspiración.

—Y ahora me dices que te fuiste más o menos cuando secuestraron a mi abuela.

Lobo se rascó el tatuaje de manera inconsciente y siguió guardando silencio. Empezaba a hervirle la sangre, pero Scarlet esperó hasta que él por fin se decidió a mirarla. El portavisor proyectaba a sus pies un charco de luz azulada que no alcanzaba a iluminar a Lobo. En la oscuridad, apenas distinguía el vago contorno de los pómulos y la mandíbula, y el pelo, que parecía un manojo de agujas de pino que le salían de la cabeza.

—Dijiste que no sabías por qué podrían haber secuestrado a mi abuela. Pero no es cierto, ¿verdad?

—Scarlet...

—Entonces, ¿en qué no me has mentido? ¿De verdad abandonaste la Orden o todo eso no es más que una patraña para hacer que...? —Ahogó un grito y retrocedió, tambaleante. Sus pensamientos dieron un giro repentino, atropellados por dudas y preguntas—. ¿Soy yo la misión de la que hablaba Ran? ¿La que supuestamente se ha cancelado?

—No...

—¡Y después de que mi padre me advirtiera de esto! Dijo que uno de vosotros vendría a por mí, y ahí estabas tú. Hasta sabía que eras uno de ellos. Sabía que no podía confiar en ti y aun así quise creer...

—Scarlet, ¡para!

Scarlet se enrolló los cordones de la capucha en torno al puño y tiró de ellos hasta cerrar el cuello de la sudadera. Tenía el pulso acelerado, y le hervía la sangre.

Oyó que Lobo tomaba aire y vio que abría las manos bajo el haz del portavisor.

—Tienes razón, te mentí cuando te dije que no sabía por qué se habían llevado a tu abuela, pero tú no eres la misión de la que hablaba Ran.

Scarlet dirigió el portavisor hacia arriba y enfocó la cara de Lobo. Este se estremeció, pero no apartó los ojos.

—Aunque tiene algo que ver con mi abuela.

—Tiene todo que ver con tu abuela.

Scarlet se mordió el labio con fuerza, intentando contener la rabia que empezaba a dominarla.

—Lo siento, sabía que si te lo contaba no confiarías en mí. Sé que tendría que haberlo hecho, pero… no pude.

La mano del portavisor empezó a temblar.

—Cuéntamelo todo.

Se hizo un largo silencio.

Un largo y exasperante silencio.

—Pensarás que soy un ser despreciable —murmuró Lobo.

Se encorvó, tratando de hacerse pequeñito, igual que en el callejón, bajo los faros de la nave.

Scarlet apretó las manos con tanta fuerza contra sus caderas que empezaron a dolerle los huesos.

—Ran y yo estábamos en la manada que enviaron a cobrar una presa, tu abuela.

Scarlet sintió que se le helaba la sangre. «La manada que enviaron a cobrar una presa.»

—Ya me había ido cuando la secuestraron —se apresuró a añadir—. En cuanto llegamos a Rieux, vi la oportunidad de escapar.

Sabía que sería más fácil desaparecer allí que en la red articulada de la ciudad, así que no me lo pensé dos veces. Eso fue la mañana que se la llevaron. —Cruzó los brazos, como si intentara protegerse del odio de la chica—. Podría haberlos detenido. Era más fuerte que todos ellos, podría haber evitado que ocurriera. Podría haberla avisado, o a ti. Pero no lo hice. Simplemente salí corriendo.

A Scarlet empezaron a escocerle los ojos. Tomó aire con aspereza y le dio la espalda, inclinando la cabeza hacia atrás, volviendo el rostro hacia el oscuro firmamento para contener las lágrimas y no tener que secárselas. Esperó hasta que estuvo segura de que podía hablar antes de volverse de nuevo hacia él.

—¿Fue entonces cuando empezaste a ir a las peleas?

—Y a la taberna —dijo, asintiendo con un gesto.

—¿Y luego, qué? ¿Te sentiste culpable y decidiste que igual me seguirías un tiempo, o que incluso me echarías una mano en la granja, como si eso pudiera compensarlo?

Lobo torció el gesto.

—Claro que no. Sabía que mezclarme contigo sería un suicidio, que acabarían dando conmigo si no me iba de Rieux, pero yo… pero tú… —Parecía frustrado por no ser capaz de encontrar las palabras adecuadas—. No pude irme.

Scarlet oyó el crujido del plástico y dejó de apretar el portavisor con tanta fuerza.

—¿Por qué se la llevaron? ¿Qué quieren de ella?

Lobo abrió la boca, pero no dijo nada.

Scarlet enarcó las cejas, tenía el pulso acelerado.

—¿Y bien?

—Quieren encontrar a la princesa Selene.

Por un momento, el zumbido de los oídos le hizo creer que no lo había oído bien.

—¿Que quieren encontrar a quién?

—A Selene, la princesa lunar.

Scarlet retrocedió. Se le pasó por la cabeza que tal vez Lobo le estuviera gastando una broma de mal gusto, pero estaba demasiado serio, demasiado angustiado.

—¿Qué?

Lobo empezó a cambiar el peso de un pie a otro, incómodo.

—Llevan años buscando a la princesa y creen que tu abuela tiene información sobre su paradero.

Scarlet frunció el entrecejo, desconcertada, convencida de que no lo había entendido bien. Segura de que Lobo se equivocaba. Sin embargo, no podía apartar los ojos de su intensa y firme mirada.

—¿Por qué iba mi abuela a...? —Sacudió la cabeza—. ¡La princesa lunar está muerta!

—Hay pruebas de que sobrevivió al incendio y de que alguien la rescató y la trajo a la Tierra —repuso Lobo—. Y, Scarlet...

—¿Qué?

—¿Estás segura de que tu abuela no sabe nada?

Se quedó con la boca abierta tanto rato que se le acabó secando la lengua.

—¡Es granjera! Ha vivido en Francia toda su vida. ¿Cómo iba a saber algo?

—Estuvo en el ejército antes de ser granjera. Y viajó mucho por entonces.

—Pero de eso hace más de veinte años. ¿Cuánto hace que la princesa lleva desaparecida? ¿Diez, quince años? Ni siquiera tiene sentido.

—No puedes descartarlo.

—¡Claro que puedo!

—¿Y si sabe algo?

Scarlet frunció el ceño, aunque su incredulidad se desvaneció ante la creciente desesperación de Lobo.

—Scarlet —insistió Lobo—, Ran ha dicho que habían suspendido la misión, puede que solo se refiriera a la búsqueda de la princesa. No consigo imaginar por qué, después de tantos años… Pero, si es cierto, podría significar que ya no necesitan a tu abuela.

Scarlet sintió que se le encogía el estómago.

—Entonces, ¿la soltarán?

Unas arrugas se dibujaron en la comisura de los labios de Lobo, y Scarlet sintió una opresión en el pecho. No hacía falta que dijera nada; sabía la respuesta.

No, no la soltarían.

Scarlet inspiró hondo, mareada, y bajó la vista hacia las vías, iluminadas por la luna.

—Si hubiera sabido… Si te hubiera conocido antes… Quiero ayudarte, Scarlet. Quiero intentar arreglarlo, pero están buscando una información que yo no tengo. Lo mejor que puede hacer tu abuela es serles de utilidad. Aunque hayan dejado de buscar a Selene, tal vez todavía haya algo que ella sepa, o algo relacionado con su pasado, lo que sea, por lo que la consideren valiosa. Por eso, si tú sabes algo, cualquier cosa, aunque te parezca irrelevante… Es tu mejor oportunidad de salvarla. Puedes hacer un trueque. Ella a cambio de la información que persiguen.

Scarlet sentía que la invadía la frustración.

—No sé qué quieren.

—Piensa. ¿Recuerdas algo fuera de lo normal? ¿Algo que tu abuela haya dicho o hecho que te resultara extraño?

—Siempre hace cosas raras.

—¿Relacionadas con los lunares? ¿O con la princesa?

—No, ella… —Se interrumpió—. Bueno, siempre se ha mostrado más comprensiva con ellos que la mayoría de la gente. No suele precipitarse a la hora de juzgar a la gente.

—¿Qué más?

—Nada. Nada más. No tiene nada que ver con los lunares.

—Hay pruebas de que eso no es cierto.

—¿Qué pruebas? ¿De qué estás hablando?

Lobo se rascó la cabeza.

—Debe de haberte contado que estuvo en Luna.

Scarlet se presionó los ojos con las palmas de las manos y tembló al inspirar.

—Estás loco. ¿Por qué iba a ir mi abuela a Luna?

—Formaba parte de la única misión diplomática que se ha enviado a Luna en los últimos cincuenta años. Era la piloto que llevaba a los representantes terrestres. La visita duró casi dos semanas, así que, de un modo u otro, tuvo que relacionarse con los lunares… —Frunció el entrecejo—. ¿Nunca te ha contado nada de esto?

—¡No! ¡No, nunca me ha contado nada! ¿Cuándo fue?

Lobo apartó la vista, y Scarlet vio que titubeaba.

—Lobo. ¿Cuándo fue eso?

El joven tragó saliva.

—Hace cuarenta años —contestó, bajando de nuevo la voz—. Nueve meses antes de que naciera tu padre.

Capítulo veintitrés

T odo empezó a dar vueltas. Scarlet lo miró fijamente, esperando una broma que nunca llegó.

—Mi padre...

—Lo siento —murmuró Lobo—. Pensé que te habría contado... algo.

—Pero... ¿cómo sabes tú todo eso?

—Porque todo está relacionado con la princesa Selene. Las pruebas indican que un hombre llamado Logan Tanner, un médico, la sacó de Luna. —La miró atentamente, para ver si el nombre le sonaba de algo, pero era evidente que no le decía nada. Lobo prosiguió—: Los únicos terrestres con quienes el doctor Tanner podría haber tenido contacto antes de llevarse a la princesa eran los componentes de la delegación de la que formaba parte tu abuela. Gente que lo conocía sospechaba que había tenido una relación con Michele Benoit durante su estancia. Teorías que cobraron peso cuando descubrimos que Michelle dio a luz a un niño de padre desconocido, nueve meses después.

Incapaz de seguir en pie, Scarlet se dejó caer en el suelo. Si Lobo decía la verdad... Si esas teorías eran ciertas... entonces su abuelo era lunar.

Las ideas se agolpaban en su mente. Poco a poco empezaron a encajar las pistas que había ido reuniendo sin saberlo siquiera. Por qué su abuela se mostraba tan comprensiva con los lunares. Por qué nunca hablaba sobre el abuelo de Scarlet. Por qué había insistido en que ni su padre ni ella nacieran en un hospital, ya que los análisis de sangre obligatorios habrían desvelado su ascendencia.

¿Cómo había podido mantenerlo en secreto tanto tiempo?

Y de pronto comprendió que su abuela quería que continuara siendo un secreto. Jamás había tenido intención de contarle a Scarlet la verdad.

Algo tan grande. Tan importante. Y su abuela se lo había ocultado.

—No hay secretos entre nosotras —musitó para sí misma, hundiendo la cabeza cuando las lágrimas volvieron a anegar sus ojos—. No hay secretos entre nosotras.

—Lo siento —dijo Lobo, arrodillándose frente a ella—. Estaba convencido de que lo sabrías.

—Pues no. —Se secó las lágrimas con brusquedad. ¿Por qué su abuela había decidido no hablarle de ese tal Logan Tanner? ¿Para protegerla de la desconfianza y los prejuicios que conllevaba tener sangre lunar o había algo más? Un secreto aún más inverosímil que había estado guardando...

Le dolía el pecho y se preguntó qué más le habría ocultado.

De pronto Lobo se volvió hacia el sur, con una oreja hacia el cielo.

Scarlet ordenó sus pensamientos al instante y prestó atención, pero solo oyó el viento que susurraba entre los árboles del bosque y un agradable coro de grillos.

—Viene un tren —murmuró Lobo, a pesar de que Scarlet no oía nada. Se volvió hacia ella, con cara de preocupación.

Scarlet advirtió que Lobo temía haber hablado de más, pero ella no tenía suficiente.

Asintió con la cabeza, apoyó una mano en el suelo y se puso en pie.

—Y esa gente cree que mi abuela sabe algo sobre la princesa porque...

Lobo dio la vuelta hasta el borde del pequeño precipicio y echó un vistazo a las vías.

—Creen que el doctor Tanner le pidió a tu abuela que lo ayudara cuando trajo la princesa a la Tierra.

—Lo creen, pero no están seguros.

—Puede que no, pero por eso se la llevaron —contestó él, volviendo a comprobar la estabilidad del tronco con el pie—. Para averiguar lo que sabía.

—¿Y alguna vez se han parado a pensar que tal vez no sepa nada?

—Están convencidos de que sí lo sabe. O al menos lo estaban cuando me fui, aunque no sé qué han averiguado desde...

—Bueno, ¿y por qué no van a buscar a ese tal doctor Tanner y le preguntan a él?

Lobo apretó los dientes.

—Porque está muerto. —Se agachó, recogió la mochila olvidada y se la colgó del brazo—. Se suicidó, a principios de año. En un manicomio de la Comunidad Oriental.

La rabia de Scarlet perdió fuelle, sustituida por cierto pesar por un hombre que minutos antes no existía para ella.

—¿Un manicomio?

—Estaba ingresado. Por decisión propia.

—¿Cómo? Era lunar. ¿Por qué no lo detuvieron y lo devolvieron a Luna?

—Debió de encontrar el modo de mezclarse con los terrestres.

Lobo le tendió la mano, y Scarlet la tomó sin pensarlo dos veces, aunque se sobresaltó cuando los abrasadores dedos de Lobo se cerraron en torno a los suyos. Al instante, Lobo relajó la presión y se subió al tronco.

Scarlet enfocó el portavisor hacia el suelo para asegurarse de dónde ponían los pies y trató de poner sus pensamientos en orden por encima del martilleo del pulso en sus oídos.

—Tiene que haber alguien más con quien tuviera contacto en la Tierra. El rastro no puede acabar en mi abuela. Según mi padre, ella no les ha dicho nada, después de semanas de… de quién sabe lo que han estado haciéndole. ¡Tienen que comprender que se han equivocado de persona!

Scarlet detectó una extraña reserva en el tono que empleó Lobo.

—¿Estás segura?

La joven le lanzó una mirada asesina. La heredera lunar era un mito, una conspiración, una leyenda… ¿Cómo iba su recta y diligente abuela, una mujer que vivía en el pequeño pueblo de Rieux, a estar involucrada en algo así?

Sin embargo, ya no podía estar segura de nada. Y menos después de que su abuela le hubiera ocultado algo tan serio como aquello.

Un suave zumbido se mezcló con los susurros del bosque. Los imanes volvían a la vida.

Scarlet sintió un pequeño apretón en los dedos, y un escalofrío le recorrió la espalda.

—Scarlet, por el bien de tu abuela y por el tuyo, será mejor que puedas darles algo —dijo Lobo—. Por favor, piensa. Si sabes algo, lo que sea, podríamos utilizarlo en nuestro favor.

—Sobre la princesa Selene.

Él asintió con la cabeza.

—No sé nada. —Scarlet se encogió de hombros, con impotencia—. No sé nada.

Se sintió atrapada bajo su intensa mirada, hasta que, con gesto ceñudo, la soltó. Dejó caer su mano a un costado.

—De acuerdo, ya pensaremos en algo, no pasa nada.

Scarlet sabía que Lobo se equivocaba. Pasaba, y mucho. Aquellos monstruos perseguían una quimera, y su abuela se había visto atrapada en medio, todo por una aventura amorosa que supuestamente había tenido lugar hacía cuarenta años... y Scarlet no podía hacer nada al respecto.

Miró abajo y el estómago le dio un vuelco al ver lo alto que estaban. Engullidos por la oscuridad, era como si se encontrara al borde de un abismo.

—Tendremos solo unos treinta segundos —comentó Lobo—. Cuando llegue, debemos actuar con rapidez. Sin vacilar. ¿Podrás hacerlo?

Scarlet intentó tragar saliva para humedecerse la lengua, pero la tenía tan seca como la corteza que crujía bajo sus pies. Trató de controlar el pulso acelerado, contando los segundos. El tiempo no corría, volaba, y el zumbido de los imanes era cada vez más nítido. Oyó el silbido del viento entre las vías.

—¿Esta vez vas a dejar que salte sola? —preguntó al divisar un resplandor a la vuelta de la última curva.

Las luces inundaron las copas de los árboles y trataron de colarse por los resquicios entre los troncos. Los imanes que quedaban a sus pies empezaron a traquetear.

—¿Quieres saltar tú sola?

Lobo dejó la mochila entre los dos.

Scarlet observó las vías, e imaginó un tren pasando a toda velocidad por debajo de ellos. Una vibración apenas perceptible le hacía cosquillas en los pies. Se le agarrotaron las rodillas.

Arrojó el portavisor dentro de la bolsa y se subió a un nudo que sobresalía del tronco.

—Date la vuelta.

Lobo hizo amago de sonreír, aunque continuó con el entrecejo ligeramente fruncido, como si no consiguiera deshacerse de una preocupación constante. Dejó que se encaramara ella sola a su espalda y luego le subió las piernas un poco más, hasta que Scarlet pudo rodearlo con ellas y estuvo bien sujeta.

A continuación, la joven entrelazó los brazos alrededor de los hombros de Lobo, pensando que tenía razones más que suficientes para considerarlo un ser despreciable. Había tenido en sus manos la oportunidad de rescatar a su abuela, pero había preferido huir. Le había mentido y le había ocultado todos aquellos secretos que tenía derecho a saber…

Sin embargo, lo cierto era que seguía allí. Estaba dispuesto a arriesgar su vida y a enfrentarse a aquellos de los que había huido para ayudarla. Estaba dispuesto a llevarla hasta su abuela.

Se mordió el labio y se inclinó hacia delante.

—Me alegro de que me lo hayas contado todo.

Lobo pareció desinflarse bajo ella.

—Tendría que habértelo contado antes.

—Sí, tendrías que haberlo hecho. —Ladeó la cabeza, sien contra sien—. Pero, aun así, no creo que seas despreciable.

Lo besó ligeramente en la mejilla y sintió que Lobo se ponía tenso. Al entrelazar las manos con fuerza, Scarlet notó que el pulso de Lobo retumbaba contra su muñeca.

El tren dobló la curva, sigiloso como una serpiente. El cuerpo blanco y reluciente avanzaba hacia ellos a toda velocidad mientras la corriente de aire que creaba el vacío zarandeaba los árboles a ambos lados de la hondonada.

Scarlet apartó la cabeza del hombro de Lobo y, al mirarlo de reojo, descubrió una nueva cicatriz, esta en el cuello. A diferencia de las otras, era pequeña y completamente recta. Parecía más el resultado de una operación que de una pelea.

En ese momento, Lobo se agachó y a Scarlet le dio un vuelco el corazón, que la obligó a concentrarse de nuevo en el tren. Lobo agarró la mochila. Continuaba tenso y con el pulso acelerado, y Scarlet no pudo evitar compararlo con la asombrosa calma que había demostrado cuando habían saltado por la ventanilla del vagón.

De pronto, el tren se hallaba bajo sus pies, sacudiendo el tronco y haciendo que a Scarlet le castañearan los dientes.

Lobo empujó la mochila y saltó. Scarlet hundió las uñas en la camisa de Lobo y apretó los dientes para no chillar.

Cayeron con dureza sobre el techo, liso como un espejo, del tren levitador, que apenas descendió por el impacto, y Scarlet lo notó de inmediato. No había sido un salto limpio. Lobo resbaló y se venció demasiado hacia la izquierda, perdiendo el equilibrio a causa de la carga extra.

Scarlet profirió un grito al notar que, con el impulso, su cuerpo se separaba del de Lobo y giraba hacia el borde del techo. Hundió las uñas en los hombros de este, pero la camisa se rasgó y sintió que se precipitaba al vacío mientras el mundo daba vueltas a su alrededor.

Una mano la atrapó por la muñeca y detuvo la caída con un doloroso tirón en el hombro. Chilló, moviendo los pies, que se golpeaban contra el suelo. Cegada por el cabello, que le azotaba la cara, levantó la otra mano y la agitó en el aire con desesperación hasta que dio con el brazo de Lobo, al que se asió con toda la firmeza que sus dedos resbaladizos le permitieron.

Oyó un gruñido —o más bien un rugido— y sintió que la izaban mientras ella trataba de buscar en el lateral del tren algún sitio donde afianzar los pies, hasta que por fin la subieron al techo de un tirón. Se alejaron rodando del borde, y Lobo acabó encima de ella. Le apartó los rizos de la cara con manos nerviosas, la cogió por los hombros y le frotó la muñeca magullada, volcando toda su rabiosa energía en comprobar que seguía allí. Que estaba bien.

—Lo siento. Lo siento mucho. Me he desconcentrado, he resbalado… Lo siento mucho. Scarlet. ¿Estás bien?

Scarlet resollaba. Poco a poco, todo empezó a dejar de dar vueltas, pero la adrenalina seguía corriendo por sus venas y temblaba de pies a cabeza. Miró a Lobo sin poder hablar y le cogió la mano para tranquilizarlo.

—Estoy bien —consiguió decir al fin, entre jadeos, e intentó sonreír, pero Lobo no le devolvió la sonrisa. Estaba aterrado—. Puede que se me haya salido algo en el hombro, pero… —Se interrumpió al ver una mancha roja en el vendaje de Lobo. Había detenido su caída con el brazo vendado y se le había reabierto la herida—. Estás sangrando.

Hizo ademán de tocar la venda, pero Lobo le cogió la mano y se la apretó con más fuerza de la necesaria. Scarlet se encontró atrapada en aquella mirada, intensa y asustada. Lobo seguía sin aliento. Ella seguía temblando, no podía dejar de temblar.

Solo era capaz de pensar en el azote del viento y en lo frágil que Lobo parecía en ese instante, como si fuera a desmoronarse al más leve movimiento.

—Estoy bien —insistió Scarlet, rodeándole la espalda con el brazo libre y atrayéndolo hacia sí hasta que se sintió a salvo bajo su cuerpo y enterró la cabeza en el cuello de Lobo. Notó que él tragaba saliva antes de estrecharla entre sus brazos y contra su pecho.

El tren viró hacia el oeste. La velocidad desdibujaba el contorno del bosque a ambos lados de ellos. Pasó una eternidad hasta que Scarlet se vio capaz de respirar sin que sus pulmones se agarrotaran por el esfuerzo, hasta que la adrenalina dejó de correr por sus venas. Lobo continuaba abrazándola. Sentir su aliento en la oreja era la única prueba que Scarlet tenía de que Lobo seguía siendo de carne y hueso y no se había convertido en una estatua.

Scarlet se apartó de él en cuanto cesaron los temblores. Lobo cedió a regañadientes y abrió los brazos, que la sujetaban como una tenaza, y ella por fin se atrevió a volver a mirarlo a los ojos.

El horror y el espanto habían desaparecido, sustituidos por el calor, el anhelo y la indecisión. Y el miedo, mucho miedo, aunque Scarlet dudaba de que tuviera nada que ver con que había estado a punto de caer del tren.

Sintiendo un hormigueo en los labios, levantó la cabeza hacia él.

Sin embargo, Lobo se apartó de inmediato, y el viento helado y cortante llenó el espacio que los separaba.

—Tenemos que bajar antes de que lleguemos a algún túnel —dijo, con voz áspera y temblorosa.

Scarlet se incorporó, ruborizándose al verse asaltada por un deseo casi irresistible de arrastrarse tras él. Y no para bajar del techo del tren, sino para que volviera a estrecharla entre sus brazos. Para sentirse abrigada, a salvo y feliz una vez más.

Reprimió sus impulsos como pudo. Lobo no la miraba, y ella sabía que él tenía razón. No era seguro seguir allí arriba.

Dudando de que pudiera sostenerse en pie, avanzó medio a gatas, medio a rastras hasta la parte delantera del vagón, adaptándose a los movimientos sutiles del tren. Lobo iba a su lado, sin llegar a tocarla, pero en ningún momento lo bastante lejos como para no tener tiempo de impedir que cayera si se acercaba demasiado al borde.

Cuando alcanzaron el extremo del coche, Lobo se descolgó hasta la plataforma que unía los dos vagones. Scarlet echó un vistazo y vio la mochila a los pies de Lobo; la había olvidado por completo. Sorprendida, se le escapó una risita: el lanzamiento había sido perfecto.

Tal vez, si no lo hubiera besado en la mejilla justo antes de saltar, también lo habría sido su equilibrio.

Se puso nerviosa y se preguntó si ella habría sido la causa de su distracción.

Se sentó, con las piernas colgando por el borde.

—Fantasma —dijo, tendiéndole los brazos para que la cogiera al saltar a la plataforma.

Las manos de Lobo la bajaron con suma delicadeza y permanecieron en su cintura tal vez algo más de lo estrictamente necesario después de que Scarlet plantara los pies en el suelo. O no lo suficiente.

Lobo parecía confuso y desesperado, muy tenso. Evitando la mirada de Scarlet, recogió la bolsa y desapareció en el vagón.

Scarlet se quedó boquiabierta frente a la puerta, esperando a que el viento helado la serenara y templara el recuerdo abrasador de las manos en su cintura, sus hombros, sus muñecas... No podía pensar en otra cosa que no fuera en el deseo agónico de besarlo.

Se dejó caer contra la barandilla, se remetió el pelo en la capucha e intentó convencerse, con escaso éxito, de que Lobo había hecho bien en apartarse. Ella siempre se lanzaba sin pararse a pensar, y eso siempre le traía problemas. Aquello era solo un ejemplo más de su costumbre de dejarse llevar por las emociones, y todo por un tipo al que conocía desde... Empezó a contar y descubrió, con cierta sorpresa, que apenas hacía un día que se conocían.

Solo un día. ¿Seguro? ¿Aquella espeluznante pelea en el granero había tenido lugar la noche anterior? ¿El arrebato de su padre en el hangar había ocurrido esa mañana?

Aun así, siguió sintiendo lo mismo. Todavía le ardía la piel. La fantasía de que la estrechara entre sus brazos no se desvaneció.

Había deseado que la besara. Y todavía lo deseaba.

Lanzó un suspiro y, cuando volvieron a responderle las piernas, entró en el tren.

Era un vagón de carga, amplio y hasta arriba de contenedores de plástico. La luz de la luna se coló por la puerta que acababa de abrir. Lobo se había encaramado a una pila de contenedores y estaba recolocándolos para tener más espacio.

Scarlet subió junto a él. Aunque el silencio resultaba incómodo, todo lo que se le ocurría le sonaba trillado y artificial, de modo que decidió sacar un peine de la bolsa y empezó a desenredarse los rizos, llenos de nudos por culpa del viento. Por fin, Lobo dejó de mover cajones y se sentó a su lado. Con las piernas dobladas. Las manos entrelazadas en el regazo. La espalda encorvada. Sin tocarla.

Scarlet lo estudió por el rabillo del ojo, tentada de salvar la distancia que los separaba, aunque solo fuera para descansar la cabeza en su hombro. Lo que hizo, en cambio, fue acercar la mano y reseguir su tatuaje, que distinguía en la penumbra. Lobo se puso tenso.

—¿Ran decía la verdad? ¿Crees que te matarán por haberlos abandonado?

Durante el breve silencio que se siguió, Scarlet notó el latido del corazón de Lobo en la punta del dedo que descansaba sobre su brazo.

—No —dijo al fin—. No tienes que preocuparte por mí.

Scarlet pasó el dedo por una larga cicatriz, un corte que se había extendido de la muñeca al codo.

—Dejaré de preocuparme cuando todo esto acabe. Cuando nos encontremos a salvo y lejos de ellos.

Lobo la miró de reojo, luego bajó la vista a la cicatriz y al dedo que descansaba en su muñeca.

—¿Cómo te hiciste esta? —preguntó Scarlet—. ¿En una pelea?

Lobo apenas movió la cabeza.

—Haciendo el imbécil.

Scarlet se mordió el labio, se acercó disimuladamente y acarició una cicatriz más tenue que tenía en la sien.

—¿Y esta?

Lobo se vio obligado a levantar la cabeza para apartar la cara.

—Esa fue fea —contestó, aunque no dio más explicaciones.

—Ya… —murmuró Scarlet pensativa, y a continuación pasó el nudillo por una cicatriz diminuta que tenía en el labio—. ¿Y…?

Lobo le cogió la mano y detuvo la caricia. Apenas la apretaba, pero la sujetaba con firmeza.

—Para, por favor —dijo, desviando la mirada hacia sus labios.

Scarlet se los humedeció de manera instintiva y vio la desesperación en sus ojos.

—¿Qué ocurre?

Un instante.

—¿Lobo?

No la soltó.

Scarlet acercó la otra mano hacia él y le acarició los nudillos con el pulgar.

Lobo hizo una brusca inspiración.

Los dedos de Scarlet recorrieron su brazo, el vendaje y la mancha de sangre seca. Estaba sumamente tenso, pegado contra la pared. Los dedos que sujetaban la mano de Scarlet se crisparon.

—Es… Es a lo que estoy acostumbrado —dijo, con voz estrangulada.

—¿Qué quieres decir?

Lobo tragó saliva, pero no se explicó.

Scarlet se inclinó un poco más hacia él y le tocó la mandíbula. Los pómulos pronunciados. El pelo, tan rebelde y suave al tacto como había imaginado. Finalmente, Lobo ladeó la cabeza y la apoyó en su mano, dejándose acariciar por sus dedos.

—Es de una pelea —murmuró—. De una pelea más sin sentido. Como todas.

Volvió a clavar sus ojos en los labios de Scarlet.

Ella vaciló, y al ver que Lobo no se decidía, se acercó y lo besó. Con delicadeza. Solo una vez.

El martilleo del corazón le impedía respirar, por lo que Scarlet se apartó lo justo para dejar pasar un poco de aire caliente entre ellos y vio que Lobo se rendía definitivamente con un suspiro resignado, que le rozó los labios.

A continuación, la atrajo hacia sí y la estrechó entre sus brazos. A Scarlet se le escapó un leve jadeo cuando Lobo enterró una mano entre sus rizos y le devolvió el beso.

LIBRO TERCERO

¡Abuelita, abuelita,
qué dientes más grandes tienes!

Capítulo veinticuatro

—Desaparece. —Cinder pronunció la palabra despacio. Con sumo cuidado. Con una súplica susurrante en la última y suave sílaba—. Desaparece. Rampion, desaparece. Desaparece, Rampion. Desaparece... Desvanécete... No existes... No pueden verte...

Estaba sentada con las piernas cruzadas sobre su camastro, en la oscuridad, visualizando la nave que la rodeaba. Las paredes de acero, el motor, los tornillos y las soldaduras que mantenían todas sus partes unidas, el ordenador central, el grueso cristal de la cabina de mando, la rampa de la zona de carga, la plataforma de acoplamiento bajo sus pies.

Y luego imaginó que era invisible.

Que se abría paso entre radares, y que los radares permanecían mudos.

Que se fundía en negro ante el ojo atento de los satélites.

Que danzaba grácilmente entre las demás naves que congestionaban el sistema solar. Sin llamar la atención. Sin existir.

Sintió un hormigueo en la columna vertebral, que se inició en la base del cuello y fue extendiéndose hasta la rabadilla. Empezó a desprender calor, un calor que saturaba sus músculos y articulaciones, rezumaba por sus dedos y regresaba a las rodillas. Recirculando.

Soltó el aire que retenía en sus pulmones, relajó los músculos y volvió a entonar el cántico.

—Desaparece, Rampion. Rampion, desaparece. Desaparece.

—¿Funciona?

Abrió los ojos de golpe. En la oscuridad, lo único que vio fueron los brillantes puntitos de las estrellas al otro lado de la ventana. Estaban en la cara de la Tierra que quedaba oculta al Sol, lo que dejaba la nave al amparo de las sombras y la inmensidad del espacio.

Al amparo de las sombras. Oculta. Invisible.

—Buena pregunta —dijo Cinder, desviando su atención al techo, lo que, aunque sabía que era absurdo, había acabado convirtiéndose en costumbre. Iko no era un punto en el techo, ni siquiera los altavoces que proyectaban su alegre voz. Era todos los cables de ordenador, chips y sistemas de aquella nave. Lo era todo salvo el acero y los tornillos que la mantenían unida.

Resultaba un poco desconcertante.

—No tengo ni idea de qué estoy haciendo —confesó Cinder. Se volvió hacia la ventana. No se veía ninguna nave a través del pequeño portal, solo estrellas, estrellas y más estrellas. A lo lejos, una bruma morada, tal vez los gases dejados por la cola de un cometa—. ¿Te sientes distinta?

Algo retumbó bajo sus pies, suave como el ronroneo de un gatito, y le recordó el modo en que el ventilador de Iko se aceleraba cuando procesaba información.

—No —admitió Iko al cabo de un minuto, y la vibración cesó—. Sigo siendo gigantesca.

266

Cinder desdobló las piernas, y la sangre volvió a circularle por el pie.

—Eso es lo que me preocupa. Tengo la sensación de que no puede ser tan fácil. El ejército de la Comunidad Oriental en pleno anda detrás de nosotros y, por lo que sabemos, a estas alturas podrían haber solicitado la ayuda de otros ejércitos de la Unión. Eso sin mencionar a los lunares y a los cazarrecompensas. ¿Cuántas naves has localizado en nuestros radares?

—Setenta y una.

—De acuerdo, ¿y ninguna de ellas nos ha detectado o ha desconfiado de nosotros? Me parece un poco raro.

—Quizá funcione lo que estás haciendo. Igual esa cosa lunar te sale de manera natural.

Cinder negó con la cabeza, olvidando que Iko no podía verla. Quería creer que se debía a ella, pero sabía que era imposible: los lunares controlaban la bioelectricidad, no las ondas de radio. Tenía la ligera sospecha de que todos aquellos cánticos y visualizaciones no eran más que una soberana pérdida de tiempo.

Lo que planteaba la siguiente cuestión: ¿por qué todavía no los habían descubierto?

—Cinder, ¿cuánto tiempo tendré que seguir así?

Cinder suspiró.

—No lo sé. Hasta que podamos instalar otro sistema de control automático.

—Y hasta que me encuentres otro cuerpo.

—Eso también. —Se frotó las manos. El leve calor que había invadido los dedos de la mano derecha se había disipado, y por una vez los notaba más fríos que los metálicos.

—No me gusta ser una nave. Es un asco. —Había un evidente tono quejumbroso en la voz de Iko—. Me hace sentir menos viva que nunca.

Cinder volvió a recostarse en el camastro, con la mirada perdida en las sombras de la litera. Sabía muy bien cómo se sentía Iko: en el breve lapso de tiempo que había ejercido de sistema de control automático, había tenido la sensación de que tiraban de su cerebro en todas las direcciones. Como si hubiera perdido el contacto con su cuerpo físico, su mente se hubiera separado de él y levitara en un espacio inexistente entre el real y el digital. Se compadeció profundamente de Iko, quien lo único que deseaba era ser un poco más humana.

—Es solo temporal —le aseguró, retirándose el pelo de la frente—. En cuanto sea seguro volver a la Tierra, iremos...

—¡Eh, Cinder! ¿Estás viendo la telerred? —gritó Thorne asomando la cabeza por la puerta, que quedó recortada contra las luces atenuadas del pasillo—. Pero ¿esto que es? ¿La hora de la siesta? Enciende alguna luz.

A Cinder se le agarrotaron los músculos de los hombros.

—¿Es que no ves que estoy ocupada?

Thorne recorrió la pequeña y oscura habitación con la vista.

—Sí, esa ha sido buena.

Cinder sacó las piernas de la cama y se incorporó.

—Estoy intentando concentrarme.

—Bien, sigue así, colega. Mientras tanto, deberías venir a ver esto. Hablan de nosotros en todos los canales. Somos famosos.

—No, gracias. Prefiero no verme actuando como una loca en el evento social más importante del año.

Solo había visto las imágenes del baile una vez —las de cuando había perdido el pie y se había caído por la escalera para acabar en el suelo, en medio de un revoltijo de seda arrugada y guantes manchados de barro— y había tenido más que suficiente.

Thorne hizo un gesto de rechazo con la mano.

—Eso ya lo han puesto. Y ahora has alcanzado el sueño de toda plebeya menor de veinticinco años.

—Sí, mi vida es un sueño hecho realidad.

Thorne enarcó una ceja.

—Puede que no, pero al menos tu príncipe azul sabe quién eres.

—Emperador, y se llama Kai —lo corrigió, frunciendo el entrecejo.

—Exacto. —Thorne señaló la parte delantera de la nave con la cabeza—. Está a punto de empezar la rueda de prensa que han organizado para informar sobre ti y pensé que no querrías perderte —Thorne se abanicó, fingiendo que se desmayaba— esos divinos ojos color chocolate, ese pelo tan cuidadosamente alborotado, esas...

Cinder saltó de la cama y apartó a Thorne de un empujón para abrirse paso.

—Ay —se quejó este, frotándose el brazo—. ¿Por qué se te cruzan los cables?

—Estoy sintonizando el canal. —La voz de Iko acompañó a Cinder por el muelle de carga hasta la cabina de mando, cuya pantalla principal mostraba al emperador Kai tras un atril situado delante de los periodistas convocados—. La conferencia acaba de empezar, ¡y hoy está guapísimo!

—Gracias, Iko —dijo Cinder, que se sentó en el asiento del piloto.

—Eh, ese es mi…

Hizo callar a Thorne con un gesto de la mano y subió el volumen de la pantalla.

—… lo que esté en nuestras manos para encontrar a los fugitivos —decía Kai. Las ojeras sugerían que hacía mucho que no dormía como era debido.

Sin embargo, Cinder sintió tanto una punzada de añoranza como una honda desdicha al pensar en los últimos instantes en que lo había visto. Ella, postrada en el camino de grava, con el tobillo desencajado en los escalones del jardín, y todos los cables a la vista y lanzando chispas.

Él… asqueado, desconcertado, decepcionado.

Traicionado.

—Hemos destinado las naves más rápidas, equipadas con la tecnología de localización más avanzada y los mejores pilotos a localizar a los fugitivos. Hasta el momento, los presos fugados han tenido suerte, pero estamos convencidos de que esa suerte no durará. El tipo de nave en la que han huido no está preparada para mantenerse en órbita durante períodos de tiempo prolongados, por lo que tarde o temprano tendrán que regresar a la Tierra, y les estaremos esperando.

—¿En qué tipo de nave viajan? —preguntó una mujer de la primera fila.

Kai consultó sus notas.

—Se trata de una nave de carga militar robada perteneciente a la República Americana, una Rampion 214, clase 11.3. Han inutilizado los dispositivos de localización, lo que explica en gran parte las dificultades para detenerlos.

Thorne, muy ufano, le dio un ligero codazo a Cinder en la espalda.

En la pantalla, Kai asintió con la cabeza hacia un periodista que estaba al fondo.

—Habéis dicho que el ejército estará esperándolos cuando regresen a la Tierra. ¿Cuánto tiempo se calcula que tardarán en hacerlo? ¿Y se abandonará la búsqueda espacial mientras tanto?

—Por supuesto que no. Nuestro principal objetivo es encontrarlos lo antes posible y tenemos la intención de continuar la búsqueda espacial hasta dar con ellos. Sin embargo, los expertos calculan que la nave podría regresar a la Tierra en cualquier momento comprendido entre dos días y un máximo de dos semanas, dependiendo de sus reservas de carburante y energía, y en caso de ser necesario, estaremos preparados para ese regreso. ¿Sí?

—Mis fuentes me han informado de que la ciborg, esa tal Linh Cinder...

—Esa eres tú —susurró Thorne, golpeándola de nuevo con el codo.

Cinder le dio un manotazo.

—... recibió una invitación VIP para el baile anual y que, de hecho, se trataba de una de vuestras invitadas especiales, Majestad. ¿Deseáis desmentir dicha información?

—¿Una qué? —preguntó Thorne.

—¿Una invitación VIP? —lo coreó Iko.

Cinder se encogió de hombros, sin hacerles caso.

En la pantalla, Kai se apartó ligeramente del atril, sin soltarlo, como si necesitara espacio para tomar aire antes de aclararse la garganta y volver a acercarse al micro.

—La información es cierta. Conocí a Linh Cinder dos semanas antes del baile. Como muchos de ustedes sabrán, era una mecánica de renombre en la ciudad y contraté sus servicios para que reparara una androide que había dejado de funcionar. Y, sí, la invité a venir al baile en calidad de invitada personal.

—¿Qué?

Cinder se encogió al oír el chillido desgarrador que surgió de los altavoces de la cabina de mando.

—¿Cuándo ocurrió eso? Espero que ocurriera después de que Adri me desmontara, porque si te invitó a ir al baile y no me lo contaste…

—¡Iko, estoy intentando oír! —protestó Cinder, revolviéndose en el asiento.

Kai la había invitado a ir al baile antes de que el cuerpo de Iko hubiera sido desarmado y vendido por piezas. Cinder había tenido ocasión de decírselo, pero había decidido no aceptar la invitación, por lo que no le había parecido tan importante.

Cuando Kai cedió la palabra a otro periodista, Cinder comprendió que se había perdido una pregunta.

—¿Sabíais que era una ciborg? —preguntó una mujer, con evidente desdén.

Kai se la quedó mirando, con aire confundido, y a continuación paseó la vista entre los asistentes. Acercó ligeramente los pies al atril mientras se le formaba una arruga en el puente de la nariz.

Cinder se mordió la cara interna de la mejilla y se preparó para una respuesta indignada. ¿Quién la había invitado al baile de saber que era ciborg?

Sin embargo, Kai se limitó a contestar:

—No veo que su condición de ciborg sea relevante. ¿Siguiente pregunta?

Cinder movió los dedos metálicos.

—Majestad, ¿sabíais que era lunar cuando le enviasteis la invitación?

Kai lo negó con la cabeza; daba la impresión de estar a punto de desplomarse de cansancio.

—No. Por descontado que no. Creía, ingenuamente por lo que parece, que no había lunares en la Comunidad, salvo los invitados diplomáticos que se alojaban en el palacio, claro está. Ahora que se me ha informado de lo sencillo que les resulta mezclarse con la población, tomaremos medidas de seguridad adicionales tanto para evitar las inmigraciones de lunares como para encontrar y expulsar a quienes ya se encuentren dentro de nuestras fronteras. Tengo la firme intención de cumplir los estatutos del Acuerdo Interplanetario de 54 T.E. sobre este asunto. Sí, segunda fila.

—En cuanto a Su Majestad, la reina Levana, ¿sabéis cuál es su opinión, o la de su séquito lunar, acerca de la fuga de la presidiaria?

Kai tensó la mandíbula.

—Pues sí, tiene una opinión muy clara al respecto.

Detrás de Kai, un funcionario del Estado se aclaró la garganta. La irritación que delataba el semblante del emperador fue rápidamente sustituida por una diplomática seriedad.

—La reina Levana desea que encontremos a Linh Cinder y que se la lleve ante la justicia —se corrigió.

—Majestad, ¿creéis que lo sucedido podría perjudicar la relaciones diplomáticas entre la Tierra y Luna?

—No creo que las mejoren.

—Majestad. —Un hombre situado tres filas más atrás se puso en pie—. Las declaraciones de los testigos parecen indicar que la detención de Linh Cinder formaba parte de un acuerdo entre la reina y vos, y que su fuga podría motivar una declaración de guerra. ¿Existe alguna razón para creer que la fuga de la ciborg podría acabar convirtiéndose en una seria amenaza para nuestra seguridad nacional?

Kai hizo ademán de rascarse la oreja, pero consiguió reprimir el tic nervioso y apoyó la mano en el atril.

—La palabra «guerra» se ha esgrimido durante generaciones, y me corresponde a mí, igual que en su día le correspondió a mi padre, evitar por todos los medios un conflicto armado entre la Tierra y Luna. Le aseguro que estoy haciendo todo lo que está en mi mano para no deteriorar aún más la ya de por sí delicada relación con Luna, empezando con la detención de Linh Cinder. Eso es todo, gracias.

Bajó de la tarima dejando atrás varias manos alzadas cuyas preguntas quedarían sin respuesta y se vio arrastrado hacia una conversación en voz baja con un grupo de funcionarios del Estado.

Thorne se desplomó en el asiento del copiloto con mohín.

—No me ha mencionado. Ni una sola vez.

—A mí tampoco —dijo Iko, sin lástima.

—Tú no eres un preso fugado.

—Cierto, pero Su Majestad y yo nos conocimos en el mercado, y tenía la impresión de que habíamos conectado. ¿Tú no lo creías también así, Cinder?

Las palabras se deslizaban sin sentido por su interfaz auditiva. No contestó, incapaz de apartar la atención de Kai.

Se veía obligado a asumir la responsabilidad de unas acciones que había cometido ella. Se veía injustamente obligado a enfrentarse a las repercusiones de unas decisiones que había tomado ella. Y, tras su fuga, tenía que enfrentarse él solo a la reina Levana.

Se frotó las palpitantes sienes y cerró los ojos para no tener que seguir mirándolo.

—Pero yo soy un fugitivo buscado por la ley, como Cinder —insistió Thorne—. Saben que yo también me he fugado, ¿no?

—Tal vez lo agradezcan —murmuró Cinder entre dientes.

Thorne masculló algo incomprensible, a lo cual siguió un largo silencio en el que Cinder continuó masajeándose la frente, tratando de convencerse de que había hecho lo correcto.

Thorne giró en su asiento y golpeó con los pies el apoyabrazos de la butaca de Cinder, con lo que a esta se le escurrió el codo.

—Ahora entiendo por qué te has mostrado inmune a mis encantos. No sabía que estuviera compitiendo con un emperador. Una mano difícil de ganar, incluso para mí.

Cinder lanzó un resoplido.

—No seas idiota. Apenas lo conozco, y ahora encima me desprecia.

Thorne se echó a reír y se pasó los pulgares por las presillas del cinturón.

—Tengo un sexto sentido en lo que se refiere al *amore* y te puedo asegurar que no te desprecia. Además, ¿le pidió a una ciborg que fuera al baile? Para eso se necesitan agallas. Por principio, no me gustan ni la realeza ni los funcionarios del gobierno, pero hay que reconocer que tiene mérito.

Cinder se puso en pie y apartó de un empujón los pies de Thorne de su asiento para abrirse paso hacia la puerta.

—No sabía que era una ciborg.

Thorne ladeó la cabeza para seguirla con la mirada cuando pasó por su lado.

—¿No lo sabía?

—Pues claro que no —contestó Cinder cuando salía de la cabina de mando.

—Pero ahora sí lo sabe y, aun así, le sigues gustando.

Cinder se volvió y señaló la pantalla.

—¿Y sabes todo eso después de una conferencia de diez minutos en la que ha dicho que está haciendo todo lo posible para detenerme y entregarme para que me ejecuten?

Thorne esbozó una sonrisita socarrona.

—«No veo que su condición de ciborg sea relevante» —repitió con una espantosa voz nasal con que Cinder supuso que pretendía imitar a Kai.

Cinder puso los ojos en blanco y dio media vuelta.

—¡Eh, no te vayas! —Las botas de Thorne golpearon el suelo detrás de ella—. Tengo algo más que enseñarte.

—Estoy ocupada.

—Te prometo que no volveré a burlarme de tu novio.

—¡No es mi novio!

—Es sobre Michelle Benoit.

Cinder soltó el aire poco a poco y se giró.

—¿Qué?

Thorne vaciló un instante antes de indicarle con un gesto de cabeza el cuadro de mandos que había detrás de él, como si temiera que Cinder volviera a irse ante el mínimo movimiento.

—Ven a echarle un vistazo a esto.

Cinder suspiró, desanduvo sus pasos a regañadientes y apoyó los codos en el respaldo del asiento de Thorne.

Thorne hizo desaparecer el canal de noticias.

—¿Sabías que Michelle Benoit tiene una nieta adolescente?

—No —admitió Cinder, aburrida.

—Bueno, pues así es. La señorita Scarlet Benoit. Supuestamente acaba de cumplir dieciocho años, pero, y prepárate, no existe ningún historial médico. ¿Lo pillas? Santas picas, soy un genio.

Cinder frunció el ceño.

—No lo pillo.

Thorne inclinó la cabeza hacia atrás y levantó la vista hacia ella.

—No existe ningún historial médico.

—¿Y?

Giró la silla para mirarla de frente.

—¿Conoces a alguien que no haya nacido en un hospital?

Cinder lo meditó unos instantes.

—¿Estás insinuando que ella podría ser la princesa?

—Eso es precisamente lo que insinúo.

En la pantalla aparecieron el historial y la foto de Scarlet Benoit. Era guapa, de curvas pronunciadas y rizos de un rojo intenso.

Cinder la estudió con los ojos entrecerrados. Una adolescente sin partida de nacimiento. Una pupila de Michelle Benoit.

Qué oportuno.

—Bueno, pues excelente trabajo detectivesco, capitán.

Capítulo veinticinco

S carlet soñó que una ventisca había cubierto toda Europa con un manto de metro y medio de nieve. Volvía a ser una niña y bajaba la escalera y se encontraba a su abuela arrodillada delante de una estufa de leña.

—Creí que había encontrado a alguien con quien enviarte —dijo la mujer—, pero con esta nieve no vendrán. Supongo que ahora tendré que esperar hasta la primavera para librarme de ti.

Su abuela atizó el fuego. Las chispas volaron hasta los ojos de Scarlet, empezaron a escocerle, y se despertó con las mejillas húmedas y los dedos helados. Durante un buen rato no supo discernir qué formaba parte del sueño y qué de sus recuerdos. Nieve, pero no tanta nieve. Su abuela deseando enviarla lejos, pero no cuando era una niña. De adolescente. Con trece años.

¿Había sido en enero o más avanzado el invierno? Trató de juntar las piezas de aquellos recuerdos que parecían derretirse. La había mandado fuera a ordeñar la vaca, una tarea que odiaba, y tenía las manos tan entumecidas que temía apretar las ubres con demasiada fuerza.

¿Por qué no había ido al colegio ese día? ¿Era fin de semana? ¿Vacaciones?

Ah…, claro. Había ido a visitar a su padre y había vuelto el día anterior. Se suponía que debía quedarse con él todo un mes, pero no lo había soportado. Las borracheras, el regreso a casa a las tantas de la noche. Scarlet había cogido el tren de vuelta a la granja sin decírselo a nadie y había sorprendido a su abuela con su llegada, aunque esta, en lugar de alegrarse de verla, se había enfadado con ella por no haberle enviado una com para decirle lo que ocurría. Habían discutido. Scarlet seguía enfadada con ella mientras ordeñaba la vaca, con los dedos helados.

Había sido la última vez que se había subido al tren de levitación magnética. La última vez que había visto a su padre.

Recordaba haberse dado prisa en sus tareas, desesperada por terminarlas cuanto antes y así poder entrar y calentarse. No fue hasta que volvía rápidamente a la casa cuando descubrió el levitador frente a la entrada. Había visto muchos cuando vivía en la ciudad, pero no eran corrientes en el campo, donde los granjeros preferían naves más grandes y rápidas.

Scarlet entró por la puerta de atrás sin hacer ruido y oyó las voces amortiguadas de su abuela y un hombre en la cocina. Rodeó la escalera poco a poco, caminando de puntillas sobre las baldosas de terracota.

—No puedo ni llegar a imaginar la carga que la niña ha supuesto para ti todos estos años —dijo el hombre, que tenía un acento oriental.

Scarlet frunció el ceño, sintiendo el calor de la cocina en las mejillas cuando echó un vistazo a través de la puerta entornada. El hombre tenía el pelo negro y sedoso, y la cara, alargada. Scarlet no lo había visto nunca.

—No me ha dado tantos problemas como esperaba —contestó su abuela, a quien no alcanzaba a ver—. Casi le he cogido cariño, después de todos estos años. Aunque debo decir que me alegraré cuando se vaya. Se acabó el pánico cada vez que pasa por aquí una nave desconocida.

A Scarlet se le hizo un nudo en la garganta.

—Dijiste que estará lista para irse en una semana, ¿verdad? ¿Cómo es posible?

—Eso parece creer Logan. Lo único que faltaba era tu dispositivo, así que, si todo va bien, podría ser incluso antes. De todos modos, tendrás que ser paciente con ella. Estará bastante débil y muy desorientada.

—Es comprensible. No puedo ni imaginar lo que debe de suponer para ella.

Scarlet se llevó una mano a la boca para ahogar un grito.

—¿Está listo su alojamiento?

—Sí, lo tenemos todo previsto. A nosotros también nos va a costar acostumbrarnos, pero estoy convencido de que todo irá como la seda en cuanto esté instalada. Tengo dos hijas más o menos de su misma edad, de doce y nueve años. Estoy seguro de que se llevarán bien, y yo, por mi parte, la trataré como si fuera una más de la familia.

—¿Y qué me dices de *madame* Linh? ¿Está preparada?

—¿Preparada? —El hombre ahogó una risita, aunque resultó un tanto forzada e incómoda—. Se quedó pasmada cuando le planteé la idea de adoptar a una tercera niña, pero es una buena madre. Siento que no haya podido acompañarme, pero no quería llamar demasiado la atención sobre este viaje. Por descontado, no sabe lo de la chica. No... todo.

Scarlet debió de hacer algún tipo de ruido, porque el hombre se volvió de pronto y la vio. Se puso tenso.

Las patas de la silla de su abuela chirriaron al arrastrarlas por el suelo, y la puerta se abrió de par en par. Estaba furiosa. Igual que Scarlet.

—Scarlet, ¿qué haces escuchando conversaciones ajenas? ¡Ve a tu habitación!

Scarlet sintió deseos de chillar, de patalear, de decirle que no podía deshacerse de ella como si no valiera nada, otra vez no… Pero las palabras se le quedaron trabadas en la garganta.

De modo que hizo lo que le habían ordenado, subió los escalones pisando con fuerza y entró en su habitación antes de que su abuela viera que lloraba.

No fue solo darse cuenta de que no la querían, o de que podían entregarla como si nada al primer extraño que pasara por allí. Fue que, tras seis largos años, por fin había empezado a sentirse en casa. A creer que quizá su abuela la quería, más de lo que lo había hecho su madre, más que su padre. Había empezado a creer que las dos formaban un equipo.

Tras aquella mañana, el miedo la acompañó a todas horas durante una semana. Dos semanas. Un mes.

Sin embargo, el hombre no fue nunca a buscarla, y su abuela y ella no volvieron a hablar del tema.

—¿Scarlet?

El suave tirón del brazo de Lobo alrededor de su cintura arrastró a Scarlet de vuelta al presente, al vagón que perdía velocidad. Estaba ovillada como un niño, con la espalda pegada al pecho de Lobo, y aunque tenía los ojos cerrados, varias lágrimas calientes se le habían escapado y le caían de la sien tras resbalar por la nariz. Se las secó rápidamente.

Lobo se removió y se incorporó detrás de ella.

—¿Scarlet? —insistió, con tono nervioso.

—He tenido una pesadilla —contestó esta al fin. No quería que creyera que las lágrimas tenían algo que ver con él.

Notó que se detenían y se tumbó de espaldas. Por la oscuridad en que se sumía el vagón, todavía debía de ser de noche, pero el resplandor antinatural de las luces de neón de la ciudad se proyectaba sobre las jaulas que había junto a la puerta, bañando las cajas apiladas de tonalidades rosadas y verdes.

—He recordado algo —susurró—. Creo que podría estar relacionado con la princesa.

Lobo se puso tenso.

—Recuerdo que mi abuela mencionó a un tal Logan, aunque se suponía que yo no debía oírlo. Estaba escuchando a hurtadillas. Y había otro hombre…

Le contó la historia lo mejor que supo, recomponiendo las piezas de aquel puzle antes de que el recuerdo volviera a desvanecerse. Cuando acabó, se quedó acostada, en silencio, atenta al silbido del viento que azotaba los vagones. Tenía el costado dolorido de dormir sobre un duro contenedor.

Sin embargo, en vez de parecer aliviado o esperanzado, Lobo se la quedó mirando con cara de espanto.

—Eso es lo que están buscando, ¿verdad? Me refiero a que… debían de estar hablando de la princesa. No sé donde estaba, ni quién cuidaba de ella… Nunca llegué a verla. Durante todos estos años siempre he creído que era de mí de quien quería deshacerse, y ahora... después de lo que me has dicho de Logan Tanner y mi abuela y la princesa Selene...

Lobo se apartó de ella, se incorporó y recogió las piernas contra el pecho, con la mirada perdida sobre las pilas de cajas que los rodeaban.

—Ese hombre tenía acento extranjero. Creo que era de la Comunidad Oriental. —Scarlet se sentó junto a él y se retiró el pelo a un lado—. Y estoy bastante segura de que mi abuela llamó a su mujer «Madame Linh». No sé si es un nombre muy corriente, pero... reconocería al tipo si volviera a verlo. Estoy segura.

—No digas eso. —Lobo se tapó las orejas con las manos—. No lo he oído.

Scarlet parpadeó, sorprendida ante su reacción.

—¿Lobo? —Le bajó las manos—. Eso es bueno, ¿no? Quieren información y yo tengo información. Podemos negociar a cambio de mi abuela. ¿No es eso...?

—No vayas.

Su mirada la atrapó en la oscuridad. El pelo alborotado, las tenues cicatrices, legañas en las pestañas. Lobo enrolló uno de sus rizos alrededor de los dedos.

—No vayas a buscar a tu abuela.

Un destello de luz anaranjada se coló por la puerta y se extinguió al instante.

—Tengo que hacerlo.

—No, Scarlet, no tienes que hacerlo. —Le cogió la mano y la envolvió entre las suyas—. No puedes hacer nada por ella. Si vas, lo único que conseguirás es poner tu vida en peligro. ¿Querría eso tu abuela?

Scarlet retiró la mano con brusquedad.

—Podemos huir —insistió Lobo. Sus dedos buscaron el contacto con desesperación, aferrándose a los bolsillos de Scarlet—. Desapareceremos en el bosque. Iremos a África, o a la Comunidad. Nunca nos encontrarán, sobreviviremos. Yo puedo mantenerte a salvo, Scarlet. Puedo protegerte.

—¿De qué estás hablando? Si anoche mismo me dijiste que la única posibilidad que teníamos de salvar a mi abuela era dándoles alguna información, lo que fuera. Y tengo esa información. Creía que era eso lo que querías.

—Tal vez —contestó Lobo—. Quizá si tuvieras un nombre completo, una dirección, algo específico. Pero ¿un apellido, un país, un país enorme, y una descripción? Scarlet, si les dices eso, lo único que harán es retenerte como prisionera con la esperanza de que puedas identificar a ese hombre.

Scarlet se subió la cremallera y se quedó mirándolo, desconcertada al ver lo alterado que parecía por momentos.

—Vale —dijo, al fin—. Entonces me ofreceré a cambio de mi abuela.

Lobo se echó hacia atrás, sacudiendo la cabeza, pero Scarlet no pensaba dar su brazo a torcer.

—Iremos juntos. Puedes decirles que tienes información, pero que solo se la darás con la condición de que te dejen ir sano y salvo y que puedas llevarte a mi abuela contigo. Y pueden quedarse conmigo.

Lobo se estremeció.

—Lobo, prométeme que cuidarás de ella. No sabemos en qué estado se encuentra. Si le han… Si está herida… tendrás que cuidar de ella.

Se interrumpió, pero no hubo más lágrimas. Estaba completamente decidida.

Hasta que...

—¿Y si ya está muerta, Scarlet?

El terror se instaló en su estómago ante las palabras que se había negado a pronunciar por miedo a que se hicieran realidad. El tren seguía perdiendo velocidad, y Scarlet distinguió el jaleo frenético de la ciudad: levitadores, telerredes y zumbadores que advertían de la peligrosidad de las vías. Estaban en plena noche, pero la ciudad nunca dormía.

—¿Eso crees? —Le tembló la voz. Scarlet creyó que el corazón se le salía del pecho mientras esperaba la respuesta—. ¿Crees que la han matado?

Cada segundo que pasaba se enroscaba alrededor del cuello de Scarlet, estrangulándola, hasta que se convenció de que lo único que saldría de los labios de Lobo sería un «sí». Sí, estaba muerta. Sí, la había perdido para siempre. La habían matado. Esos monstruos la habían matado.

Scarlet apoyó las manos en el contenedor, con fuerza, como si quisiera atravesar el plástico.

—Dilo.

—No —musitó Lobo, con los hombros caídos—. No, no creo que la hayan matado. Todavía no.

Scarlet se estremeció, aliviada. Se tapó la cara con ambas manos, mareada ante aquel torbellino de emociones.

—Gracias a las estrellas —susurró—. Gracias a ti.

—No me des las gracias por decirte la verdad cuando habría sido más misericordioso mentirte —contestó él con sequedad.

—¿Misericordioso? ¿Decirme que está muerta? ¿Romperme el corazón?

—Hacerte creer que estaba muerta habría sido mi única oportunidad de convencerte de que no la buscaras. Ambos lo sabemos. Tendría que haberte mentido.

El zumbido de las vías se intensificó cuando el tren empezó a entrar en una estación. Voces. Traqueteos metálicos, silbidos de maquinaria.

—No es decisión tuya —le espetó, buscó el portavisor y comprobó dónde estaban. Habían llegado a París—. Tengo que ir a por ella, pero no es necesario que vengas conmigo.

—Scarlet...

—No, escúchame bien. Te agradezco tu ayuda y que me hayas acompañado hasta aquí, pero puedo seguir sola. Solo dime adónde tengo que ir y encontraré el camino.

—Puede que no te lo diga.

Scarlet se metió el visor en el bolsillo sintiendo que las mejillas se le encendían de rabia; sin embargo, al toparse con la mirada de Lobo no vio obstinación, sino pánico. Y volvía a abrir y cerrar los dedos, una y otra vez.

Scarlet olvidó el resentimiento que había empezado a anidar en ella. Se acercó a Lobo y le cogió la cara entre las manos. Él dio un respingo, pero no se apartó.

—Querrán esta información, ¿verdad?

Lobo permaneció inmutable.

—Me ofreceré a cambio de mi abuela. *Grand-mère* y tú iréis a un sitio seguro, cuidaréis el uno del otro y, cuando me suelten, iré a buscaros. No pueden retenerme para siempre.

Sonrió con toda la ternura de la que fue capaz y esperó a que Lobo respondiera del mismo modo. Al ver que no era así, le acarició las mejillas con los pulgares y lo besó. A pesar de que Lobo la atrajo hacia sí al instante, no dejó que el beso se prolongara.

—Nada nos garantiza que vayan a soltarte. Cuando hayan acabado contigo podían matarte. Vas a sacrificar tu vida por la suya.

—Tengo que correr el riesgo.

El tren se detuvo suavemente y descendió sobre las vías.

La mirada de Lobo se entristeció.

—Lo sé. Harás lo que tengas que hacer. —Le apartó las manos de los hombros y la besó con dulzura en la muñeca, donde el pulso latía bajo la piel—. Igual que yo.

Capítulo veintiséis

El andén subterráneo estaba bien iluminado y lleno de androides y carretillas de levitación preparadas para descargar la mercancía del tren. Scarlet siguió a Lobo hacia las sombras de otro convoy, entre las que esperaron hasta que un androide se volvió y pudieron subir al andén.

Lobo asió a Scarlet por la muñeca y tiró de ella hasta una carretilla cargada con cajas tras la cual se agacharon. Un segundo después, Scarlet vio que un androide entraba en el vagón del que Lobo y ella acababan de salir. La luz azulada se colaba por los resquicios de la puerta.

—Prepárate para echar a correr en cuanto el tren se ponga en marcha —dijo Lobo, recolocándose la mochila a la espalda. No habían pasado ni dos segundos cuando el convoy volvió a elevarse sobre los raíles y empezó a deslizarse en dirección al túnel.

Scarlet se lanzó hacia las vías cuando, de pronto, sintió que le tiraban de la capucha y, al retroceder de golpe, se estampó de espaldas contra Lobo con un grito ahogado.

—¿Qué…?

Lobo se llevó un dedo a los labios.

Scarlet le arrancó la capucha de la mano, fulminándolo con la mirada, cuando ella también lo oyó. El zumbido de un tren que se acercaba.

Pasó tres vías más allá a toda velocidad, sin intención de parar, y volvió a desaparecer en la oscuridad tan rápido como había aparecido.

Lobo sonrió de oreja a oreja.

—Ahora sí.

Alcanzaron el otro andén sin mayores contratiempos, llamando únicamente la atención de un hombre de mediana edad que los miró con curiosidad por encima de su visor.

Scarlet consultó el suyo cuando salieron a la calle. La ciudad estaba tranquila en la calma de la madrugada. Se encontraban en la Gare de Lyon, rodeados de avenidas llenas de tiendas y oficinas. Aunque Lobo trató de disimularlo, Scarlet vio que olisqueaba el aire en busca de algo.

Lo único que olía ella era la ciudad. Metal, asfalto y pan de horno de la pastelería de la esquina, que estaba cerrada.

Lobo se dirigió hacia el noroeste.

La calle estaba flanqueada por imponentes edificios de estilo *beaux arts* de la Segunda Era y macetas de flores que colgaban de los antepechos de piedra de las ventanas. A lo lejos se alzaba una torre de reloj ornamental con la esfera iluminada en la que se veían dos robustas y puntiagudas agujas y números romanos. Debajo había una pantalla digital donde se leía 04.26, junto a un anuncio del último modelo de androide para el hogar.

—¿Estamos muy lejos? —preguntó Scarlet.

—No demasiado. Podemos ir andando.

Torcieron a la izquierda en una rotonda. Lobo iba un paso por delante de ella, encorvado como para protegerte. Scarlet paseó la vista por su brazo, por la herida vendada, que ya no parecía molestarlo, por sus dedos nerviosos. Le habría gustado tenderle la mano, pero le resultó imposible. Acabó metiéndose las dos en los bolsillos de la sudadera.

Entre ellos se abría un abismo que atravesaba lo que hubieran compartido en el tren. Casi habían llegado, estaban a dos pasos de su abuela, a dos pasos de la Orden de la Manada.

Tal vez estuviera conduciéndola a su muerte.

Tal vez Lobo se encaminara hacia la suya.

Scarlet alzó la barbilla, negándose a dejarse acobardar por sus sombríos pensamientos. Lo único que importaba en ese momento era rescatar a su abuela, y estaba muy cerca de conseguirlo. Muy cerca.

A medida que se alejaban de la concurrida intersección, los edificios antiguos ocupaban más trozo de calzada. De vez en cuando se topaban con pequeñas señales de vida: un gato que se acicalaba en el escaparate de una tienda de sombreros, un hombre trajeado que salía a toda prisa de un hotel y entraba en el levitador que estaba esperándolo… Pasaron junto a una telerred que emitía el anuncio de un champú que aseguraba que cambiaba el color del pelo según el estado de ánimo de su dueño.

Scarlet ya había empezado a añorar la soledad de la granja, la única realidad que conocía. La granja, su abuela y los repartos semanales. Y, ahora, Lobo. Esa era la realidad que quería.

Lobo apuró el paso, aunque cada vez hundía más los hombros. Apretando los dientes, Scarlet finalmente alargó un brazo y lo asió por la muñeca.

—No puedo permitir que hagas esto —dijo, más enfadada de lo que había pretendido—. Dime dónde es e iré yo sola, dime qué tengo que hacer. Solo necesito saber a qué me enfrento y a partir de ahí ya se me ocurrirá algo, pero no voy a dejar que vengas conmigo.

Lobo se la quedó mirando en silencio. Scarlet trató de entrever algo de ternura en sus profundos ojos verdes, pero una fría resolución había sustituido el afecto y la desesperación que habían resultado tan evidentes en el tren. Lobo rechazó su mano.

—¿Ves a ese hombre sentado delante de la cafetería cerrada, al otro lado de la calle?

Scarlet apartó la vista de él un instante y vio al hombre en una de las mesas de la terraza. Tenía un tobillo apoyado en la rodilla y uno de los brazos colgando por detrás del respaldo de la silla. Los observaba fijamente, sin molestarse en disimular. Cuando sus miradas se encontraron, el hombre le guiñó un ojo.

Scarlet sintió un escalofrío.

—Miembro de la manada —dijo Lobo—. Nos hemos cruzado con otro en la estación del tren magnético, dos manzanas atrás. Y... —alargó el cuello—, a juzgar por el tufo, vamos a toparnos con otro en cuanto doblemos esa esquina.

Scarlet sintió que se le aceleraba el corazón.

—¿Cómo han sabido que estamos aquí?

—Sospecho que estaban esperándonos. Seguramente han rastreado tu chip de identidad.

«Eso era lo que hacía la gente cuando huía y no quería que se la encontrara, se extraían los chips de identidad.»

—O el tuyo —murmuró ella—. Si tienen acceso a un localizador, entonces puede que hayan estado siguiéndonos a ambos.

—Tal vez.

El tono de Lobo le hizo sospechar que aquello no le sorprendía. ¿Había contado con esa posibilidad? ¿Era así como había dado Ran con ellos?

—Será mejor que vayamos a ver qué quieren.

Lobo dio media vuelta, y Scarlet tuvo que echar a correr para no quedarse atrás.

—Pero si solo son tres. Puedes enfrentarte a ellos, ¿no? Dijiste que podías… —Titubeó. Lobo le había dicho que ganaría en una pelea con seis lobos. ¿En qué momento los animales salvajes se habían convertido en sinónimo de aquellos hombres, de aquella Orden de la Manada?

—Aún puedes irte, todavía estás a tiempo —dijo, al fin.

—Dije que te protegería y es lo que pienso hacer. No tiene sentido seguir discutiendo.

—No necesito que me protejas.

—Sí —insistió él, haciéndose oír por encima del sonido sintetizado de un vídeo musical que proyectaba una valla publicitaria—. Sí que lo necesitas.

Scarlet apretó el paso para ponerse delante de él y plantó los pies en el suelo. Lobo se detuvo a escasos milímetros de llevársela por delante.

—No —repitió Scarlet—, lo que necesito es saber que no soy responsable de lo que puedan hacerte. Haz el favor de dejar de hacer estupideces y vete de aquí. ¡Te mereces una oportunidad!

Lobo echó un vistazo por encima de la cabeza de Scarlet, y esta se puso tensa, preguntándose si había detectado la presencia de un cuarto miembro o tal vez más. Tragando saliva, miró de reojo al hombre de la cafetería, que se estaba acariciando la oreja mientras los observaba con evidente diversión.

—Lo estúpido no es que intente protegerte —contestó Lobo, volviendo a centrar su atención en ella—. Lo estúpido es que casi crea que eso podría cambiar algo.

La esquivó, apartando la mano que Scarlet había levantando para detenerlo. La chica vaciló, consciente de que tenía una alternativa. Podía huir con él, dejar la ciudad y no volver nunca más. Podía decidir no ir en busca de su abuela y, tal vez, salvarle la vida a Lobo.

Sin embargo, no era una alternativa real. Apenas lo conocía. A pesar de que se le partía el corazón, a pesar de todo. No podría volver a mirarse a la cara sabiendo que había abandonado a su abuela estando tan cerca.

Se volvió una sola vez al doblar la esquina y comprobó que el hombre de la cafetería ya no estaba.

Una manzana después, el recuerdo de la Cuarta Guerra Mundial se les vino encima. Las fachadas quemadas y medio derruidas de una ciudad golpeada por la guerra. Eran tan pocos los antiguos y bellos edificios que quedaban en pie que no habían conseguido despertar el interés de los conservacionistas, y el alcance de la destrucción debió de haber sido demasiado abrumador para reconstruirlos. Incapaz de demoler la historia de la ciudad, el gobierno solo había conservado aquel barrio tal y como había quedado después de la guerra. Los distritos, a pesar de que apenas los separaban unas calles, parecían pertenecer a mundos distintos.

Scarlet ahogó un grito al reconocer el imponente edificio que se extendía al otro lado de la calle hasta casi perderse de vista, con sus ventanas abovedadas hechas añicos, sus estatuas de hombres de vestimentas antiguas y miembros amputados, y sus hornacinas, muchas de ellas vacías. El Museo del Louvre, uno de los pocos lugares de interés al que su padre la había llevado de niña. La amenaza de derrumbe impedía la entrada al edificio, cuya ala oeste estaba medio derruida, pero su padre y ella lo habían admirado desde la acera mientras él le hablaba de las obras de arte de incalculable valor que los bombardeos habían destruido, o de las pocas afortunadas que se habían convertido en botín de guerra.

Más de un siglo después, muchas seguían en paradero desconocido.

Era uno de los pocos recuerdos agradables que tenía de su padre, y lo había olvidado hasta ese momento.

—Scarlet.

La joven se volvió con brusquedad.

—Por aquí.

Lobo le indicó una calle con la cabeza. Scarlet asintió y lo siguió sin mirar atrás.

A pesar del aspecto abandonado del barrio, era evidente que aquellas calles antiguas no estaban completamente deshabitadas. En la ventana de un pequeño hostal se anunciaba: «Venga a pasar la noche con los espíritus de civiles caídos». Una tienda de artículos de segunda mano exhibía maniquíes decapitados, ataviados con un sinfín de atuendos de vivos colores.

Llegaron a una nueva intersección, y Lobo se detuvo en una pequeña isleta de cemento en la que había una entrada de metro tapiada con tablones y un cartel donde se informaba de que el andén estaba cerrado y que la siguiente parada más cercana se encontraba en el Boulevard des Italiens.

—¿Estás lista?

Scarlet siguió la mirada de Lobo hacia el alto y espléndido edificio que se alzaba ante ellos. Ángeles y querubines montaban guardia sobre unas arcadas gigantescas.

—¿Qué es eso?

Lobo se volvió hacia ella.

—En su día fue una ópera y una maravilla de la arquitectura. Con la guerra, lo convirtieron en un arsenal, y posteriormente, en un centro de prisioneros. Luego lo ocupamos nosotros, cuando nadie más lo quiso.

Scarlet frunció el entrecejo ante el plural que había empleado.

—Parece un poco llamativo para una banda callejera que pretende pasar desapercibida, ¿no crees?

—¿Acaso sospecharías que algo espeluznante pudiera habitarlo?

Como Scarlet no respondía, Lobo se dio la vuelta y empezó a avanzar hacia el inmenso teatro de espaldas, estudiándola con atención.

—¿Estás lista? —preguntó, una vez más.

Scarlet contuvo la respiración y contempló las esculturas: rostros sombríos y hermosos, bustos terrosos de hombres que la miraban con severidad, una larga galería a la que le faltaba la mitad de la balaustrada. Apretando los dientes, cruzó la calle y ascendió con decisión los escalones, que abarcaban toda la fachada del edificio, dejó atrás los silenciosos y deteriorados ángeles, y entró en el pórtico, sumido en la oscuridad.

—Estoy lista —aseguró, al tiempo que se fijaba en los grafiti que cubrían las puertas.

—Scarlet.

Se volvió hacia él, sorprendida por su voz ronca.

—Lo siento.

Procuró no tocarla al pasar por su lado.

Scarlet notó que se le secaba la boca. Las alarmas se encendieron en su cabeza cuando Lobo abrió la puerta que tenían más cerca y se adentró en las sombras.

Capítulo veintisiete

L a puerta se cerró tras ellos con un golpe sordo. Scarlet se encontró de pronto en el inmenso vestíbulo de la ópera, a oscuras salvo por el débil y parpadeante resplandor de unas velas más allá de la arcada. El silencio, el polvo y las grietas del suelo de mármol llenaban el vestíbulo. A Scarlet empezó a picarle la garganta, pero trató de contener el ataque de tos al tiempo que avanzaba hacia la luz. Sus pasos retumbaron de manera sorprendente en el edificio solitario y abandonado cuando pasó entre dos columnas gigantescas.

Ahogó un grito. La luz procedía de una de las dos estatuas que flanqueaban una escalinata majestuosa. Representaban a dos mujeres vestidas con túnicas ondulantes sobre un pedestal, que sostenían en alto varios candelabros. Decenas de velas parpadeaban, bañando el vestíbulo de una luz tétrica y anaranjada. A la escalinata, esculpida en mármol rojo y blanco, le faltaban varios tramos de balaustrada, y la estatua que montaba guardia al otro lado había perdido la cabeza y el brazo que una vez sostuvo sus propios candelabros.

Scarlet metió el pie en un charco, retrocedió y bajó la vista hasta la losa de mármol resquebrajada antes de levantarla hacia el techo.

Ante ella se alzaban tres galerías, y en medio, donde apenas llegaba la luz, el techo abovedado estaba decorado con frescos y coronado por una claraboya cuadrada. Daba la impresión de que hacía tiempo que la ventana no tenía cristal.

Scarlet se rodeó con los brazos y se volvió hacia Lobo, que permanecía entre las columnas.

—Puede que estén durmiendo —dijo la chica, fingiendo despreocupación.

Lobo se apartó de las sombras y se acercó sigilosamente a la escalinata. Estaba tan tenso como las estatuas que los observaban.

Scarlet se volvió hacia las balaustradas de las galerías que quedaban por encima de sus cabezas, pero no vio nada, ninguna señal de vida. No había basura. No olía a comida. No se oía el rumor de conversaciones o telerredes. Incluso los ruidos de la calle habían quedado aislados al otro lado de las puertas monumentales.

Apretó los dientes, sintiendo que la rabia se apoderaba de ella ante la exasperante sensación de estar atrapada como un ratón a punto de ser cazado. Pasó junto a Lobo con paso decidido y se dirigió hacia la escalinata hasta que sus pies toparon con el primer peldaño.

—¿Hola? —gritó, alargando el cuello—. ¡Tenéis visita!

El eco le devolvió sus palabras, áspero y desafiante.

Ni un ruido. Ni una alarma.

Y entonces, en medio del silencio, un timbre conocido. Scarlet dio un respingo al oír cómo resonaba entre las columnas de mármol, a pesar de que los bolsillos lo amortiguaban en gran medida.

Con el corazón desbocado, sacó el portavisor en el preciso instante en que la voz automatizada empezaba a hablar: «Com para mademoiselle Scarlet Benoit del Hôpital Joseph Ducuing de Toulouse».

Scarlet parpadeó, confusa. ¿Un hospital?

Con manos temblorosas, abrió la com.

30 DE AG. DE 126 T.E.

MEDIANTE ESTA COMUNICACIÓN SE HACE SABER A SCARLET BENOIT,
DE RIEUX, FRANCIA, FE, QUE A LAS 05.09 DEL 30 DE AG. DE
126, SE HA CONFIRMADO LA MUERTE DE LUC ARMAN BENOIT,
DE PARÍS, FRANCIA, FE, CERTIFICADA POR EL FACULTATIVO
#58279.

CAUSA PROBABLE DE LA MUERTE: INTOXICACIÓN ETÍLICA.

EN EL CASO DE DESEAR QUE SE LE PRACTICARA UNA AUTOPSIA, CON UN
COSTE DE 4.500 UNIVS, LE AGRADECERÍAMOS QUE NOS LO COMUNI-
CARA EN UN PLAZO MÁXIMO DE 24 HORAS.

RECIBA NUESTRAS CONDOLENCIAS.

HÔPITAL JOSEPH DUCUING, TOULOUSE

De pronto, todo se volvió confuso; el corazón le latía de forma desa-
compasada. Su cerebro era incapaz de procesar el mensaje, al que
daba vueltas y más vueltas. Recordó la última vez que lo había visto,
asustado, desesperado y enloquecido. Recordó cómo le había grita-
do. Le había dicho que no quería volver a verlo nunca.

¿Cómo podía estar muerto al cabo de veinticuatro horas? ¿No
debería haber recibido una com cuando lo habían ingresado en el
hospital? ¿No deberían haberla avisado?

Tambaleándose, miró a Lobo.

—Mi padre ha muerto —dijo en un susurro que a duras penas
consiguió cruzar el inmenso espacio—. Intoxicación etílica.

Lobo abrió la boca.

—¿Están seguros?

El recelo de Lobo tardó en atravesar el desconcierto que envolvía a Scarlet.

—¿Crees que se han equivocado de com?

Por un momento, en la mirada de Lobo pudo verse un atisbo de lástima.

—No, Scarlet. Aunque estoy convencido de que corría un peligro mucho mayor que su afición a la bebida.

Scarlet no entendía nada. Lo habían torturado, pero las quemaduras no podían haberlo matado. Tampoco la locura podía haberlo matado.

Un sexto sentido se abrió paso con suavidad y delicadeza a través de la bruma que embotaba su cerebro y le dijo que alzara la vista. Eso hizo.

Detrás de Lobo, flanqueado por dos columnas de las que colgaban varios candelabros de pared apagados, había un hombre. Era esbelto y delgado, tenía cabello oscuro y ondulado, y unos ojos prácticamente negros que brillaban a la luz de las velas. La sonrisa que esgrimía le habría resultado agradable si no la hubiese intimidado tanto... su presencia, su silencio, el hecho de que a Lobo no pareciera sorprenderle que estuviera allí. Ni siquiera se había molestado en volverse hacia él, aunque era indudable que también lo sentía.

Sin embargo, lo más aterrador de todo era su atuendo. Llevaba una casaca carmesí que se ensanchaba en la cintura, de largas mangas acampanadas y bajos adornados con deslumbrantes símbolos rúnicos bordados en oro. Casi parecía el disfraz de un niño, una imitación del atuendo de la horrible corte lunar.

El miedo golpeó contra el pecho de Scarlet. Aquello no era un disfraz. Aquello era lo que poblaba las pesadillas y las historias de miedo que les contaban a los niños para que no se portasen mal.

Un taumaturgo. Un taumaturgo lunar.

—Hola —dijo el hombre, con una voz tan dulce y melosa como el caramelo fundido—. Usted debe de ser mademoiselle Benoit.

Scarlet tropezó con el primer escalón y tuvo que agarrarse a la barandilla para no caer. Delante de ella, Lobo bajó los ojos y se dio la vuelta. El hombre lo saludó con un educado gesto de cabeza.

—Alfa Kesley, me alegro de que hayas regresado sano y salvo. Y, si no lo he entendido mal, a juzgar por la com que acaba de recibir la dama, tengo la impresión de que el beta Wynn también ha cumplido con su cometido en Toulouse. Parece que pronto volveremos a ser una manada al completo.

Lobo se golpeó el pecho con un puño e hizo una leve reverencia.

—Me alegra oírlo, maestro Jael.

Scarlet tragó saliva y apoyó la cadera contra la barandilla.

—No —dijo, consiguiendo encontrar su voz al segundo intento—. Me ha traído aquí para buscar a mi abuela, ya no es uno de los vuestros.

El hombre esbozó una sonrisa cálida y comprensiva.

—Ya veo. Estoy seguro de que está usted impaciente por ver a su abuela. Espero que puedan reunirse en breve.

Scarlet cerró los puños.

—¿Dónde está? Si le habéis hecho daño…

—Está bastante viva, se lo aseguro —dijo el hombre, que acto seguido se volvió hacia Lobo con la misma expresión—. Dime, alfa, ¿has cumplido tu misión?

Lobo bajó la mano. La obediencia que emanaba era como un pobre y ridículo disfraz.

Scarlet empezó a sentir que le palpitaban las sienes, le dolía la cabeza. Esperó con los nervios a flor de piel, rezando por que Lobo le dijera de una vez a aquel hombre que había dejado su absurda manada y que no iba a volver con ellos nunca más.

Sin embargo, la esperanza no tardó en desvanecerse. Se perdió incluso antes de que Lobo abriera la boca.

Aquel hombre no era un rebelde, un miembro de una banda de justicieros. Si realmente era taumaturgo, si lo que tenía delante era un taumaturgo de verdad, entonces trabajaba para la corona lunar.

Y Lobo... ¿en qué convertía eso a Lobo?

—Le he sonsacado todo lo que he podido —contestó Lobo—. Conserva un único y vago recuerdo, pero dudo tanto de su utilidad como de su fiabilidad. El tiempo y el estrés parecen haber hecho mella en sus recuerdos, y en estos momentos no albergo ninguna duda de que sería capaz de mentir si creyera que con ello podría ayudar a su abuela.

El taumaturgo alzó la barbilla y lo miró fijamente.

«Alfa Kesley.»

Scarlet sentía el corazón en la garganta, a punto de asfixiarla.

«Le he sonsacado todo lo que he podido.»

—Lobo.

No se volvió hacia ella. No se movió, ni suspiró, ni contestó. Era una estatua. Un mero peón.

El taumaturgo chascó la lengua.

—No importa. —A continuación, tras un silencio en el que Scarlet creyó que la escalera desaparecía bajo sus pies, añadió—: El omega

Kesley debía informarte de que nuestros objetivos han cambiado. Su Majestad ya no está interesada en averiguar la identidad de Selene.

Lobo crispó los dedos.

—Sin embargo, he llegado a la clara conclusión de que madame Benoit todavía no nos ha revelado todos sus secretos. Tal vez podamos hallarle otra utilidad a la mademoiselle.

Lobo alzó levemente la barbilla.

—Si poseyera algún otro tipo de información, me habría hecho partícipe de ella. Estoy seguro de que la confianza depositada en mí era completa.

Scarlet se había derrumbado contra la barandilla de mármol y se había aferrado a la base de la estatua decapitada para no caer al suelo.

—Estoy seguro de que lo has hecho muy bien —dijo el taumaturgo—. No te preocupes, me encargaré de que tus esfuerzos reciban su merecida recompensa.

—¿Quién es el beta Wynn? —preguntó Scarlet—. ¿Cuál era su misión en Toulouse? Su voz era débil, cargada de incredulidad mientras se tambaleaba en la escalera.

Intentó convencerse de que no era más que una pesadilla, de que se despertaría en el tren de un momento a otro, en los brazos de Lobo, y que todo aquello volvería a ocurrir de una manera muy distinta. Sin embargo, no se despertó, y el taumaturgo seguía observándola con sus ojos oscuros y compasivos.

—El cometido del beta Wynn era asesinar a su padre de un modo que no levantara sospechas —contestó, con la misma normalidad que si estuviera informándola de la hora—. Le di una oportunidad a su padre. Si hubiera encontrado algo útil en la propiedad de madame Benoit, creo que habría considerado sinceramente la posibilidad de perdonarle la vida y conservarlo, tal vez, en calidad de esclavo. Sin embargo, no lo consiguió en el tiempo establecido, así que me vi obligado a silenciarlo. Sabía demasiado sobre nosotros y había dejado de tener utilidad. Me temo que nos cuesta tolerar a los terrestres inútiles.

La sonrisa satisfecha del taumaturgo le revolvió el estómago, y no porque demostrara crueldad, sino porque resultaba amable.

—No tiene muy buen aspecto, mademoiselle. Tal vez debería descansar hasta que consiga estar en condiciones de ver a su abuela. Rafe, Troya, ¿seríais tan amables de acompañar a la dama a su habitación?

Dos hombres, que la conciencia de Scarlet registró de manera vaga y difuminada, surgieron de entre las sombras y la alzaron por los codos, sin molestarse en utilizar bridas o esposas.

De pronto la asaltó una idea y, sin pensárselo dos veces, se llevó una mano a la cinturilla.

La mano de Lobo se le adelantó y le rozó un costado con el brazo. Scarlet se quedó sin respiración, helada, mirándolo completamente atónita. Era imposible adivinar nada en los ojos esmeralda de Lobo cuando los dedos de este le levantaron la parte posterior de la sudadera y se hicieron con la pistola.

Iba a matarlos.

Iba a protegerla.

Lobo le dio la vuelta al arma para cogerla por el cañón y se la tendió a uno de los captores de Scarlet.

Cuando la dura expresión de Lobo se suavizó, insinuando algo parecido al remordimiento, Scarlet apretó los dientes.

—¿Un Oficial Leal a la Orden de la Manada?

Lobo tragó saliva con gesto dolido.

—No. Un Operativo Lunar de Observación.

La estancia empezó a dar vueltas a su alrededor.

Lunar. Era un lunar. Trabajaba para ellos.

Lobo trabajaba para la reina.

Scarlet apartó la vista y se obligó a enderezar las piernas, negó a que la llevaran en volandas como a un niño cuando la condujeron hacia una de las escaleras, escaleras que descendían a los pisos inferiores del teatro. Se negó a darles el placer de forcejear.

La voz del taumaturgo continuó resonando a sus espaldas, cargada de benevolencia.

—Tienes mi permiso para descansar hasta la puesta de sol, alfa Kesley. El desgaste al que te ha sometido tu misión es evidente.

Capítulo veintiocho

K ai se paseaba arriba y abajo por el despacho, de la mesa a la puerta y viceversa. Habían transcurrido dos días desde que Levana había lanzado su ultimátum: o encontraba a la ciborg o atacaría.

Se acababa el tiempo y cada minuto que pasaba aterraba a Kai. Llevaba más de cuarenta y ocho horas sin dormir y, a excepción de las cinco ruedas de prensa en las que todavía no había podido informar de nada, no había abandonado el despacho en todo ese tiempo.

Seguía sin haber señales de Linh Cinder.

Ni rastro del doctor Erland.

Como si se hubieran desvanecido en el aire.

—¡Aj! —Se retiró el pelo con ambas manos hasta que empezó a dolerle la cabeza—. Lunares.

El altavoz de la mesa emitió un zumbido.

—La androide real Nainsi solicita entrar.

Kai se soltó el pelo con un gruñido de desaliento. Nainsi lo había tratado bien durante ese tiempo: le llevaba cantidades ingentes de té y no decía nada cuando horas más tarde volvía a llevarse las tazas, intactas y frías. Lo animaba a comer y le recordaba cuándo era la siguiente conferencia de prensa o que había olvidado devolver las coms del gobernador general australiano. Si no fuera por el título, «androide real Nainsi», casi habría esperado que una humana cruzara la puerta cada vez que la llamaba.

Se preguntó si su padre habría sentido lo mismo respecto a sus ayudantes androides. Tal vez solo estuviera delirando.

Ahuyentando los pensamientos inútiles, rodeó la mesa.

—Sí, adelante.

La puerta se abrió, y las orugas de Nainsi rodaron sobre la alfombra, aunque no llevaba la bandeja de tentempiés que Kai esperaba.

—Majestad, una mujer que responde al nombre de Linh Adri y su hija, Linh Pearl, han solicitado entrevistarse con vos de inmediato. Linh-jie asegura que dispone de información relevante sobre la fugitiva lunar. La he animado a ponerse en contacto con el presidente Huy, pero ha insistido en hablar directamente con vos. He escaneado su chip de identidad y parece ser quien dice ser. No sabía si debía despedirla.

—Está bien, gracias, Nainsi. Hazla pasar.

Nainsi salió del despacho. Kai se miró la camisa y se abrochó el cuello, aunque decidió que poco podía hacer por las arrugas.

Un instante después, dos extrañas entraron en su despacho. La primera era una mujer de mediana edad, en cuyo pelo empezaban a apuntar las canas, y la otra era una adolescente de larga y abundante melena oscura. Kai frunció el ceño cuando ambas realizaron una profunda reverencia delante de él, aunque hasta que la chica sonrió con timidez no empezó a reprocharse el cansancio, sintiéndose como un idiota por no haber reparado antes en los nombres, cuando Nainsi las había anunciado. Linh Adri. Linh Pearl.

No eran unas completas extrañas. Había visto a la chica en un par de ocasiones, una vez en el puesto del mercado de Cinder y luego de nuevo en el baile. Era la hermanastra de Cinder.

Y la mujer.

La mujer.

Se le heló la sangre al recordarla, un recuerdo empeorado por la recatada y aniñada mirada que le dirigía en ese momento. También la había visto en el baile. Aquella mujer había estado a punto de abofetear a Cinder por atreverse a asistir.

—Majestad —dijo Nainsi, asomando detrás de ellas—. Permitidme presentaros a Linh Adri-jie y a su hija, Linh Pearl-mèi.

Ambas volvieron a hacer una reverencia.

—Sí, hola —dijo Kai—. Ustedes son…

—Yo *era* la tutora legal de Linh Cinder —puntualizó Adri—. Por favor, disculpad nuestra intromisión, Majestad Imperial. Soy consciente de que estáis muy ocupado.

Kai se aclaró la garganta, lamentándose de no haberse dejado el cuello desabrochado. Empezaba a estrangularlo.

—Por favor, tomen asiento —dijo, indicándoles con un gesto la zona de descanso frente a la chimenea holográfica—. Eso es todo, Nainsi. Gracias.

Kai se acercó y escogió la silla, pues se negaba a sentarse junto a ninguna de las mujeres. Ellas, a su vez, se sentaron casi en el borde del sofá, con la espalda muy recta, como si no desearan arrugar los lazos de sus vestidos de estilo kimono, y entrelazaron las manos recatadamente sobre el regazo. El parecido entre ambas era notable y, por descontado, no tenían nada que ver con Cinder, cuya piel siempre estaba tostada por el sol, cuyo pelo era más liso y fino, y quien demostraba una discreta seguridad en sí misma incluso cuando se comportaba con timidez y balbuceaba.

Kai se contuvo antes de que se le escapara una sonrisa al recordar a Cinder, tímida y balbuceante.

—Me temo que no nos presentaron formalmente cuando nuestros caminos se cruzaron en el baile la semana pasada, Linh-jie.

—Oh, Su Majestad Imperial es muy amable. Llamadme Adri, por favor. Si queréis saber la verdad, estoy tratando de distanciarme de la pupila que lleva el apellido de mi marido. Y esta es, como estoy segura de que recordaréis, mi preciosa hija.

Kai se volvió hacia Pearl.

—Sí, nos conocimos en el mercado —comentó el joven—. Llevaba unos paquetes que deseaba que Cinder le guardara.

Se alegró de que la chica se sonrojara y esperó que recordara lo grosera que había sido ese día.

—También nos vimos en el baile, Majestad —dijo Pearl—. Charlamos sobre mi pobre hermana, la de verdad, que enfermó y falleció hace poco a causa del mismo mal que reclamó a vuestro ilustre padre.

—Sí, lo recuerdo. Mi más sentido pésame.

Lógicamente, esperó que le devolvieran las condolencias, pero no fue así. La madre estaba demasiado ocupada examinando los muebles lacados del despacho, y la hija estaba demasiado ocupada examinando a Kai con falsa timidez.

Kai empezó a tamborilear los dedos contra el brazo de la silla.

—Mi androide me ha dicho que poseen cierta información que desean compartir, ¿no es así? ¿Acerca de Linh Cinder?

—Sí, Majestad. —Adri volvió a concentrarse en él—. Gracias por recibirnos a pesar de haber solicitado la visita con tan poca antelación, pero poseo cierta información que creo que podría contribuir a la detención de mi pupila. Como ciudadana responsable, deseo hacer todo lo que esté en mi mano para colaborar en su búsqueda y ayudar en su captura antes de que pueda provocar males mayores.

—Por descontado. Sin embargo, discúlpeme, Linh-jie, pero tenía la impresión de que las autoridades competentes ya se habían puesto en contacto con ustedes durante la investigación, ¿no es cierto?

—Sí, sí, claro, ambas hemos hablado largo y tendido con unos hombres muy amables —dijo Adri—, pero desde entonces, he sabido algo nuevo.

Kai apoyó los codos en las rodillas.

—Majestad, estoy segura de que habréis oído hablar de las imágenes que se grabaron en las cuarentenas hace unas dos semanas, en las que aparece una chica atacando a dos med-droides.

Kai asintió con la cabeza.

—Por descontado. La que habló con Chang Sunto, el chico que se recuperó de la peste.

—Bueno, en ese momento no les presté mucha atención, dado que acababa de perder a mi hija pequeña, pero después de verlas de nuevo, estoy convencida de que la chica en cuestión es Cinder.

Kai frunció el entrecejo, repasando mentalmente el conocido vídeo. A la chica no se la veía con claridad en ningún momento; la imagen era granulada, temblorosa y solo la cogía de espaldas apenas unos instantes.

—¿En serio? —musitó, tratando de no mostrar demasiado interés—. ¿Qué le hace pensar eso?

—Es difícil asegurar que se trata de ella solo por el vídeo, pero resulta que ese día pedí que rastrearan el chip de identidad de Cinder, ya que hacía tiempo que se comportaba de manera sospechosa. Sé que ese día estuvo cerca de las cuarentenas. Antes solo creía que intentaba saltarse sus tareas domésticas, pero ahora sé que la pequeña aberración tenía un propósito mucho más siniestro en mente.

Kai enarcó las cejas.

—¿«Aberración»?

Adri se sonrojó levemente.

—Y eso siendo generosa con ella, Majestad. ¿Sabe que ni siquiera puede llorar?

Kai se recostó en la silla. Al cabo de un momento, descubrió que, en lugar de sentirse asqueado, como era evidente que Adri esperaba, lo picaba la curiosidad.

—¿En serio? ¿Es eso normal en los... los ciborgs?

—No tengo ni idea, Majestad. Es la primera, y espero que la última, que tengo la desgracia de conocer. Ni siquiera entiendo cómo podemos crear esos ciborgs. Son criaturas peligrosas y altivas que van pavoneándose por ahí como si creyeran que son mejores que los demás. Como si merecieran un trato especial por sus... excentricidades. No son más que una sangría para nuestra trabajadora sociedad.

Kai se aclaró la garganta, cada vez más incómodo por culpa del picor que le producía el cuello de la camisa.

—Ya veo. Antes ha mencionado algo sobre unas pruebas de que Cinder estuvo cerca de las cuarentenas, ¿verdad? Y... ¿de que hizo algo siniestro?

—Sí, Majestad. Si fuerais tan amable de consultar mi página de identificación, veréis que he subido un vídeo bastante incriminatorio.

Kai se desenganchó el portavisor del cinturón pensando en las imágenes de las cuarentenas y buscó la página de Adri. El vídeo aparecía en primer lugar, una imagen de baja calidad con el símbolo de los androides de las fuerzas de seguridad de la Comunidad.

—¿Qué es esto?

—Como ese día Cinder no respondía a mis coms, y estaba convencida de que pretendía huir del país, ejercí mi derecho a solicitar que la detuvieran utilizando la fuerza en caso de ser necesario. Es la grabación de cuando la encontraron.

Conteniendo la respiración, Kai inició el vídeo. Estaba tomado desde arriba, desde un levitador, y mostraba una calle polvorienta rodeada de almacenes abandonados. De pronto, allí estaba Cinder, jadeante y furiosa. La joven agitó un puño cerrado ante el androide.

—¡No lo he robado! ¡Pertenece a su familia y nadie más!

La cámara tembló cuando el levitador aterrizó y el androide se acercó a ella.

Con el entrecejo fruncido, Cinder retrocedió medio paso.

—No he hecho nada malo. Ese med-droide me ha atacado. Ha sido en defensa propia.

Kai observó con atención, con los hombros agarrotados, cómo el androide recitaba una monótona perorata sobre los derechos de la tutora legal de Cinder y la Ley de Protección Ciborg, hasta que esta finalmente accedía a acompañarlos y el vídeo finalizaba.

Kai solo tardó cuatro segundos en repasar mentalmente la grabación de la chica que atacaba al med-droide de la cuarentena y encajar las piezas sueltas del rompecabezas mientras apretaba con más fuerza el portavisor. Se sintió como un idiota, por enésima vez esa semana.

Tenía sentido que se tratara de Cinder. Por supuesto que se trataba de Cinder. Él le había dado el antídoto al doctor Erland apenas unas horas antes, delante de ella. A su vez, Erland debía de habérselo dado a ella, y ella, a continuación, se lo había dado a Chang Sunto. Y aunque las cámaras no habían sido capaces de recogerla con claridad, la coleta medio deshecha y los holgados pantalones cargo cuadraban a la perfección.

Tragó saliva, apagó el portavisor y volvió a colgárselo del cinturón.

—¿A qué se refería cuando ha dicho que ella no había robado nada? ¿Qué es lo que solo pertenece a la familia?

Adri apretó los labios hasta formar una fina línea y unas pequeñas arruguitas se dibujaron sobre su labio superior.

—De algo que, efectivamente, solo le pertenece a la familia, a quienes hubieran tratado a la fallecida con el debido respeto. Y, para obtenerlo, Cinder mutiló lo que había sido para mí lo más precioso.

—¿Que ella qué?

—Estoy convencida de que robó el chip de identidad de mi hija pocos minutos después de su muerte. —Adri se llevó una mano a la banda de seda que le rodeaba el abdomen—. Se me revuelve el estómago solo de pensarlo, pero tendría que haberlo esperado. Cinder siempre sintió celos de mis hijas y les guardaba mucho rencor. A pesar de que nunca hubiera imaginado que podía llegar a caer tan bajo, ahora que sé de lo que es capaz, nada me sorprende. Merece que la encuentren y la castiguen por lo que ha hecho.

Kai retrocedió, tratando de alejarse del veneno que impregnaba aquellas palabras, incapaz de relacionar las acusaciones de aquella mujer con sus propios recuerdos de Cinder. Pensó en cuando se habían encontrado en el ascensor, o en la sincera tristeza que delataban

313

sus ojos cuando hablaba de su hermana enferma. En que le había pedido que le reservara un baile por si sobrevivía milagrosamente.

¿O acaso los recuerdos que tenía de Cinder no eran más que engaños lunares? En realidad, ¿qué sabía de ella?

—¿Está segura?

—Los informes dicen que el arma que se utilizó contra los androides era un bisturí, y todo ocurrió poco después de que recibiera la com en la que se me informaba de que mi hija… mi hija… —Le tembló la barbilla, y los nudillos se le pusieron blancos—. La verdad es que me la imagino perfectamente capaz de maquinar algo tan retorcido e inhumano como querer suplantar la identidad de Peony. —Torció el gesto—. Me entran escalofríos solo de pensarlo, pero sería algo muy típico de ella.

—¿Y cree que todavía podría tener ese chip de identidad?

—Eso, Majestad, no puedo asegurarlo, pero es una posibilidad.

Kai asintió brevemente y se puso en pie. Adri y Pearl se lo quedaron mirando, boquiabiertas, mudas, antes de apresurarse a imitarlo.

—Muchas gracias por informarme de todo, Linh-jie. Daré la orden de localizar el chip de identidad de su hija de inmediato. Si todavía lo conserva, la encontraremos.

Mientras hablaba, se descubrió rezando a las estrellas para que Linh Adri estuviera equivocada, para que Cinder no se lo hubiera llevado. Aunque no era más que un deseo estúpido, inmaduro. Debía dar con ella y solo le quedaba un día. No quería saber lo que haría Levana si fracasaba.

—Gracias, Majestad —dijo Adri—. Solo pretendo asegurarme de que la memoria de mi hija no se vea mancillada porque un día fui lo bastante generosa para aceptar a ese ser despreciable en mi familia.

—Gracias —repitió Kai, sin saber qué le agradecía, pero le pareció lo más apropiado—. Si tenemos alguna otra pregunta, haré que alguien se ponga en contacto con ustedes.

—Sí, por supuesto, Majestad —respondió Adri, con una reverencia—. Solo deseo hacer todo lo posible por mi país y ver cómo llevan a esa criatura horrible ante la justicia.

Kai ladeó la cabeza.

—Se da cuenta de que la reina Levana tiene intención de ejecutarla una vez que la encontremos, ¿verdad?

Adri entrelazó las manos con elegancia.

—Estoy convencida de que las leyes existen por algo, Majestad.

Kai frunció los labios, se apartó de la zona de descanso y las acompañó hasta la puerta.

Tras una nueva ronda de reverencias, Pearl salió de la habitación agitando las pestañas ante Kai hasta que no pudo estirar más el cuello. Sin embargo, Adri se detuvo en la puerta y realizó una última inclinación de cabeza.

—Ha sido un honor, Majestad.

Kai se lo agradeció con una sonrisa tirante.

—Me preguntaba si, y no es que sea importante, solo por pura curiosidad, en el caso de que esto conduzca a un avance en la investigación… ¿podría esperar algún tipo de recompensa por la ayuda prestada?

Capítulo veintinueve

L a celda en la que retenían a Scarlet había sido un camerino en sus orígenes. El fuego había dibujado en las paredes los contornos indefinidos de espejos y tocadores cuyo marco de bombillas había quedado reducido a una hilera de portalámparas vacíos. Habían retirado la alfombra que antes abrigaba el frío suelo de piedra y habían sacado la puerta de roble macizo de sus goznes y la habían relegado a un rincón para sustituirla por barras de hierro soldadas y una cerradura que se accionaba mediante un lector de identidad.

La rabia le había impedido descansar y se había pasado toda la noche, y buena parte del día siguiente, paseando arriba y abajo por la habitación, pateando las paredes y maldiciendo los barrotes. Tenía la sensación de que había transcurrido todo un día —o incluso meses—, pero al estar encerrada en los pisos inferiores del teatro no tenía otro modo de saberlo que las dos comidas que le habían llevado. El «oficial» que se las suministraba no había querido contestar cuando le había preguntado cuánto tiempo iban a retenerla allí, ni cuando le había exigido que la llevara a ver a su abuela de inmediato.

El tipo se había limitado a sonreír burlonamente a través de los barrotes de una manera que a Scarlet le había dado escalofríos.

La chica había acabado desplomándose sobre el camastro desnudo, físicamente agotada. Con la mirada perdida en el techo. Odiándose a sí misma. Odiando a los hombres que la tenían prisionera. Odiando a Lobo.

Le rechinaron los dientes y clavó las uñas en el colchón, desgastado y roto.

«Alfa Kesley.»

Si volvía a verlo alguna vez, le arrancaría los ojos. Lo estrangularía hasta que los labios se le volvieran azules. Lo…

—¿Ya te has cansado?

Se incorporó de un salto. Uno de los hombres que la había llevado hasta la celda la observaba desde el otro lado de los barrotes. Rafe o Troya, no sabía cuál de los dos.

—No tengo hambre —contestó ella, con sequedad.

El hombre la miró con desprecio. Era como si todos hubieran aprendido a esbozar la misma sonrisita desdeñosa, como si lo llevaran en la sangre.

—No vengo a traerte comida —dijo, y pasó la muñeca por el escáner. A continuación, asió los barrotes y deslizó la puerta a un lado—. Voy a llevarte a ver a tu querida *grand-mère*.

Scarlet se levantó del camastro como pudo; todo el cansancio se esfumó al instante.

—¿En serio?

—Son las órdenes que tengo. ¿Voy a tener que atarte o piensas venir por voluntad propia?

—Iré. Llévame con ella.

El tipo la miró de arriba abajo y, tras decidir que no suponía ninguna amenaza, retrocedió un paso y señaló el largo y tenebroso pasillo.

—Después de ti.

En cuanto Scarlet puso un pie en el corredor, el tipo la asió por la muñeca e inclinó la cabeza hacia ella de modo que rodaba el calor de su aliento en el cuello.

—Haz una tontería y me ensañaré con la vieja bruja, ¿entendido?

Scarlet se estremeció.

Sin esperar una respuesta, la soltó y le dio un empujón entre los omóplatos que la hizo avanzar a trompicones.

Scarlet tenía el pulso acelerado. Estaba a punto de desmayarse a causa del cansancio y de ver a su abuela, aunque ello no le impidió estudiar su prisión. Media docena de puertas enrejadas se abrían a ambos lados de aquel pasillo subterráneo, todas a oscuras. El hombre le indicó que doblara una esquina, subiera una estrecha escalera y cruzara una puerta.

Aparecieron entre bastidores. Decorados viejos y polvorientos llenaban las vigas, y unos telones negros colgaban como fantasmas en la oscuridad. La única luz procedía de las lucecitas que señalaban los pasillos del auditorio, por lo que Scarlet tuvo que entrecerrar los ojos para ver algo cuando el oficial la hizo salir al escenario y le señaló los cortos peldaños que lo separaban del auditorio vacío. Habían arrancado toda una sección de butacas, de las que solo quedaban los agujeros en los que habían estado atornilladas al suelo inclinado. Allí los esperaba otro grupo de soldados, entre las sombras, como si hubieran estado manteniendo una conversación distendida antes de que Scarlet y su carcelero los hubiera interrumpido. Scarlet no desvió la mirada del final del pasillo ni un solo momento. No creía que

Lobo estuviera entre ellos, pero tampoco deseaba averiguar si se equivocaba.

Alcanzaron las últimas filas, y Scarlet empujó una de las gigantescas puertas.

Salieron a una de las galerías que daban al vestíbulo y la gran escalinata. Seguía sin filtrarse luz a través de la claraboya del techo, de modo que era evidente que había pasado un día entero.

El carcelero la asió por un codo y la apartó de la escalera. Pasaron junto a más estatuas de querubines y ángeles inquietantes. Scarlet se zafó de su mano de un tirón e intentó memorizar el trayecto dibujando un plano del teatro en su mente, aunque no le resultó sencillo sabiendo que estaba a punto de ver a su abuela. Por fin.

La idea de que aquellos monstruos la hubieran tenido retenida cerca de tres largas semanas le revolvió el estómago.

El oficial la acompañó hasta una escalera que conducía a la primera galería y, al llegar a esta, continuaron hacia la segunda. Las puertas de aquellos pasillos daban al interior del teatro, a las graderías de butacas, pero el soldado las dejó atrás y enfilaron un nuevo pasillo. Finalmente se detuvo ante una puerta cerrada, agarró el picaporte y la abrió de un empujón.

Habían llegado a uno de los palcos privados que daban al escenario y en el que solo había cuatro butacas de terciopelo rojo dispuestas en dos hileras.

Su abuela estaba sentada, sola, en la primera fila. Su gruesa trenza gris colgaba sobre el respaldo del asiento. Las lágrimas que Scarlet había estado conteniendo durante tanto tiempo la asaltaron de pronto, incapaz de retenerlas.

—Grand-mère!

Su abuela dio un respingo, pero Scarlet ya había echado a correr hacia ella. Se dejó caer a sus pies, en el espacio que quedaba entre las butacas y la barandilla, se arrojó sobre su regazo y lloró contra sus vaqueros. Los mismos vaqueros sucios de tierra que siempre llevaba en el huerto. La ropa seguía conservando aquel olor tan familiar a tierra y heno, lo que consiguió redoblar los sollozos de Scarlet.

—¡Scarlet! ¿Qué estás haciendo aquí? —preguntó su abuela, descansando las manos sobre la espalda de Scarlet. Había sonado dura y disgustada, aunque no carente de cierta ternura—. Venga, no llores más, te estás poniendo en evidencia. —Apartó a Scarlet de su regazo—. Ya, ya está, tranquila. ¿Qué haces aquí?

Scarlet se echó hacia atrás y miró a su abuela con los párpados hinchados. Los ojos enrojecidos de la mujer delataban su cansancio, por mucho que se empeñara en fingir, y también estaba al borde de las lágrimas, aunque todavía no había sucumbido a ellas. Scarlet le tomó las manos y se las apretó. Las tenía suaves, como si tres semanas alejada de la granja hubieran limado años de callos.

—He venido a buscarte —contestó—. Después de que papá me contara lo que había sucedido, lo que estaban haciéndote, tenía que encontrarte. ¿Estás bien? ¿Te han hecho algo?

—Estoy bien, estoy bien. —Le acarició los nudillos—. Pero no me gusta verte aquí. No tendrías que haber venido. Esos hombres… Ellos… No deberías estar aquí. Es peligroso.

—Vamos a salir juntas de aquí. Te lo prometo. Por todos los astros, cuánto te he echado de menos. —Descansó la frente sobre los dedos entrelazados, sollozando, sin importarle las lágrimas que le resbalaban por la barbilla—. Te he encontrado, *grand-mère*, te he encontrado.

Su abuela consiguió liberar una mano de entre las de Scarlet y le apartó unos rizos de la frente.

—Sabía que lo harías. Sabía que vendrías. Ven, siéntate a mi lado.

Conteniendo las lágrimas, Scarlet se apartó del regazo de su abuela. Había una bandeja en la butaca contigua, dispuesta con una taza de té, media *baguette* y un pequeño cuenco de uvas rojas que parecía intacto. La mujer levantó la bandeja y se la tendió al soldado de la puerta. El tipo torció el gesto, pero la cogió y se fue, cerrando la puerta tras sí. Scarlet se animó de pronto, no había oído que la hubiera cerrado con llave. Estaban solas.

—Siéntate aquí, Scarlet. Te he echado mucho de menos… pero estoy muy enfadada contigo. No tendrías que haber venido. Es demasiado peligroso… aunque ahora ya estás aquí. Ay, cariño, estás agotada.

—*Grand-mère*, ¿no te vigilan? ¿No temen que intentes escapar?

La expresión de la anciana se suavizó y acarició el asiento vacío.

—Por supuesto que me vigilan. Aquí nunca estás completamente solo.

Scarlet se fijó en la pared que las separaba del palco privado contiguo, cubierta por un papel rojo medio despegado. Tal vez había alguien al otro lado, escuchándolas. O el grupo de soldados a los que había visto abajo, en el auditorio de la primera planta. Si tenían unos sentidos aunque solo fuera la mitad de afinados que Lobo, era muy probable que pudieran oírlas incluso desde allí. Scarlet reprimió el deseo repentino de gritar obscenidades al vacío, tomó asiento y volvió a buscar las manos de su abuela, que estrechó con fuerza entre las suyas. Puede que se hubieran vuelto muy suaves, pero también las tenía heladas.

—¿Estás segura de que estás bien? ¿No te han hecho nada?

Su abuela sonrió, con cansancio.

—No me han hecho nada. Todavía no. Aunque ignoro qué me tienen preparado, y no me fío de ellos ni un pelo, sobre todo después de lo que le hicieron a Luc. Además, te han mencionado. Tenía miedo de que también fueran a por ti, cariño. Ojalá no hubieras venido. Tendría que haber estado más preparada para esto. Tendría que haber sabido que pasaría.

—Pero ¿qué es lo que quieren?

Su abuela volvió el rostro hacia el oscuro escenario.

—Quieren una información que no les puedo dar, aunque si pudiera no me lo pensaría dos veces. Se la habría dado hace semanas. Cualquier cosa con tal de volver a estar en casa contigo. Cualquier cosa con tal de que estuvieras a salvo.

—¿Información sobre qué?

Su abuela respiró hondo.

—Sobre la princesa Selene.

A Scarlet le dio un vuelco el corazón.

—Entonces, ¿es cierto? ¿De verdad sabes algo de ella?

Su abuela enarcó las cejas.

—Entonces, ¿te lo han explicado? ¿Te han dicho por qué sospechan que puedo saber algo?

Scarlet asintió con la cabeza, sintiéndose culpable por conocer un secreto que su abuela había escondido durante tanto tiempo.

—Me hablaron de Logan Tanner. Me dijeron que creen que fue él quien trajo a Selene a la Tierra y que tal vez podría haber solicitado tu ayuda. Que creen que él es mi… mi abuelo.

La preocupación acentuó las arrugas de la frente de su abuela, que echó un rápido vistazo a la pared que quedaba a espaldas de

Scarlet, la que la separaba del otro palco, antes de devolverle su atención.

—Scarlet, cariño mío…

La miró con dulzura, pero no dijo nada más.

Scarlet tragó saliva, preguntándose si, después de todos esos años, su abuela no se veía con fuerzas para desenterrar el pasado. El romance que, a pesar de su brevedad, la había acompañado durante tanto tiempo.

¿Sabría siquiera que Logan Tanner estaba muerto?

—*Grand-mère*, recuerdo a ese hombre que vino a casa. El hombre de la Comunidad Oriental.

Su abuela levantó la cabeza y la ladeó ligeramente, a la espera.

—Creí que había ido a llevárseme, pero no era así, ¿verdad? Estabais hablando de la princesa.

—Muy bien, Scarlet, cariño.

—¿Por qué no les dices cómo se llama? Seguro que lo recuerdas, así podrán acudir a él. Él tiene que saber dónde está la princesa, ¿no?

—Esa información ya no les interesa.

Scarlet se mordió el labio, frustrada. Temblaba de pies a cabeza.

—Entonces, ¿por qué no nos dejan ir?

Su abuela le apretaba los dedos. A pesar de la edad, después de pasarse tantos años arrancando malas hierbas y picando hortalizas, tenía unas manos fuertes.

—No pueden controlarme, Scarlet.

La chica escrutó el rostro ajado de su abuela.

—¿Qué quieres decir?

—Son lunares. El taumaturgo… tiene el don lunar, pero no funciona conmigo. Por eso me retienen aquí: quieren saber por qué.

Scarlet rebuscó en su memoria las historias que se contaban sobre los lunares; era imposible adivinar cuáles eran ciertas y cuáles cuentos exagerados. Se decía que la reina los gobernaba mediante el control mental que ejercía sobre ellos y que sus taumaturgos eran casi tan poderosos como ella. Que podían manipular los pensamientos y los sentimientos de la gente. Que incluso eran capaces de controlar sus cuerpos si querían, como si se tratara de marionetas movidas por hilos.

Scarlet tragó saliva.

—¿Hay mucha gente a la que no puedan… controlar?

—Muy pocos. Algunos lunares nacen así, los llaman caparazones. Sin embargo, nunca habían encontrado a un terrestre que se les resistiera. Soy la primera.

—¿Cómo es posible? ¿Es genético? —Titubeó—. ¿Pueden controlarme?

—Sí, querida, me temo que sí. Lo que sea que me haga tan peculiar, tú no lo tienes, pero lo usarán en nuestra contra, ya lo verás. Supongo que querrán experimentar con nosotras para averiguar la causa de esta anomalía y determinar si debe preocuparles o no que otros terrestres puedan tenerla. —A pesar de la oscuridad, Scarlet vio cómo se le tensaba la mandíbula—. No debe de ser hereditario porque tu padre también era débil.

Aquellos cálidos ojos castaños, siempre tan entrañables, la desconcertaron con su repentina dureza en medio de la penumbra del teatro. De pronto, algo empezó a inquietar su subconsciente. Una levísima sospecha.

Su padre era débil. Sentía debilidad por las mujeres, sentía debilidad por el alcohol… Un padre débil, un hombre débil.

Sin embargo, nada había sugerido que su abuela pudiera pensar lo mismo de ella. «Te pondrás bien», eso era lo que siempre le decía cuando se raspaba una rodilla o se rompía un brazo, o cuando le partieron el corazón por primera vez. «Te repondrás porque eres fuerte, como yo.»

Con el pulso acelerado, Scarlet bajó la vista hacia sus dedos entrelazados, hacia las arrugadísimas, delicadísimas y suavísimas manos de su abuela.

Y sintió una opresión en el pecho.

Los lunares sabían cómo manipular los pensamientos y los sentimientos de la gente. Sabían cómo tergiversar el modo en que experimentaban todo lo que los rodeaba.

Scarlet tragó saliva y se apartó de ella. Los dedos de su abuela trataron de retenerla un instante, pero enseguida cedieron.

La chica se levantó del asiento con movimientos inseguros y retrocedió, tambaleante, hasta la barandilla, mirando fijamente a su abuela. Los típicos mechones que siempre asomaban de una trenza medio torcida. Aquellos ojos que conocía tan bien y que la miraban con creciente frialdad a medida que los alzaba hacia ella. Cada vez más grandes.

Parpadeó varias veces, tratando de ahuyentar la alucinación, y vio que a su abuela le crecían las manos.

Una intensa repulsión se apoderó de Scarlet, que se aferró a la barandilla para mantenerse en pie.

—¿Quién eres tú?

La puerta del palco se abrió, pero en lugar del guardián, vio la silueta del taumaturgo recortada contra el pasillo.

—Muy bien, omega. Ya sabemos todo lo que tenía que decirnos.

Scarlet se volvió de nuevo hacia su abuela, y la visión le arrancó un grito de espanto.

La mujer había desaparecido y la había sustituido el hermano de Lobo. El omega Ran Kesley estaba allí sentado, mirándola, la mar de tranquilo. Llevaba la misma camisa que la última vez que lo había visto, arrugada y manchada de barro seco.

—Hola, cariño. Me alegro de volver a verte.

Scarlet lanzó una mirada de odio al taumaturgo. A pesar de la oscuridad, adivinaba el blanco de sus ojos, las ondulaciones de su estrambótica casaca.

—¿Dónde está?

—Está viva, de momento, y por desgracia continúa siendo un misterio para nosotros. —Entrecerró los ojos—. Su mente sigue siendo impenetrable, pero, sea cual sea su secreto, no se lo ha confiado ni a su hijo ni a su nieta. Tenía la esperanza de que, si se trataba de un truco mental, al menos se lo hubiera enseñado a usted, ya que no lo había hecho con ese pobre borracho. Por otro lado, si fuera genético, ¿podría tratarse de un carácter aleatorio? ¿O puede que haya un caparazón entre sus antepasados? —Se llevó un dedo a los labios, estudiando a Scarlet como si fuera una rana que estuviera a punto de diseccionar—. Al final, puede que no nos resulte usted del todo inútil. Me pregunto cuánto tardaría en soltársele la lengua a la anciana si tuviera que ver cómo usted se clava agujas en la piel con un martillo.

La rabia se apoderó de Scarlet, que se abalanzó hacia él con un grito estrangulado, dispuesta a arrancarle los ojos con las uñas.

Se quedó paralizada, con las puntas de los dedos a escasos milímetros de las córneas. La ira desapareció de inmediato, al tiempo que se desplomaba en el suelo y se echaba a llorar de manera incontrolable, preguntándose qué le ocurría. Trató de volver a despertar su odio, pero este se escurría entre los recovecos de su mente, como si intentara atrapar una anguila. Cuanto más empeño ponía, con mayor rapidez la asaltaban las lágrimas. Ahogándola. Cegándola. Toda su furia se apagaba y se convertía en desesperanza y desconsuelo.

Solo podía pensar en lo despreciable que era, en su propia inutilidad. Débil, estúpida e insignificante.

Se dobló sobre sí misma; su llanto casi ahogaba la risita sosegada del taumaturgo.

—Qué lástima que su abuela no haya sido tan fácil de manipular. Todo esto sería mucho más sencillo.

De pronto, su mente se sumió en el silencio, las palabras destructivas retrocedieron hasta un rincón alejado y silencioso de sus pensamientos, y las lágrimas desaparecieron con ellas. Como abrir y cerrar un grifo.

Como jugar con una marioneta.

Scarlet se desplomó en el suelo, jadeando. Se limpió los mocos de la cara.

Hundió las manos en la alfombra, trató de detener el temblor que estremecía su cuerpo y se puso en pie, apoyándose en el marco de la puerta. El rostro del taumaturgo adoptó una expresión excesivamente encantadora muy propia de él.

—Haré que la acompañen de vuelta a sus aposentos —dijo, con voz almibarada—. Muchísimas gracias por su cooperación.

Capítulo treinta

Las botas de suela gruesa del alfa Ze'ev Kesley repicaban con dureza contra el suelo de mármol cuando cruzó el vestíbulo, haciendo caso omiso del puñado de soldados que asintieron en su dirección con respeto. O tal vez miedo. Quizá incluso con curiosidad ante el oficial que había pasado varias semanas entre los humanos, fingiendo ser uno de ellos.

Intentó no pensar en ello. Volver al cuartel general era como haber despertado de un sueño. Un sueño que en otro tiempo habría considerado una pesadilla, aunque ahora ya no. Había despertado a una realidad mucho más sombría que le había hecho recordar quién era realmente. Qué era realmente.

Llegó a la rotonda lunar, un nombre irónico que había complacido enormemente al maestro Jael. Pasó junto a un espejo, picado y nublado por el tiempo, en el que apenas reconoció su propio reflejo, vestido con un uniforme limpio y el cabello peinado hacia atrás. Apartó la mirada de inmediato.

Olió a su hermano en cuanto entró en la biblioteca, y se le erizó el vello de la nuca. Vaciló un instante, pero enseguida siguió su camino y atravesó la galería forrada de madera para entrar en el despacho privado del taumaturgo. En otro tiempo había sido una estancia digna de la realeza, una habitación destinada a terrestres importantes, pertenecientes a la alta sociedad, donde reflexionar sobre las obras filosóficas de sus antepasados. Las vitrinas habían contenido piezas de arte de valor incalculable, y las estanterías se alzaban dos pisos por encima de su cabeza. Sin embargo, los libros habían desaparecido, desalojados por el ejército cuando ocupó el teatro, y un olor a moho y humedad impregnaba la madera que lo rodeaba.

Jael estaba sentado tras una amplia mesa de escritorio de plástico y metal, que destacaba por su sobriedad y discreción en medio de la extravagante decoración. Ran también estaba allí, apoyado contra la pared de estanterías vacías.

Su hermano sonrió. Casi.

Jael se puso en pie.

—Alfa Kesley, gracias por acudir tan rápido. Quería que fueras el primero en saber que tu hermano ha regresado sano y salvo.

—Me alegro de verlo —dijo—. Hola, Ran. No tenías muy buen aspecto la última vez que te vi.

—Lo mismo digo, Ze'ev. Hueles bastante mejor ahora que te has deshecho del olor de esa humana.

Sintió que todos los músculos del cuerpo se tensaban.

—Espero que no me guardes rencor por lo que pasó en el bosque.

—En absoluto, estabas interpretando un papel. Entiendo que hiciste lo que tenías que hacer. No debería haberme entrometido.

—No, no deberías haberlo hecho.

Ran se metió los pulgares en la amplia faja que le envolvía la cintura.

—Me tenías preocupado, hermano. Parecías un poco… confuso.

—Como has dicho —replicó Ze'ev, alzando la barbilla—, estaba interpretando un papel.

—Sí. Jamás hubiera dudado de ti. Sin embargo, me alegro de ver que vuelves a ser el de siempre y que la bala solo te rozara. Cuando oí el disparo, temí que la chica hubiera podido alcanzarte en el corazón. —Ran esbozó una sonrisa burlona y se volvió hacia Jael—. Si eso es todo, pido permiso para informar al mando.

—Permiso concedido —dijo Jael, que asintió con la cabeza cuando Ran lo saludó llevándose el puño al pecho.

Ze'ev percibió el rastro del olor de Scarlet en Ran cuando este lo rozó al pasar por su lado y sintió que se le encogía el estómago. Se obligó a tranquilizarse y trató de enterrar el instinto animal que lo empujaba a lanzarse al cuello de su hermano si descubría que le había puesto un solo dedo encima.

Ran ladeó la cabeza, y su rostro se ensombreció, como si guardara un secreto.

—Bienvenido a casa, hermano.

Ze'ev mantuvo la compostura, completamente inexpresivo, mientras Ran se alejaba, y esperó a oír que se cerraba la puerta al final de la galería.

—Si no hay nada más…

—De hecho, sí hay algo más. Varias cosas, en realidad, que me gustaría comentar contigo. —Jael volvió a hundirse en su asiento—. Esta mañana he recibido una com de Su Majestad. Ha solicitado que todas las manadas estacionadas en la Tierra se preparen para atacar mañana.

Ze'ev apretó la mandíbula.

—¿Mañana?

—Las negociaciones con la Comunidad Oriental no han ido como Su Majestad deseaba y se ha hartado de ofrecerles compromisos que ellos se niegan a aceptar. Les había concedido un prolongamiento temporal de la paz a cambio de que detuvieran y le entregaran a esa ciborg, Linh Cinder, pero eso no ha ocurrido. La ofensiva se centrará en Nueva Pekín y se iniciará a medianoche, hora local. Nosotros atacaremos a las 18.00. —Se metió las manos en las amplias mangas carmesíes, cuyos bordados rúnicos reflejaron la luz de las bombillas de alimentación autónoma—. Me alegro de que hayas vuelto a tiempo de dirigir a tus hombres. Te quiero al mando de la ofensiva de París. ¿Estás dispuesto a aceptar esa responsabilidad?

Ze'ev unió las manos detrás de la espalda y se estrujó las muñecas hasta que empezaron a dolerle.

—No es mi intención cuestionar los motivos de Su Majestad, pero no entiendo por qué nos aparta del objetivo inicial de encontrar a la princesa solo para dar una pequeña lección a la Comunidad. ¿A qué se debe este cambio de prioridades?

Jael se recostó en su asiento y lo miró fijamente.

—No eres quién para cuestionar las prioridades de Su Majestad. Sin embargo, lamentaría que te dirigieras a esta primera e importante batalla con la mente nublada. —Se encogió de hombros—. La fuga de Linh Cinder la ha sacado de sus casillas. A pesar de que solo se trata de una civil, Su Majestad no consiguió hechizarla. Y no es un caparazón.

Ze'ev fue incapaz de disimular su asombro.

—Todavía no estamos seguros de si esta facultad tan poco usual se debe a su programación ciborg o a que posee un don lunar excepcionalmente poderoso.

—¿Más poderoso que el de Su Majestad?

—No lo sabemos. —Jael lanzó un suspiro—. Lo extraño es que su capacidad para resistirse a nuestra reina no se diferencia demasiado de la de madame Benoit de resistirse a mí. Encontrar a dos personas con la misma facultad, que no son caparazones y en un espacio de tiempo tan corto es bastante extraordinario. Por desgracia, todavía no he logrado averiguar la causa de la singularidad de madame Benoit. He puesto a prueba a su nieta hace una hora, pero es tan maleable como la arcilla, de modo que no lo ha heredado.

Tras la espalda, el alfa Kesley apretó los puños. Seguía siendo incapaz de abstraerse del rastro de olor de Scarlet que impregnaba la habitación, de la leve esencia que danzaba bajo su nariz. De modo que Jael la había interrogado, y seguramente Ran también había estado presente. ¿Qué le habían hecho? ¿Le habrían hecho daño?

—¿Alfa?

—Sí —se apresuró a contestar—. Discúlpeme. Me ha parecido percibir a la chica.

Jael se echó a reír. Una risa clara y llena de regocijo. Era la extraña afabilidad de Jael de lo que Ze'ev siempre había desconfiado; al menos los demás taumaturgos no trataban de ocultar su crueldad, el orgullo que les producía su control sobre los ciudadanos lunares inferiores... y sus soldados.

—Tus sentidos son extraordinarios, alfa. Sin duda eres uno de los mejores. —Le dio unas palmaditas a los brazos del asiento antes de apoyarse en ellos para levantarse—. Y tu fortaleza es inigualable. Tu lealtad, tu capacidad de sacrificio. Estoy convencido de que ninguno de mis otros hombres habría llegado tan lejos como tú para obtener información de la señorita Benoit, traspasando, y con mucho, las fronteras de lo que exige el deber. Es precisamente por eso por lo que te he elegido a ti para dirigir el ataque de mañana.

Jael se acercó con paso tranquilo a las estanterías y las recorrió con un dedo, que iba recogiendo el polvo grisáceo contra su piel. Ze'ev continuó hermético, intentando no pensar en los sacrificios que Jael creía que había hecho, traspasando las fronteras de lo que exigía el deber.

Sin embargo, no podía quitársela de la cabeza. El suave pulgar acariciándole las cicatrices. Sus brazos rodeándole el cuello.

Tragó saliva. Ze'ev tensó todos los músculos del cuerpo en un intento de bloquear el recuerdo.

—Ahora ya solo nos queda decidir qué hacer con la chica. Qué frustrante que al fin encontremos a alguien que podría conducirnos a la princesa Selene y que ya no necesitemos esa información.

Ze'ev se clavó las uñas en las palmas de las manos. «Frustrante», resultaba irrisorio. Si Su Majestad hubiera dejado de interesarse por la princesa solo tres semanas antes, Scarlet y su abuela jamás se habrían visto envueltas en todo aquello.

Y él jamás hubiera sabido que existía una alternativa.

Sintió una opresión en el pecho.

—Sin embargo, soy optimista —prosiguió Jael, hablando distraídamente—. Puede que aún podamos encontrarle alguna utilidad, siempre que consiga convencer a su abuela para que hable. La madame quiere hacernos creer que lo ignora, pero sabe por qué puede resistirse a nuestro control. Estoy convencido. —Manoseó el puño de la manga—. ¿Qué crees tú que será más importante para la anciana? ¿La vida de su nieta o sus secretos?

Ze'ev no contestó.

—Supongo que lo averiguaremos —dijo Jael, y regresó junto a la mesa de escritorio—. Al menos ahora tengo algún poder sobre ella. —Separó los labios, y la amable sonrisa dejó a la vista unos dientes perfectos—. Todavía no has contestado a mi pregunta, alfa. ¿Estás dispuesto a aceptar la responsabilidad de dirigir la batalla más importante de la Federación Europea?

Ze'ev sintió que le ardía el pecho. Quería seguir preguntándole, saber más… acerca de Scarlet, de su abuela, de lo que Jael pretendía hacerle.

Sin embargo, aquellas cuestiones no serían aceptables. Su misión había finalizado. Ya nada lo unía a mademoiselle Benoit.

Se llevó un puño al pecho.

—Por supuesto, maestro Jael. Será un honor.

—Bien. —Jael abrió un cajón, del que extrajo una sencilla caja blanca que empujó hacia él—. Sobre eso acabamos de recibir esta remesa de chips de identidad de las cuarentenas de París. Espero que no sea mucha molestia pedir que te los lleves para limpiarlos y reprogramarlos. Quiero tenerlos listos para los nuevos reclutas que esperamos mañana por la mañana. —Volvió a recostarse en la silla—. Necesitamos tantos soldados como podamos manejar. Es fundamental aterrar lo suficiente a los habitantes de la Tierra como para que ni siquiera se planteen contraatacar.

Capítulo treinta y uno

Cinder echó un vistazo a un cultivo de hojas frondosas a través de la ventana de la cabina de mando. Los campos se extendían en todas direcciones, y el horizonte, infinito, únicamente se veía interrumpido por una granja de piedra a poco menos de dos kilómetros de allí.

Una casa. Un montón de hortalizas. Y una nave espacial gigantesca.

—Esto no llama nada la atención.

—Al menos estamos en medio de ninguna parte —dijo Thorne, que se levantó del asiento del piloto y se puso la cazadora de piel—. Si alguien llama a la policía, tardarán un buen rato en llegar hasta aquí.

—Salvo que ya estén de camino —musitó Cinder.

Tenía el corazón acelerado desde que habían empezado a descender hacia la Tierra, un descenso que se le había hecho eterno, mientras su cerebro repasaba las más de mil suertes distintas que podían aguardarlos. A pesar de que había estado repitiendo aquel ridículo mantra todo lo que había podido, todavía no tenían modo de saber si había servido de algo, y ella seguía conservando la desalentadora sensación de que sus esfuerzos por ocultar la nave utilizando la magia lunar eran tristemente inútiles. No entendía como podía manipular radares y ondas de radio con solo unos cuantos pensamientos confusos.

Sin embargo, lo cierto era que nadie los había descubierto en el espacio y, por el momento, daba la impresión de que la suerte no los había abandonado. Granjas y Huertos Benoit parecía completamente desierto.

La rampa del muelle de carga empezó a descender.

—Vosotros salid y pasadlo bien —oyeron decir a Iko en ese momento—. Yo ya me quedo aquí, solita, sin nadie, buscando interferencias de radar y ejecutando diagnósticos. Me lo voy a pasar en grande.

—Cada vez se te da mejor lo del sarcasmo —contestó Cinder, y alcanzó a Thorne en lo alto de la rampa cuando esta aplastó bajo su peso una preciosa hilera de plantas de hojas exuberantes.

Thorne entrecerró los ojos para protegerse del resplandor que proyectaba su portavisor.

—Bingo —dijo, señalando la casa de dos plantas, era tan vieja que debía de haber sobrevivido a la Cuarta Guerra Mundial—. Está aquí.

—¡Traedme algo de recuerdo! —gritó Iko cuando Thorne bajó de la rampa.

Hacía poco que habían regado y la tierra estaba mojada, por lo que los bajos de los pantalones se le llenaron de barro cuando cruzó por en medio del huerto, trazando su propio camino hacia la casa.

Cinder lo siguió, embelesada ante la hermosa vista que se extendía ante ella y el aire fresco y puro, tan agradable después de permanecer encerrada con el oxígeno reciclado de la Rampion. Ni con la interfaz auditiva apagada había experimentado una paz tan absoluta.

—Qué silencio…

—Da escalofríos, ¿verdad? No sé cómo la gente lo soporta.

—Pues yo creo que es agradable.

—Sí, igual de agradable que una morgue.

Un conjunto de edificios más pequeños salpicaban los campos: un establo, un gallinero, un cobertizo y un hangar lo bastante grande como para albergar varios levitadores o incluso una nave espacial, aunque no tan grande como la Rampion.

En cuanto lo vio, Cinder se detuvo en seco y frunció el entrecejo, tratando de retener un recuerdo vago y confuso que parecía reconocer el hangar.

—Espera.

Thorne se giró hacia ella.

—¿Has visto a alguien?

Sin contestar, Cinder cambió de dirección, chapoteando en el fango. Thorne fue tras ella y no dijo nada cuando la vio abrir la puerta del hangar de un empujón.

—No sé si allanar los cobertizos de Michelle Benoit es la mejor manera de presentarnos.

Cinder se volvió y recorrió las ventanas vacías de la casa con la vista.

—Tengo que comprobar algo —dijo, y entró—. Luces.

Las luces se encendieron tras un breve parpadeo, y Cinder ahogó un grito ante lo que se encontró. Herramientas y piezas de recambio, tuercas y tornillos, ropa y trapos sucios por todas partes, desparramados sin orden ni concierto. Los armarios estaban abiertos, las cajas de almacenaje y de herramientas estaban volcadas. El suelo, blanco y satinado, apenas se veía debajo de aquel desbarajuste.

En el otro extremo del hangar había una pequeña nave de reparto con la luna trasera hecha añicos. Las esquirlas de cristal lanzaban destellos bajo las potentes luces. El cobertizo olía a aceite de motor y a gases tóxicos, y un poco como el puesto del mercado de Cinder.

—Menuda pocilga —comentó Thorne, indignado—. No sé si confiar en una piloto que siente tan poco respeto por su nave.

Cinder no le hizo caso. Estaba muy ocupada repasando los estantes y las paredes con su escáner. A pesar del caos generalizado, su interfaz neuronal había captado algo. Tenía una impresión general de familiaridad, atisbos de recuerdos enterrados. El modo en que el sol incidía en el interior a través de la puerta. La mezcla de los olores de la maquinaria y el estiércol. El dibujo del entramado de las vigas.

Iba de un lado al otro, despacio, sin reparar en dónde ponía los pies. Avanzaba poco a poco por temor a que aquella sensación de familiaridad se desvaneciera.

—Esto…, Cinder —dijo Thorne, volviendo la vista hacia la granja—, ¿qué estamos haciendo aquí?

—Buscar algo.

—¿En medio de este lío? Pues que tengas suerte.

Cinder encontró un pequeño espacio despejado en el cemento y se detuvo, pensativa. Observó a su alrededor con detenimiento. Segura de que ya había estado allí. En un sueño, en una bruma.

Se fijó en un estrecho armario metálico pintado de marrón, de cuya barra colgaban tres trajes. Todos llevaban insignias del ejército de la FE bordadas en las mangas. Enderezó la espalda, se dirigió hacia allí y apartó las chaquetas a un lado.

—No irá en serio, ¿verdad? Cinder, no es momento para preocuparte por lo que llevas puesto —dijo Thorne, acercándose hasta ella.

El tictac de su cabeza apenas le permitía oírlo. Aquel desbarajuste no era una coincidencia. Alguien había estado allí buscando algo.

Buscándola a ella.

Deseó no estar tan segura, pero no podía negarlo.

Se agachó delante del armario y deslizó una mano por uno de los rincones del fondo hasta que rozó el tirador que sabía que encontraría. Pintado del mismo color marrón del armario, pasaba completamente desapercibido entre las sombras, salvo que uno supiera dónde buscar, y ella lo sabía… porque había estado allí. Hacía cinco años, semiinconsciente a causa de los narcóticos y en un estado que siempre había confundido con un sueño, había salido por allí. Con todos los músculos y las articulaciones doloridos a causa de las operaciones recientes. Salió arrastrándose de una oscuridad infinita y abrió los ojos con un parpadeo, como si fuera la primera vez, a un mundo mareantemente deslumbrador.

Cinder apoyó una mano en el armario y tiró con fuerza del asa con la otra.

La puerta secreta opuso más resistencia de la que había esperado; estaba hecha de un material bastante más pesado que la chapa del armario. Finalmente consiguió abrirla con un fuerte tirón, basculó sobre las bisagras ocultas y la dejó caer hacia atrás, sobre el cemento, lo que levantó una nube de polvo.

Un agujero cuadrado se abría delante de ellos. Había una escalera de mano atornillada a los cimientos, cuyos peldaños de plástico conducían a una habitación subterránea.

Thorne se dobló por la cintura y se apoyó las manos en las rodillas.

—¿Cómo sabías que eso estaba ahí?

Cinder no podía apartar los ojos del pasaje secreto.

—Visión ciborg —se limitó a contestar, incapaz de contarle la verdad.

Bajó la escalera y sacó la linterna ensamblada al tiempo que la envolvía un aire denso y viciado. El haz de luz iluminó una habitación tan grande como el hangar de arriba, sin puertas ni ventanas.

Casi con miedo de descubrir con qué había topado, musitó vacilante:

—Luces.

Oyó el runrún de un generador independiente al ponerse en marcha, antes de que los tres largos fluorescentes del techo se encendieran gradualmente, uno detrás del otro. Thorne salvó los últimos cuatro peldaños de un brinco y plantó los pies en el duro suelo. Al darse la vuelta, se quedó helado.

—¿Qué... qué es esto?

Cinder no pudo responder. Apenas podía respirar.

En medio de la sala había un tanque de unos dos metros de largo, con una tapa de cristal abombada, rodeado de un sinfín de máquinas sofisticadas: monitores de constantes vitales, indicadores de temperatura, escáneres bioeléctricos... Máquinas con diales y tubos, agujas y pantallas, clavijas y controles.

Una larga mesa de operaciones situada contra la pared del fondo disponía de varias luminarias de cirugía que le salían de cada extremo como si fuese un pulpo metálico, y junto a esta había una mesita con ruedas en la que se veía una botella casi vacía de esterilizador y una colección de instrumentos quirúrgicos: bisturíes, jeringuillas, vendas, mascarillas y toallas. En la pared colgaban dos telerredes.

Así como ese lado de la cámara secreta imitaba un quirófano, el lado contrario se parecía bastante más al taller que Cinder tenía en el sótano del edificio de apartamentos de Adri, en el que no faltaban destornilladores, extractores de fusibles y un soldador. Piezas de recambio de androides y chips de ordenador. Una mano biónica inacabada, con tres dedos.

Cinder se estremeció. Aquel aire impregnado del olor de una sala de hospital y de la humedad de una cueva subterránea le helaba la sangre.

Thorne se acercó a la tapa de cristal con suma cautela. El tanque estaba vacío, pero todavía se distinguía la huella imprecisa del cuerpo de un niño, impresa en la sustancia gelatinosa que recubría el interior.

—¿Qué es esto?

Cinder hizo ademán de llevarse una mano al guante cuando recordó que ya no llevaba.

—Una cámara de animación suspendida —contestó con un hilo de voz, como si los espíritus de cirujanos desconocidos pudieran estar escuchándola—. Creada para mantener a alguien vivo, aunque inconsciente, durante largos períodos de tiempo.

—¿No son ilegales… las leyes de superpoblación o algo por el estilo?

Cinder asintió. Se acercó al tanque, apoyó los dedos en el cristal e intentó recordar si había despertado allí, pero no pudo. Solo consiguió rescatar imágenes confusas del hangar y la granja, pero nada relacionado con aquella mazmorra. No había recuperado la conciencia por completo hasta que ya se encontraba camino de Nueva Pekín, a punto de iniciar su nueva vida como una niña huérfana asustada y confusa, y ciborg.

La huella impresa en la gelatina parecía demasiado pequeña para haber pertenecido a su cuerpo, pero sabía que así era. La pierna izquierda había dejado una marca mucho más profunda que la derecha a causa del peso, y se preguntó cuánto tiempo habría pasado allí tumbada, sin pierna alguna.

—¿Qué crees que hace aquí abajo?

Cinder se humedeció los labios.

—Creo que ocultaba a una princesa.

Capítulo treinta y dos

C inder trataba de asimilar lo que la rodeaba sin poder despegar los pies del suelo. Era incapaz de apartar de sus pensamientos la visión de ella misma con once años, tumbada en aquella mesa de operaciones mientras unos cirujanos desconocidos cortaban, cosían y reconstruían su cuerpo con extrañas extremidades de acero. Cables en el cerebro. Optobiónica tras sus retinas. Tejido sintético en el corazón, vértebras nuevas, injertos de piel para cubrir el tejido cicatrizado.

¿Cuánto habían tardado? ¿Cuánto tiempo había estado inconsciente, durmiendo en ese oscuro sótano?

Levana había intentado matarla cuando solo tenía tres años.

La reconstrucción se había completado a los once.

Ocho años. En un tanque, durmiendo y soñando y creciendo.

Sin estar muerta, pero tampoco viva.

Contempló la huella de su cabeza bajo el cristal del tanque. De las paredes brotaban cientos de cablecitos acabados en electrodos, y en uno de los lados se veía una pequeña telerred. No, no podía ser una telerred. En aquella habitación no podía haber conexiones de red. Nada que la reina Levana pudiera rastrear.

—No lo entiendo —admitió Thorne, examinando el instrumental médico al otro lado de la sala—. ¿Qué crees que le hicieron aquí abajo?

Cinder miró al capitán atentamente, pero su expresión no delataba ninguna sospecha, solo curiosidad.

—Bueno, para empezar, supongo que programar su chip de identidad e implantárselo —contestó.

Thorne agitó un bisturí en su dirección.

—Bien pensado. Claro, no debía de llevar ninguno cuando llegó a la Tierra. —Señaló el tanque—. ¿Y eso?

Cinder se aferró a los bordes de la cámara para controlar el temblor de las manos.

—Las quemaduras debían de ser graves, incluso mortales. Supongo que su prioridad era mantenerla con vida y, al mismo tiempo, oculta, de modo que la animación suspendida resolvía ambos problemas. —Dio unos golpecitos en el cristal con un dedo—. Debieron de utilizar esos electrodos para estimular su cerebro mientras dormía. No podía aprender a través de la experiencia, como un niño normal, por lo que supongo que lo compensarían con un aprendizaje falso. Con experiencias falsas.

Se mordió el labio, obligándose a cerrar la boca antes de mencionar la conexión de red que habían implantado en el cerebro de la princesa y que resultó ser un modo eficaz de aprendizaje cuando finalmente se despertó, sin ser consciente de que seguramente ya sabía todas esas cosas.

Resultaba fácil hablar de la princesa como si se tratara de otra persona. Cinder no podía dejar de pensar que, de hecho, era otra persona. La niña que había dormido en ese tanque era distinta de la ciborg que había despertado en él.

Y de pronto comprendió que esa era la causa de que no tuviera recuerdos. No porque los cirujanos hubieran dañado su cerebro mientras le implantaban el panel de control, sino porque nunca había estado despierta para poder crearlos.

Si trataba de remontarse en el tiempo, ¿conservaría algo de antes del coma? ¿De su niñez? Y justo en ese momento la asaltó su sueño recurrente. El lecho de brasas, el fuego que le consumía la piel, y comprendió que tal vez no se trataba de una pesadilla, como siempre había creído, sino de un recuerdo.

—Pantalla, imagen.

Las dos pantallas que había sobre la mesa de operaciones se encendieron a la orden de Thorne: la de la izquierda proyectó el holograma de un torso, de los hombros hacia arriba, que giraba y parpadeaba en el aire. A Cinder le dio un vuelco el corazón al pensar que podía tratarse de ella hasta que se fijó en la segunda pantalla.

```
PACIENTE: MICHELLE BENOIT
OPERACIÓN: BLOQUEO DE SEGURIDAD BIOELÉCTRICA DEL SISTE-
    MA NERVIOSO Y ESPINAL
PROTOTIPO 4.6
ESTADO: COMPLETO
```

Cinder se acercó al holograma. Los hombros eran esbeltos y femeninos, pero la imagen no mostraba nada más allá de la mandíbula.

—¿Qué es un bloqueo de seguridad bioeléctrica?

Cinder señaló el holograma en el momento en que este se volvía de espaldas y una mancha oscura y cuadrada aparecía en la columna vertebral, justo en la base del cráneo.

—Eso. A mí también me implantaron un dispositivo de bloqueo para que no pudiera utilizar mi don lunar por accidente cuando era niña. Si se implanta en un terrestre, los lunares no puedan controlarlo mentalmente. Si Michelle Benoit disponía de información sobre la princesa Selene, tenía que protegerse por si alguna vez caía en manos de los lunares.

—Pero, si poseemos la tecnología para anular la manipulación lunar, ¿por qué no lleva todo el mundo uno de esos?

Una tristeza repentina se apoderó de Cinder. Su padrastro, Linh Garan, había inventado el bloqueo bioeléctrico, pero había muerto a causa de la peste antes de que el dispositivo superara la fase de prototipo. A pesar de que apenas había conocido a su padrastro, tenía la sensación de que la muerte le había llegado antes de tiempo. Qué distinto podría haber sido todo si hubiera sobrevivido. Y no solo para Pearl y Peony, sino también para Cinder.

Suspiró, cansada de pensar, y se limitó a contestar:

—No lo sé.

Thorne lanzó un gruñido.

—Bueno, esto lo prueba, ¿no? La princesa estuvo aquí.

Cinder observó la habitación una vez más y la mesa de reparaciones llamó su atención. El instrumental que la había convertido en una ciborg. O bien Thorne no había reparado en todos aquellos instrumentos o todavía no había adivinado para qué los habían utilizado. Tenía la confesión en la punta de la lengua. Puede que Thorne debiera saberlo. Si no le quedaba más remedio que seguir con él, tal vez merecía saber con quién viajaba. El verdadero peligro al que estaba expuesto.

Sin embargo, antes de que pudiera decir nada, Thorne se le adelantó.

—Pantalla, muestra a la princesa Selene.

Cinder giró sobre sus talones, con el corazón a punto de salírsele del pecho; sin embargo, lo que encontró frente a sí no fue una versión suya de once años. Lo que vio a duras penas podía considerarse humano.

Thorne retrocedió con paso tambaleante, llevándose una mano a la boca.

—Pero ¿qué…?

Cinder sintió una arcada antes de que cerrara los ojos, tratando de reprimir las náuseas. Tragó saliva y volvió a abrirlos poco a poco, dirigidos hacia la pantalla.

Era la imagen de una niña.

De lo que quedaba de una niña.

Estaba envuelta en vendajes desde el cuello hasta el muñón de la pierna izquierda. Llevaba el brazo y el hombro derechos al descubierto, con la piel llena de hoyos, algunos sanguinolentos, otros de un color rosa vivo y satinado. No tenía pelo, y las quemaduras se extendían al cuello y la mejilla. Tenía el lado izquierdo de la cara hinchado y desfigurado, solo se veía una hendidura donde estaba el ojo, y una línea de puntos le recorría la mejilla, desde el lóbulo de la oreja hasta los labios.

Cinder se llevó unos dedos temblorosos a la boca y se los pasó por la piel. No le quedaban marcas, ni una sola señal de todas aquellas heridas. Solo el tejido cicatrizado del muslo y la muñeca, alrededor de la unión de las prótesis.

¿Cómo habían conseguido recomponerla? ¿Cómo era posible recomponer algo así?

Sin embargo, fue Thorne quien planteó la verdadera cuestión.

—¿Quién le haría eso a un niño?

A Cinder se le puso la piel de gallina. No conservaba ningún recuerdo de la agonía que aquellas quemaduras debieron causarle. Era incapaz de relacionar a la niña con ella misma.

Sin embargo, la pregunta de Thorne seguía resonando en su cabeza, rondando la fría estancia como un fantasma.

La reina Levana había hecho aquello.

A una niña, poco más que un bebé.

A su propia sobrina.

Y todo para poder gobernar. Para poder reclamar el trono. Para ser reina.

Cinder cerró los puños a los costados y sintió que le hervía la sangre. Thorne la miraba, con la misma expresión sombría.

—Tendríamos que ir a hablar con Michelle Benoit —dijo Thorne, al tiempo que dejaba el bisturí.

Cinder se apartó un mechón de la cara con un bufido. El fantasma de la niña que había sido aún estaba allí, una víctima que luchaba por seguir con vida. ¿Cuánta gente había contribuido a rescatarla y a protegerla, cuánta había guardado su secreto? ¿Cuántos habían arriesgado sus vidas porque creían que la suya era más valiosa? Porque creían que podía convertirse en alguien lo bastante poderoso para detener a Levana.

Con un nudo en el estómago, siguió a Thorne de vuelta al hangar y se aseguró de cerrar la puerta oculta tras ellos.

Al volver a salir a la luz del día, la casa seguía esperándolos envuelta en el mismo silencio y calma abrumadores, por encima de un pequeño jardín La Rampion descansaba, fuera de lugar, en medio de los campos.

Thorne consultó su portavisor.

—La mujer no se ha movido desde que hemos llegado —anunció, con voz tensa.

No trató de disimular sus pisotones sobre la grava. Aporreó la puerta. Los golpes resonaron por todo el patio mientras esperaban a oír pasos al otro lado, pero solo el sonido de las patas de las gallinas raspando el suelo respondió a su llamada.

Thorne intentó abrir la puerta, que cedió al instante. No estaba cerrada con llave.

Entró en el vestíbulo y alzó la vista hacia la escalera de madera. A la derecha se encontraba la sala de estar, llena de muebles de tosca factura. A la izquierda, una cocina con un par de platos sucios en la mesa. Las luces estaban apagadas.

—¿Hola? —llamó Thorne—. ¿Señorita Benoit?

Cinder estableció una conexión de red y trató de localizar el chip de identidad de Michelle Benoit.

—La señal viene de arriba —dijo en un susurro.

La escalera crujió bajo el peso de su pierna metálica. La pared se hallaba cubierta de pequeños marcos digitales en los que se alternaban las imágenes de una mujer de mediana edad vestida con un uniforme de piloto y una jovencita de llameante pelo rojo. Aunque regordeta y pecosa de niña, las fotografías más recientes mostraban a una joven despampanante ante la que Thorne soltó un «Vaya con Scarlet» por lo bajo cuando pasó por su lado.

—¿Señorita Benoit? —insistió Cinder.

O bien la mujer estaba profundamente dormida o estaban a punto de toparse con algo que Cinder no deseaba ver. La mano le temblaba cuando empujó la primera puerta que encontró al final de la escalera, preparándose para no gritar si encontraba un cuerpo en descomposición tirado en la cama.

Sin embargo, no había nadie.

La habitación se hallaba en el mismo estado caótico que el hangar. Ropa y zapatos, baratijas y mantas, pero ningún ser humano. Ningún cadáver.

—¿Hola?

Echó un vistazo al dormitorio y al ver el tocador junto a la ventana se le cayó el alma a los pies. Se acercó hasta él y recogió el pequeño chip, que sostuvo en alto para enseñárselo a Thorne.

—¿Qué es eso? —preguntó él.

—Michelle Benoit —contestó Cinder. Lanzó un suspiró y cerró la conexión de red.

—¿Quieres decir que… no está aquí?

—A ver si espabilamos —rezongó Cinder, y le empujó para salir al pasillo.

Se apoyó los puños en las caderas y escrutó la otra puerta cerrada, sin duda otro dormitorio.

La casa estaba vacía. Michelle Benoit no se encontraba allí, y su nieta tampoco. No había nadie y no obtendrían respuestas.

—¿Cómo se puede localizar a una persona que no lleva chip de identidad? —preguntó Thorne.

—No se puede —contestó Cinder—, de ahí que la gente se lo quite.

—Tendríamos que hablar con los vecinos. Tal vez sepan algo.

Cinder refunfuñó.

—No vamos a hablar con nadie. Por si lo has olvidado, seguimos siendo prófugos. —Se quedó mirando las fotos, que iban alternándose. Michelle Benoit y una joven Scarlet arrodilladas junto a un arriate recién plantado, con cara de satisfacción—. Vayámonos de aquí antes de que la Rampion llame la atención —añadió, limpiándose las manos como si fuese ella quien había estado removiendo la tierra.

Las tablas del suelo sonaban huecas bajo sus pies mientras bajaba la escalera en dirección al descansillo del vestíbulo.

La puerta de entrada se abrió de par en par.

Cinder se detuvo en seco.

Una chica guapa de rizos de oro se quedó de piedra frente a ella.

La joven abrió los ojos desmesuradamente, primero por la sorpresa y luego al reconocerla. A continuación, los bajó hasta la mano biónica de Cinder y empalideció.

—*Bonjour, mademoiselle* —dijo Thorne.

La chica se volvió hacia él, puso los ojos en blanco y se desplomó en el suelo de azulejo.

Capítulo treinta y tres

Cinder lanzó una maldición y se volvió hacia Thorne, aunque este se limitó a encogerse de hombros. Miró de nuevo a la chica desmayada. Tenía la cabeza apoyada en un ángulo extraño contra las patas de la mesita del recibidor, y los pies separados delante de la puerta de entrada.

—¿Es la nieta? —preguntó Cinder, mientras su escáner ya estaba comparando las medidas del rostro de la chica con la base de datos de su cerebro y no obtenía ningún resultado. De haberse tratado de Scarlet Benoit, la habría reconocido—. Da igual —dijo, y se acercó poco a poco al cuerpo, que yacía boca abajo. Empujó la mesa a un lado, y la cabeza de la chica se golpeó contra las baldosas del suelo.

Inclinándose sobre ella, muy despacio, Cinder echó un vistazo por la puerta. Un levitador bastante destartalado esperaba en el patio.

—¿Qué haces? —preguntó Thorne.

—Echo un vistazo. —Cinder se volvió y vio que Thorne bajaba el último peldaño y observaba a la chica con cierta curiosidad—. Parece que está sola.

Una sonrisa traviesa se dibujó en el rostro de Thorne.

—Deberíamos llevárnosla con nosotros.

Cinder lo fulminó con la mirada.

—¿Estás loco?

—Loco de amor. Es una belleza.

—Y tú eres idiota. Ayúdame a llevarla al salón.

Thorne no protestó, y un segundo después había levantado a la chica en brazos sin la ayuda de Cinder.

—Aquí, en el sofá.

Cinder pasó por delante de él y recolocó varios cojines.

—Así estoy bien.

Thorne movió los brazos para que la cabeza de la chica reposara contra su pecho. Los rizos rubios se enredaron en la cremallera de su cazadora de piel.

—Thorne. Bájala. Ya.

Mascullando algo entre dientes, la dejó en el sofá, se apresuró a recomponerle la camisa para taparle la barriga y estaba a punto de colocarle las piernas en una posición más cómoda cuando Cinder lo atrapó por el cuello de la chaqueta y tiró de él para que se pusiera en pie.

—Salgamos de aquí cuanto antes. Nos ha reconocido y enviará una com a la policía en cuanto se despierte.

Thorne sacó un portavisor del bolsillo de su cazadora y se lo tendió a Cinder.

—¿Qué es esto?

—Su visor. Se lo he quitado mientras tú estabas ocupada perdiendo los nervios.

Cinder le arrancó el portavisor y se lo metió en uno de los bolsillos laterales de los pantalones militares.

—Aun así, no tardará en contárselo a alguien. Y ese alguien vendrá a investigar y averiguará que estábamos buscando a Michelle Benoit y entonces también empezará a buscar a Michelle Benoit y... creo que tendría que inutilizar su levitador antes de irnos.

—Pues yo creo que deberíamos quedarnos y hablar con ella. Tal vez sepa dónde encontrar a Michelle.

—¿Quedarnos y hablar con ella? ¿Y darle aún más pistas para saber cómo localizarnos? Eso es lo más estúpido que he oído en mi vida.

—Eh, a mí me gustaba la idea de llevárnosla con nosotros, pero tú ya la has rechazado, así que no me queda más remedio que echar mano del plan B, que es interrogarla. La verdad es que me apetece mucho. Solía jugar a un juego llamado interrogatorio con una de mis antiguas novias en el que...

—No necesito saber más. —Cinder levantó una mano para que se callara—. Es una mala idea. Yo me voy, pero tú puedes quedarte aquí con tu novia, si quieres.

Pasó junto a él con paso decidido.

Thorne salió detrás de ella.

—Vaya, ahora estoy seguro: lo que acabo de oír son celos.

Un gemido hizo que se detuvieran a medio camino de la puerta y, al volverse, vieron que la joven abría los ojos con un leve parpadeo.

Cinder volvió a maldecir en voz alta y tiró de Thorne para que la siguiera hasta la puerta, pero él no se movió. Al cabo de un instante, se zafó de ella y regresó al salón. La joven lo miró aterrorizada, se incorporó y retrocedió hasta el brazo del sofá.

—No te asustes —trató de tranquilizarla Thorne—, no vamos a hacerte daño.

—Sois los de las telerredes. Los fugitivos —dijo ella, con un encantador acento europeo. Se volvió hacia Cinder, boquiabierta—. Tú eres la... la...

—¿Presa lunar ciborg fugada? —intentó ayudarla Thorne.

La chica empalideció aún más si cabía, y Cinder rezó para tener paciencia.

—¿Va… vais a matarme?

—¡No! No, no, no, claro que no. —Thorne se sentó en el otro extremo del sofá con suma delicadeza—. Solo queremos hacerte unas preguntas.

La chica tragó saliva.

—¿Cómo te llamas, cielo?

La chica se mordió el labio, mirando a Thorne con cierta desconfianza, aunque un poco más tranquila.

—Émilie —contestó con un hilo de voz.

—Émilie. Un nombre precioso para una chica preciosa.

Reprimiendo las ganas de vomitar, Cinder apoyó la cabeza contra el marco de la puerta con un topetazo, lo que atrajo la atención de la chica, que volvió a encogerse de miedo.

—Lo siento —dijo Cinder, levantando las manos—. Esto… es un placer conocerte…

Émilie rompió a llorar como una histérica, incapaz de apartar los ojos de la mano metálica de Cinder.

—Por favor, no me matéis. ¡No le diré a nadie que os he visto! ¡Lo prometo, pero, por favor, no me matéis!

Boquiabierta, Cinder observó un momento su desagradable extremidad antes de caer en la cuenta de que no era su mitad ciborg lo que la chica temía, sino su condición de lunar. Se volvió hacia Thorne, que la miraba como si quisiera asesinarla, y alzó los brazos.

—De acuerdo, te ocupas tú —dijo Cinder, y salió de la habitación.

Se sentó en la escalera, desde donde podía oír a Thorne intentando tranquilizarla al tiempo que vigilaba la carretera a través de la ventana. Se apoyó los codos en las rodillas y escuchó los arrullos de Thorne y los sollozos de Émilie mientras se frotaba las sienes intentando detener el inminente dolor de cabeza.

Antes la gente la miraba con asco. Ahora la gente la miraba con terror.

No sabía qué era peor.

Deseaba gritarle al mundo que ella no tenía la culpa de ser así. Ella no había hecho nada.

Desde luego, si le hubieran dado a escoger, no era lo que habría elegido.

Lunar.

Ciborg.

Fugitiva.

Proscrita.

Marginada.

Cinder enterró el rostro en sus manos y trató de alejar de sus pensamientos aquella serie de injusticias. No era momento de compadecerse de sí misma, tenía demasiadas cosas de las que preocuparse.

En la sala contigua, oyó que Thorne mencionaba a Michelle Benoit y le suplicaba a la joven que le dijera algo, cualquier cosa que pudiera serles útil; sin embargo, lo único que obtuvo fueron disculpas balbucientes.

Cinder suspiró, deseando que hubiera algún modo de convencer a la chica de que no tenían intención de hacerle daño, de que, en realidad, ellos eran los buenos.

Se puso tensa.

Sí que podía convencerla. Y muy fácilmente.

Los remordimientos hicieron acto de presencia al instante, aunque no consiguió eliminar del todo la tentación. Cinder volvió la vista hacia el horizonte, hacia los campos en los que seguía sin verse señal de vida.

Entrelazó los dedos y empezó a darle vueltas a la idea.

—Conoces a Michelle Benoit, ¿verdad? —dijo Thorne, en cuya voz empezaba a atisbarse la desesperación—. Vamos a ver, estás en su casa. Porque esta es su casa, ¿no?

Cinder se masajeó las sienes con los pulgares.

Ella no era como la reina Levana y sus taumaturgos y todos esos lunares que abusaban de su don y que manipulaban y engañaban y controlaban a los demás en beneficio propio.

Sin embargo, si lo hacía por una buena causa… y solo un ratito…

—Émilie, por favor, deja de llorar. En realidad es una pregunta muy sencilla.

—De acuerdo —musitó Cinder, dándose impulso para ponerse en pie—. Después de todo, es por su propio bien.

Respiró hondo para ahuyentar los remordimientos y entró de nuevo en la sala de estar.

La joven se volvió hacia ella de inmediato, con los ojos hinchados, y se encogió.

Cinder se obligó a relajarse, dejando que el suave hormigueo recorriera sus terminaciones nerviosas, invocando pensamientos amables, amistosos, cordiales.

—Somos amigos —dijo—, estamos aquí para ayudarte.

A Émilie se le iluminó la mirada.

—Émilie, ¿puedes decirnos dónde está Michelle Benoit?

Una última lágrima resbaló inadvertida por la mejilla de la joven.

—No sé dónde está. Desapareció hace tres semanas, pero la policía no tiene ninguna pista.

—¿Sabes algo sobre su desaparición?

—Ocurrió de día, mientras Scarlet estaba fuera haciendo el reparto. No tenía levitador, ni nave, y no parecía que se hubiera llevado nada. De hecho, encontraron su chip de identidad en la casa, junto con el portavisor.

Cinder necesitó de toda su concentración para mantener el aura de cordialidad y confianza cuando la decepción empezó a hacer mella en ella.

—Pero creo que Scarlet podría saber algo.

Cinder se animó.

—Pensaba ir a buscarla. Se fue hace un par de días y me pidió que cuidara de la granja. Parece ser que tenía una pista, pero no me dijo de qué se trataba. Lo siento.

—¿Has vuelto a tener noticias de Scarlet desde entonces? —preguntó Thorne, adelantando el cuerpo.

Émilie negó con la cabeza.

—Nada. Estoy un poco preocupada por ella, pero es una chica dura. Seguro que estará bien. —Su rostro se iluminó como el de un crío—. ¿Os he ayudado? Quiero ayudar.

Cinder se estremeció ante el entusiasmo de la chica.

—Sí, nos has ayudado. Gracias. Si se te ocurre algo…

—Una pregunta más —intervino Thorne, levantando un dedo—. Nuestra nave necesita algunas reparaciones. ¿Hay alguna tienda de repuestos por aquí cerca que sea de confianza?

Capítulo treinta y cuatro

E l sueño de Scarlet fue agitado, lleno de taumaturgos y lobos al acecho. Cuando logró deshacerse del aturdimiento, vio que le habían dejado dos bandejas de comida. El estómago le rugió al verlas, pero lo ignoró. Se dio media vuelta y se hizo un ovillo en el sucio camastro. Hacía muchos años, alguien había garabateado sus iniciales en la pared del camerino, y Scarlet resiguió las letras con los dedos. ¿Eran obra de una estrella emergente de la ópera de la Segunda Era o de un prisionero de guerra?

¿Había muerto en aquella habitación?

Apoyó la frente en frío yeso.

El escáner del pasillo lanzó un pitido, y la puerta se abrió con un ruido metálico.

Scarlet se volvió y se quedó helada.

Lobo estaba en la entrada, con la cabeza gacha para no golpearse contra el marco. Sus ojos seguían brillando en la oscuridad, pero era lo único en él que no había cambiado. Llevaba el pelo, antes alborotado y de punta, peinado hacia atrás, lo que marcaba y daba un aire de severidad a sus bellas facciones. Se había lavado la cara y vestía el mismo uniforme que Scarlet había visto a los demás soldados: una camisa marrón y protectores decorados con runas en los hombros y también en los antebrazos. De los cinturones y bandoleras colgaban fundas vacías y, por un momento, Scarlet se preguntó si Lobo prefería luchar sin armas o si simplemente no le permitían entrar con ellas en la celda.

Saltó de la cama, aunque lo lamentó de inmediato, pues comprobó que el mundo daba vueltas y no le quedó más remedio que apoyarse en la pared para detener el mareo. Lobo no dijo nada, se limitó a quedarse mirándola, hasta que sus ojos se encontraron: los suyos, sombríos e inexpresivos; los de ella, cargados de un odio y una furia que aumentaban por momentos.

—Scarlet.

Por un instante, el rostro de Lobo reflejó un atisbo de lucha interna que a Scarlet le provocó tanto asco que, sin poder evitarlo, se abalanzó hacia él con un grito airado. No recordaba haber cruzado la habitación, pero el crujido de su puño al descargarlo contra su mandíbula, su oreja, su pecho, le sensibilizó todo el brazo.

Lobo permitió que lo golpeara cinco veces sin apenas inmutarse antes de detenerla. La asió por las muñecas cuando le dirigía el sexto puñetazo y le sujetó las manos con fuerza contra su propio vientre.

Scarlet retrocedió tambaleante y le dirigió el talón a la rótula, pero él la hizo girar sobre sí misma con tanta rapidez que Scarlet perdió el equilibrio y acabó encontrándose con la espalda pegada al pecho de Lobo y los brazos inmovilizados entre los suyos.

—¡Suéltame! —chilló, mientras lo pisaba con todas sus fuerzas y le daba patadas sin parar de gritar y revolverse, pero si llegó a hacerle daño, Lobo no dio muestras de ello.

Scarlet alargó el cuello y le lanzó una dentellada, a pesar de que sabía que era imposible que lo alcanzara, así que giró el cuello todo lo que pudo y le escupió en la mandíbula.

Él volvió a estremecerse, pero no la soltó. Ni siquiera la miró.

—¡Traidor! ¡Desgraciado! ¡Suéltame!

Había alzado la rodilla para propinarle otra coz cuando Lobo la obedeció y la soltó. Scarlet cayó al suelo con un chillido y se alejó de él, apretando los dientes. Le palpitaban las rodillas y tuvo que ayudarse de la pared para levantarse, aunque una vez en pie, se volvió hacia él con brusquedad. Tenía el estómago revuelto, pero estaba segura de que se debía a la ira, el odio y la indignación que hervían en su interior.

—¿Qué? —gritó—. ¿Qué quieres?

Lobo se limpió la barbilla con la muñeca.

—Tenía que verte.

—¿Para qué? ¿Para restregarme que me has dejado como una idiota? Con qué facilidad me convenciste de que… —Se estremeció de pies a cabeza—. No puedo creer que permitiera que me tocaras. —Se retorció, frotándose los brazos con las manos para borrar el recuerdo—. ¡Vete! ¡Déjame en paz!

Lobo no se movió, y tampoco dijo nada durante un buen rato. Scarlet cruzó los brazos y se volvió hacia la pared, temblorosa.

—Te mentí en muchas cosas —se decidió él, por fin.

Scarlet resopló.

—Pero mis disculpas fueron sinceras.

Ella frunció el entrecejo, viendo lucecitas en la pared.

—No era mi intención mentirte, o asustarte, o… En el tren, intenté…

—¿Cómo te atreves? —Se encaró de nuevo con él, clavándose las uñas en los brazos para no volver a lanzarse sobre él y quedar en ridículo una vez más—. Ni se te ocurra mencionarlo o intentar justificar lo que me hiciste. ¡Lo que tu gente le ha hecho a mi pobre abuela!

—Scarlet...

Dio un paso al frente, pero ella levantó las manos y retrocedió hasta que tocó el camastro con las pantorrillas.

—No te acerques a mí. No quiero verte. No quiero escucharte. Prefiero morir a que vuelvas a tocarme.

Scarlet vio que a Lobo se le formaba un nudo en la garganta. Era evidente que sus palabras le habían dolido, aunque eso solo sirvió para enfurecerla aún más.

Lobo le echó un vistazo a la puerta y, al seguir aquella mirada, Scarlet vio a su carcelero habitual esperando fuera, observándolos como si se tratara de uno de esos culebrones que emitían en la telerred. El estómago le dio un vuelco.

—Siento oír eso, Scarlet —dijo Lobo, volviéndose hacia ella. Ya no trataba de disculparse, su voz había recuperado el tono serio y descarnado—. Porque no he venido en busca de tu perdón, sino en busca de otra cosa.

Scarlet se puso derecha.

—Me importa un comino a lo que...

Se plantó junto a ella de una sola zancada y la empujó contra la pared, con las manos enterradas en su pelo. Los labios de Lobo ahogaron el grito de sorpresa de Scarlet, que acabó convirtiéndose en un chillido furioso. Intentó quitárselo de encima, pero habría tenido tantas posibilidades de conseguirlo como contra los barrotes de hierro de la puerta.

Scarlet abrió los ojos desmesuradamente al sentir la lengua de Lobo, y estaba a punto de morderlo cuando notó algo más. Algo pequeño, plano y duro que intentaba introducir en su boca. Se puso tensa.

Lobo se separó de ella. Ya no le asía la cabeza con tanta fuerza, sino que parecía acunarla entre sus manos. Lo tenía tan cerca, que las cicatrices se difuminaban ante ella. Scarlet apenas podía respirar.

Y entonces él murmuró algo, en voz tan baja que Scarlet apenas alcanzó a oír las palabras contra sus labios.

—Espera a que amanezca —le dijo—. Esta noche el mundo no será un lugar seguro.

Lobo cogió un rizo rojo entre los dedos y se lo quedó mirando. Se estremeció, como si le doliera tocarla.

Recobrando su indignación, Scarlet lo apartó de ella de un empujón, se escabulló por debajo de su brazo y salió corriendo hacia el rincón de la habitación donde estaba el camastro, se subió a este y se puso en cuclillas. Se tapó la boca con una mano y afianzó la otra en la pared para no caerse.

Esperó, con el cuerpo en llamas, hasta que Lobo abandonó la habitación con paso apresurado. Los barrotes se abrieron y volvieron a cerrarse.

En el pasillo, el guardia soltó su típica risita.

—Supongo que todos tenemos nuestras cosas —dijo, antes de que sus pasos se perdieran al final del corredor.

Dejándose caer contra la pared, Scarlet escupió el objeto extraño en la mano.

Un pequeño chip de identidad centelleó en su palma.

LIBRO CUATRO

Son para comerte mejor.

Capítulo treinta y cinco

—No va a pasarle nada, estate tranquila.

Cinder dio un respingo, sacada súbitamente de su ensimismamiento. Thorne pilotaba la pequeña cápsula hacia Rieux, Francia, aunque Cinder no sabía cómo era posible que todavía no se hubieran estrellado y hubieran muerto.

—¿A quién no va a pasarle nada?

—A esa chica, Émilie. No tienes que sentirte culpable por haberla dejado fuera de combate con tu truquito mental lunar. Seguro que se sentirá como una rosa cuando despierte.

Cinder cerró la boca. Estaba tan obsesionada con encontrar una célula de energía y regresar junto a Iko antes de que alguien apareciera por la granja que apenas había vuelto a pensar en la chica rubia a la que habían dejado en la casa. Por extraño que pareciera, una vez que hubo tomado la decisión de hechizarla para que confiara en ellos, todas las dudas y los remordimientos que había sentido se esfumaron. Le había parecido lo más natural, lo correcto.

En realidad, lo fácil que le había resultado le preocupaba más que la ausencia de culpabilidad. Si a ella le salía de un modo tan natural, después de haber estado practicando con su nuevo don tan solo unos días, ¿cómo iba a sobrevivir ante un taumaturgo? ¿O ante la propia reina?

—Solo espero que haga mucho que nos hayamos ido cuando se despierte —musitó.

Volvió la vista hacia la ventanilla una vez más y se arregló la coleta ayudándose de su reflejo, en el que distinguía vagamente sus ojos castaños y sus corrientes facciones. Ladeó la cabeza, preguntándose qué aspecto tendría con el hechizo; aunque nunca lo sabría, claro: los hechizos no podían engañar a los espejos. Sin embargo, Thorne parecía haberse quedado impresionado, y Kai…

«Me cuesta más mirarte a ti que a ella.»

Sus palabras cayeron sobre ella como una losa.

La ciudad apareció a sus pies, y Thorne inició un brusco descenso. Con una sacudida, Cinder se aferró al arnés que le rodeaba la cintura.

Thorne enderezó la nave y carraspeó.

—Una ráfaga de viento.

—Sí, seguro.

Cinder descansó la cabeza contra el respaldo.

—Hoy estás más triste que de costumbre —dijo Thorne, dándole un suave pellizco en la barbilla—. Alegra esa cara, mujer. Puede que no hayamos encontrado a madame Benoit, pero ahora sabemos que dio alojamiento a la princesa y eso es bueno. Estamos haciendo progresos.

—Hemos encontrado una casa desvalijada y nos ha identificado la primera civil con que nos hemos topado.

—Sí, porque somos famosos —dijo, canturreando la última palabra con cierto orgullo. Al ver que Cinder ponía los ojos en blanco, le dio un codazo en el brazo—. Oh, venga, podría ser peor.

Cinder enarcó una ceja volviéndose hacia él, que la miró con una sonrisa aún más radiante.

—Al menos nos tenemos el uno al otro.

Thorne estiró los brazos, como si le hubiera dado un abrazo de no haber estado atados a los asientos. El morro de la nave se desvió hacia la derecha, y Thorne se apresuró a hacerse nuevamente con los mandos para enderezarla, gracias a lo cual pudo esquivar una bandada de palomas en el último momento.

Cinder reprimió la risa tapándose la boca con la mano metálica.

No fue hasta que Thorne no hubo aterrizado como pudo en una callejuela adoquinada cuando Cinder empezó a comprender hasta qué punto aquello no era una buena idea. Sin embargo, no tenían elección: necesitaban una célula de energía nueva si querían devolver la Rampion al espacio.

—Nos van a ver —dijo, mirando a su alrededor mientras salía de la cápsula.

La calle estaba desierta, a la tranquila sombra de edificios de piedra centenarios y arces de hojas plateadas. Sin embargo, la calma que se respiraba en el ambiente no ayudó a atemperar sus nervios.

—Y tú vas a utilizar esa magia lavacerebros tan práctica con ellos y nadie va a saber que nos está viendo. Bueno, es decir, supongo que sí nos verán, pero no nos reconocerán. O, ¡eh!, ¿podrías hacer que fuéramos invisibles? Porque eso sí que sería práctico de verdad.

Cinder se metió las manos en los bolsillos.

—No sé si estoy preparada para engañar a toda una ciudad. Además, no me gusta. Me hace sentir… mala.

Sabía que si su detector de mentiras interno pudiera verla, habría activado la lucecita anaranjada. En realidad la hacía sentir bien, muy, muy bien, y puede que eso fuera precisamente lo que la hacía sentir tan mal.

Thorne se enganchó los pulgares en el cinturón con un brillo malicioso en sus ojos azules. Estaba un poco ridículo con su estrafalaria cazadora de piel en aquel pintoresco pueblecito rural, y aun así tenía el paso decidido y arrogante de alguien que se sentía como en su casa. De alguien que se sentía en su hogar allí donde fuera.

—Puede que seas una lunar chiflada, pero no eres malvada. Mientras utilices tu poder para ayudar a la gente o, lo que es más importante, para ayudarme a mí, no hay nada de lo que debas sentirte culpable.

Se detuvo para comprobar qué tal llevaba el pelo en el sucio escaparate de una zapatería mientras Cinder lo miraba boquiabierta detrás de él.

—Espero que eso no haya sido lo que entiendes tú por animar a la gente.

Satisfecho, Thorne volvió la cabeza hacia la tienda contigua.

—Ya hemos llegado —dijo, y abrió una vieja y quejumbrosa puerta de madera.

El tintineo apagado de unas campanillas digitales les dio la bienvenida, mezclado con el olor a aceite de motor y goma quemada. Cinder inspiró hondo el aroma del hogar. Mecánica. Maquinaria. Allí era donde ella se sentía como en casa.

A pesar de que la tienda tenía un aire encantador vista desde fuera, con su fachada de piedra y sus viejos antepechos de madera, de pronto descubrieron que era inmensa y que ocupaba toda la planta baja del edificio, hasta la parte de atrás. Cerca de la entrada, unas altísimas estanterías metálicas contenían piezas de recambio para androides y pantallas. Hacia el fondo, Cinder entrevió piezas para máquinas más grandes: levitadores, tractores y naves.

—Perfecto —musitó, dirigiéndose a la pared de la trastienda.

Pasaron junto a un dependiente joven y granujiento sentado detrás de un mostrador, y aunque Cinder invocó su hechizo al instante y los ocultó bajo la apariencia de lo primero que le vino a la cabeza —unos jornaleros sucios y roñosos— dudaba de que la estratagema fuera necesaria. El chico ni siquiera se molestó en saludarlos, concentrado como estaba en un portavisor del que surgía la alegre melodía de un juego.

Cinder rodeó el pasillo de conversores de potencia y vio a un hombre fornido apoyado contra una grúa elevadora de motores, el único otro cliente de la tienda. Parecía estar más concentrado en sacarse la roña de debajo de las uñas que en prestar atención a los estantes y, cuando se topó con la mirada de Cinder, la saludó con una sonrisita burlona.

Cinder se metió la mano metálica en el bolsillo, sintió las vibraciones de los pensamientos de aquel tipo en el aire e intentó darles la vuelta. «No te interesamos.»

Sin embargo, su sonrisa no hizo más que ensancharse, y la joven se estremeció.

Cuando el tipo se volvió un instante después, Cinder enfiló el pasillo tratando de mantener el hechizo mientras rebuscaba entre el batiburrillo de piezas de recambio hasta que encontró la célula de energía que estaban buscando. La arrancó del estante, ahogando un grito ante su inesperado peso, y regresó rápidamente al mostrador.

Thorne volvió a respirar tranquilo en cuanto perdieron al extraño de vista.

—Me ha dado escalofríos.

Cinder asintió con la cabeza.

—Deberías poner la cápsula en marcha, por si tenemos que salir corriendo.

Dejó la célula de energía sobre el mostrador del dependiente con un golpe sordo.

El joven ni siquiera se molestó en levantar la vista cuando tendió el lector hacia Cinder con una mano y mantuvo la otra en el portavisor, jugando con un solo pulgar. El láser rojo parpadeó sobre la superficie de la mesa.

El terror atenazó el estómago de Cinder.

—Esto…

El crío logró despegar los ojos del juego y le dirigió una mirada irritada.

Cinder tragó saliva. Ninguno de ellos tenía chip de identificación ni ningún medio de pago. ¿Podría salir de aquella con el don lunar? Imaginó que a Levana no le habría supuesto ningún problema…

Sin embargo, antes de que pudiera hablar, detectó algo centelleando por el rabillo del ojo.

—¿Con esto será suficiente? —preguntó Thorne, tendiéndole al dependiente un cronovisor digital chapado en oro. Cinder lo reconoció, era el que llevaba Alak, el dueño del hangar de naves espaciales de Nueva Pekín.

—¡Thorne! —siseó.

—Esto no es una casa de empeños —dijo el chico, que dejó el lector en el mostrador—. ¿Vais a pagar o no?

Cinder fulminó a Thorne con la mirada, pero entonces vio que el extraño asomaba con paso pesado por el pasillo del fondo de la tienda y echaba a andar hacia ellos, silbando una animada melodía, mientras se sacaba un par de gruesos guantes de trabajo de uno de los bolsillos y se ponía el izquierdo con gran ceremonia.

Cinder se volvió hacia el chico con el corazón desbocado.

—Quieres el cronovisor —dijo—. Es un buen trato a cambio de esta célula y no vas a informar sobre nosotros por habérnosla llevado.

Los ojos del chico se pusieron vidriosos. Había empezado a asentir con la cabeza cuando Thorne dejó el cronovisor en su mano y Cinder cogió la célula de energía del mostrador. Salieron de la tienda a toda prisa, dejando atrás el tintineo de las falsas campanillas.

—¡Se acabó lo de robar! —le advirtió Cinder, cuando Thorne la alcanzó.

—Eh, ese cronovisor acaba de sacarnos de un apuro.

—No, he sido yo quien nos ha sacado del apuro y, por si lo habías olvidado, ese es exactamente el tipo de truco mental que no quiero utilizar con la gente.

—¿Ni para salvar el pellejo?

—¡No!

En el ojo de Cinder una lucecita se encendió que avisaba de que tenía una com entrante. Un instante después, las palabras empezaron a deslizarse por su campo de visión.

NOS HAN DESCUBIERTO: LA POLICÍA. LOS MANTENDRÉ TODO LO ALEJADOS QUE PUEDA.

Cinder dio un traspié en medio de la calle.

—¿Qué pasa? —preguntó Thorne.

—Es Iko. La policía ha encontrado la nave.

Thorne empalideció.

—Entonces no hay tiempo para ir a comprar ropa.

—O un cuerpo de androide. Vamos.

Cinder echó a correr, y Thorne la siguió de cerca, hasta que doblaron la esquina. Ambos se detuvieron en seco.

Dos policías se interponían entre ellos y la cápsula, y uno de ellos estaba comparando el modelo de la nave con algo que tenía en el portavisor. El cinturón del otro agente emitió un pitido, y mientras lo atendía, Cinder y Thorne retrocedieron y se agacharon al torcer la esquina del edificio.

Con el pulso acelerado, Cinder levantó la cabeza para mirar a Thorne y vio que este tenía la suya vuelta hacia el escaparate del negocio contiguo, en medio de cuyo ventanal se leía: TABERNA RIEUX.

—Por aquí —dijo, y la arrastró consigo mientras sorteaba dos mesas de forja y atravesaba la puerta.

La taberna apestaba a alcohol y fritanga, y el rumor de los deportes que emitían las telerredes y las risotadas escandalosas inundaban el ambiente.

Cinder avanzó dos pasos, contuvo la respiración y dio media vuelta para salir de allí cuando Thorne la detuvo estirando el brazo.

—¿Adónde vas?

—Hay demasiada gente. Tenemos más posibilidades con la policía. —Le dio un empujón para que la dejara pasar, pero se quedó helada cuando vio que un levitador verde se posaba suavemente sobre los adoquines de la calle, con el emblema del ejército de la Comunidad Oriental en uno de los laterales—. Thorne.

El brazo del chico se puso rígido, y en ese momento la taberna enmudeció. Cinder se volvió lentamente hacia la gente. Decenas de extraños la miraban boquiabiertos.

Una ciborg.

—Por todas las estrellas —masculló—, tengo que encontrar unos guantes cuanto antes.

—No, tienes que tranquilizarte y empezar a usar la brujería esa de las ondas cerebrales.

Cinder se acercó a Thorne e intentó controlar el pánico creciente.

—Somos de aquí —murmuró. Gotas de sudor le resbalaban por la espalda—. No somos sospechosos, no nos reconocéis, no sentís interés, ni curiosidad…

Su voz se fue apagando a medida que la gente que abarrotaba el local devolvía su atención a sus platos, sus bebidas y las telerredes de detrás de la barra. Cinder continuó repitiendo el mantra mecánico en su cabeza, «Somos de aquí, no somos sospechosos», hasta que las palabras se desdibujaron y consiguieron crear una sensación de invisibilidad.

No eran sospechosos. Eran de allí.

Se obligó a creerlo.

Paseó la vista por la clientela y advirtió que solo un par de ojos seguían fijos en ella, infinitamente azules y burlones. Se trataba de un hombre musculoso sentado en una de las mesas del fondo, con una sonrisilla dibujada en los labios. Sin embargo, cuando la mirada de Cinder se encontró con la suya, el hombre se recostó en su asiento y volvió a concentrarse en las telerredes.

—Muy bien, vamos —dijo Thorne, conduciéndola hacia un reservado vacío.

El quejido de las bisagras al abrirse la puerta detrás de ellos hizo que el estómago de Cinder empezara a traquetear como un motor agónico. Ocuparon los asientos del reservado.

—Ha sido mala idea —susurró, al tiempo que dejaba la célula de energía a su lado, sobre el banco.

Thorne no dijo nada, y ambos bajaron la cabeza cuando tres tipos con uniformes rojos pasaron por su lado. Un escáner lanzó un pitido. A Cinder se le disparó el pulso y empezaron a palpitarle las sienes. El último oficial se detuvo.

Con la mano biónica bajo la mesa, Cinder abrió con destreza el cañón de la pistola de dardos tranquilizadores que llevaba ensamblada, la primera vez que activaba el dispositivo de ese dedo desde que el doctor Erland le había dado la mano.

El oficial se detuvo junto al reservado, y Cinder se obligó a volverse hacia él, pensando «inocencia, normal, imposible de distinguir de cualquier otra persona».

El hombre sujetaba un portavisor con un escáner de identidad incorporado. Cinder tragó saliva y alzó la vista. Era joven, de veintipocos quizá, y por su expresión parecía confundido.

—¿Hay algún problema, monsieur? —preguntó Cinder, asqueada al oír que su voz adoptaba un tono tan almibarado y empalagoso como el de la reina Levana.

El joven parpadeó de forma exagerada. También había llamado la atención de los otros dos oficiales, un hombre y una mujer, y Cinder los vio acercarse por el rabillo del ojo.

El calor se inició en la base del cuello y fue extendiéndose, poco a poco y de manera desagradable, hacia sus extremidades. Apretó los puños. La habitación estaba inundada de una energía palpitante, casi visible. Su optobiónica empezaba a ceder al pánico, y serias señales de advertencia sobre desequilibrios hormonales y químicos cruzaban su visión mientras se esforzaba por no perder el control de su don lunar. «Soy invisible. Alguien sin importancia. No me reconocéis. Por favor, no me reconozcáis.»

—¿Oficial?

—Es usted... —El joven apartó los ojos del portavisor y la miró a la cara, sacudiendo la cabeza como si tratara de aclararse—. Estamos buscando a alguien, y según esto... ¿Por casualidad no será...?

Todo el mundo los miraba. Los camareros, los clientes, el tipo espeluznante de mirada turbia. Por muchas súplicas mudas que entonara, era imposible que pasara desapercibida cuando un agente militar de otro país se dirigía a ella. Empezaba a marearse del esfuerzo. Cada vez notaba más calor, gotas de sudor se le formaban en la frente.

Tragó saliva.

—¿Ocurre algo, oficial?

El joven frunció el entrecejo.

—Estamos buscando a una chica..., una adolescente de la Comunidad Oriental. ¿Por casualidad, usted no será... Linh...

Cinder enarcó las cejas, fingiendo inocencia.

—... Peony?

Capítulo treinta y seis

La sonrisa se le congeló en los labios. El nombre de Peony cayó como una losa sobre su pecho y vació sus pulmones de aire mientras las imágenes pasaban ante sus ojos. Peony asustada y sola en las cuarentenas. Peony agonizando, mientras ella seguía con el antídoto en la mano.

El dolor fue instantáneo, el fuego le atravesó los músculos. Cinder profirió un grito y se agarró a la mesa, a punto de caer del reservado.

—¡Es ella!

Cinder sintió que la mesa se le venía encima cuando Thorne se levantó de un salto. El calor abrasador todavía tardó un segundo en remitir. Le quedó un regusto salado en la boca, alguien gritó y, en medio de su confusión, oyó patas de mesas y sillas arrastradas contra el suelo. La voz de la mujer: «Linh Cinder, queda usted detenida». Un texto de color rojo se desplazó por su retina.

TEMP INTERNA SUPERIOR A LA TEMP DE CONTROL RECOMEN-
DADA. SI NO SE INICIA EL PROCESO DE ENFRIAMIENTO,
EL APAGADO AUTOMÁTICO SE PRODUCIRÁ EN UN MINUTO.

—Linh Cinder, coloque las manos sobre la cabeza, despacio. No realice movimientos bruscos.

Trató de apagar el resplandor que le emborronaba la visión con un parpadeo, apenas capaz de distinguir a la oficial que le apuntaba a la frente con un arma. Detrás de ella, Thorne dirigió un puñetazo al joven del portavisor, quien se agachó y se lo devolvió. El tercer oficial les apuntó con su arma cuando cayeron sobre una mesa contigua, enzarzados en una pelea.

Cinder respiró hondo, alegrándose de que el dolor se hubiera disipado en gran parte bajo su piel.

CINCUENTA SEGUNDOS PARA EL APAGADO...

Soltó el aire, poco a poco.

CUENTA ATRÁS PAUSADA. TEMPERATURA DESCENDIENDO. PROCESO DE ENFRIAMIENTO INICIADO.

—Linh Cinder —insistió la mujer—, ponga las manos sobre la cabeza. Estoy autorizada para disparar a matar en caso necesario.

Cinder había olvidado que la punta de uno de sus dedos estaba abierta, y con un dardo listo cuando pasó ante sus ojos.

—Salga despacio del reservado y dese la vuelta.

La mujer se hizo a un lado para que Cinder pudiera moverse. Detrás de ella, Thorne gruñó al recibir un puñetazo en el estómago y se dobló sobre sí mismo.

Cinder se encogió al oírlo, pero hizo lo que le habían ordenado, esperando a tranquilizarse, a recuperar fuerzas. Intentó prepararse mentalmente, consciente de que solo tendría una oportunidad.

Salió del reservado en el momento en que cerraban las esposas alrededor de las muñecas de Thorne y, por el rabillo del ojo, vio que la oficial se llevaba la mano al cinturón.

—No queréis hacerlo —dijo Cinder, nuevamente asqueada ante la agradable serenidad de su propia voz—. Queréis dejarnos ir.

La oficial se detuvo y se volvió hacia ella con la mirada vacía.

—Queréis dejarnos ir. —La orden iba dirigida a todos los oficiales, a todos los presentes en la taberna, incluso a los clientes aterrados que habían retrocedido hasta la pared del fondo del local. La cabeza de Cinder zumbaba tras recuperar la fuerza, el control y el poder—. Queréis dejarnos ir.

La oficial dejó caer los brazos a los lados.

—Queremos dejaros…

Un grito gutural resonó en el local. Al otro lado de la oficial, el hombre de los ojos azules hizo ademán de ponerse en pie, pero volvió a desplomarse de inmediato sobre la mesa, cuyas patas se partieron por el peso. El hombre se estrelló contra el suelo, atrayendo la atención de todo el mundo. La gente empezó a apartarse de él. Cinder miró de reojo a Thorne, que contemplaba el espectáculo con las manos unidas a la espalda.

El extraño gruñó. Estaba a cuatro patas e hilillos de saliva le colgaban de la boca. Bajo unas cejas oscuras, sus ojos habían adquirido una luminiscencia inquietante y tenían una expresión trastornada y sedienta de sangre que hizo que a Cinder se le encogiera el estómago. El hombre crispó los dedos, arañó el suelo con las uñas y alzó la vista hacia los rostros aterrados que lo rodeaban.

Curvó los labios y un nuevo gruñido abandonó su garganta, dejando a la vista unos dientes afilados, más propios de un animal que de un humano.

Cinder retrocedió hasta el banco, convencida de que su colapso momentáneo había frito algo, que su optobiónica estaba enviando mensajes confusos a su cerebro. Sin embargo, continuó viendo lo mismo.

Al unísono, los oficiales militares volvieron sus armas hacia el hombre, aunque a este no pareció preocuparle. Daba la impresión de disfrutar con los gritos horrorizados, con el modo en que la gente se apresuraba a apartarse de él.

De pronto, se abalanzó sobre el oficial que tenía más cerca antes de que este pudiera apretar el gatillo. Cogió la cabeza del oficial entre sus manos, se oyó un chasquido y el joven se desplomó en el suelo sin vida. Todo ocurrió tan rápido que resultaba difícil seguir sus movimientos.

Todo el mundo se puso a chillar, y hubo una estampida en dirección a la puerta. Los clientes se abrían camino a trompicones entre las mesas y las sillas que volcaban a su paso.

Haciendo caso omiso de la gente, el hombre sonrió a Cinder, que se metió en el reservado, temblando.

—Hola, jovencita —dijo con una voz demasiado humana, demasiado comedida—. Creo que mi reina ha estado buscándote.

Se abalanzó sobre ella de un salto. Cinder retrocedió, incapaz de gritar.

La oficial se interpuso entre ellos, de cara a Cinder, con los brazos extendidos para protegerla. Completa y absolutamente inexpresiva. Sus ojos vacíos continuaron mirando a Cinder cuando el hombre aulló con rabia y la agarró por la espalda. Le envolvió la cabeza con un brazo, tiró de ella hacia atrás y le hundió los colmillos en la garganta.

La mujer no gritó. No luchó.

Un borboteo sanguinolento abandonó sus labios.

Se oyó un disparo.

El maníaco rugió, cogió a la oficial, la sacudió como lo haría un perro con un juguete y la arrojó a la otra punta del local. La mujer se desplomaba en el suelo cuando se oyó un nuevo disparo, que alcanzó al hombre en el hombro. Con un bramido, este se lanzó sobre el único oficial que quedaba, le arrancó el arma con una mano y le asestó un golpe con la otra, con los dedos curvados en una garra, que le dejó cuatro tajos rojos en el rostro.

Con el pulso acelerado, Cinder se quedó mirando boquiabierta a la mujer mientras la vida abandonaba sus ojos. El aire se negaba a llegar a sus pulmones, el corazón le latía con tanta fuerza que parecía que fuera a salírsele del pecho y unos puntitos blancos empezaron a salpicar su visión. No podía respirar.

—¡Cinder!

Cinder miró confusa a su alrededor y vio a Thorne saliendo como podía de detrás de una mesa volcada, con las manos esposadas a la espalda, antes de caer de rodillas junto al banco.

—¡Rápido, las esposas!

A Cinder le ardían los pulmones. Le escocían los ojos. Estaba hiperventilando.

—La… la he matado —balbució.

—¿Qué?

—La he… Ella…

—¡No es momento de perder la cabeza, Cinder!

—No lo entiendes. He sido yo. Yo…

Thorne se lanzó contra ella y le propinó un cabezazo en la frente con tanta fuerza que Cinder gritó y cayó hacia atrás, sobre el banco.

—¡Vuelve en ti y ayúdame a quitarme esto!

Cinder se cogió a la mesa para ayudarse a incorporarse. Le dolía la cabeza, miró confusa a Thorne y luego a la oficial desplomada en el suelo, contra la pared, con el cuello doblado en un ángulo extraño.

Tratando de aferrarse a la realidad, se dio impulso y arrastró a Thorne consigo entre las sillas derribadas. Se agachó junto al primer oficial caído, lo cogió por el brazo y le levantó la muñeca. Thorne retorció las manos hacia ella, y las esposas se abrieron tras un parpadeo.

Cinder soltó la mano sin vida y se puso en pie para echar a correr hacia la puerta, pero algo la cogió por la coleta y tiró de ella hacia atrás. Cayó sobre una mesa con un grito al tiempo que varias botellas de cristal se hacían añicos bajo ella y el agua y el alcohol le empapaban la espalda de la camisa.

El maníaco se cernió sobre ella, con una sonrisa lasciva. El labio y las heridas de bala le sangraban, aunque no parecía notarlo.

Cinder intentó retroceder, pero se resbaló y se clavó un trozo de cristal en la mano. Dio un grito ahogado.

—Te preguntaría qué te ha traído al pequeño Rieux, Francia, pero creo que ya lo sé. —El hombre esbozó una sonrisa, si bien aquellos colmillos sobresalientes y teñidos de sangre la convertían en un gesto angustiante y poco natural—. No sabes cómo siento que hayamos encontrado a la anciana nosotros primero y que ahora mi manada os tenga a ambas. Me pregunto cuál será mi recompensa cuando le lleve a mi reina lo que quede de ti en una bolsa de plástico.

Con un rugido, Thorne levantó una silla y la descargó sobre la espalda del hombre.

Este se giró en redondo, y Cinder aprovechó la distracción para rodar hacia un lado. Cayó al suelo y levantó la vista justo cuando el hombre hundía sus dientes en el brazo de Thorne. Un grito.

—¡Thorne!

El hombre se apartó, con la barbilla cubierta de sangre, y soltó a Thorne, que se desplomó de rodillas.

Sus ojos lanzaron un destello.

—Te toca.

Se acercó a ella con paso tranquilo. Cinder dio la vuelta a la mesa y creó una barricada entre ellos, pero él se echó a reír y la arrojó a un lado de una patada.

Cinder se puso en pie, levantó la mano y le disparó el tranquilizante al pecho.

El hombre torció el gesto y se lo arrancó como si nada.

Cinder retrocedió. Tropezó con una silla volcada, lanzó un chillido y cayó de espaldas sobre el cuerpo caliente e inmóvil del oficial que había conseguido disparar dos balas inútiles.

El hombre sonrió de forma espeluznante, sin embargo, de pronto se detuvo y empalideció. La sonrisa cruel desapareció y, tras un paso más, cayó de bruces contra el suelo.

Cinder se quedó mirando, con el estómago encogido, aquel cuerpo en medio del caos.

Al ver que no se movía, se atrevió a volverse hacia el oficial muerto, cuya sangre empezaba a empaparle la camisa. Se apartó de él a toda prisa, se hizo con el arma que había quedado tirada en el suelo y se levantó.

Asió a Thorne por el codo y le puso el arma en la mano. Él emitió un gemido de dolor, pero no opuso resistencia cuando tiró de él para levantarlo y lo empujó hacia la puerta. Cinder regresó rápidamente al reservado y se metió la célula de energía bajo el brazo antes de salir corriendo tras Thorne.

El caos se había desatado en la calle, la gente chillaba y salía precipitadamente de los edificios, lanzando gritos histéricos.

Cinder vio que los dos agentes de policía que habían estado inspeccionando la cápsula trataban de poner orden y calmar a la gente que huía despavorida. De repente, un escaparate se hizo añicos. Un hombre lo había atravesado —el tipo inquietante de la tienda de repuestos— y se había llevado por delante a uno de los policías. Su mandíbula se cerró en torno al cuello del agente.

Cinder sintió náuseas cuando el maníaco lo soltó y volvió su cara bañada en sangre hacia el cielo.

Y aulló.

Un largo, arrogante y siniestro aullido.

El dardo de Cinder lo alcanzó en el cuello y lo enmudeció, aunque el tipo aún tuvo tiempo de volver su mirada iracunda hacia ella antes de desplomarse sobre un costado.

No pareció servir de nada. Mientras Cinder y Thorne corrían hacia la cápsula abandonada, otro aullido imitó al del hombre caído, y otro más, hasta media docena de llamadas sobrenaturales procedentes de todas direcciones para saludar la salida de la luna.

Capítulo treinta y siete

—¿Qué ha sido eso? —gritó Thorne mientras despegaba de la calle con la cápsula.

Sobrevolaron el mosaico de cultivos que rodeaba la ciudad de Rieux más bajo y mucho más rápido de lo que indicaba el reglamento.

Cinder negó con la cabeza, todavía jadeando.

—Eran lunares. Han mencionado a su reina.

Thorne golpeó el panel de control de la cápsula con la palma de la mano al tiempo que maldecía.

—Sé que se supone que a los lunares les falta algún tornillo, sin ánimo de ofender, pero esos hombres estaban psicóticos. ¡Prácticamente me ha roído el brazo! ¡Y esta es mi cazadora favorita!

Cinder miró a Thorne, pero el capitán tenía el hombro herido girado hacia el otro lado. Lo que sí percibía, sin embargo, era un verdugón en su propia frente, donde Thorne le había propinado un cabezazo para sacarla de su delirio.

Se llevó los fríos dedos metálicos a la frente, que empezaba a palpitarle, y vio una cadena de texto en su campo de visión que antes había estado demasiado aterrorizada y distraída para ver.

¿¿¿DÓNDE ESTÁIS???

—A Iko le está entrando el pánico.

Thorne viró bruscamente para esquivar un tractor abandonado.

—¡Me había olvidado de la policía! ¿Mi nave está bien?

—Espera. —Con el estómago revuelto a causa del viraje, Cinder se agarró del arnés y emitió una nueva com.

EN CAMINO. ¿SIGUE AHÍ LA POLICÍA?

La respuesta de Iko fue casi instantánea.

NO, HAN COLOCADO UN DISPOSITIVO DE LOCALIZACIÓN EN LA PARTE INFERIOR DE LA NAVE Y SE HAN IDO. ALGO ACERCA DE UNOS DISTURBIOS EN RIEUX. ESTOY MIRANDO LAS TELERREDES... CINDER, ¿LO ESTÁS VIENDO?

Cinder tragó saliva, pero no contestó.

—La policía se ha ido. Han dejado un localizador.

—Bueno, era predecible. —Thorne bajó en picado, golpeando el tejado de un molino de viento con el tren de aterrizaje.

Cinder vio la Rampion a solo unos kilómetros, una gran mancha gris en medio de los cultivos, casi imperceptible en la noche.

IKO, ABRE LA PLATAFORMA DE ACOPLAMIENTO.

Para cuando la cápsula descendió hacia la Rampion, la plataforma de acoplamiento estaba completamente abierta. Cinder entrecerró los ojos y se agarró al asiento cuando Thorne se lanzó hacia ella demasiado rápido, aunque el capitán desactivó los propulsores justo a tiempo y enseguida se detuvieron de forma repentina e inestable. El módulo se estremeció y se apagó; Cinder se había apeado tambaleándose antes de que las luces se extinguieran.

—¡Iko! ¿Dónde está el localizador?

—¡Por todos los astros, Cinder! ¿Dónde habéis estado? ¿Qué está pasando ahí fuera?

—No tenemos tiempo. ¡El localizador!

—Está debajo del tren de aterrizaje de estribor.

—Ya lo cojo yo —dijo Thorne, al tiempo que se dirigía hacia las puertas abiertas de par en par—. Iko, sella la plataforma en cuanto haya salido, luego abre la escotilla principal. ¡Cinder, instala esa célula de energía! —Saltó de la plataforma, y Cinder oyó el chapoteo en el barro cuando el capitán aterrizó.

Un momento después, empezaron a deslizarse las puertas de interconexión.

—¡Espera!

Las puertas se detuvieron, dejando un espacio no mayor que la palpitante cabeza de Cinder entre ellas.

—¿Qué? —gritó Iko—. ¡Creí que había salido! ¿Le he aplastado?

—No, no, está bien. Solo tengo que hacer una cosa.

Mordisqueándose el labio, apoyó una rodilla en el suelo. Tiró de la pernera de su pantalón hacia arriba para abrir el compartimento de su pierna biónica y sacó dos pequeños chips alojados en la maraña de cables. El chip de comunicación directa brillaba con una iridiscencia extraña, y el chip de identidad de Peony seguía cubierto de sangre reseca.

Esos policías la habían localizado a través del chip de Peony, y no le habría sorprendido que los acólitos de Levana la hubiesen encontrado de la misma forma.

—Qué estúpida soy… —murmuró, aflojando el chip.

El corazón le palpitó de repente, pero hizo todo lo que pudo por ignorarlo mientras daba un rápido beso al chip de identidad y lo arrojaba al campo. Destelló a la luz de la luna antes de desaparecer en la oscuridad.

—De acuerdo. Ya puedes cerrarlas.

Cuando las puertas se unieron con un sonido metálico, se precipitó hacia la cápsula y arrancó la célula de energía del suelo.

La sala de máquinas resplandeció con las luces rojas de emergencia. Su visor retinal ya había registrado los planos para cuando se deslizó bocabajo hasta la esquina exterior de la nave y desbloqueó la vieja célula de energía.

La soltó de un tirón, y la nave entera se quedó a oscuras.

Maldijo para sí.

—¡Cinder! —El grito angustiado de Thorne llegó de alguna parte por encima de ella.

Cinder encendió su linterna y arrancó el embalaje de protección de la nueva célula respirando de forma entrecortada, jadeando. Sin el sistema de refrigeración, en la sala de máquinas no tardó en reinar un calor sofocante.

Insertó un cable en la toma de corriente de la célula, luego lo atornilló al motor. Ya se estaba olvidando de cómo había conseguido sobrevivir alguna vez sin el destornillador de su nueva mano cuando aseguraba la célula a la pared. El proyecto superpuesto en su campo de visión acercó la imagen mientras conectaba los delicados cables.

Tragó saliva y tecleó con fuerza el código de reinicio en el ordenador central. El motor emitió un zumbido, que fue cobrando volumen, y pronto ronroneó como un gato satisfecho. Las luces rojas volvieron a encenderse con un parpadeo, y se vieron reemplazadas por unas blancas brillantes igual de rápido.

—¿Iko?

La respuesta fue casi inmediata.

—¿Qué acaba de pasar? ¿Por qué nadie me explica qué está pasando?

Exhalando, Cinder se tumbó bocabajo y regresó arrastrándose hacia la puerta. Se agarró a los travesaños de la escalera que llevaba a la planta principal de la nave y gritó:

—¡Listos para el despegue!

Las palabras no habían acabado de salir de su boca cuando las cámaras de combustión llamearon por debajo de ella y la nave despegó del suelo con una sacudida. Cinder chilló y se aferró con más fuerza a la escalera, mientras la Rampion se quedaba suspendida momentáneamente antes de salir disparada hacia el cielo, lejos de la destrucción que estaba teniendo lugar en la hermosa ciudad natal de Michelle Benoit.

Cuando volvieron a entrar en órbita, Cinder encontró a Thorne en la cabina de mando, desplomado sobre su asiento con ambos brazos colgando a los costados.

—Deberíamos limpiarnos las heridas —dijo la ciborg, al verle la mancha oscura de sangre en el hombro.

Thorne asintió sin volverse hacia ella.

—Sí, definitivamente no quiero coger lo que quiera que tuviera ese tío.

Con la pierna derecha temblando bajo su propio peso, Cinder se abrió camino torpemente hasta la enfermería, agradeciendo haber tenido la previsión de retirar las cajas, y encontró un surtido de vendas y pomadas.

—Buen despegue el de antes —dijo cuando se reunió con Thorne en la cabina de mando—, capitán.

Este emitió un gruñido y se enfurruñó cuando Cinder le cortó la camisa pegajosa con su cuchillo ensamblado.

—¿Cómo te encuentras? —preguntó mientras le examinaba las marcas de mordedura del brazo.

—Como si me hubiese mordido un perro salvaje.

—¿Te mareas? ¿Estás grogui? Has perdido mucha sangre.

—Estoy bien —respondió, con mala cara—. Bastante cabreado por mi cazadora.

—Podría haber sido mucho peor. —Cinder arrancó un trozo largo de esparadrapo—. Podría haberte utilizado como escudo humano, como a esa agente. —Le entró hipo con la última palabra. Estaba empezando a dolerle la cabeza, lo notaba desde los ojos resecos, casi áridos, mientras envolvía el brazo de Thorne con una venda y se lo sujetaba con el esparadrapo.

—¿Qué ha ocurrido?

Ella sacudió la cabeza y bajó la vista hasta el corte profundo que tenía en la mano.

—No lo sé —dijo, mientras se lo cubría también con el esparadrapo.

—Cinder.

—No quería hacerlo. —Se dejó caer en su propio asiento. Le entraron náuseas al recordar la mirada vacía, sin vida, de la mujer cuando se interpuso entre ella y aquel hombre—. Me ha entrado el pánico, y lo siguiente que he sabido es que ella estaba ahí, delante de mí. Ni siquiera lo he pensado, no lo he intentado, ha ocurrido sin más. —Se levantó del asiento con brusquedad y salió al muelle de carga, necesitaba espacio. Para respirar, para moverse, para pensar—. ¡Esto es justo de lo que estaba hablando! Tener este don. ¡Me está convirtiendo en un monstruo! Igual que esos hombres. Igual que Levana.

Se frotó las sienes, conteniendo su siguiente confesión.

Quizá no solo fuese ser lunar. Quizá lo llevaba en la sangre. Quizá era igual que su tía... igual que su madre, que tampoco había sido mejor.

—O quizá —dijo Thorne— ha sido un accidente, y todavía estás aprendiendo.

—¡Un accidente! —Se volvió—. ¡He matado a una mujer!

Thorne sostuvo un dedo en alto.

—No. La ha matado ese hombre lobo chupasangre y aullador. Cinder, estabas asustada. No sabías lo que hacías.

—Él venía a por mí, y yo la he usado sin más.

—¿Y crees que a los demás nos habría dejado en paz una vez te hubiera tenido a ti?

Cinder apretaba la mandíbula con fuerza, todavía tenía el estómago revuelto.

—Entiendo que sientas que ha sido culpa tuya, pero intentemos achacar parte de la culpa a quien la tiene.

Cinder miraba a Thorne con el entrecejo fruncido; sin embargo, estaba viendo de nuevo a aquel hombre, con aquellos ojos azules e inquietantes y sonrisa perversa.

—Tienen a Michelle Benoit. —Se estremeció—. Y eso también es culpa mía. Es a mí a quien buscan.

—Y ahora, ¿sobre qué estás divagando?

—Él sabía que ese era el motivo por el que yo había venido a Rieux, aunque ha dicho que ya la habían encontrado. La «vieja dama», ha dicho. ¡Pero solo fueron a por ella porque estaban tratando de encontrarme a mí!

Thorne se pasó la palma de la mano por el rostro.

—Cinder, estás desvariando. Michelle Benoit dio cobijo a la princesa Selene. Si la encontraron fue por eso. No tiene nada que ver contigo.

Cinder tragó saliva, le temblaba todo el cuerpo.

—Podría seguir con vida. Tenemos que intentar encontrarla.

—Ya que ninguno de vosotros me cuenta nada —intervino Iko con tirantez—, tendré que adivinarlo. Por casualidad, ¿os han atacado unos hombres que luchaban como animales salvajes hambrientos?

Thorne y Cinder intercambiaron miradas. Cinder se dio cuenta de que en el muelle de carga la temperatura había ascendido de forma extraordinaria durante su diatriba.

—Has acertado —dijo Thorne.

—Están hablando de ello en las noticias —contestó Iko—. No es solo en Francia. Está ocurriendo por todo el mundo, en todos los países de la Unión. ¡La Tierra está siendo atacada!

Capítulo treinta y ocho

L os aullidos llenaban el sótano del teatro. Desde el rincón de su camastro, en la semioscuridad de la celda, Scarlet contenía el aliento y escuchaba. Los gritos solitarios se oían amortiguados y distantes, en algún lugar de las calles. Pero el volumen de los mismos debía de ser muy alto para alcanzar su mazmorra.

Y parecían docenas. Animales que se buscaban unos a otros en la noche, que acechaban, espeluznantes.

No debería haber animales salvajes en la ciudad.

Scarlet salió de la cama y se arrastró hacia los barrotes. Una luz se filtraba por el pasillo desde las escaleras que subían hasta el escenario, pero era tan tenue que apenas distinguía los barrotes de hierro de su propia puerta. Se asomó al corredor. No había movimiento. Ni ruidos. Una señal de SALIDA que probablemente no se había encendido en cien años.

Miró en la otra dirección. Solo negrura.

Tenía el mal presentimiento de que estaba atrapada sola. De que la habían dejado para que se muriera en esa prisión subterránea.

Otro aullido reverberó en lo alto, esta vez más fuerte, aunque todavía amortiguado. Quizá en la misma calle del teatro.

Scarlet se pasó la lengua por los dientes.

—¿Hola? —comenzó, con vacilación. No hubo respuesta, ni siquiera un aullido lejano; lo intentó de nuevo, más alto—: ¿Hay alguien ahí fuera?

Cerró los ojos y prestó atención. No oyó pasos.

—Tengo hambre.

Ni pies que se arrastrasen.

—Necesito ir al baño.

Ni voces.

—Voy a escaparme.

Pero a nadie le importaba. Estaba sola.

Apretó los barrotes con fuerza, preguntándose si se trataba de una trampa. Quizá querían que cayera en una falsa seguridad, poniéndola a prueba para ver qué haría. Quizá querían que intentase escapar para poder usarlo en su contra.

O quizá —solo quizá— la intención de Lobo había sido ayudarla de verdad.

Emitió un gruñido. Si no hubiese sido por él, para empezar no se encontraría en ese lío. Si le hubiese dicho la verdad y le hubiese explicado lo que estaba pasando, ella habría dado con otro plan para liberar a su abuela, en lugar de verse conducida como un cordero al matadero.

Empezaron a arderle las articulaciones de los dedos de agarrarse a los barrotes con demasiada fuerza.

Entonces, desde el vacío del sótano, le llegó su nombre.

Débil e inseguro, formulado como una pregunta delirante.

«¿Scarlet?»

Con un nudo en el estómago, Scarlet acercó la cara a los barrotes, cuyo frío le presionó los pómulos.

—¿Hola?

Se echó a temblar mientras esperaba.

«¿Scar... Scarlet?»

—*Grand-mère? Grand-mère?*

La voz guardó silencio, como si hablar la hubiese dejado agotada.

Scarlet se apartó bruscamente de los barrotes y volvió corriendo a la cama para recuperar el pequeño chip que había metido debajo del colchón.

Regresó a la puerta desesperada, suplicante, esperanzada. Si Lobo la había engañado acerca de eso...

Extendió el brazo a través de los barrotes y pasó el chip por el escáner. Sonó con el mismo pitido asquerosamente alegre que había emitido cuando los guardias le habían llevado la comida, un sonido que hasta entonces había despreciado.

La puerta se abrió sin resistencia.

Scarlet se quedó en la entrada abierta, con el pulso acelerado. Se volvió a encontrar esforzándose por oír cualquier sonido de sus guardias, pero el teatro de la ópera parecía abandonado.

Se alejó tambaleándose de la escalera y se adentró en la negrura del pasillo. Solo podía guiarse tanteando las paredes con las manos a cada lado. Cuando llegó a otra puerta de barrotes de hierro, se detuvo y se apoyó contra esta.

—*Grand-mère?*

Todas las celdas estaban vacías.

Tres, cuatro, cinco celdas vacías.

—*Grand-mère?* —susurró.

En la sexta puerta, un gemido.

—¿Scarlet?

—*Grand-mère!* —De la emoción, se le cayó el chip y se arrojó inmediatamente al suelo para buscarlo—. *Grand-mère*, está bien, estoy aquí. Voy a sacarte… —Sus dedos dieron con el chip y lo pasó por delante del escáner. La invadió una oleada de alivio cuando se oyó el pitido, aunque su abuela emitió un sonido de dolor, de terror, al oírlo.

Scarlet abrió los barrotes y entró en la celda precipitadamente sin preocuparse de la posibilidad de tropezarse por accidente con su abuela en la oscuridad. La celda apestaba a orina, sudor y aire viciado.

—*Grand-mère?*

La encontró acurrucada en el suelo polvoriento de piedra, contra la pared negra.

—*Grand-mère?*

—¿Scar? ¿Cómo…?

—Soy yo. Estoy aquí. Voy a sacarte de aquí. —Sus palabras se deshicieron en sollozos. Cogió los frágiles brazos de su abuela y la atrajo hacia sí.

Su abuela chilló, un sonido terrible, lastimoso, que hendió los oídos de Scarlet. La chica dio un grito ahogado y la dejó de nuevo donde estaba.

—No —gimió su abuela, mientras su cuerpo resbalaba sin fuerzas hasta el suelo—. Oh, Scar… no deberías estar aquí. No deberías estar aquí. No soporto que estés aquí. Scarlet… —Se echó a llorar, con unos sollozos húmedos y sofocantes.

Scarlet se inclinó sobre el cuerpo de su abuela; el miedo le atenazaba cada músculo. No recordaba haberla oído llorar jamás.

—¿Qué te han hecho? —susurró, apoyando las manos en los hombros de su abuela. Por debajo de una camisa fina y hecha jirones, se notaban los bultos de vendajes y algo húmedo y pegajoso.

Conteniendo sus propias lágrimas, le palpó el pecho y las costillas. Las vendas estaban por todas partes. Le acarició los brazos y las manos, que se hallaban tan cubiertas de vendajes que tenían más forma de porras.

—No, no las toques. —Su abuela trató de apartarse, pero solo consiguió retorcer los miembros de un modo incontrolable.

Con toda la delicadeza que pudo, Scarlet le acarició las manos con el pulgar. Lágrimas calientes le resbalaban por las mejillas.

—¿Qué te han hecho?

—Scar, tienes que salir de aquí. —Pronunció cada palabra penosamente hasta que apenas pudo hablar, respirar.

Scarlet se arrodilló junto a su abuela, apoyó la cabeza en su pecho y le acarició el pelo pegajoso de la frente.

—Todo va a salir bien. Voy a sacarte de aquí y vamos a ir al hospital y vas a ponerte bien. Vas a ponerte bien. —Se obligó a incorporarse—. ¿Puedes andar? ¿Te han hecho algo en las piernas?

—No puedo andar. No puedo moverme. Tienes que dejarme aquí, Scarlet. Tienes que escapar.

—No pienso dejarte. Se han ido todos, *grand-mère*. Tenemos tiempo. Solo necesitamos buscar la forma… puedo cargar contigo. —Las lágrimas se deslizaban por su barbilla.

—Ven aquí, amor mío. Acércate. —Scarlet se secó la nariz y hundió el rostro en el cuello de su abuela. Los brazos de la anciana trataron de rodearla, pero no consiguieron más que golpearle débilmente en los costados—. No quería meterte en esto. Lo siento.

—*Grand-mère.*

—Chissst. Escucha. Necesito que hagas algo por mí. Algo importante.

Ella negó con la cabeza.

—Para. Vas a ponerte bien.

—Escúchame, Scarlet. —El volumen ya apenas perceptible de su voz pareció bajar aún más—. La princesa Selene está viva.

Scarlet cerró los ojos con fuerza.

—Deja de hablar, por favor. Ahorra energías.

—Se fue a vivir a la Comunidad Oriental con una familia de apellido Linh. Con un hombre llamado Linh Garan.

Un suspiro triste, frustrado.

—Lo sé, *grand-mère*. Sé que te quedaste con ella, y sé que se la entregaste a un hombre de la Comunidad. Pero ya no importa. Ya no es problema tuyo. Voy a sacarte de aquí y a mantenerte a salvo.

—No, cariño, debes encontrarla. Ya será una adolescente… una ciborg.

Scarlet pestañeó, deseando poder ver a su abuela en la oscuridad.

—¿Una ciborg?

—A menos que se haya cambiado de nombre, ahora se llama Cinder.

En algún recoveco de su mente, el nombre le resultó ligeramente familiar, pero estaba demasiado ofuscada para ubicarlo.

—*Grand-mère*, por favor, deja de hablar. Tengo que…

—Debes encontrarla. Logan y Garan son los únicos que lo saben, y si la reina me ha encontrado a mí, podría encontrarlos a ellos. Alguien tiene que decirle a la chica quién es. Alguien tiene que encontrarla. Debes encontrarla.

Scarlet sacudió la cabeza.

—Esa estúpida princesa no me importa. Me importas tú. Pienso protegerte a ti.

—No puedo irme contigo. —Le acarició los brazos a Scarlet con sus manos vendadas—. Por favor, Scarlet. Ella podría cambiarlo todo.

Scarlet retrocedió.

—No será más que una adolescente —consiguió decir entre sollozos renovados—. ¿Qué puede hacer ella?

En ese momento recordó el nombre. Le vinieron las noticias a la cabeza: una chica que bajaba los escalones de palacio corriendo, que se caía y yacía desplomada sobre un camino de grava.

Linh Cinder.

Una adolescente. Una ciborg. Una lunar.

Tragó saliva. Entonces Levana ya había encontrado a la chica. La había encontrado y la había vuelto a perder.

—No importa —murmuró, apoyando la cabeza en el pecho de su abuela de nuevo—. No es problema nuestro. Voy a sacarte de aquí. Vamos a escapar.

Su mente buscó desesperadamente una manera de que pudiesen escapar juntas. Algo que usar como una camilla o una silla de ruedas o…

Pero no había nada.

Nada que pudiese subir las escaleras. Nada con lo que cargar. Nada que su abuela fuese a soportar.

Se le partió el corazón, y un lamento de dolor brotó de su garganta.

No podía dejarla así. No podía dejar que siguieran haciéndole daño.

—Mi dulce niña.

Scarlet volvió a cerrar los ojos con fuerza, con lo que cayeron dos lágrimas calientes más.

—*Grand-mère*, ¿quién es Logan Tanner?

Su abuela le acarició la frente con un leve beso.

—Es un buen hombre, Scarlet. Te habría querido. Espero que algún día lo conozcas. Salúdale de mi parte. Despídeme de él.

Un sollozo se abrió paso a través del corazón de Scarlet. Había empapado la camisa de su abuela con sus lágrimas.

No se vio capaz de decirle que Logan Tanner estaba muerto. Que se había vuelto loco. Que se había suicidado.

Su abuelo.

—Te quiero, *grand-mère*. Lo eres todo para mí.

Los miembros vendados le acariciaron las rodillas.

—Yo también te quiero. Mi niña testaruda y valiente.

Scarlet se sorbió la nariz, y se juró a sí misma que se quedaría hasta la mañana. Se quedaría para siempre. No la abandonaría. Si sus captores regresaban, las encontrarían juntas, las matarían juntas si era necesario.

No volvería a dejarla nunca.

La decisión estaba tomada, era una promesa, cuando oyó el eco de unos pasos por el pasillo.

Capítulo treinta y nueve

En cuclillas junto a su abuela, Scarlet se volvió hacia el vestíbulo. Se oyó el zumbido de la vieja instalación eléctrica en lo alto, y una luz clara inundó la celda. La puerta seguía abierta, y los barrotes proyectaban sombras esqueléticas en el suelo.

Sus ojos se fueron acostumbrando lentamente a la luz. Contuvo la respiración, atenta, pero los pasos se habían detenido. Aun así, había alguien. Alguien se dirigía hacia allí.

La mano vendada se deslizó en la suya, y su abuela se volvió. A Scarlet se le hizo un nudo en el estómago. El rostro curtido aparecía surcado de sangre reseca; el cabello, enmarañado y apelmazado. Era poco más que un esqueleto, aunque sus ojos castaños seguían siendo vivos. Seguían conteniendo más amor del que había en el resto del mundo.

—Corre —le susurró.

Scarlet negó con la cabeza.

—No pienso dejarte.

—Esta no es tu guerra. Corre, Scarlet. Ahora.

Pasos de nuevo, acercándose.

Scarlet apretó la mandíbula, se puso en pie con las piernas temblorosas y se giró hacia la puerta. Esperó con el corazón desbocado mientras el ruido de pasos se hacía más audible.

Quizá fuera Lobo.

Que acudía a ayudarla, a ayudarlas.

El corazón le palpitaba con tanta fuerza que se sentía mareada, incapaz de creer que quisiera verle de nuevo, después de todo lo que le había hecho.

Pero Lobo le había dado el chip. Y él era fuerte, lo bastante fuerte para cargar con su abuela. Si era él, si volvía a buscarla, estarían salvadas...

Vio la sombra en el suelo antes de que el hombre traspasara la entrada.

Era Ran, y estaba sonriendo.

Scarlet tragó saliva y afianzó las rodillas, decidida a no dejar ver su miedo. Sin embargo, ahora había algo diferente en Ran. Sus ojos ya no solo eran implacables, ahora estaban hambrientos, miraban detenidamente a Scarlet como si fuese algo delicioso, algo que llevaba mucho tiempo deseando.

—Ah, pequeña lince. ¿Cómo has escapado de tu celda?

Scarlet se estremeció.

—Deja a mi nieta en paz. —La voz de su abuela había recobrado una pizca de fuerza. La mujer se revolvió tratando de incorporarse.

Scarlet se dejó caer a su lado y le estrechó la mano.

—*Grand-mère*, no, no lo hagas.

—Me acuerdo de ti. —Michelle miraba a Ran—. Estabas con los que vinieron a por mí.

—*Grand-mère*...

Ran se rió por lo bajo.

—Tienes buena memoria para ser un vejestorio.

—No te preocupes por él, Scarlet —dijo Michelle—. No es más que el omega. Deben de haberlo dejado atrás porque es demasiado débil para unirse a la batalla.

Ran gruñó, enseñando los colmillos, y Scarlet retrocedió.

—Me he quedado atrás —bufó—, porque tengo algo que acabar aquí. —Le brillaban los ojos, prácticamente resplandecían. No había más que odio en ellos, un odio salvaje y desmedido.

Scarlet se desplazó de modo que cubriera mejor a su abuela con su cuerpo.

—Tú no eres nada —dijo Michelle, cerrando los párpados de agotamiento. A Scarlet se le encogió el corazón de terror—. No eres más que una marioneta para ese taumaturgo. Os han arrebatado vuestro don y os han convertido a todos en monstruos, pero incluso con toda esa fuerza, con todos los sentidos, toda la sed de sangre, tú sigues estando en lo más bajo entre los tuyos, y siempre lo estarás.

La mente de Scarlet runruneaba. Quería que la conversación acabara, quería que su abuela dejara de provocarle, sabía que no cambiaría nada. El semblante de Ran reflejaba muerte.

El hombre estalló en una ronca carcajada. Se cogió al vano de la puerta con ambas manos, con lo que bloqueó la salida por completo.

—Te equivocas, vieja arpía. Si sabes tanto, ¿sabrás en qué se convierte un miembro de la manada cuando mata a su alfa? —No esperó a que respondiera—. Ocupa su lugar. —Se le marcaron los hoyuelos en las mejillas—. Y yo he descubierto que mi hermano, mi alfa, tiene una debilidad. —Sus palabras se perdieron cuando volvió a centrar su atención en Scarlet.

—Eres un joven ingenuo. —Su abuela tosió—. Eres débil. Nunca serás más que un humilde omega. Hasta yo puedo verlo.

Scarlet siseó. Podía ver la furia que iba creciendo en el interior de Ran, sentir la ira que emanaba de él.

—*Grand-mère!*

Entonces se hizo evidente lo que su abuela estaba tratando de hacer.

—¡No! Ella no ha querido decir eso. —Se despreció a sí misma por suplicar, pero no importaba—. Es vieja, ¡delira! Déjala…

Ran entró en la celda echando chispas, alzó a Scarlet por el pelo y la apartó de su abuela.

Ella gritó, clavándole los dedos en el antebrazo, pero él la empujó de vuelta al rincón.

—¡No!

Su abuela gritó de dolor cuando Ran la cogió por el cuello y la levantó. En un abrir y cerrar de ojos, estaba contra la pared, demasiado débil para sacudirse, para luchar, para oponer resistencia alguna.

—¡Déjala en paz! —Scarlet se puso en pie y se arrojó sobre la espalda de Ran, le rodeó el cuello con los brazos y apretó con todas sus fuerzas. Ran ni siquiera pestañeó, así que le arañó, buscando sus ojos.

Ran profirió un alarido y dejó caer a su abuela, luego se libró de Scarlet con un empujón. La chica se desplomó contra la pared, pero apenas acusó el impacto, pues tenía toda su atención puesta en la forma del cuerpo lacio de su abuela.

—*Grand-mère!*

Sus miradas se encontraron y pudo ver, en un instante, que su abuela no volvería a moverse. Sus labios resecos consiguieron balbucear:

—Cor… —Aunque no siguió nada. Sus ojos se quedaron abiertos, escalofriantemente vacíos.

Scarlet se apartó de la pared, pero Ran se le adelantó y su enorme figura se agachó sobre el cuerpo de su abuela y le pasó una mano bajo la espalda de modo que su cabeza cayó pesadamente sobre el duro suelo.

Como un animal hambriento que acaba de atrapar a su primera presa, Ran se inclinó y cerró su mandíbula en torno al cuello de Michelle.

Scarlet gritó y cayó de espaldas. La cabeza le daba vueltas con la imagen de la sangre y Ran a cuatro patas.

La acusación de su abuela reverberó en su mente. «Os han convertidos a todos en unos monstruos.»

Todavía en estado de shock, se obligó a volver el rostro y rodó sobre un costado. Tenía arcadas, pero su estómago no contenía más que bilis y saliva. Notó el sabor del hierro y el ácido y la sangre, y se dio cuenta de que se había mordido la lengua cuando Ran la había arrojado contra la pared; sin embargo, no sentía ningún dolor. Solo un vacío y horror y una nube oscura que se deslizaba por encima de ella.

Scarlet no estaba allí. Aquello no estaba ocurriendo.

Con el estómago ardiendo de intentar expulsar una comida inexistente, se arrastró hasta la pared más alejada, poniendo tanta distancia entre Ran y ella como pudo. Ran y su abuela.

Su mano cayó en la franja de luz que se proyectaba desde el pasillo. Tenía la piel de una palidez enfermiza. Estaba temblando.

«Corre.»

Alzó la cabeza y vio el comienzo de una escalera al final del pasillo. Junto a ella, un letrero desvaído hacía tiempo. «Al escenario.»

«Corre.»

Su cerebro luchaba por encontrar el significado de las palabras. «Al escenario.» «Escenario.» «Escenario.»

Las últimas palabras de su abuela.

«¡Corre!»

Extendió los brazos y se aferró a los barrotes para auparse. Se esforzó para impulsarse hacia arriba. Para ponerse en pie. Para avanzar hacia el pasillo, hacia la luz.

Al principio, mientras renqueaba hasta el pie de las escaleras, no sentía las piernas, pero halló fuerza en ellas a medida que subía. Avanzó. Corrió.

Una puerta cerrada se alzaba en lo alto de las escaleras, una vieja puerta de madera que no estaba equipada con escáner de identificación siquiera. Chirrió cuando la abrió de un empujón.

Se oyeron pasos abajo, iban a por ella.

Scarlet emergió entre bastidores. Había un montón de columnas viejas a su derecha, y un laberinto de falsos muros de piedra y árboles pintados llenaba las sombras a su izquierda. Se oyó un portazo a sus espaldas, y Scarlet cogió un candelabro de hierro forjado y se adentró corriendo en el bosque de madera.

Lo levantó con ambas manos y esperó, los pies afianzados.

Ran se precipitó por la puerta, la barbilla cubierta de sangre.

Scarlet cogió todo el impulso que pudo. Un rugido surgió de ella cuando la barra de hierro chocó contra el cráneo de Ran.

Este gritó y se tambaleó hacia atrás, hasta el telón. Tropezó con la tela y cayó de espaldas.

Scarlet le arrojó el candelabro, no estaba segura de tener fuerzas para blandirlo de nuevo. Oyó que la tela se rasgaba, pero ella ya se había ido, esquivando piezas de decorado, recorriendo con la vista los chirriantes tablones de madera del suelo mientras se lanzaba por encima de cables polvorientos y focos caídos. Salió a trompicones al escenario, el espacio vacío de tablones de madera y trampillas, y medio saltó medio cayó a la tarima de la orquesta. Ignorando una punzada de dolor que le abrasaba la rodilla, empujó los atriles a un lado y salió disparada al auditorio.

Se oían fuertes pasos tras ella. Inhumanamente rápidos.

Las hileras de asientos vacíos pasaban a toda velocidad, y lo único que podía ver era la puerta que se alzaba más adelante.

Ran la cogió de la capucha.

Scarlet dejó que tirara de ella y aprovechó para darse la vuelta y asestarle un rodillazo en la ingle.

El hombre dejó escapar un grito de dolor y se tambaleó.

Scarlet se dirigió a toda velocidad a los arcos de mármol, que se estaban desmoronando, dejó atrás los querubines de brazos rotos, las arañas de luces hechas añicos y los suelos de azulejos resquebrajados. Descendió las escaleras de mármol concentrada en las enormes puertas que darían a la calle. Solo con que pudiera salir de allí. Al exterior. Al mundo real.

Cuando tocó el suelo del vestíbulo, la silueta de otro hombre cruzó la salida.

Los pies de Scarlet se detuvieron derrapando, y fue a parar al cuadrado de tenue luz del sol que se proyectaba a través del agujero del techo.

Giró sobre sus talones y corrió hacia la otra escalera, la que conducía a las profundidades de la ópera.

Arriba se cerró una puerta de un portazo, y retumbaron unos pasos, aunque no logró distinguir si se trataba de una o dos personas.

El sudor le empapaba la parte posterior de la camiseta. Le dolían las piernas, el estallido de adrenalina comenzaba a ceder.

Dobló una esquina y se precipitó en la oscuridad. La sala principal se había utilizado para recibir a invitados importantes de la ópera, y mediante una serie de puertas y vestíbulos desde allí se accedía a todos los rincones del entresuelo. Scarlet sabía que los pasillos de la derecha la llevarían de vuelta a las celdas, así que giró a la izquierda. Una fuente sin agua ocupaba el espacio entre dos escaleras que conducían al entresuelo. La estatua de bronce de una doncella semidesnuda se alzaba en un hueco sobre un pedestal, una de las pocas estatuas que parecían haber sobrevivido a tantos años de abandono.

Scarlet cogió la escalera opuesta, preguntándose si volver al vestíbulo sería un suicidio, aunque sabía que quedarse atrapada ahí abajo no era una alternativa.

Alcanzó las escaleras y se golpeó el pie con la repisa de la fuente. Tropezó y dio un grito.

Ran se abalanzó sobre ella antes de que tocara el suelo.

El hombre le clavó las uñas en el hombro y la giró sobre la espalda en medio de los pequeños azulejos rotos de la pila seca. Scarlet alzó la vista a sus ojos brillantes, los ojos de un loco, de un asesino, y recordó a Lobo en el cuadrilátero.

El miedo le atenazó la garganta, estrangulando un grito.

Ran la cogió de la camiseta y la levantó del suelo. Ella le agarró las muñecas, pero estaba demasiado petrificada para luchar cuando él le acercó la cara a la suya. Sintió náuseas a causa del hedor de su aliento, como a carne podrida y sangre... mucha sangre... la de su abuela...

—Si no me repugnase tanto la idea, podría aprovecharme de ti aquí mismo, ahora que nos hemos quedado solos —dijo, y Scarlet se estremeció—. Solo por ver la cara de mi hermano cuando se lo contara. —Con un rugido, la arrojó contra la estatua.

Su espalda chocó contra el pedestal de bronce, la cabeza le estalló de dolor y se quedó sin aire. Se desplomó en el suelo y se llevó las manos al pecho, tratando de volver a llenarse los pulmones.

Ran se agachó delante de ella, listo para saltar. Se pasó la lengua por los colmillos, con lo que los cubrió de hilillos de saliva.

A Scarlet se le hizo un nudo en el estómago. Dio una patada al suelo en un intento de introducirse en el pequeño espacio entre la estatua y la pared. De desaparecer. De esconderse.

Ran saltó.

Scarlet se encogió contra la pared, pero el impacto no llegó.

Oyó un grito de batalla, seguido de un golpe sordo y pesado. Gruñidos.

Scarlet bajó los brazos temblorosos. En el centro de la caverna, peleaban dos figuras. Las mandíbulas chasqueaban. La sangre goteaba por los músculos en tensión.

Scarlet veía borroso; consiguió inspirar y se alegró de notar cómo se le expandía el pecho. Alzó los brazos, se agarró a la estatua y trató de impulsarse hacia arriba, pero los músculos de su espalda se resintieron.

Apretó la mandíbula, dobló las piernas por debajo del cuerpo y luchó contra el dolor hasta que pudo ponerse en pie, resollando y sudando contra la diosa de bronce.

Si lograse escapar antes de que acabase la pelea…

Ran le hizo una llave de cabeza al otro hombre. Los ojos brillantes de color esmeralda del oponente atravesaron a Scarlet, en un instante de infarto, antes de que arrojara a Ran por encima de su cabeza.

El suelo vibró a causa del impacto, pero Scarlet apenas lo notó.

Lobo.

Era Lobo.

Capítulo cuarenta

Ran rebotó sobre sus pies, y Lobo y él saltaron a los lados, ambos forcejeando con la energía acumulada. Scarlet casi podía verla, bullendo bajo su piel. Lobo estaba cubierto de cortes, ensangrentado, pero no parecía acusarlo, ahí de pie, ligeramente encorvado, flexionando las manos.

Ran enseñaba los colmillos.

—Vuelve a tu puesto, Ran —le ordenó Lobo con un gruñido—. Esta es mía.

Su oponente resopló con gesto asqueado.

—¿Y dejar que me avergüences, que avergüences a tu familia, con toda esa compasión que acabas de descubrir? Eres una deshonra. —Escupió una gota de sangre al cemento resquebrajado—. Nuestra misión consiste en matar. Ahora apártate para que pueda acabar con ella, si no estás dispuesto a hacerlo tú mismo.

Scarlet miró por detrás de ella. La escalera era lo bastante baja para poder subir por la barandilla, pero le dolía el cuerpo solo de pensarlo. Tratando de librarse de la sensación de indefensión, se esforzó por arrastrarse hasta el borde de la fuente.

—Es mía —repitió Lobo, con un gruñido quedo.

—No quiero pelear contigo por una humana, hermano —dijo Ran, aunque el odio grabado en su rostro hacía que el apelativo cariñoso sonara a chiste.

—Entonces la dejarás.

—La han dejado bajo mi jurisdicción. No deberías haber abandonado tu puesto para venir a buscarla.

—¡Es mía! —El ánimo de Lobo se exaltó, cogió el candelabro más cercano y arrancó el brazo de bronce de la pared.

Scarlet se agachó cuando este chocó contra el suelo, arrojando velas de cera al interior de la fuente.

Los dos mantuvieron sus posturas encorvadas. Resollando. Mirándose con ferocidad.

Finalmente, Ran gruñó.

—Entonces ya has tomado una decisión.

Se abalanzó sobre Lobo.

Este le golpeó desde el aire con la palma de la mano abierta, arrojándolo contra la pared de la fuente.

Ran aterrizó con un aullido, pero volvió a levantarse rápidamente. Lobo arremetió de nuevo contra él y le hundió los dientes en el antebrazo.

Ran profirió un grito de dolor y arañó a Lobo en el pecho con sus afiladas uñas, dejándole marcas carmesíes. Lobo soltó su presa y le golpeó en la cara con el dorso de la mano, y Ran se tambaleó hasta la estatua de la fuente.

Scarlet chilló, retrocedió con un traspié y chocó contra una columna en la base de las escaleras.

Ran atacó de nuevo, y Lobo, expectante, le cogió del cuello y aprovechó el impulso para lanzarlo por los aires. Ran cayó de pie con elegancia. Ambos jadeaban, la sangre les empapaba la ropa, hecha ya jirones. Se movían lentamente, esperando, buscando puntos débiles.

De nuevo fue Ran quien hizo el primer movimiento. Arremetió con todo su peso contra Lobo y consiguió derribarlo. Chasqueó los dientes hacia su cuello, pero Lobo le contuvo rodeándole la garganta con las manos. Gruñó bajo el peso de Ran, luchando por evitar sus colmillos ensangrentados, cuando este le hundió el puño en el hombro, en la herida de bala que había causado la pistola de Scarlet.

Lobo aulló y flexionó las piernas para coger impulso, y se deshizo de Ran con una patada en el estómago.

Ran rodó sobre sí mismo, y ambos volvieron a levantarse tambaleantes. Scarlet podía ver cómo se disipaba su energía mientras permanecían ahí de pie, temblorosos, lanzándose miradas asesinas. Ninguno de los dos se movió para cubrirse las heridas.

Ran se pasó un brazo desnudo por la boca, surcándose la barbilla de sangre.

Lobo se agachó y saltó, arrojando a Ran de espaldas y aterrizando sobre él. Un puño arremetió contra él. Lobo agachó la cabeza, con lo que recibió la mayor parte del impacto en el oído.

Empujó a su oponente contra el mármol, alzó el rostro al techo y aulló.

Scarlet constriñó la espalda contra la columna, petrificada. El aullido reverberó en las paredes y a través de su cráneo y sus articulaciones, adentrándose en todos los huecos de su cuerpo.

Cuando paró de aullar, Lobo se dejó caer sobre Ran y cerró la mandíbula en torno a la garganta de este.

Scarlet se tapó con los brazos, pero no consiguió mirar para otro lado. La sangre borbotaba, cubría la barbilla y el cuello de Lobo, y descendía hasta el suelo de mosaico.

Pese a que Ran se agitó y sacudió, no tardó en quedarse sin fuerzas. Un momento después, Lobo le soltó, dejando que el cuerpo inerte cayera al suelo con un ruido sordo.

Scarlet rodeó la columna, se agarró a la barandilla de la escalera y se arrastró por ella. Subió los escalones a toda prisa, avanzando con dificultad.

El vestíbulo estaba desierto. Sus pies chapotearon en el charco del centro de la estancia cuando corrió hacia las puertas. Puertas que la llevarían a la calle. A la libertad.

Entonces oyó a Lobo, que iba tras ella.

Dio un empujón y salió. El aire frío de la noche la asaltó al bajar los escalones hasta la calle vacía, examinando la plaza abierta en busca de ayuda.

No vio a nadie.

A nadie.

La puerta se abrió tras ella antes de que tuviera tiempo de cerrarse del todo, y Scarlet cruzó la calle tambaleándose a tientas. A lo lejos vio a una mujer que corría hasta un callejón cercano. Esperanzada, Scarlet apretó el paso hasta coger gran velocidad. De repente se sintió como si pudiera despegar y elevarse por encima del cemento. Si conseguía alcanzar a la mujer y utilizar su portavisor para pedir ayuda…

Y entonces apareció otra figura. Otro hombre, que avanzaba a un paso extraordinariamente rápido. Aceleró hacia el callejón, y un momento después el grito de terror de la mujer hendió el aire de la plaza, y se vio segado.

Un aullido surgió del mismo callejón oscuro.

En la distancia, se alzó otro aullido en respuesta, y otro, y otro; el ocaso se llenó de gritos sedientos de sangre.

Scarlet se sintió de golpe asfixiada por el terror y la desesperanza, cayó al suelo, y el barro y el cemento se le hundieron en las palmas de las manos. Jadeando, empapada en sudor, rodó sobre su espalda. Lobo había dejado de correr, pero seguía avanzando hacia ella. La acechaba con pasos acompasados y pacientes.

Resollaba casi tanto como ella.

En algún lugar de la ciudad, se elevó otro coro de aullidos.

Lobo no se unió a ellos.

Tenía toda su atención centrada en Scarlet, frío y rudo y hambriento. Su dolor resultaba palpable. Su furia todavía más.

Scarlet se alejó gateando, le ardían las manos.

Lobo se detuvo al alcanzar el centro de la intersección. Su perfil se recortaba contra la luz de la luna, los ojos dorados y verdes y negros y llenos de ira.

Scarlet le vio pasarse la lengua por los colmillos. Le observó flexionar los dedos repetidas veces. Su boca se abrió como para coger más aire.

Podía ver su lucha. Su esfuerzo. Tan claro como podía ver al animal, al lobo, que llevaba dentro.

—Lobo. —Tenía la lengua acartonada. Trató de humedecerse los labios resecos y notó el sabor a sangre—. ¿Qué te han hecho?

—Tú. —Escupió la palabra, llena de odio—. ¿Qué me has hecho tú? TÚ.

Dio un traspié hacia ella, y Scarlet se alejó a toda prisa, empujándose con los talones en el suelo, pero fue inútil. En un instante, Lobo se cernió sobre ella, haciendo que cayera sobre los codos sin necesidad de tocarla siquiera, y apoyó las manos a ambos lados de su cabeza.

Scarlet miró boquiabierta a unos ojos que ahora parecían brillar en la oscuridad. Lobo tenía la boca de un rojo rubí, la parte delantera de la camisa negra a causa de la sangre. Percibió el olor de la misma en él, en su ropa, en su pelo, en su piel.

Si a ella le resultaba tan acre, no podía imaginar lo insoportable que sería para él.

Lobo gruñó y bajó la nariz a su cuello.

La olisqueó.

—Sé que no quieres hacerme daño, Lobo.

Él le golpeó el mentón con la nariz. Su aliento le acariciaba la clavícula.

—Me has ayudado. Me has rescatado.

Una lágrima caliente descendió por la mejilla de Scarlet.

Las puntas del pelo de Lobo, de nuevo sucio y alborotado, le rozaron los labios.

—Las cosas han cambiado.

Su corazón revoloteó como una mariposa a la que le faltase un ala. Le palpitaba el pulso en las venas; esperaba notar sus colmillos en la garganta en cualquier momento. Sin embargo, algo lo retenía. Podría haberla matado ya, pero no lo había hecho.

Scarlet tragó saliva.

—Me has protegido de Ran… no lo has hecho para poder matarme ahora.

—No sabes lo que se me está pasando por la cabeza.

—Sé que no eres como ellos. —Se quedó mirando la enorme luna por encima del perfil de los edificios. Se recordó a sí misma que él no era un monstruo. Era Lobo, el hombre que la había abrazado con tanta ternura en el tren. El hombre que le había entregado el chip de identidad para ayudarla a escapar—. Dijiste que nunca habías pretendido asustarme. Bueno, ahora me estás asustando.

Un aullido reverberó contra ella. Scarlet tembló, pero se obligó a no acobardarse. En lugar de eso, tragó saliva y le acercó las manos a la cara. Le acarició las mejillas con los pulgares y depositó un beso en su sien.

El cuerpo de Lobo se puso tenso, y ella fue capaz de inclinar la cabeza justo lo suficiente para verle los ojos. Él curvó los labios para gruñir; Scarlet, sin embargo, le sostuvo la mirada.

—Para esto, Lobo. Ya no eres uno de ellos.

Él arrugó la frente nervioso, aunque su resentimiento pareció desvanecerse. Su expresión reflejaba dolor y desesperación, y una ira muda, pero no hacia ella.

—Él está dentro de mi cabeza —se quejó con un murmullo—. Scarlet, no puedo…

Apartó la vista, con el rostro crispado.

Scarlet le recorrió la cara con los dedos. El mismo mentón, los mismos pómulos, las mismas cicatrices, todo salpicado de sangre. Le pasó los dedos por el cabello alborotado.

—Quédate conmigo. Protégeme, como dijiste que harías.

Algo pasó rozándole el oído y golpeó el cuello de Lobo con un ruido sordo.

Lobo se puso rígido. Alzó los ojos, muy abiertos e iluminados ya por la sed de sangre, pero entonces se le empañó la mirada. Con un gorgoteo ahogado, las fuerzas le abandonaron y se desplomó sobre ella.

Capítulo cuarenta y uno

—¡Lobo! ¡Lobo! —Scarlet estiró el cuello, y vio a un hombre y a una mujer que corrían hacia ella; la luz destelló en la pistola de la mujer. El terror de Scarlet duró poco; no eran lunares trastornados. Devolvió su atención a Lobo y descubrió el dardo clavado en su cuello—. ¡Lobo! —volvió a gritar, al tiempo que se lo sacaba y lo tiraba al suelo.

—¿Estás bien? —gritó la mujer cuando se acercaba. Scarlet la ignoró hasta que su propio nombre se abrió paso a través del pánico—. ¿Scarlet? ¿Scarlet Benoit?

Scarlet alzó la vista de nuevo cuando la mujer redujo el paso, pero no, no se trataba de una mujer. Era una chica, con el cabello alborotado y los rasgos delicados, vagamente familiares. Scarlet frunció el entrecejo, estaba segura de haberla visto antes.

El hombre la alcanzó, jadeando.

—¿Quiénes sois? —preguntó Scarlet, y rodeó a Lobo con los brazos cuando los dos se agacharon para apartarlo de ella—. ¿Qué le habéis hecho?

—Vamos. —El chico agarró a Lobo. Trató de tirar de él, pero Scarlet lo sujetaba con fuerza—. Tenemos que largarnos de aquí.

—¡Para! ¡No le toques! ¡Lobo!

Cogió el rostro de Lobo con las manos y se lo inclinó hacia atrás. Si no hubiese sido por sus colmillos y la sangre de su mandíbula, habría parecido pacífico.

—¿Qué le habéis hecho?

—Scarlet, ¿dónde está tu abuela? ¿Está contigo? —dijo la chica.

Aquello captó la atención dispersa de Scarlet.

—¿Mi abuela?

La chica se arrodilló junto a ella.

—¿Michelle Benoit? ¿Sabes dónde está? —La chica tenía tanta prisa por hablar que las palabras le salieron atropelladas.

Scarlet pestañeó. Su memoria se avivó. Sí que conocía a esa chica. La luz incidió en sus dedos, y Scarlet se dio cuenta de que lo que había visto antes no era una pistola. Era su mano.

—Linh Cinder… —susurró.

—No te preocupes —dijo el chico—. Somos los buenos.

—Scarlet —Cinder agarró a Lobo por el hombro para liberarla de parte del peso—, sé lo que parecía en las telerredes, pero te juro que no hemos venido a hacerte daño. Solo necesito saber dónde está tu abuela. ¿Está en peligro?

Scarlet tragó saliva. Esa era la princesa Selene. Esa era la chica a la que habían estado buscando, la chica acerca de la cual habían interrogado a su abuela.

Su abuela lo había dado todo por protegerla.

Juntos, el chico y ella levantaron a Lobo con esfuerzo y lo depositaron en el suelo de cemento.

—Por favor —insistió Cinder—. ¿Y tu abuela?

—Está en la ópera —respondió Scarlet—. Está muerta.

La chica la miró boquiabierta, con lástima o decepción, Scarlet no estaba segura.

Ella se incorporó, apoyó la mano en el pecho de Lobo y se sintió aliviada al notar que se elevaba bajo su palma.

—Te estaban buscando a ti.

La sorpresa sustituyó rápidamente la compasión de la chica.

—Vamos —dijo el chico desde detrás de ella; se agachó y le pasó el brazo a Scarlet por la espalda—. Tenemos que irnos.

—¡No! ¡No pienso dejarle! —Se deshizo de su brazo, gateó hasta el cuerpo inconsciente de Lobo y le rodeó la cabeza con los brazos. Los dos extraños la miraban como si estuviese loca—. Él no es como los demás.

—¡Es exactamente igual que los demás! —replicó el chico—. ¡Tenía intención de comerte!

—¡Me ha salvado la vida!

Los extraños intercambiaron miradas de incredulidad, y la chica se encogió de hombros confundida.

—Vale —dijo él—. Tú llevas el timón.

Apartó a Scarlet de Lobo mientras la chica lo cogía por la cintura y se lo echaba al hombro, gruñendo por el esfuerzo.

Él pasó detrás y sujetó a Lobo por las piernas.

—Por todas las espadas —murmuró, inmediatamente sin aliento—. ¿De qué están hechos estos tíos?

Cinder empezó a avanzar hacia la ópera casi como si fueran de excursión. Scarlet se agachó entre los dos y sostuvo a Lobo por el vientre como pudo mientras cruzaban la plaza a trompicones.

Más allá de la chica, la forma reluciente de una nave de carga militar asomaba desde la siguiente calle.

Un aullido cercano sobresaltó a Scarlet, que dejó caer el cuerpo de Lobo. No podía imaginarse más vulnerable, con los brazos alrededor del torso de Lobo, con su propio estómago y su pecho expuestos, avanzando a ese paso de tortuga, sudando, agotada, dolorida. La sangre resbalándole por el costado.

—Será mejor que tengas esos tranquilizantes preparados —dijo el hombre.

—Solo puedo… cargarlos… de uno en uno…

El chico maldijo para sus adentros, luego dio un grito ahogado.

—¡Cinder! A las diez en…

Se oyó un chasquido, y un dardo se alojó en el pecho de un hombre en la acera de enfrente del teatro. Se había desmoronado en el suelo antes de que Scarlet advirtiera siquiera su presencia.

—Recojámoslo —dijo el chico detrás de ella—. ¿Cuántos de esos te quedan?

—Solo tres —contestó ella jadeando.

—Vamos a tener que reabastecernos.

—Sí. Me acerco… a la tienda… en un momento, y… —No terminó la frase, el esfuerzo era excesivo.

Cinder tropezó y los tres trastabillaron; el cuerpo de Lobo aterrizó en el suelo con un ruido sordo. Scarlet salió de debajo de él y le dio un vuelco el corazón al ver la sangre que manaba de las heridas de Lobo, que habían empeorado con la caminata.

—¡Lobo!

Un aullido escalofriante se alzó a su alrededor. Mucho más cerca de lo que parecía antes.

—¡Abre la rampa! —gritó la chica, sobresaltando al otro.

—Necesitamos vendas —dijo Scarlet.

La chica se puso en pie y volvió a coger a Lobo por las muñecas.

—Hay vendas en la nave. Vamos.

El chico se adelantó corriendo, gritando.

—¡Iko! ¡Abre la escotilla!

Scarlet oyó el chasquido de los engranajes y el zumbido eléctrico cuando la escotilla empezó a abrirse, revelando el acogedor interior de la nave. Recobró el equilibrio, y acababa de coger a Lobo por los tobillos, cuando vio a un hombre que corría hacia ellos a toda velocidad, las fosas nasales muy abiertas, los labios tensos contra los colmillos. Era uno de los hombres que la había llevado a la celda.

Se oyó un tin, un puf, y tenía un dardo en el antebrazo. Rugió y cogió más velocidad durante dos pasos antes de que su ira se desvaneciera y se desplomó hacia delante, golpeándose la cara contra el pavimento.

—Ya casi estamos —dijo Cinder entre dientes, al tiempo que cogía de nuevo las muñecas de Lobo.

Les recibieron más aullidos desde las calles, callejones y sombras, grandes figuras emergían a grandes zancadas de la oscuridad.

A Scarlet le dolían la espalda y las piernas, y tenía las palmas de las manos resbaladizas, aunque se esforzaba por seguir sujetando los tobillos de Lobo.

—¡Vienen hacia aquí!

—¡Me he dado cuenta!

Scarlet se cayó, arañándose de rodillas. Alzó la vista al rostro inconsciente de Lobo, a la chica, a la cual le había entrado el pánico, y se sintió desbordada por la frustración. Se obligó a ponerse en pie de nuevo, aunque sus piernas parecían de goma.

El chico estaba de vuelta y la empujaba hacia la nave.

—¡Ve! —gritó y cogió los tobillos de Lobo.

—¡Thorne! ¡Se supone que tienes que pilotar la nave, idiota!

Scarlet se volvió hacia la escotilla abierta de la nave.

—¡Yo sé pilotar! ¡Solo metedle dentro!

Corrió, pese a que su cabeza le gritaba que no dejara a Lobo atrás. Solo podía concentrarse en poner un pie delante del otro. Ignorando el ardor. Ignorando el dolor punzante del costado. Pestañeó para deshacerse del sudor. Un. Paso. Más.

Se le hundió algo en la espalda. Oyó la rasgadura de la tela, un fuerte ruido sordo, y entonces algo la cogió del tobillo. Gritó y se desplomó al final de la rampa. Unas uñas se clavaron en la carne de su pantorrilla y chilló de dolor.

Un silbido. Un golpe seco.

La mano la soltó.

Scarlet le dio una patada al hombre en la mandíbula antes de subir el resto de la rampa gateando e introducirse en el casco abierto de la nave. Voló hasta la cabina de mandos y se dejó caer en el asiento del piloto. No se habían molestado en detener los motores, y la nave ronroneaba con un ruido sordo a su alrededor. Los movimientos de Scarlet eran automáticos. Apenas podía ver a causa del escozor del sudor en sus ojos. El corazón le palpitaba como si los cascos de un caballo le aplastaran el pecho.

Pero sus dedos sabían lo que tenían que hacer cuando se inclinó a sus anchas sobre el panel.

—¿Capitán? ¿Cinder?

Se giró sorprendida hacia la puerta, pero no había nadie.

—¿Quién está ahí?

Un silencio momentáneo, luego:

—¿Quién eres tú?

Scarlet se secó el sudor de la frente. La nave. La nave le estaba hablando.

—Soy Scarlet. Tenemos que prepararnos para el despegue. ¿Puedes…?

—¿Dónde están Thorne y Cinder?

—Vienen justo detrás. ¿Esta nave está equipada con autoelevadores?

Una serie de luces se encendió en el panel.

—Autoelevadores y autoestabilizadores magnéticos.

—Bien. —Alcanzó el mando de propulsión y esperó a oír el ruido de pasos por la rampa.

Una gota de sudor le resbaló por la sien. Tragó saliva, aunque no consiguió humedecerse la garganta, áspera como la lija.

—¿Por qué tardan tanto? —Giró el asiento, se precipitó hacia la entrada de la cabina y miró más allá del muelle de carga.

El cuerpo de Lobo yacía boca abajo a menos de una docena de pasos del final de la rampa, y Linh Cinder y su amigo se hallaban espalda con espalda.

Estaban rodeados por siete operativos lunares y el taumaturgo.

Capítulo cuarenta y dos

Cinder intuyó al taumaturgo antes de verlo, como una serpiente que se adentraba en su cerebro. Que la exhortaba a dejar de huir. A quedarse quieta y dejarse capturar.

Su pierna derecha obedeció; la izquierda siguió avanzando.

Profirió un grito y cayó de rodillas. El hombre inconsciente —¿Lobo?— estuvo a punto de aplastarla antes de que su cuerpo rodara a un lado. Thorne gritó y trastabilló, prácticamente incapaz de ponerse en jaque antes de caer.

Cinder se levantó de un salto y se volvió.

Los hombres salían de las sombras, de los callejones, por las esquinas, de detrás de la nave; todos con los ojos brillantes y enseñando los afilados colmillos. Siete en total.

Distinguió al taumaturgo, atractivo, como eran todos, con el cabello negro y rizado y los rasgos definidos. Llevaba una capa roja: era un taumaturgo de segundo nivel.

Cinder retrocedió y chocó con Thorne.

—Y... —murmuró—. ¿Cuántos dardos te quedan?

Los iris oscuros del taumaturgo destellaron a la luz de la luna.

—Uno.

Dudaba de que el taumaturgo la hubiese oído, pero este sonrió con gesto sereno y se metió las manos en las mangas.

—Bien —dijo Thorne—. En ese caso…

Se sacó del cinturón la pistola que había robado al oficial y se giró, la dirigió al taumaturgo. Luego se quedó paralizado.

—Oh, no.

Por el rabillo del ojo, Cinder vio que el brazo de Thorne se doblaba y cambiaba de dirección, hasta que el cañón le apuntó a ella a la sien.

—Cinder… —El pánico casi le quebró la voz.

Cinder contuvo la respiración, calmándose, y disparó el último tranquilizante a la pierna de Thorne. El golpe seco la hizo encogerse, pero en segundos la pistola había caído con estrépito de los dedos de Thorne y su cuerpo se había desplomado inmóvil encima del de Lobo.

El taumaturgo rompió en una carcajada.

—Hola, señorita Linh. Es un verdadero placer conocerla.

Cinder barrió a los siete hombres con la mirada. Todos resultaban amenazantes, estaban hambrientos, listos para abalanzarse sobre ella y arrancarle uno a uno los miembros ante la menor provocación.

Por alguna razón, prefirió eso a la diversión del taumaturgo. Al menos con esos hombres no cabía malinterpretar sus intenciones.

Había dado tres pasos antes de darse cuenta. Se rodeó con los brazos y usó todas sus fuerzas para mantener los pies quietos, tambaleándose por un momento antes de recuperar el equilibrio y afianzarse en el pavimento, al tiempo que su optobiónica acusaba la intrusión.

DETECTADA MANIPULACIÓN BIOELÉCTRICA.
INICIANDO PROCEDIMIENTO DE RESIST...

El texto se esfumó cuando Cinder recobró el control de sus propios pensamientos, de su propio cuerpo. Su cerebro se desplegaba en dos direcciones; el taumaturgo fracasaba en su intento de controlarla, y su propio don lunar luchaba contra él.

—Así que es cierto —dijo el mago.

La presión cedió, compensó los oídos y volvió a pensar con claridad. Jadeaba y se sentía como si acabase de correr por todo el continente.

—Espero que me perdone. Tenía que intentarlo. —Sus blancos dientes destellaron. No parecía en absoluto desalentado por el hecho de no poder controlarla tan fácilmente como a Thorne.

A Scarlet le dio un vuelco el corazón, miró al hombre más cercano, uno con el pelo rubio oscuro y enmarañado y una cicatriz desde la sien hasta el mentón. Se obligó a tranquilizarse, a que la desesperación remitiera, y le alcanzó con sus pensamientos.

La mente del hombre no se parecía en nada a las que había alcanzado con su don lunar hasta entonces. No era abierta y centrada como la de Thorne, ni fría y decidida como la de Alak, ni estaba paralizada como la de Émilie, ni ansiosa u orgullosa como las de los oficiales.

Ese hombre tenía la mente de un animal. Dispersa y salvaje, y con un instinto animal arrasador. El deseo de matar, la necesidad de alimentarse, la consciencia constante de qué lugar ocupaba en la manada y de cómo podía mejorar su posición. «Matar. Comer. Destruir.»

Con un estremecimiento apartó sus pensamientos de él.

El taumaturgo reía de nuevo.

—¿Qué le parecen mis mascotas? Con qué facilidad encajan entre los humanos, pero qué rápido se convierten en bestias.

—Los estás controlando —respondió, al recuperar la voz.

—Me halaga. Yo solo estimulo sus instintos naturales.

—No. Nadie, ni siquiera los animales, tiene esa clase de instintos. Cazar y defenderse, quizá, pero vosotros los habéis convertido en monstruos.

—Puede que hayan intervenido algunas modificaciones genéticas. —Acabó la frase con otra risa sardónica, como si le hubiese pillado disfrutando de un placer culpable—. Pero no se preocupe, señorita Linh. No permitiré que le hagan daño. Quiero que ese placer lo tenga mi reina. Sus amigos, por desgracia…

Simultáneamente, dos de los soldados se adelantaron y cogieron a Cinder por los codos.

—Llevadla al teatro —ordenó el taumaturgo—. Informaré a Su Majestad de que Michelle Benoit ha resultado ser útil después de todo.

Sin embargo, los captores de Cinder no habían dado ni dos pasos cuando el rugido de un motor hizo vibrar el pavimento. Vacilaron, y Cinder volvió la vista cuando la Rampion empezaba a alzarse y quedaba suspendida a la altura del pecho por encima de la calle. La rampa seguía bajada, y Cinder pudo ver cómo vibraba el metal y los contenedores traqueteaban unos contra otros.

—¡Cinder! —La voz de Iko se abrió paso a través de su pulso atronador—. ¡Agáchate!

Se dejó caer de rodillas, sin fuerzas entre los dos soldados, y la nave avanzó hacia ellos. La plataforma bajada golpeó a los dos hombres, que soltaron a Cinder. Esta cayó a cuatro patas y observó cómo la rampa impactaba contra el resto de los soldados y los atropellaba a todos menos a uno, que tuvo el sentido común de apartarse de su camino, antes de golpear al taumaturgo.

Este dio un grito ahogado y se agarró al borde, dejando las piernas colgando.

Cinder permaneció agachada mientras la panza de la nave se cernía sobre ella, se dio la vuelta y gateó hasta la pistola de Thorne. Esperó hasta que estuvo segura de tener un tiro limpio antes de disparar. La bala se alojó en el muslo del taumaturgo, que gritó, se soltó de la rampa y cayó al suelo.

Su calma se había esfumado, tenía el rostro desencajado de ira.

El soldado rubio surgió de la nada y se abalanzó sobre Cinder, que cayó al suelo y arrojó la pistola resbalando por el pavimento. La chica luchó para zafarse de él, pero el hombre pesaba demasiado, y le había inmovilizado el brazo derecho contra el suelo. Cinder le propinó un puñetazo con su puño metálico y oyó el crujido de los huesos con el impacto, pero no la soltó.

El soldado gruñó y abrió la boca.

Justo cuando acercaba sus dientes al cuello de Cinder, la nave se giró en el aire. El tren de aterrizaje golpeó al soldado a un lado, quitándoselo a Cinder de encima. Ella rodó sobre un costado y chocó contra los cuerpos de Thorne y Lobo, que yacían boca abajo.

La nave volvió a pasar rápidamente, sus luces de posición bañaban la calle. La rampa rascó la carretera al volver a apoyarse en el suelo, a tan solo unos pasos de donde yacía Cinder. Dentro de la nave, la cabeza de Scarlet Benoit asomó por la puerta de la cabina.

—¡Vamos!

Cinder se puso en pie y tiró del codo de Thorne para quitárselo a Lobo de encima, pero apenas se había movido cuando un aullido prolongado reverberó por su columna. El resto de los soldados se unieron rápidamente; el ruido resultaba ensordecedor.

Cinder se tambaleó en la parte baja de la rampa y miró atrás. Dos de los soldados yacían inmóviles, los dos que se habían llevado el grueso del impacto. El resto se encontraban a cuatro patas, aullando al cielo.

El taumaturgo, más alejado, se levantó con una sonrisa. Aunque estaba demasiado oscuro para distinguir la sangre, Cinder advirtió que se apoyaba en la pierna en la que le había disparado.

Cinder se secó el sudor de los ojos y se concentró en el soldado más cercano. Mentalmente alcanzó las ondas bioeléctricas que emanaban de él, frenéticas y hambrientas, y aferró sus pensamientos en torno a ellas.

Uno de los aullidos se interrumpió bruscamente.

Cinder empezaba a acusar el dolor de cabeza que se le formaba en las sienes a causa del esfuerzo que requería controlarle, pero notó el cambio inmediatamente. El soldado seguía siendo violento, seguía estando hambriento, pero ya no era una bestia salvaje enviada a despedazar a cualquiera que se topase en su camino.

«Tú.» No estaba segura de si lo había pronunciado en voz alta o solo lo había pensado. «Ahora eres mío. Sube a estos dos hombres a bordo de la nave.»

Los ojos del soldado parpadearon, con odio contenido.

«Ahora.»

Cuando avanzaba pesadamente hacia ella, el resto de los aullidos cesaron. Cuatro rostros observaban a Cinder y al traidor. El taumaturgo gruñó, pero Cinder apenas le veía. Puntos brillantes danzaban en su campo de visión. Empezaban a temblarle las piernas a causa del esfuerzo de sostenerse en pie al tiempo que mantenía su control sobre el hombre.

Este cogió a Lobo y a Thorne por las muñecas y comenzó a arrastrarlos por la rampa; como una marioneta cuyas cuerdas estaban en manos de la chica.

Pero Cinder ya sentía cómo se deshilachaban.

Bufando, cayó sobre una rodilla.

—Impresionante.

La voz del taumaturgo sonó amortiguada en su cabeza. Tras ella, su títere soltó a Lobo y a Thorne en el suelo del muelle de carga.

—Ya veo por qué le teme mi reina. Pero tomar el control de una de mis mascotas no va a conseguir salvarla.

Cinder estaba tan cerca. Tenía que lograr que el soldado saliera de la nave. Entrar en su lugar.

Consiguió llevarle al borde, al final justo de la rampa, antes de perder su dominio sobre él. Cinder cayó hacia delante, llevándose las manos a las sienes, sintiéndose como si le estuviesen clavando un millar de agujas en el cerebro. Nunca le había dolido tanto controlar a nadie, nunca le había dolido en absoluto.

El dolor empezó a ceder. Cinder entrecerró los ojos. El taumaturgo le gruñía, con un brazo aferrado al estómago, donde le había golpeado la rampa.

El resto de los soldados se limitaban a seguir ahí de pie, con los ojos todavía centelleantes pero con gesto pasivo, y a Cinder se le ocurrió que el taumaturgo estaba demasiado herido para mantener su control sobre todos ellos. Que incluso su poder sobre ellos era débil.

Pero no importaba. A Cinder ya no le quedaban fuerzas.

Se hundió sobre sus talones y dejó que las manos le cayeran con pesadez a los costados. Su cuerpo se balanceaba, y podía sentir la llamada de la inconsciencia, que se filtraba en su cerebro.

Una sonrisa volvió a curvar los labios del taumaturgo, si bien esta vez mostraba más alivio que diversión.

—Troya —dijo—, ve y recupera a mademoiselle Benoit. Tendré que decidir qué hacer con el alfa Kes…

Desvió los ojos a toda velocidad más allá de Cinder al tiempo que la chica oía un disparo.

El taumaturgo se tambaleó hacia atrás llevándose las manos al pecho.

Cinder se deslizó sobre la cadera y se volvió para ver a Scarlet bajando la rampa, armada con un fusil.

—Mademoiselle Benoit recuperada —dijo, al tiempo que plantaba el talón en la espalda del soldado aturdido, con el rostro inexpresivo, y le empujaba—. Y no te preocupes, ya nos ocuparemos nosotros del alfa Kesley.

Con aire despectivo, el taumaturgo cayó al suelo. La sangre empezó a colarse entre sus dedos.

—¿De dónde has sacado eso? —Cinder resolló.

—De una de vuestras cajas —contestó Scarlet—. Venga, vamos…

Sus ojos reflejaban una mezcla de emociones: furia, confusión, vacío.

Bajó el cañón del fusil.

Cinder maldijo.

—¡Iko, la rampa! —exclamó, se arrastró hasta ella y se desplomó a los pies de Scarlet. Alzó el brazo y le quitó el arma antes de que el taumaturgo pudiera volverla hacia alguna de ellas, y la rampa comenzó a alzarse, arrojándolas al interior del muelle de carga.

Les llegó un grito iracundo, y después otro coro de aullidos que se desvanecieron rápidamente. El último y débil intento del taumaturgo de controlar a sus mascotas.

Cinder vio que Scarlet sacudía la cabeza para deshacerse de la bruma, antes de arrojarse a sus pies.

—¡Agárrate a algo si puedes! —gritó Scarlet cuando se dirigía cojeando a la cabina—. ¡Nave, enciende elevadores magnéticos y propulsores traseros!

Cinder permaneció en el suelo agotada, todavía sostenía el arma. Al cabo de unos momentos, notó cómo la nave ascendía y se alejaba a toda velocidad de la Tierra hacia el cielo.

Capítulo cuarenta y tres

K ai estaba sudando a causa del esfuerzo para no vomitar. Le escocían los ojos, pero no podía apartar la vista de la telerred. Era como ver una producción de miedo terrible, demasiado espantosa y fantástica para ser real.

El enlace de vídeo estaba siendo retransmitido desde la plaza del centro de la ciudad, donde se habían celebrado el mercado semanal y el festival anual tan solo unos días antes, el día de su coronación. El suelo de la plaza se hallaba cubierto de cuerpos; la sangre derramada era negra bajo las parpadeantes vallas publicitarias. La mayoría de los cadáveres se concentraban cerca de la entrada de un restaurante, uno de los pocos negocios que había abiertos y llenos de gente a medianoche, cuando había comenzado el ataque.

Le habían dicho que no había habido más que un asaltante en el restaurante, pero con esa carnicería estaba seguro de que serían más. ¿Cómo iba a causar tanto daño un solo hombre?

La imagen pasó a un hotel de Tokio justo cuando un hombre de mirada enloquecida arrojaba un cuerpo sin vida contra una columna. Kai se encogió al ver el impacto y se volvió.

—Apágalo. No puedo seguir viéndolo. ¿Dónde está la policía?

—Están haciendo todo lo que pueden para detener los ataques, Majestad —respondió Torin, que se encontraba detrás de él—, pero se tarda tiempo en movilizar a la policía y efectuar un intento organizado de respuesta. Ha sido un ataque sin precedentes. Muy… anómalo. Esos hombres se mueven rápido, rara vez se quedan en el mismo lugar más de unos minutos; únicamente lo suficiente para matar a cualquiera que tengan al alcance antes de trasladarse a otra zona de la ciudad… —Torin fue bajando el tono, como si percibiera el pánico que se alzaba en su propia voz y tuviera que dejar de hablar antes de verse abrumado. Se aclaró la garganta—. Pantalla, muestra las noticias globales más importantes.

Se oyó un zumbido en la habitación, seis presentadores de noticias informaban de las mismas historias: ataque repentino, psicópatas asesinos, monstruos, víctimas mortales desconocidas, caos a escala planetaria…

Dentro de la Comunidad habían sufrido ataques cuatro ciudades: Nueva Pekín, Mumbái, Tokio y Manila. Diez más habían caído víctimas en los otros cinco continentes terrestres: Ciudad de México, Nueva York, São Paulo, El Cairo, Lagos, Londres, Moscú, París, Estambul y Sidney.

Catorce ciudades en total y, aunque era imposible calcular el número exacto de atacantes, según las declaraciones de los testigos no parecía haber más de veinte o treinta hombres tras cada ataque.

Kai se esforzó para hacer las cuentas mentalmente. Trescientos hombres, quizá cuatrocientos.

Parecía imposible, el número de muertos seguía aumentando, y las ciudades atacadas empezaban a solicitar ayuda de sus vecinas, desviando a los heridos a otros hospitales.

Hasta diez mil muertos, decían algunos, en el transcurso de menos de dos horas, y a manos de tan solo trescientos o cuatrocientos hombres.

Trescientos o cuatrocientos lunares. Porque él lo sabía, detrás de aquello se encontraba Levana. En dos de las ciudades atacadas, los supervivientes aseguraban haber visto a un taumaturgo real entre la bruma. Aunque ambos testigos prácticamente deliraban a causa de la pérdida de sangre, Kai los creyó. Tenía sentido que los subalternos más preciados de la reina estuviesen involucrados en aquello. También tenía sentido que ellos mismos hubiesen permanecido al margen del baño de sangre, limitándose a orquestar los ataques a través de sus títeres.

Kai se alejó de la pantalla, frotándose los ojos con los dedos.

Aquello era por él. Levana había hecho aquello por él.

Por él, y por Cinder.

—Esto es la guerra —aseguró la reina Camilla del Reino Unido—. Nos ha declarado la guerra.

Kai se dejó caer sobre su mesa. Todos habían permanecido tan callados, hipnotizados por las grabaciones, que había olvidado que seguía en una conferencia global con el resto de los líderes de la Unión.

La voz del primer ministro de África, Kamin, sonó por los altavoces, furiosa.

—Primero quince años de peste, ¡y ahora esto! ¿Y para qué? ¿Levana está enfadada porque una sola prisionera ha logrado huir? ¿Una simple chica? No, lo está utilizando como excusa. Pretende burlarse de nosotros.

—Voy a evacuar las ciudades más importantes inmediatamente —anunció el presidente Vargas, de América—. Al menos podemos intentar contener el derramamiento de sangre…

El primer ministro europeo, Bronstad, tomó la palabra:

—Antes de que vayáis por ese camino, me temo que tengo más noticias perturbadoras.

Kai hundió la barbilla en el pecho, derrotado. Sintió la tentación de taparse los oídos para no escuchar. No quería oír nada más, pero en lugar de eso se rodeó con los brazos.

—El ataque no solo se está produciendo en las metrópolis más importantes —prosiguió—. Me acaban de informar de que, además de París, Moscú y Estambul, también nos han atacado en una pequeña localidad. Rieux, una comunidad granjera del sur de Francia. Con una población de tres mil ochocientos habitantes.

—¡Tres mil ochocientos! —exclamó Camilla—. ¿Por qué iba a atacar una ciudad tan pequeña?

—Para confundirnos —intervino el gobernador general Williams, de Australia—. Para hacernos creer que los ataques no tienen sentido, para hacernos temer que pueda atacar en cualquier parte, en cualquier momento. Es precisamente el tipo de cosa que haría Levana.

El presidente Huy irrumpió en el despacho de Kai sin llamar. Kai se sobresaltó, por un momento pensó que el presidente era un lunático que pretendía matarle, antes de que su pulso se ralentizara de nuevo.

—¿Alguna noticia?

Huy asintió. Kai se dio cuenta de que su rostro había envejecido años en la última semana.

—Han divisado a Linh Cinder.

Kai ahogó un grito y se retiró de la mesa.

—¿Qué? ¿Quién ha hablado? —dijo Camilla—. ¿Qué pasa con Linh Cinder?

—Debo atender a otros asuntos —dijo Kai—. Finalizar conferencia.

Las protestas se vieron silenciadas inmediatamente, y Kai se concentró en el presidente, con todos los nervios a flor de piel.

—¿Y bien?

—Tres oficiales del ejército han conseguido rastrearla mediante una identificación positiva de su hermana fallecida, Linh Peony, como su tutora legal dijo que haríamos. La hemos encontrado en una pequeña localidad del sur de Francia, minutos antes del ataque.

—Del sur de... —Kai miró a Torin justo cuando su consejero cerraba los ojos, abrumado por la misma idea—. ¿En un pueblo llamado Rieux?

Huy abrió los ojos como platos.

—¿Cómo lo habéis sabido?

Kai gimió y dio la vuelta hasta el otro lado de la mesa.

—Los hombres de Levana han atacado Rieux, la única población menor en la que han actuado. Ellos también deben de haber sido capaces de rastrearla. Por eso estaban allí.

—Debemos alertar a los demás líderes de la Unión —dijo Torin—. Al menos sabemos que no está atacando aleatoriamente.

—Pero ¿cómo la han encontrado? El chip de identidad de su hermana era nuestra única pista. ¿Cómo si no podría estar...? —Su voz se fue apagando, y se pasó las manos por el pelo—. Por supuesto. Ella sabía lo del chip. Soy un completo idiota.

—¿Majestad?

Kai se volvió hacia Huy, pero fue Torin quien captó su atención.

—No me digas que estoy siendo paranoico. Nos está escuchando. No sé cómo lo hace, pero nos está espiando. Probablemente este mismo despacho tenga micros. Así fue como se enteró de lo del chip, así fue como supo cuándo estaba abierto mi despacho y podría irrumpir aquí sin anunciarse, ¡así fue como supo que mi padre había muerto!

El rostro de Torin se ensombreció, pero por una vez no hizo ningún comentario sarcástico sobre Kai y sus ridículas teorías.

—Entonces…, ¿la hemos encontrado? ¿A Cinder?

Huy frunció el entrecejo con gesto avergonzado.

—Lo siento, Majestad. Una vez ha comenzado el ataque, ha conseguido escapar en medio del caos. Hemos encontrado el chip de identidad en una granja a las afueras de Rieux, cerca de señales del despegue de una nave. Estamos trabajando para hablar con cualquiera que pudiera haberla visto, pero por desgracia… los tres agentes que la habían identificado han muerto en el ataque.

Kai empezó a temblar, le ardía todo el cuerpo desde dentro. Alzó la mirada furiosa al techo, y prácticamente gritó:

—Bueno, ¿lo veis, Majestad? Si no hubiese sido por vuestro ataque, ¡la habríamos cogido! ¡Espero que estéis satisfecha!

Con un resoplido, cruzó los brazos a la altura del pecho y esperó a que volviera a bajarle la presión sanguínea.

—Ya basta. Suspende la búsqueda.

—¿Majestad? —dijo Torin.

—Quiero que todos los miembros del ejército y agentes de la ley se concentren en buscar a esos hombres que nos están atacando y que pongan fin a esto. Esa es nuestra nueva prioridad.

Como si se sintiera aliviado por la decisión, Huy hizo una leve reverencia y salió del despacho, dejando la puerta abierta tras sí.

—Majestad —dijo Torin—, pese a que no discrepo de vuestro curso de acción, tenemos que plantearnos cómo reaccionará Levana.

Deberíamos considerar la posibilidad de que este ataque, si bien es terrible, no es más que una molestia comparado con lo que de verdad es capaz de hacer. Quizá deberíamos intentar aplacarla antes de que pueda causar más daños.

—Lo sé. —Kai se colocó frente a la pantalla y los mudos y asustados presentadores de noticias—. No he olvidado las imágenes que tenía la República Americana.

El recuerdo le produjo un escalofrío que le recorrió la espalda: cientos de soldados en formación, cada uno un cruce entre un hombre y una bestia. Colmillos protuberantes y garras enormes, hombros encorvados y una fina capa de pelo en los brazos y anchas espaldas.

Los hombres que estaban atacando por toda la Tierra eran despiadados, salvajes y crueles, eso estaba claro. Pero seguían siendo solo hombres. Kai sospechaba que únicamente eran el anticipo de en qué podía convertirse el ejército de bestias de Levana.

Y había pensado que no podía odiarla más. No después de que ocultara el antídoto para la letumosis a propósito. O de que atacara a una de sus sirvientas para demostrar un argumento político. O de que le obligara a traicionar a Cinder, sin otro motivo que haber escapado de Luna años antes.

Pero no podría haber anticipado esa crueldad.

Razón por la cual se odiaría para siempre por lo que estaba a punto de hacer.

—Torin, ¿me disculpas un momento?

—¿Majestad? —Torin tenía arrugas en las comisuras de los ojos, como si estuvieran grabadas en su piel. Quizá todos habían envejecido injustamente esa semana—. ¿Queréis que me vaya?

Se mordió el interior de la mejilla y asintió.

Torin frunció los labios, pero pareció que pasaba mucho tiempo antes de que articulara ninguna palabra. Kai vio reconocimiento en el rostro de su consejero: Torin sabía lo que estaba planeando.

—Majestad, ¿estáis seguro de que no deseáis discutir esto? Dejad que os proporcione consejo. Dejadme ayudaros.

Kai intentó sonreír, pero no consiguió esbozar más que una mueca dolorosa.

—No puedo quedarme aquí, a salvo en este palacio, sin hacer nada. No puedo permitir que mate a nadie más. No con esos monstruos, no ocultando el antídoto para la letumosis, no… lo que sea que tenga planeado a continuación. Los dos sabemos qué quiere. Los dos sabemos qué detendrá esto.

—Entonces dejad que me quede y os apoye, Majestad.

Kai negó con la cabeza.

—Esta no es una buena opción para la Comunidad. Puede que sea la única opción, pero nunca será buena. —Jugueteó nervioso con el cuello de su camisa—. La Comunidad no debería culpar a nadie más que a mí. Por favor, vete.

Vio a Torin coger aire lenta y dolorosamente, antes de hacer una profunda reverencia.

—Estaré fuera si me necesitáis, Majestad. —Sumamente triste, se marchó, cerrando la puerta tras sí.

Kai se paseó por delante de la telerred, mientras se le formaba un nudo en el estómago a causa de la ansiedad. Se enderezó la camisa, arrugada del largo día, al menos aún se encontraba en su despacho cuando había llegado la alerta. Creía que jamás volvería a disfrutar de una noche entera de sueño después de aquello.

Después de lo que estaba a punto de hacer.

Entre sus pensamientos frenéticos no podía evitar acordarse de Cinder en el baile. De lo feliz que le había hecho verla descender las escaleras hasta el salón de baile. De la gracia inocente que le habían producido su pelo empapado por la lluvia y su vestido arrugado, pensando que aquel aspecto encajaba con la mecánica de mayor renombre de la ciudad. Había pensado que Cinder sería inmune a los caprichos de la sociedad en lo referente a la moda y el decoro. Que parecía tan cómoda en su propia piel que podría acudir a un baile real como invitada del emperador con el pelo alborotado y manchas de aceite en los guantes y mantener la cabeza alta como lo hizo.

Eso fue antes de enterarse de que había corrido al baile para advertirle.

Cinder había sacrificado su propia seguridad para rogarle que no aceptara la alianza. Que no se casara con Levana. Porque, después de celebrar la ceremonia y ascender al trono de la Comunidad Oriental, Levana tenía intención de matarle.

Se le revolvió el estómago, pues sabía que Cinder tenía razón. Levana no vacilaría en deshacerse de él en cuanto hubiera servido a su propósito.

Pero tenía que parar esos asesinatos. Tenía que parar esa guerra.

Cinder no era la única capaz de sacrificarse por algo más grande.

Inspiró y expiró delante de la pantalla.

—Establecer enlace de vídeo con reina Levana de Luna.

El pequeño globo de la esquina dio solo una vuelta más antes de abrirse con la imagen de la reina Lunar, cubierta con su velo de encaje blanco. Imaginó su cara vieja, demacrada y decrépita bajo la envoltura, y eso no ayudó.

Kai intuyó que Levana había estado esperando su com. Intuyó que había estado escuchándolo todo y ya sabía exactamente cuáles eran sus intenciones. Sintió que sonreía con suficiencia tras el velo.

—Mi querido emperador Kaito, qué agradable sorpresa. Debe de ser bastante tarde en Nueva Pekín. Cerca de las dos horas y veinticuatro minutos, ¿es correcto?

Kai se tragó su indignación como pudo y extendió las manos delante de ella.

—Majestad, os lo ruego. Detened este ataque. Por favor, replegad a vuestros soldados.

El velo se meció cuando inclinó la cabeza a un lado.

—¿Me lo rogáis? Qué delicia. Continuad.

El calor se le subió al rostro.

—Está muriendo gente inocente: mujeres y niños, transeúntes, gente que no os ha hecho nada. Habéis ganado, y lo sabéis. Así que, por favor, acabad con esto ya.

—Decís que he ganado, pero ¿cuál es mi premio, joven emperador? ¿Habéis capturado a la chica ciborg que empezó todo esto? Es a ella a quien deberíais estar apelando. Si se entrega, entonces retiraré a mis hombres. Esa es mi oferta. Avisadme cuando estéis preparados para negociar conmigo. Hasta entonces, buenas noches.

—¡Esperad!

Levana entrelazó las manos.

—¿Sí?

El pulso martilleaba dolorosamente en las sienes de Kai.

—No puedo entregaros a la chica; creíamos haberla cogido, pero ha vuelto a escaparse, como sospecho que ya sabéis. Sin embargo, no puedo permitir que sigáis asesinando a terrestres inocentes mientras encontramos otra forma de localizarla.

—Me temo que eso no es problema mío, Majestad.

—Hay algo más que queréis, algo que puedo ofreceros. Los dos sabemos lo que es.

—Estoy segura de que no sé de qué estáis hablando.

Kai no se dio cuenta de que estaba apretando los puños, prácticamente le estaba suplicando, hasta que empezaron a dolerle los nudillos.

—Si vuestra oferta de alianza matrimonial sigue en pie, la acepto. Vuestro precio por retirar a vuestros hombres será la Comunidad.
—Se le quebró la voz con la última palabra y apretó la mandíbula.

Esperó, sin aliento, consciente de que cada segundo que pasaba significaba prologar el derramamiento de sangre en las calles de la Tierra.

Tras un angustioso silencio, Levana rió disimuladamente.

—Mi querido emperador, ¿cómo resistirme a una proposición tan encantadora?

Capítulo cuarenta y cuatro

Cuando la nave entró en órbita neutral, Scarlet soltó el aire de los pulmones, ardientes, y se desplomó en el asiento del piloto. Gimió, de golpe todos los dolores y heridas pudieron más que ella, y se volvió hacia el muelle de la nave.

Linh Cinder se hallaba sentada en el suelo con las piernas extendidas hacia delante. Lobo, inconsciente, yacía acostado boca arriba con los brazos y las piernas en cruz. Le seguía un reguero de sangre desde la rampa por la que había sido arrastrado. El otro hombre se encontraba tirado boca abajo.

—Eres piloto —dijo Cinder.

Linh Cinder.

La princesa Selene.

—Me enseñó mi abuela. Ella fue piloto en… —Las palabras se desvanecieron, se le partía el corazón—. Pero tu nave lo hace bastante bien sola.

—Me alegro mucho de ser de ayuda —intervino la voz incorpórea—. Soy Iko. ¿Hay alguien herido?

—Todo el mundo está herido —respondió Cinder, con un quejido.

Scarlet cojeó hasta el cuerpo de Lobo y se dejó caer junto a él.

—¿Se van a poner bien?

—Eso espero —respondió Cinder—, aunque nunca me he quedado lo suficiente para ver los efectos secundarios de los dardos.

Scarlet se quitó la sudadera hecha jirones y la ató en torno a la herida abierta del brazo de Lobo.

—¿Has dicho que teníais vendas?

Pese a que vio que a Cinder le daba pavor tener que ponerse de nuevo en movimiento, no tardó en levantarse y desapareció por una puerta al otro lado del muelle de carga.

Un gemido grave atrajo la atención de Scarlet hacia el extraño. Este rodó sobre sí mismo, haciéndose un ovillo.

—¿Dónd... stamos? —murmuró.

—Oh, ya estás despierto —dijo Cinder, que volvía con un rollo de gasa y pomada—. Esperaba que siguieras KO un rato más. La paz y la tranquilidad resultaban agradables, para variar.

A pesar de su tono, Scarlet se dio cuenta de que la chica emanaba alivio cuando extendió un tubo de pomada en el estómago del hombre. Le pasó el rollo de gasa a Scarlet junto con un tubo y un escalpelo.

—Necesitamos extraeros los chips de identidad y destruirlos, antes de que os rastreen.

El chico se incorporó para sentarse y le lanzó a Scarlet una mirada confusa, sospechosa —por un momento esta pensó que habría olvidado de dónde había salido—, antes de centrar su atención en Lobo.

—Has conseguido subir al pirado a bordo, ¿eh? Quizá pueda encontrarle una jaula en uno de esos contenedores. Odiaría que después de todo nos matase mientras dormimos.

Scarlet le miró con el entrecejo fruncido, mientras desenrollaba un trozo de gasa.

—No es un animal —replicó, concentrada en las marcas de zarpazos que Lobo tenía en un lado de la cara.

—¿Estás segura?

—Odio estar de acuerdo con Thorne —declaró Cinder—, y quiero decir que de verdad lo odio, pero tiene razón. No sabemos si está de nuestra parte.

Scarlet apretó los labios y cortó otra tira de gasa.

—Lo veréis cuando se despierte. Él no es… —Vaciló y al instante se dio cuenta de que ni siquiera podía convencerse a sí misma de que Lobo estuviera de su parte.

—Bueno —dijo el chico—. Me encuentro mucho mejor. —Se rasgó el pantalón y se frotó la herida del pinchazo del tranquilizante con la pomada.

Scarlet se apartó el pelo de la cara, rasgó la camiseta de Lobo y untó los cortes profundos que tenía en el abdomen con abundante pomada.

—¿Quién eres tú?

—Capitán Carswell Thorne. —El chico tapó el tubo y se apoyó en la pared del muelle de carga. Su mano fue a parar al fusil—. ¿De dónde ha salido esto?

—Scarlet la ha encontrado en uno de los cajones —contestó Cinder, delante de la telerred de la pared—. Imagen.

La pantalla mostró la imagen movida de un hombre ensangrentado que corría a toda velocidad hacia la cámara. Se oía un grito, y luego ruido de estática. El vídeo se veía sustituido por un presentador pálido tras una mesa.

«Nos han llegado estas secuencias de los ataques de Manhattan esta misma noche, y diversas fuentes nos han confirmado que más de una docena de ciudades de la Unión se encuentran sitiadas.»

Scarlet se inclinó sobre Lobo para quitarle el chip de identidad de la muñeca. Descubrió que ya tenía una cicatriz allí, como si no hiciese mucho tiempo que se lo habían implantado.

El presentador continuó:

«Se insta a la población a que permanezcan en sus casas y cierren todas las puertas y ventanas. A continuación retransmitimos el discurso en directo del presidente Vargas desde Capitol City.»

Un gemido desvió la atención de todos hacia Lobo. Con el rabillo del ojo, Scarlet vio que el capitán Thorne empuñaba el arma y apuntaba el cañón hacia el pecho de Lobo.

Scarlet dejó a un lado el escalpelo y los dos chips de identidad, y ladeó la cabeza de Lobo hacia ella.

—¿Estás bien?

Lobo alzó los ojos empañados hacia ella antes de zafarse y rodar a un lado para vomitar en el suelo de la nave. Scarlet hizo una mueca de dolor.

—Lo siento —dijo Cinder—. Probablemente sea un efecto secundario de las drogas.

Thorne tuvo arcadas.

—Por todos los ases, me alegro de que no me haya ocurrido a mí. Qué vergüenza.

Lobo se limpió los labios y volvió a desplomarse sobre la espalda, encogiéndose de dolor con cada movimiento. Arrugó la frente y alzó los ojos entrecerrados hacia Scarlet. Sus ojos habían recuperado su verde vivo habitual, ya no reflejaban hambre animal.

—Estás viva.

Scarlet se metió un rizo detrás de la oreja, perpleja ante su propio alivio. Ese era el chico que la había entregado a aquellos monstruos. Debería haberle odiado, pero lo único en lo que podía pensar era en su desesperación cuando la había besado en el tren, cuando le había rogado que no fuese a buscar a su abuela.

—Gracias a ti.

Thorne se mofó.

—¿Gracias a él?

Lobo intentó volverse hacia Thorne, pero no podía girar el cuello lo suficiente.

—¿Dónde estamos?

—Estamos a bordo de una nave de carga que orbita alrededor de la Tierra —le explicó Cinder—. Siento lo del tranquilizante. Creí que ibas a comértela.

—Yo también lo creí. —Se le ensombreció el gesto al descubrir la mano metálica de Cinder—. Me parece que mi reina te está buscando.

Thorne enarcó una ceja.

—¿Se supone que así voy a sentirme mejor por tenerle a bordo?

—Ya está mejor —dijo Scarlet—. ¿Verdad?

Lobo negó con la cabeza.

—No deberíais haberme traído aquí. Solo conseguiré poneros a todos en peligro. Deberíais haberme dejado ahí abajo. Deberíais haberme matado.

Thorne retiró el seguro del fusil.

—No seas ridículo —replicó Scarlet—. Ellos te hicieron esto. No es culpa tuya.

Lobo la miró como si estuviese hablando con una niña testaruda.

—Scarlet... si te ocurriera algo por mi culpa...

—¿Tienes intención de hacer daño a alguien en esta nave o no? —le espetó Cinder, interrumpiendo su conversación.

Lobo parpadeó hacia ella, hacia Thorne y luego hacia Scarlet, donde sus ojos se detuvieron un momento.

—No —susurró.

Tres segundos más tarde, el cuerpo de Cinder se relajó.

—Está diciendo la verdad.

—¿Qué? —repuso Thorne—. ¿Y eso sí se supone que va a hacerme sentir mejor?

—¡Kai va a hacer un anuncio! —La voz de Iko sonó con estridencia en la nave, luego se alzó el volumen de la telerred.

Un presentador estaba hablando de nuevo:

«... parece que todos los ataques han cesado. Les mantendremos informados a medida que se amplíe la noticia. Ahora, conectamos con la fuente de la Comunidad Oriental, donde esperamos un anuncio de emergencia por parte del emperador Kaito...»

Le cortaron, y la pantalla pasó a mostrar la sala de prensa de la CO; Kai se encontraba de pie detrás de un podio. Cinder arrugó la tela de sus pantalones con los puños.

—Cinder está un poco loca por él —dijo Thorne en un aparte.

—¿No lo estamos todas? —soltó Iko.

Kai pareció momentáneamente desconcertado bajo las luces brillantes, pero cuadró los hombros y se recompuso.

—Todos sabéis por qué he convocado esta rueda de prensa en plena noche, y les agradezco que hayan venido tras avisarles con tan poca antelación. Espero responder a algunas de las preguntas que se han formulado desde que han empezado estos ataques, hace casi tres horas y media.

Lobo resopló de dolor al incorporarse para ver mejor. Los dedos de Scarlet se cerraron con más fuerza en torno a su mano.

—Puedo confirmar que esos hombres proceden de Luna. Algunos de nuestros científicos ya han comenzado a practicar pruebas a uno de ellos, muerto a manos de un policía en Tokio, y han confirmado que se trata de soldados modificados mediante ingeniería genética. Parecen lunares cuya estructura física ha sido combinada con el sistema de circuitos neuronales de una especie de híbrido de lobo. Resulta evidente que su ataque sorpresa ha sido orquestado para asegurar el terror, la confusión y el caos en las ciudades más importantes de la Tierra. En esto, siento que puedo decir sin temor a equivocarme que han tenido éxito.

»Muchos de ustedes son conscientes de que la reina Levana ha estado amenazando con declarar la guerra a la Tierra prácticamente durante todo su reinado. Si se preguntan por qué ha decidido iniciar ahora este ataque tras tantos años de amenazas… es por mí.

Scarlet se fijó en que Cinder se llevaba las rodillas al pecho, apretándolas hasta que empezaron a temblarle los brazos.

—La reina Levana está enfadada por mi incapacidad para cumplir con un tratado entre Luna y la Tierra que estipula que todos los fugitivos lunares deben ser arrestados y devueltos a Luna. La reina Levana dejó bastante claras sus expectativas al respecto, y yo no he logrado cumplir con ellas.

Un sonido extraño escapó de la garganta de Cinder —un chillido o un quejido—, y se llevó la mano metálica a la boca para ahogarlo.

—Por esta razón, siento que es mi responsabilidad poner fin a estos ataques y prevenir una guerra a gran escala en la medida en la que esté en mi mano. Así que esto es lo que he hecho, del único modo que he podido. —Tenía la mirada clavada en la pared del fondo de la sala de prensa, como si estuviera demasiado mortificado para mirar a alguno de los periodistas a los ojos—. He aceptado una alianza matrimonial con la reina Levana de Luna.

Cinder profirió un grito de horror y se puso en pie.

—No. ¡No!

—A cambio —continuó Kai—, la reina Levana ha accedido a detener los ataques. La boda ha sido programada para la próxima luna llena, el veinticinco de septiembre, e irá seguida inmediatamente por la coronación de la reina Levana como emperatriz de la Comunidad Oriental. La retirada de todos los soldados lunares de territorio terrestre comenzará al día siguiente.

—¡No! —aulló Cinder. Se quitó una bota y la arrojó contra la pantalla—. ¡Idiota! ¡Idiota!

—Mi gabinete y yo actualizaremos las noticias en los próximos días. Esta noche no responderé a ninguna pregunta. Gracias.

La sala se llenó de preguntas a gritos de todos modos, pero Kai hizo caso omiso de todas ellas y descendió cabizbajo de la tarima, como un general derrotado.

Cinder se alejó y dio una patada al cajón más cercano con el pie de metal descalzo.

—¡Sabe que esto ha sido cosa suya y aun así le da todo lo que quiere! Es la responsable de las muertes de miles de terrestres, ¡y ahora va a convertirse en emperatriz! —Caminó de un lado para otro, vio los dos chips de identidad ensangrentados junto a Scarlet y los aplastó sin piedad, haciéndolos añicos, triturándolos en el suelo con el talón—. ¿Y cuánto tiempo va a estar satisfecha con eso? ¿Un mes? ¿Una semana? ¡Llegué a decírselo! Le dije que Levana planeaba utilizar la Comunidad como trampolín para hacer la guerra al resto de la Tierra, ¡y aun así va a casarse con ella! ¡Levana va a tener control absoluto sobre todos nosotros, y será culpa de Kai!

Scarlet cruzó los brazos a la altura del pecho.

—A mí me parece —alzó la voz para competir con la de Cinder— que todo será culpa tuya.

Cinder cesó su diatriba y miró boquiabierta a Scarlet. Thorne, situado entre ambas, apoyó la barbilla en la palma de la mano como si presenciase un gran espectáculo, aunque con la otra mano seguía empuñando el fusil, que apuntaba a la cabeza de Lobo.

—Tú sabes por qué ha hecho esto Levana —añadió Scarlet, que se puso en pie a pesar de las protestas de sus músculos—. Sabes por qué te persigue.

La ira de Cinder se disipó.

—Tu abuela te lo contó.

—Sí, lo hizo. ¡Lo que me da rabia es que hayas dejado que esto ocurra!

Cinder echaba chispas, se agachó y se quitó la otra bota de un tirón. Scarlet dio un respingo, pero la ciborg la arrojó a un rincón.

—¿Qué preferirías que hubiese hecho? ¿Entregarme sin más? ¿Sacrificarme a mí misma con la esperanza de satisfacerla? Esto habría ocurrido de todas formas.

—No estoy hablando de cuando te detuvieron en el baile. Me refiero a antes de eso. ¿Por qué no has hecho nada para detenerla? La gente confía en ti. La gente cree que tú puedes cambiar las cosas,

¿y qué haces? ¡Huir y esconderte! ¡Mi abuela no murió para que pudieras vivir como una fugitiva, demasiado cobarde para hacer algo!

—Uh, estoy confundido —intervino Thorne, levantando un dedo en el aire—. ¿De qué estamos hablando?

Scarlet miró al capitán.

—¿Quieres dejar de apuntarle con esa arma?

—Ni siquiera lo sabe, ¿verdad? —Scarlet se volvió hacia Cinder—. Has puesto su vida en peligro, todas nuestras vidas en peligro, y ni siquiera sabe por qué.

—Es más complicado que eso.

—¿Sí?

—¡No hace ni una semana que yo misma lo sé! Descubrí quién era al día siguiente del baile, cuando esperaba sentada en una celda a ser entregada a Levana como un trofeo. Así que entre escapar de la cárcel y huir de todas las fuerzas militares de la Comunidad y tratar de salvarte la vida a ti, no he tenido mucho tiempo para derrocar un régimen entero. Lo siento si te he decepcionado, ¿qué quieres que haga?

Scarlet retrocedió, un dolor de cabeza le martilleaba la sien.

—¿Cómo es posible que no lo supieras?

—Porque tu abuela me envió a la Comunidad sin molestarse en contármelo.

—Pero ¿no es por eso por lo que estabas en el baile?

—Por todas las estrellas, no. ¿Crees que iba a ser lo bastante estúpida como para plantarme delante de Levana si hubiese sabido la verdad? —Vaciló—. Bueno. No lo sé. Por Kai, quizá, pero… —Se llevó ambas manos a la cabeza—. No lo sé. No lo sabía.

Scarlet se sintió repentinamente mareada por la rabia, la sangre que se le había subido a la cabeza, el agotamiento. La única respuesta que fue capaz de articular fue un «Oh» amortiguado.

Thorne tosió.

—Sigo estando confundido.

Con un suspiro, Cinder se sentó en un cajón y se miró las manos disparejas. Contrajo toda la cara, como si se preparase para un golpe, y murmuró:

—Soy la princesa Selene.

Thorne resopló, y todos se volvieron hacia él.

El capitán pestañeó.

—¿Qué, en serio?

—En serio.

La sonrisa burlona del capitán se congeló en sus labios.

Reinó un silencio violento, seguido de una vibración bajo sus pies y la voz de Iko.

—No puedo procesar.

—Ya somos dos —añadió Thorne—. ¿Desde cuándo?

Cinder se encogió de hombros.

—Lo siento mucho. Debería habéroslo contado, pero… No sabía si podía confiar en ti, y pensé que si conseguía encontrar a Michelle Benoit y que me explicara algunas cosas, que me explicara cómo llegué aquí, cómo llegué a este… —Sostuvo ambas manos en el aire antes de dejarlas caer de nuevo sin fuerzas sobre su regazo—, entonces quizá conseguiría empezar a entenderlo todo de una vez por todas. —Suspiró—. Iko, lo siento mucho. Te juro que antes no lo sabía.

Thorne cerró la boca y se rascó la barbilla.

—Tú eres la princesa Selene —dijo, probando las palabras—. La ciborg tarada es la princesa Selene.

—¿Tu don está intacto? —preguntó Lobo. Se encontraba sentado de forma retorcida, tratando que no cargar demasiado un lado.

—Eso creo —contestó Cinder, moviéndose incómoda—. Todavía estoy aprendiendo a utilizarlo.

—Ha controlado a uno de los… operativos especiales —agregó Scarlet—. La he visto hacerlo.

Cinder bajó la vista.

—Solo un poco. No podía mantener el control.

—¿Has sido capaz de manipular a un miembro de la manada? ¿Con Jael delante?

—Sí, pero ha sido terrible. Solo he logrado alcanzar a uno de ellos y casi me desmayo…

La interrumpió una risa aguda, luego Lobo tosió dolorosamente. Aun así, su rostro mantuvo una expresión divertida.

—Y por eso es por lo que Levana te quiere. Tú eres más fuerte que ella. O… podrías serlo, con la práctica.

Cinder negó con la cabeza.

—No lo entiendes. Ese taumaturgo tenía a siete hombres bajo su control, y yo apenas era capaz de manejar a uno solo. No soy ni de lejos tan fuerte como ellos.

—No, eres tú quien no lo entiende —respondió Lobo—. Cada manada se encuentra bajo el dominio de un taumaturgo, que controla cuándo se despiertan nuestros instintos animales, cuando lo único en lo que podemos pensar es en matar. Han manipulado nuestro don lunar y lo han utilizado para convertirnos en esos monstruos, con algunas modificaciones físicas. Pero todo está conectado con nuestro maestro. La mayoría de los lunares no podrían controlarnos en absoluto, podríamos ser caparazones para ellos, e incluso nuestros maestros, que controlan a cientos de ciudadanos corrientes a un tiempo, solo pueden dominar a una docena de operativos aproximadamente. Es por eso por lo que nuestras manadas son tan pequeñas. ¿Lo entendéis?

—No —respondieron Cinder y Thorne al unísono.

Lobo seguía sonriendo.

—Ni siquiera el taumaturgo de mayor talento es capaz de controlar más que a una docena de operativos, quince como mucho, y eso tras años de modificaciones genéticas y entrenamiento. Y aun así, ¿consigues arrebatarle uno al maestro en tu primer intento? Con algo de práctica… —Parecía querer reírse—. Antes no lo habría creído, pero ahora me parece que Su Majestad puede que tenga motivos de verdad para temeros, princesa.

Cinder se estremeció.

—No me llames así.

—Supongo, por supuesto, que tienes intención de luchar contra ella —continuó Lobo—, a juzgar por tu respuesta al anuncio de tu emperador.

Cinder negó con la cabeza.

—No tengo ni la menor idea de cómo… No sé nada acerca de gobernar o liderar o…

—Pero mucha gente cree que tú puedes detenerla —intervino Scarlet—. Mi abuela murió para que pudieras tener esta oportunidad. No pienso dejar que su sacrificio haya sido en vano.

—Y yo te ayudaría —añadió Lobo—. Podrías practicar tus habilidades, conmigo. —Se dejó caer, tenía el cuerpo cansado de permanecer sentado demasiado tiempo—. Además, si eres quien aseguras ser, eso te convierte en mi verdadera reina. Por lo tanto tienes mi lealtad.

Cinder sacudió la cabeza de nuevo y saltó del cajón.

—No quiero tu lealtad.

Scarlet puso los brazos en jarras.

—¿Qué quieres?

—Quiero… quiero algo de tiempo para pensar en esto y decidir qué hacer a continuación, ¡sin que todo el mundo me diga lo que tengo que hacer! —Cinder se dirigió al pasillo pisando fuerte; cada dos pasos se oía el sonido metálico de su pie de metal al golpear el suelo.

Cuando se hubo marchado, Thorne dejó escapar un silbido.

—Ya sé, ya sé. Parece un poco… —Bizqueó y se acercó dos dedos en círculos a las sienes—, pero de verdad forma parte de su encanto, cuando llegas a conocerla.

Capítulo cuarenta y cinco

Había ordenado que le construyeran el puente con un cristal muy especial, para poder ver a sus soldados desde arriba —verlos entrenar, luchar, adaptarse a sus nuevas mutaciones—, todo sin ser observada. Ahora se sentía intrigada por una nueva manada que había completado la transformación genética hacía unos días. Todavía eran tan jóvenes. Solo unos niños, de no más de doce años.

Resultaban casi adorables, el modo en que algunos se apartaban del grupo, examinándose constantemente el fino pelo de los nudillos, saltando adelante y atrás sobre sus piernas reestructuradas, mientras otros ya se peleaban y provocaban a unos y a otros.

Haciéndose un sitio. Dictando su jerarquía.

Como los animales que eran.

Cada taumaturgo hacía señas a los sujetos que les habían asignado, dirigiéndolos a través de varias formaciones. Esto también la fascinaba siempre. Cómo algunos de ellos tomarían el control por la fuerza, mientras que otros seducirían a sus lobeznos, como madres bondadosas.

Ella observaba a la división más joven con creciente placer. Siete de ellos habían formado fila sin protestar, dejando a un solo lobezno al margen del resto. Este, a cuatro patas, le gruñía a la taumaturga, enseñándole los colmillos, más parecido a un lobo que ninguno de ellos. Sus ojos dorados irradiaban rebelión y odio.

Ese sería alfa. Ella ya lo sabía.

—Sybil.

Los tacones de su taumaturga principal repiquetearon en el suelo de cristal. Detectó el susurro de la tela cuando Sybil hizo una reverencia.

Abajo, en la cueva, el lobezno merodeaba alrededor de su maestra: una chica joven y rubia que parecía blanca como la cera con su capa negra. Su expresión delataba un indicio de ansiedad, un matiz de duda de si tendría la fuerza mental para controlar a ese.

—Todos los operativos especiales han sido relevados temporalmente de sus misiones y devueltos a posiciones encubiertas. Calculamos doscientas sesenta muertes de operativos.

—Los terrestres descubrirán pronto los tatuajes, si no lo han hecho ya. Asegúrate de que se encargan de ocultarlos bien.

—Por supuesto, Majestad. Me temo que también tengo que informar de la muerte de un taumaturgo.

Levana levantó la vista, por un momento esperó ver el reflejo de Sybil en el cristal, pero no había ninguno, no en esa ventana. Ni en ninguna de las ventanas reales. Se había asegurado de eso. Y aun así, después de todos esos años, todavía no estaba del todo acostumbrada.

Levana alzó una ceja, dando pie a Sybil a que continuara.

—El taumaturgo Jael. Le han disparado en el pecho.

—¿Jael? No es propio de él abandonar su santuario, ni siquiera durante la batalla.

—Uno de sus betas me ha informado de que apareció Linh Cinder; al parecer Jael estaba intentando atraparla personalmente.

Las ventanas nasales de Levana se ensancharon y se volvió hacia el campo de prácticas, justo cuando el joven lobezno arremetía contra su maestra. La chica gritó y cayó de espaldas, antes de que todo su cuerpo se agarrotara por la concentración. Incluso desde su posición, Levana podía ver las gotas de sudor que se formaban en la frente de la chica y que resbalaban por su sien.

El lobezno abrió la boca y sus dientes destellaron, luego vaciló.

Levana no habría sabido decir qué era lo que reprimía su instinto animal: la taumaturga, que trataba de hacerse con el control, o los vestigios de un muchacho lunar que aún se aferraba a las ideas que tenía en la cabeza.

—La manada de Jael ya se ha disuelto, salvo por el beta que fue encontrado en la fortaleza de París. Enviaré al taumaturgo Aimery a recuperarlos.

El lobezno se retiró de encima de su ama y se hizo un ovillo de costado. Temblando. Gimoteando. Su dolor resultaba evidente.

La taumaturga se puso en pie tambaleante y se quitó el polvo negro de regolito de la chaqueta. El regolito estaba por todas partes en esas cuevas: túneles creados de forma natural por la lava que nunca quedarían despejados, independientemente de cuánto tiempo continuaran construyendo y trabajando en ellos. Levana odiaba el polvo, el modo en que se le pegaba al pelo y a las uñas, y le llenaba los pulmones. Evitaba los túneles siempre que podía, pues prefería permanecer en la cúpula brillante y resplandeciente que albergaba la capital de Luna y su palacio.

—¿Majestad? —dijo Sybil.

—No, no envíes a Aimery —contestó, sin despegar la vista del lobezno mientras este se retorcía de dolor. Seguía luchando contra el control de su maestra. Seguía peleando por mantener sus propios pensamientos. Seguía queriendo ser un niño. No un soldado. Ni un monstruo. Ni un títere—. Dejemos que la manada de Jael se disperse. Los operativos especiales han cumplido con su cometido.

Finalmente, el lobezno dejó de retorcerse. Allí tirado, jadeando, tenía el fino pelaje de las mejillas húmedo a causa de las lágrimas.

La mirada de su maestra era feroz, tan animal como los cachorros a su cargo. Levana casi podía oír las órdenes de la mujer, aunque no se pronunciara ninguna palabra. Diciéndole que se levantara. Que se uniera a la fila. Que la obedeciera.

El chico lo hizo. Lenta y dolorosamente, se puso en pie sobre sus delgadas piernas y arrastró los pies hasta la fila. Cabizbajo. Con los hombros encorvados.

Como un perro apaleado.

—Estos soldados están casi listos —dijo Levana—. Sus modificaciones genéticas se han completado, los taumaturgos están preparados. La próxima vez que ataquemos la Tierra, esos hombres dirigirán el ataque, y no habrá disfraces que valgan.

—Sí, Majestad. —Sybil hizo una reverencia; esta vez Levana sintió el respeto que emanaba de ella además de oírlo—. Desearía también ofreceros mis más sinceras felicitaciones por vuestro compromiso, mi Reina.

Levana dobló la mano izquierda y acarició la alianza de piedra pulida de su anular con el pulgar. Siempre la escondía bajo su hechizo. No estaba segura de que nadie vivo supiera que todavía la llevaba. Ella misma olvidaba a menudo que estaba ahí, pero esa noche sentía un hormigueo en el dedo, desde que Kaito había aceptado una alianza matrimonial.

—Gracias, Sybil. Eso es todo.

Otra reverencia, y pasos que se retiraban.

Abajo, las divisiones estaban empezando a disolverse; el entrenamiento del día se había acabado. Los taumaturgos las dirigían por túneles separados, hacia el interior del laberinto natural que se extendía bajo la superficie de Luna.

Resultaba extraño ver a esos hombres y muchachos, a esas criaturas que no habían sido más que un experimento en la época de los padres de Levana, pero que se habían convertido en una realidad bajo su reinado. Un ejército más rápido y más fuerte que ningún otro. La inteligencia de los hombres, los instintos de los lobos, la flexibilidad de los niños. La ponían nerviosa, un sentimiento que no había experimentado en muchos años. Tantos lunares, con tantas ondas cerebrales extrañas, que ni siquiera ella podía controlarlos a todos. No al mismo tiempo.

Esas bestias —esas creaciones científicas— nunca la querrían.

No como la quería la gente de Luna.

No como pronto lo haría la gente de la Tierra.

Capítulo cuarenta y seis

En las dependencias de la tripulación, Scarlet lloró durante horas, hecha un ovillo en la litera de abajo. Cada sollozo vibraba a través de sus músculos doloridos, pero el dolor solo conseguía que llorara más fuerte al recordarlo todo.

La adrenalina, la ira y la negación habían menguado mientras rebuscaba en el armario y encontraba un uniforme militar cuidadosamente doblado en el último cajón. A pesar de que el uniforme americano era gris y blanco, en lugar de la mezcla de azules que vestían los pilotos europeos, se parecía extraordinariamente a la ropa que había llevado su abuela durante su época en el ejército.

Scarlet se había aferrado a la sencilla camiseta blanca y había llorado tanto que esta había quedado casi tan sucia como la ropa por la que se suponía que debía cambiársela.

Su cuerpo acusaba un dolor punzante cuando por fin empezó a quedarse sin lágrimas. Cogió aire, rodó sobre su espalda y se secó los últimos restos con la tela de algodón. Antes, cada vez que había comenzado a ceder el llanto, las palabras reverberaban en su cabeza, «*Grand-mère* se ha ido», y volvía a llorar. Pero las palabras comenzaban a carecer de significado, y la punzada daba paso al entumecimiento.

Le rugieron las tripas.

Con un gemido, Scarlet se llevó una mano al estómago, preguntándose si con solo cerrar los ojos y tratar de dormirse su cuerpo se olvidaría de que llevaba más de un día sin comer. Pero allí acostada, deseando que el entumecimiento se apoderara de ella, volvieron a sonarle las tripas. Más alto.

Scarlet se sorbió la nariz, enfadada. Se cogió de la litera de arriba para incorporarse. La cabeza le daba vueltas, estaba mareada y deshidratada, pero consiguió tambalearse hasta la puerta.

Oyó un golpe procedente de la cocina nada más abrirla. Se asomó al pasillo y vio a Lobo en cuclillas junto a una encimera, sosteniendo una lata.

Scarlet entró a la luz de la cocina y vio que la lata llevaba una etiqueta con la imagen de unos tomates rojos como de dibujos animados. A juzgar por las enormes abolladuras que se veían a un lado, Lobo había estado intentando abrirla con un rodillo para la carne.

Lobo alzó la vista, y Scarlet se alegró de no ser la única que tenía la cara roja.

—¿Por qué han metido comida aquí si pensaban hacer tan difícil abrirlo?

Ella se mordió el labio para contener una débil sonrisa, de lástima o diversión, no estaba segura.

—¿Has probado con un abrelatas?

Ante el rostro inexpresivo de Lobo, Scarlet rodeó la encimera y rebuscó en el cajón superior.

—Los terrestres tenemos todo tipo de herramientas especiales como esta —dijo, al tiempo que sacaba el abrelatas. Lo enganchó alrededor de la tapa de la lata y lentamente le dio vueltas hasta abrirla.

A Lobo se le enrojecieron las orejas mientras doblaba la tapa, y frunció el entrecejo al ver la sustancia roja y viscosa.

—No esperaba esto.

—No son frescos como los tomates a los que te has acostumbrado, pero tendremos que apañarnos. —Scarlet rebuscó en el armario e improvisó con una lata de aceitunas y un tarro de corazones de alcachofa marinados—. Toma, tomaremos un aperitivo.

Sintió un levísimo roce contra su cabello y se apartó. Lobo dejó caer la mano y agarró el borde de la encimera.

—Lo siento. Tenías… tu pelo…

Scarlet dejó los tarros y se llevó la mano al pelo de la nuca, donde lo encontró enmarañado. Empujó las aceitunas hacia Lobo.

—¿Por qué no pruebas el abrelatas?

Empezó a pasarse los dedos entre los enredos, buscó un tenedor y se sentó a la gran mesa. Tenía años de iniciales de personal militar grabados en la superficie, lo que le recordó su celda en el teatro de la ópera. Pese a que hallarse en la nave era enormemente mejor que estar atrapada en ese sótano, el confinamiento en esta seguía resultando opresivo, casi sofocante. Sabía que su abuela probablemente había sido destinada a una nave similar durante su estancia en el ejército. No le extrañaba que se hubiese retirado a una granja, con todo el cielo y horizonte que cualquiera pudiera querer.

Scarlet esperaba que Émilie siguiese cuidando de los animales.

Cuando no encontró más nudos, se alisó el pelo con ambas manos y abrió el tarro de alcachofas. Alzó la cabeza y vio que Lobo seguía de pie con las aceitunas y los tomates en sendas manos.

—¿Estás bien?

Un destello en sus ojos. Pánico, pensó Scarlet. Quizá miedo.

—¿Por qué me has traído aquí? —preguntó Lobo—. ¿Por qué no me has dejado allí sin más?

Scarlet bajó la vista, pinchó una alcachofa y observó cómo el aceite goteaba de vuelta al tarro.

—No lo sé. No es que me haya parado a sopesar los pros y los contras precisamente. —Dejó caer el corazón de alcachofa de nuevo en la marinada—. Pero no me parecía correcto dejarte allí.

Lobo le dio la espalda, dejó las latas sobre la encimera y cogió el abrelatas. Al tercer intento, consiguió ajustarlo a la tapa de la lata de aceitunas y le dio vueltas por el borde.

—¿Por qué no me contaste la verdad? —dijo Scarlet—. ¿Antes de llegar a París?

—No habría cambiado nada. —Dejó las latas abiertas encima de la mesa—. Habrías insistido en ir a buscar a tu abuela de todos modos. Pensé que podría interceder por ti ante Jael y convencerle de que no tenías ninguna utilidad para nosotros, de que debía dejarte ir. Pero solo podía hacer eso si seguía siéndoles leal.

Scarlet volvió a clavar el tenedor en el corazón de alcachofa y se lo introdujo en la boca. No quería dar vueltas a las posibilidades… No quería obstinarse en considerar todas las opciones que podrían haber terminado con su abuela y ella de vuelta en la seguridad de la granja. Ni siquiera sabía si tales opciones habían existido.

Lobo bajó la cabeza y se acomodó en el banco de enfrente, haciendo una mueca de dolor con cada movimiento. Se arrellanó, cogió un tomate de la lata y se lo metió en la boca. Arrugó la nariz. Parecía como si se estuviera tragando un gusano.

Scarlet apretó los labios para no reírse.

—Te hace apreciar los tomates de mi huerto, ¿verdad?

—He apreciado todo lo que me has dado. —Cogió la lata de aceitunas y las olisqueó, con precaución.

Scarlet se mordió el labio. No creyó que Lobo se refiriera a los productos agrícolas.

Cabizbaja, hundió el tenedor en la lata de aceitunas que Lobo sostenía, y consiguió pinchar dos con los dientes del tenedor.

Comieron en silencio, Lobo descubrió que le gustaban las aceitunas y sufrió dos tomates más antes de que Scarlet le ofreciera una alcachofa. La combinación de los dos, descubrieron, rayaba en lo aceptable.

—Estaría bien algo de pan —dijo Scarlet, revisando las estanterías abiertas por detrás de Lobo que mostraban platos y tazas disparejos con el escudo de la República Americana.

—Lo siento mucho.

Se le puso la piel de gallina, no se atrevía a levantar la cabeza, pero él tenía la mirada puesta en la lata de tomates, que casi aplastaba con las manos.

—Te alejé de todo lo que te importaba. Y tu abuela…

—No, Lobo. No hagas eso. No podemos cambiar lo que ha ocurrido… tú me diste ese chip. Me salvaste de Ran.

Él se encogió de hombros. Tenía la mitad del pelo alborotado, salvaje y normal, la otra mitad todavía apelmazada por la sangre reseca.

—Jael me dijo que iba a torturarte. Pensó que eso haría hablar a tu abuela. Y yo no podía…

Scarlet se estremeció, cerrando los ojos.

—Sabía que me matarían cuando lo descubrieran, pero… —Se esforzó por encontrar las palabras, dejando escapar un hondo suspiro—. Creo que me di cuenta de que prefería morir por haberlos traicionado a ellos a vivir por haberte traicionado a ti.

Scarlet se limpió los dedos aceitosos en los vaqueros.

—Volvía a buscaros a ti y a tu abuela cuando he visto que te perseguía Ran. Tenía tal lío en la cabeza que no podía pensar con claridad: sinceramente no sé si tenía intención de ayudaros o de mataros. Entonces, cuando Ran te ha arrojado contra la estatua, algo simplemente... —Los nudillos se le pusieron blancos. Sacudió la cabeza, y algunos mechones se le quedaron de punta—. No importa. Era demasiado tarde.

—Me has salvado a mí.

—No habrías necesitado que te salvasen de no ser por mí.

—¿Ah? Entonces si no te hubiesen escogido para llevarme hasta ellos o averiguar qué información tenía, ¿me habrían dejado en paz? No. Si hubiese sido cualquier otro en tu lugar, ahora estaría muerta.

Lobo miró la mesa con el entrecejo fruncido.

—Y no creo por un segundo que volvieras para matarnos. Independientemente del poder que ese taumaturgo tuviera sobre ti, tú todavía estabas ahí. No ibas a hacerme daño.

Lobo le devolvió la mirada, triste y desconcertada.

—Espero sinceramente que nunca tengamos que volver a poner a prueba esa teoría. Porque no sabes lo cerca que he estado.

—Aun así has luchado.

A Lobo se le crispó el rostro, pero Scarlet se alegró de que no lo discutiera.

—No debería haber sido posible resistirme a él de esa forma. Lo que nos hicieron... en el cerebro... cambió el modo en que pensamos acerca de las cosas. La ira y la violencia surgen muy rápido, pero otras cosas... ni siquiera debería ser posible. —Su mano empezó a moverse hacia Scarlet, pero se detuvo a medio camino. La retiró rápidamente y jugueteó con la etiqueta maltratada del tomate.

—Bueno, ¿y si…? —Scarlet ladeó la cabeza—. Has dicho que ellos controlan cuándo dominan vuestros instintos animales vuestros propios pensamientos, ¿verdad? Pero luchar y cazar no son los únicos instintos que tienen los lobos. Los lobos… ¿no son monógamos, para empezar? —Empezaron a arderle las mejillas, y tuvo que apartar la vista, rascando unas iniciales con el tenedor—. ¿Y el macho alfa no es el responsable de proteger a todos los demás? ¿No solo a la manada, sino a su pareja también? —Dejó el tenedor y levantó las manos—. No estoy diciendo que tú y yo seamos… después de solo… Sé que acabamos de conocernos, y eso es… pero no está fuera de cuestión, ¿verdad? ¿Que tu instinto de protegerme pudiera ser tan fuerte como tu instinto de matar?

Scarlet contuvo el aliento y se atrevió a alzar la vista. Lobo la miraba completamente boquiabierto y por un instante pareció casi avergonzado; pero entonces sonrió, y la miró con cariño y desconcierto. Scarlet alcanzó a ver un atisbo de sus afilados colmillos, y le dio un vuelco el corazón.

—Es posible que tengas razón —dijo él—. Tiene cierto sentido. En Luna, se nos mantiene tan apartados del resto de la población, que nunca existe ninguna posibilidad de enamo…

Scarlet se alegró de que él también empezara a sonrojarse.

Lobo se rascó la oreja.

—Quizá sea eso. Quizá el control de Jael se volvió en su contra, porque mi instinto me decía que te protegiera.

Scarlet trató de esbozar una sonrisa desenfadada.

—Ahí está. Mientras haya una hembra alfa cerca, deberías estar bien. Eso no debe de ser difícil de encontrar, ¿no?

A Lobo se le congeló el rostro y miró para otro lado. Su tono volvía a ser inquieto.

—Sé que no debes de querer tener nada que ver conmigo. No te culpo. —Encorvó los hombros y la miró con una expresión llena de arrepentimiento—. Pero eres la única, Scarlet. Siempre serás la única.

A Scarlet se le aceleró el pulso.

—Lobo…

—Lo sé. Hace menos de una semana que nos conocemos, y en ese tiempo no he hecho más que mentirte y engañarte y traicionarte. Lo sé. Pero si me das una oportunidad… lo único que quiero es protegerte. Estar cerca de ti. Todo lo que pueda.

Scarlet se mordió el labio y extendió la mano para retirar los dedos de Lobo de la lata. Vio que había hecho añicos la etiqueta sin darse cuenta.

—Lobo, ¿me estás pidiendo que sea tu… tu hembra alfa?

Él vaciló.

Scarlet no pudo evitarlo: estalló en carcajadas.

—Oh, lo siento. Eso ha sido mezquino. Sé que no debería tomarte el pelo con esto. —Todavía sonriendo, hizo ademán de retirar la mano, pero de repente Lobo se la sujetó con fuerza, negándose a renunciar al contacto—. Pareces tan asustado, como si fuera a desaparecer en cualquier momento. Estamos encerrados en una nave espacial, Lobo. No voy a ir a ninguna parte.

Lobo torció los labios, empezaban a calmársele los nervios, aunque su mano siguió sobre la de ella.

—Hembra alfa —murmuró—. Diría que me gusta.

Sonriente, Scarlet se encogió ligeramente de hombros.

—A mí podría llegar a gustarme.

Capítulo cuarenta y siete

C inder se hallaba tumbada de espaldas mirando las entrañas del motor de la Rampion. Solo su mano ciborg se movía, dando vueltas al pequeño chip D-COM sobre sus dedos, uno por uno. Le fascinaba el modo en que el extraño material del chip captaba las luces de la placa base de la pared y las reflejaba, enviando rubíes y esmeraldas que centelleaban por todos los cables y ventiladores y transformadores en marcha. Le fascinaba, pero no lo veía realmente. Su mente se hallaba a miles de kilómetros.

La Tierra. La Comunidad Oriental. Nueva Pekín y Kai, que ahora estaba comprometido con la reina Levana. Se le revolvió el estómago, y siguió recordando el veneno que destilaba la voz del emperador cuando había hablado con ella de la reina. Cinder trató de imaginar por lo que estaría pasando Kai en esos momentos. ¿Tenía elección? No podía estar segura. Quería decir que sí, que cualquier cosa —la guerra, la peste, la esclavitud— sería preferible a escoger a Levana como emperatriz, pero no sabía si eso era cierto. No sabía si Kai había podido elegir en algún momento o si esa decisión siempre había resultado inevitable.

Sus pensamientos se desviaron de la Tierra hacia Luna. Un país que no recordaba, un hogar que no había conocido. Sin duda la reina Levana estaría celebrando su victoria en ese momento, sin dedicar un solo pensamiento a todas esas vidas que acababa de cobrarse.

La reina Levana. La tía de Cinder.

El chip de comunicación directa hizo clic, clic, clic contra sus dedos.

—¿Cinder? ¿Estás aquí?

Sus dedos se detuvieron con el chip en equilibrio sobre el nudillo del meñique.

—Sí, Iko. Estoy aquí.

—¿Quizá puedas coger algunos sensores la próxima vez que estemos en la Tierra? Siento que estoy escuchando a hurtadillas con el audio encendido todo el tiempo. Empieza a resultar incómodo.

—¿Incómodo?

Las luces de circulación cobraron intensidad, y Cinder pensó en alguien sonrojándose. Se preguntó si sería intencionado.

—Scarlet y Lobo se están acaramelando en la cocina —dijo Iko—. Normalmente me gustan las emociones, pero es diferente cuando se trata de gente real. Prefiero los culebrones de la red.

Inesperadamente Cinder se encontró sonriendo.

—Haré todo lo que pueda para conseguir unos sensores la próxima vez que vayamos a la Tierra. —Dejó de manosear el chip, que giró, hizo clic, giró y rodó—. ¿Qué tal te encuentras, Iko? ¿Te estás acostumbrando a ser el sistema de control automático? ¿Te va resultando más fácil?

Se oyó un zumbido en el panel de control.

—Me he recuperado del shock, pero todavía siento que estoy fingiendo ser mucho más potente de lo que soy en realidad y que voy a decepcionar a todo el mundo. Es mucha responsabilidad. —Las luces amarillas de circulación iluminaron el suelo—. Pero lo hice bien en París, ¿no?

—Estuviste genial.

La temperatura de la sala de máquinas se disparó.

—Fue bastante genial.

—De no ser por ti, estaríamos todos muertos.

Iko emitió un sonido excepcionalmente estridente; Cinder calculó que podía tratarse de una risa nerviosa.

—Supongo que no está tan mal ser la nave. Ya sabes, mientras me necesites.

Cinder sonrió.

—Eso es muy… grande de tu parte.

Uno de los ventiladores del motor redujo velocidad.

—Eso era un chiste, ¿no?

Cinder se rió mientras practicaba girando el chip como una peonza sobre la yema de su dedo. Le llevó varios intentos antes de cogerle el truco y poder verlo destellar y bailar sin demasiado esfuerzo.

—¿Y qué hay de ti? —le preguntó Iko al cabo de un momento—. ¿Qué se siente al ser una princesa de verdad?

Cinder se estremeció. Se le cayó el chip del dedo y consiguió atraparlo a duras penas.

—Hasta ahora no ha resultado ni de cerca tan divertido como te lo imaginarías. ¿Qué decías acerca de tener demasiado poder y responsabilidad y de sentir que vas a decepcionar a todo el mundo? Porque todo eso me ha sonado bastante familiar.

—Pensé que podía ser el caso.

—¿Estás enfadada porque no te lo hubiera contado?

Siguió un largo silencio, que hizo que a Cinder se le formara un nudo en el estómago.

—No —respondió Iko finalmente, y Cinder deseó que su detector de mentiras funcionara con los androides, o con las naves espaciales—. Pero estoy preocupada. Antes imaginaba que la reina Levana se cansaría de buscarnos y con el tiempo podríamos volver a casa, o al menos volver a la Tierra y llevar una vida normal de nuevo. Pero eso no va a pasar, ¿verdad?

Cinder tragó saliva y empezó a dar vueltas otra vez al chip sobre sus dedos.

—No creo.

Clic, clic, clic.

Exhaló un largo suspiro, giró el chip una última vez y cerró su puño en torno a él.

—Levana va a asesinar a Kai después de casarse con él. Será coronada emperatriz, y entonces le matará, y tendrá la Comunidad entera bajo su control. Después de eso, solo será cuestión de tiempo que invada el resto de la Unión. —Se apartó el pelo de la frente—. Al menos eso es lo que me dijo esa chica. La programadora de la reina.

Aflojó el puño, pues de repente temió distraerse y que la mano metálica aplastara el chip.

—Pero a mí me gusta Kai.

—A ti y a todas las chicas de la galaxia.

—¿A todas? ¿Por fin te incluyes en ese recuento?

Cinder se mordió el labio. Sabía que Iko estaba pensando en todas las veces que Cinder se había burlado de Peony por estar loca por el príncipe, fingiendo ser inmune a esas tonterías. Apenas podía recordar a la chica que era entonces.

—Solo sé que no puedo dejarle casarse con Levana —dijo, con la voz quebrada—. No puedo dejar que lo haga.

Sostuvo el chip entre el pulgar y el índice. La nueva mano todavía resultaba demasiado nueva. Tan limpia, tan inmaculada. Entrecerró los ojos y dejó que la corriente eléctrica fluyera desde su columna, aumentando la temperatura de su muñeca hasta que la mano pareció humana. De carne y hueso.

—Estoy de acuerdo —contestó Iko—. Entonces, ¿qué piensas hacer?

Cinder tragó saliva y cambió el hechizo. La carne de su mano volvió a ser metálica: no de impecable titanio, sino de simple acero, maltratada por el tiempo, cubierta de mugre en las grietas, un poco demasiado pequeña, un poco demasiado rígida. La mano ciborg que había sustituido. La que siempre había ocultado, normalmente bajo grueso algodón manchado por el trabajo. En una ocasión bajo seda.

La chica que había sido entonces. Aquella a la que siempre había intentado mantener oculta.

Una luz naranja parpadeó en el rabillo de su ojo. La ignoró.

—Voy a dejar que Lobo me entrene. Voy a hacerme más fuerte que ella. —Volvió a lanzar el chip. Resultó incómodo al principio, debía asegurarse de que los dedos de la ilusión se movían exactamente como se suponía que debían hacerlo, que las articulaciones se flexionaban y extendían al ritmo correcto—. Voy a encontrar al doctor Erland, y él me va a enseñar cómo vencer a Levana. Luego voy a localizar a la chica que programó este chip, y va a contarme todo lo que sabe acerca de Luna y su seguridad y todos los secretos de la reina.

Clic. Clic. Clic.

—Y entonces voy a dejar de esconderme.

Agradecimientos

Resulta asombroso la cantidad de gente que se necesita para traer un libro al mundo, y este no es ninguna excepción.

En primer lugar, quiero dar las gracias a mis cuatro espectaculares lectoras beta por su brillantez, paciencia, entusiasmo y por su absoluta genialidad: Jennifer Johnson, Tamara Felsinger, Meghan Stone-Burgess y Whitney Faulconer, me hacéis mejor escritor.

A mi maravillosamente comprensiva editora, Liz Szabla, y a todo el mundo en Feiwel and Friends, gracias por hacer cada paso de este viaje tan divertido. A Rich Deas, Jean Feiwel, Elizabeth Fithian, Lizzie Mason, Anna Roberto, Allison Verost, Holly West, Ksenia Winnicki, Jon Yaged y muchos otros que han tenido un impacto en estos libros, sois estrellas del rock y estoy muy orgullosa de ser parte de vuestra familia editorial.

Al equipo de mi agencia, Jill Grinberg, Cheryl Pientka y Katelyn Detweiler, que han trabajado sin descanso para llevar estos libros a lectores de todo el mundo, gracias por hacerme sentir continuamente como la autora más afortunada del planeta.

Me gustaría dar las gracias en especial a mi editor en Pocket Jeunesse, en Francia, Xavier d'Almeida, que accedió a ver un borrador temprano y comprobar los detalles relacionados con el escenario, me ayudó a escoger la ubicación perfecta para las Granjas Benoit y también evitó que envenenara a las pobres gallinas, gracias a Dios.

A mis espíritus afines en el debut de 2012, los Apocalypsies, y en especial a mi grupo de escritura local: J. Anderson Coats, Megan Bostic, Marissa Burt, Daniel Marks y Jennifer Shaw Wolf, gracias por hacer que este año haya sido buenísimo. Estoy deseando ver cómo prosperan vuestras carreras como escritores durante muchos años.

Quiero expresar toda la gratitud del mundo hacia mi familia y amigos, que han estado conmigo durante cada paso del camino; a mi hermano, Jeff, por prestarme todos esos libros acerca de naves espaciales, y a mi maravilloso esposo, Jesse: un año en nuestro felices para siempre y seguimos contando.

Y por último, aunque no menos importante, quiero dar las gracias de corazón a todos los lectores, profesores, libreros, bibliotecarios, críticos y bloggers que mantienen vivo el amor.

Índice

Si quieres saber más sobre *ellas.*
y estar informado permanentemente de cualquier
novedad, ahora puedes seguirnos en:

http://www.facebook.com/ellasdemontena

http://www.twitter.com/ellasdemontena

http://www.tuenti.com/ellas

Desde estas páginas podrás comentar los libros,
compartir opiniones, leer entrevistas de tus autores
preferidos, acceder en primicia a los primeros capítulos
y muchas sorpresas más.